Unterwegs
in die Welt von morgen

Unterwegs in die Welt von morgen

Utopische Geschichten
und Science-fiction-Romane

Verlag Das Beste
Stuttgart · Zürich · Wien

Die Texte in diesem Buch
erscheinen mit Genehmigung der Verleger
© 1991 by Verlag Das Beste GmbH, Stuttgart
Alle Rechte vorbehalten

Printed in Germany
ISBN 3 87070 395 4

Robert Sheckley
Planet der Verbrecher

Irgend etwas muß mit mir geschehen sein, denkt Will Barrent bestürzt, als er in ungewohnter Umgebung aus tiefem Schlaf erwacht. Dann trifft ihn die Erkenntnis wie ein Keulenschlag: Er befindet sich auf einem fremden Planeten – mitten unter Betrügern, Räubern und Mördern.

Bob Shaw
Captain Aesop und das Schiff der Fremden

Zur Erkundung eines unerforschten Planeten schickt das Raumschiff Sarafand sechs Geländefahrzeuge aus. Nach erledigter Mission nähern sich jedoch sieben Fahrzeuge dem Schiff. Für Captain Aesop gibt es nur eine mögliche Erklärung: eine feindliche Intelligenz mit der Fähigkeit zur perfekten Nachahmung setzt zum Angriff an.

Illustrierter Anhang:
**Die Hölle jenseits des Meeres –
Berüchtigte Strafkolonien der
Vergangenheit**

Ins Deutsche übertragen von
Charlotte Winheller
Illustrationen: Oliver Scholl

1

Seine Rückkehr ins Bewußtsein war ein langwieriger und schmerzhafter Vorgang. Es war eine Reise mit vielen verschiedenen Stationen. Er träumte. Er erwachte aus tiefem Schlaf, aus den imaginären Anfängen aller Dinge. Er hob ein Pseudopodium aus dem Urschlamm, und das Pseudopodium war er selbst. Er wurde eine Amöbe, in der schon alle seine Anlagen enthalten waren, dann ein Fisch – ein Fisch, der sich seiner Identität bewußt war, dann ein Affe, der sich durch einige wesentliche Dinge von allen anderen Affen unterschied. Und schließlich wurde er ein Mensch.

Was für ein Mensch? Verschwommen sah er sich – ohne Gesicht, seine Hand umklammerte eine Strahlenwaffe, zu seinen Füßen lag eine Leiche. So einer war er!

Er erwachte, rieb sich die Augen und wartete auf weitere Erinnerungen.

Aber die Erinnerungen blieben aus. Nicht einmal sein Name fiel ihm ein.

Hastig richtete er sich auf und dachte angestrengt nach. Als auch das nichts half, blickte er sich um, in der Hoffnung, in seiner Umgebung einen Hinweis auf seine Identität zu finden.

Er saß auf einem Bett in einem kleinen grauen Zimmer. In der einen Wand befand sich eine geschlossene Tür; an der anderen konnte er hinter einem Vorhang einen winzigen Waschraum erkennen. Eine verborgene Lichtquelle erhellte den Raum, vielleicht leuchtete die Decke sogar selbst. Es gab ein Bett und einen einzigen Stuhl, sonst nichts.

Er stützte das Kinn in die Hände und schloß die Augen. Wieder versuchte er, sein Wissen zu ordnen und aus diesem Wissen Schlüsse zu ziehen. Er wußte, daß er ein Mensch war, ein Homo sapiens, ein Bewohner des Planeten Erde. Er sprach eine Sprache, von der er wußte, daß sie „Englisch" hieß. (Bedeutete das auch, daß es noch andere Sprachen gab?) Er kannte übliche Namen für Gegenstände: Zimmer, Licht, Stuhl. Außerdem besaß er ein begrenztes Allgemeinwissen. Er wußte, daß es viele wichtige Dinge gab, die er nicht kannte, die er aber einmal gekannt hatte. *Irgend etwas muß mit mir geschehen sein.*

Dieses Etwas hätte schlimmer sein können. Wenn es nur ein wenig weiter getrieben worden wäre, dann wäre er jetzt eine gedankenlose Kreatur, ohne die Fähigkeit zu sprechen, ohne das Bewußtsein, ein Mensch zu sein, ein Mann von der Erde. Es war ihm also noch etwas gelassen worden.

Aber als er versuchte, über die Alltagstatsachen hinaus vorzudringen, stieß er in ein dunkles und schreckerfülltes Gebiet. *Halt! Nicht weiter!* Die Erforschung seines eigenen Gedächtnisses war so gefährlich wie eine Reise ins – wohin? Er fand keine passende Bezeichnung, obgleich er annahm, daß es viele gab.

Ich muß krank gewesen sein.

Das war die einzige vernünftige Erklärung. Er war ein Mann mit Resten von Erinnerungen. Einmal mußte er die unbezahlbare Gabe besessen haben, sich an viele Dinge zu erinnern, während er jetzt nur aus den wenigen Fakten, die ihm zur Verfügung standen, Vermutungen ableiten konnte. Früher einmal mußte er fähig gewesen sein, sich an ganz bestimmte Vögel, Bäume, Freunde zu erinnern, an eine Familie, einen Beruf und vielleicht sogar an eine Frau. Jetzt konnte er nur Theorien darüber aufstellen. Früher einmal hatte er sagen können „das ist wie" oder „das erinnert mich an". Jetzt fehlten ihm diese Erinnerungen, und die Dinge waren nichts als sie selbst. Er hatte die Fähigkeit verloren, Dinge zu vergleichen oder einander gegenüberzustellen. Er konnte die Gegenwart nicht mehr auf Grund von Erfahrungen aus der Vergangenheit analysieren.

Dies muß ein Krankenhaus sein.

Natürlich. Man kümmerte sich hier um ihn. Freundliche Ärzte bemühten sich, sein Gedächtnis wiederherzustellen und seine Identität, sein Urteilsvermögen wiederzuerwecken, ihm zu sagen, wer und was er war. Das war sehr nett von ihnen; er fühlte, wie ihm Tränen der Dankbarkeit in die Augen stiegen.

Er erhob sich und wanderte langsam in dem kleinen Zimmer umher. Er ging zur Tür und fand sie verschlossen. Diese verriegelte Tür verursachte eine momentane Panik in ihm, aber er beherrschte sich gleich wieder. Vielleicht war er gewalttätig gewesen.

Nun, das würde nicht wieder vorkommen. Sie würden schon sehen. Und dann würde man ihm alle Privilegien eines einsichtigen Patienten einräumen. Er würde mit dem Doktor darüber reden.

Er wartete. Nach einer langen Zeit hörte er Schritte auf dem Gang vor seiner Tür näher kommen. Er setzte sich auf die Bettkante und lauschte, während er sich bemühte, seine Erregung zu unterdrücken. Die Schritte hielten bei seiner Tür an. Ein schmaler Schlitz öffnete sich, und ein Gesicht blickte ihn an.

„Wie fühlen Sie sich?" fragte der Mann.

Er ging zu dem Schlitz und sah, daß der Mann eine braune Uniform trug. An der Hüfte trug er einen Gegenstand, der nach kurzem Nachdenken als eine Waffe identifiziert werden konnte. Dieser Mann war zweifellos ein Wachtposten. Er hatte ein grobes, undeutbares Gesicht.

„Würden Sie mir bitte sagen, wie ich heiße?" fragte er die Wache.

„Nennen Sie sich 402", erwiderte der Posten. „Das ist Ihre Zellennummer."

Es gefiel ihm nicht. Aber immerhin war 402 besser als gar nichts. „Bin ich lange krank gewesen?" erkundigte er sich. „Geht es mir schon besser?"

„Ja", antwortete der Posten teilnahmslos. „Wichtig ist nur, Ruhe zu bewahren. Befolgen Sie die Vorschriften. Dann geht alles klar."

„Natürlich", sagte 402. „Aber warum kann ich mich an nichts erinnern?"

„So ist das nun mal", meinte die Wache. Er machte sich daran wegzugehen.

402 rief ihm nach: „Halt! Warten Sie! Sie können doch nicht so ohne weiteres weggehen. Sie müssen mir alles erklären! Was ist mit mir geschehen? Warum bin ich in diesem Krankenhaus?"

„Krankenhaus?" Der Posten sah 402 an und grinste. „Wie kommen Sie denn darauf?"

„Ich nehme es an", erwiderte 402.

„Da nehmen Sie was Falsches an. Dies ist ein Gefängnis."

402 erinnerte sich an seinen Traum von dem ermordeten Mann. Traum oder Erinnerung? Verzweifelt schrie er dem Wachtposten nach: „Was habe ich verbrochen? Was habe ich getan?"

„Das werden Sie schon herausfinden", antwortete die Wache.

„Wann?"

„Nach der Landung. Aber jetzt machen Sie sich fertig zum Antreten."

Er ging davon. 402 setzte sich wieder aufs Bett und versuchte nachzudenken. Ein paar Dinge hatte er erfahren. Er befand sich in einem Gefängnis, und dieses Gefängnis würde bald landen. Was hatte das zu bedeuten? Wozu brauchte ein Gefängnis zu landen? Und was würde beim Antreten geschehen?

402 BEGRIFF nur vage die folgenden Ereignisse. Zuerst verharrte er längere Zeit auf seinem Bett. Er konnte nicht abmessen, wie lange. Immer wieder versuchte er die wenigen Tatsachen, die er über sich selbst wußte, aneinanderzureihen. Dann hatte er den Eindruck von einem schrillen Klingeln, und gleich darauf schwang die Tür seiner Zelle auf.

Was bedeutete das? Was würde nun geschehen?

402 ging zur Tür und blickte in den Gang. Er war voller Erwartung, wollte aber die Sicherheit seiner Zelle nicht aufgeben. Er wartete, und der Wachtposten kam zu ihm.

„Alles in Ordnung", beruhigte dieser ihn. „Niemand wird Ihnen etwas tun. Gehen Sie den Gang entlang – immer geradeaus."

Sanft schob er 402 vor sich her. 402 schritt den Gang entlang. Er sah, wie sich andere Zellentüren öffneten, wie andere Männer in den Gang traten. Und je weiter er ging, um so mehr Männer schlossen sich an. Die meisten sahen bestürzt aus, niemand sprach. Die einzigen Worte kamen von dem Wachtposten: „Weitergehen – immer geradeaus. Weitergehen, schön brav weitergehen."

Sie kamen in einen großen runden Saal. 402 sah sich um und entdeckte einen Balkon, der an den Wänden entlang verlief. Darauf standen alle paar Meter bewaffnete Posten. Ihre Anwesenheit schien überflüssig; die erschrockenen und willenlosen Männer waren nicht in der Stimmung zu einer Revolte. Anscheinend hatten die grimmig dreinschauenden Wachen eine symbolische

Bedeutung. Sie erinnerten die gerade erwachten Männer an die wichtigste Tatsache ihres Lebens: daß sie Gefangene waren.

Nach einigen Minuten betrat ein in eine düstere Uniform gekleideter Mann den Balkon. Obgleich die Gefangenen ihn schon schweigend anstarrten, hob er die Hand, um die Aufmerksamkeit auf sich zu ziehen. Dann hallte seine Stimme laut durch den Saal.

„Was ich jetzt sagen werde, dient zu Ihrer Indoktrination", begann er. „Hören Sie gut zu, und versuchen Sie, sich alles gut zu merken. Es wird für Sie lebenswichtig sein."

Die Gefangenen starrten ihn neugierig an, und der Sprecher fuhr fort: „Sie alle sind während der letzten Stunde in Ihren Zellen erwacht. Sie entdeckten, daß Sie sich nicht an Ihr früheres Leben erinnern können – nicht einmal an Ihre Namen. Sie besitzen lediglich ein begrenztes Allgemeinwissen; genug, um sich zurechtzufinden. Ich werde diesem Wissen nichts hinzufügen. Sie alle waren auf der Erde gefährliche und sittlich verdorbene Kriminelle. Sie waren Männer der schlimmsten Sorte, die jedes Recht auf Anerkennung durch den Staat selbst verwirkt hatten. In einer weniger aufgeklärten Zeit wären Sie alle hingerichtet worden. In unserem Zeitalter jedoch werden Sie deportiert."

Der Sprecher hob die Hand, um das Gemurmel, das den Saal durchlief, abklingen zu lassen. „Sie alle sind Verbrecher. Und Sie alle haben etwas gemeinsam: die Unfähigkeit, den grundlegendsten Gesetzen der menschlichen Gesellschaft zu gehorchen. Diese Gesetze sind für das Funktionieren einer Zivilisation unerläßlich. Sie haben sie mißachtet – und so sind Sie zu Verbrechern an der ganzen Menschheit geworden. Deshalb hat die Menschheit Sie ausgestoßen. Sie waren Sand in den Mühlen der Zivilisation und sind deshalb zu einer Welt transportiert worden, in der Ihre Sorte Mensch regiert. Hier können Sie Ihre eigenen Gesetze aufstellen und daran verrecken. Hier herrscht die Freiheit, nach der Sie verlangt haben; die maßlose und selbstzerstörerische Freiheit einer Krebsgeschwulst."

Der Sprecher wischte sich die Stirn und blickte die Gefangenen ernst an. „Aber vielleicht gelingt auch einigen von Ihnen eine Rehabilitierung. Omega, der Planet, zu dem wir unterwegs sind, gehört Ihnen, er wird ausschließlich von Gefangenen regiert. Auf dieser Welt können Sie ganz von vorn beginnen, ohne alle Vorurteile gegen Sie, ohne Vorstrafenregister! Ihr früheres Leben ist ausgelöscht – vergessen. Versuchen Sie nicht, sich daran zu erinnern. Derartige Erinnerungen wären nur dazu angetan, Ihre kriminellen Neigungen neu zu stimulieren. Betrachten Sie sich als neugeboren von dem Moment an, in dem Sie in Ihren Zellen aufgewacht sind."

Die langsamen, wohlabgewogenen Worte des Sprechers hatten eine gewisse hypnotische Wirkung. 402 lauschte, die Augen starr auf die blasse Stirn des Sprechers gerichtet. „Eine neue Welt", fuhr der Sprecher fort. „Sie sind neugeboren – aber mit dem notwendigen Bewußtsein der Sünde. Ohne dies wären Sie nicht imstande, das Böse, das Ihrem Charakter anhaftet, zu bekämpfen. Denken Sie daran. Halten Sie sich immer vor Augen, daß es keine Flucht und keine Rückkehr gibt. Wachschiffe, die mit den modernsten Strahlenwaffen ausgerüstet sind, patrouillieren unaufhörlich am Himmel von Omega – Tag und Nacht. Diese Schiffe sind dazu eingerichtet, alles, was sich höher als hundertfünfzig Meter über die Oberfläche von Omega erhebt, zu vernichten – eine unüberwindbare Barriere, die kein Gefangener bezwingen kann. Gewöhnen Sie sich an diese Tatsachen. Sie begründen die Gesetze, die Ihr Leben von nun an beherrschen werden. Denken Sie über meine Worte nach! Und jetzt halten Sie sich zur Landung bereit."

Der Sprecher verließ den Balkon. Eine Weile starrten die Gefangenen weiter auf die Stelle, an der er gestanden hatte. Dann breitete sich zögernd Gemurmel aus. Nach einer kurzen Zeit erstarb es wieder. Es gab nichts, worüber man hätte sprechen können. Die Gefangenen – ohne Erinnerung an die Vergangenheit – hatten nichts, worauf sie die Spekulationen der Zukunft aufbauen konnten. Persönliche Daten konnten nicht ausgetauscht werden, denn sie besaßen keine.

Schweigend saßen sie da – verschlossene Männer, die zu lange Zeit in absoluter Abgeschiedenheit verbracht hatten. Die Wachen auf dem Balkon standen starr wie Bildsäulen, unnahbar und unpersönlich. Und dann durchfuhr ein leichtes Beben den Boden des Saals.

Das Beben wiederholte sich und wurde zu einem heftigen

Schütteln. 402 fühlte sich schwerer, als preßten ihm unsichtbare Gewichte Kopf und Schultern nieder.

Aus einem Lautsprecher ertönte eine Stimme: „Achtung! Das Schiff setzt zur Landung auf Omega an! Bereiten Sie sich auf die Ausschiffung vor!"

Das letzte Zittern erstarb, der Boden unter ihnen kam nach kurzem Schlingern zur Ruhe. Die Gefangenen, noch immer schweigend und verwirrt, mußten sich in einer Reihe aufstellen und marschierten aus dem Saal. Von Wachtposten flankiert, schritten sie einen endlos wirkenden Gang entlang. 402 konnte sich ein schwaches Bild von der Größe des Schiffes machen.

Weit vorn erkannte er einen Streifen einfallender Sonnenstrahlen, der sich hell gegen die fahle Beleuchtung des Korridors abzeichnete. Die lange Kette der Gefangenen schlurfte weiter, und als 402 die Lichtflut erreicht hatte, erkannte er, daß sie durch eine offene Luke einfiel, durch die der Strom der Gefangenen sich drängte.

Dahinter stieg er eine lange Treppe hinab und befand sich auf festem Boden. Er stand in einem offenen Viereck, in das Sonnenstrahlen fielen. Die Wachen hießen die Gefangenen in Reihen antreten; 402 konnte zu beiden Seiten Zuschauer erkennen.

Eine Stimme dröhnte aus dem Lautsprecher: „Antworten Sie, wenn Ihre Nummer aufgerufen wird. Wir werden Sie jetzt identifizieren. Antworten Sie prompt, wenn Ihre Nummer genannt wird."

402 fühlte sich schwach und müde. Selbst seine Identität interessierte ihn in diesem Augenblick kaum. Er wollte nichts als sich niederlegen, schlafen und Gelegenheit haben, über seine Lage nachzudenken. Er blickte sich um und bemerkte das gewaltige Raumschiff hinter sich, die Wachen und die Zuschauer. Über sich nahm er dunkle Punkte am Himmel wahr. Zuerst glaubte er, es wären Vögel. Dann sah er genauer hin und erkannte, daß es Wachschiffe waren. Aber auch die interessierten ihn nicht sonderlich.

„Nummer 1! Antworten Sie!"

„Hier", ertönte eine Stimme.

„Nummer 1, Ihr Name ist Wayn Southholder. Alter 34, Blutgruppe A-L2, Index AR-431-C. Schuldig des Landesverrats."

Als die Stimme verklang, ertönten aus der Menge laute Beifallsrufe. Man beklatschte das Verbrechen des Gefangenen und begrüßte ihn auf Omega.

Die Namen wurden der Reihe nach verlesen, und 402, von der prallen Sonne benommen, döste im Stehen und lauschte den Verbrechen, die sich von Mord, Betrug, Krediterschleichung bis zu Mutantismus erstreckten. Schließlich wurde seine Nummer aufgerufen.

„Nummer 402!"

„Hier."

„Nummer 402, Ihr Name ist Will Barrent. Alter 27, Blutgruppe O-L3, Index JX-221-R. Schuldig des Mordes."

Die Menge jubelte, aber 402 hörte sie kaum. Er versuchte sich an den Gedanken zu gewöhnen, einen Namen zu haben. Einen wirklichen Namen statt einer Nummer. Will Barrent. Er hoffte, er würde ihn nicht vergessen. Immer wieder murmelte er den Namen vor sich hin und verpaßte dabei fast die letzte Ankündigung aus dem Lautsprecher.

„Die neuen Männer werden jetzt auf Omega in Freiheit gesetzt. Sie finden eine vorübergehende Behausung in Block A-2. Nehmen Sie sich in acht, und seien Sie in Worten und Taten vorsichtig. Beobachten Sie, hören Sie sich um, und lernen Sie! Das Gesetz schreibt vor, Ihnen mitzuteilen, daß die durchschnittliche Lebensdauer auf Omega ungefähr drei Erdjahre zählt."

Es dauerte eine Weile, bis diese letzten Worte in Barrents Bewußtsein eindrangen. Er beschäftigte sich noch immer mit der Neuigkcit, einen Namen zu besitzen. Darüber, daß er ein Mörder auf einem Planeten für Verbrecher war, hatte er sich noch keine Gedanken gemacht.

2

Die neuen Gefangenen wurden zu einer Reihe von Baracken in Block A 2 geführt. Es waren fast fünfhundert Männer. In Wirklichkeit waren sie noch keine Männer, sondern Wesen, deren Erinnerung nur eine knappe Stunde zurückreichte. Auf ihren Schlafkojen hockend, betrachteten sie neugierig ihren Körper, ihre Hände und Füße. Sie starrten einander an und erblickten in den Augen der anderen ein Spiegelbild ihrer eigenen Unsicherheit. Sie waren noch keine Männer; aber sie waren auch keine Kinder mehr. Gewisse Begriffe waren ihnen geblieben und schattenhafte Erinnerungen.

Die Anpassung vollzog sich rasch, sie stützte sich auf alte Gewohnheiten und persönliche Charakterzüge, die in der zerbrochenen Form ihres früheren Lebens auf der Erde noch enthalten waren.

Die Männer klammerten sich an die vagen Vorstellungen von Begriffen, Sitten, Regeln. Innerhalb weniger Stunden begann sich ihre phlegmatische Teilnahmslosigkeit zu legen. Sie wurden wieder zu erwachsenen Menschen, zu Individuen. Aus einer verschwommenen, künstlichen Einheit traten scharfe Gegensätze hervor. Charaktere setzten sich durch, und allmählich begannen die fünfhundert Männer zu entdecken, was sie darstellten.

Will Barrent reihte sich in die Schlange ein, die an einem Spiegel vorbeischritt, in dem die Männer sich betrachten konnten. Als er an der Reihe war, sah er das Bild eines gutaussehenden jungen Mannes mit glattem braunem Haar, schmalen Wangen und gerader Nase. Dieser junge Mann hatte ein selbstsicheres, ehrliches und ganz alltägliches Gesicht, das keinerlei tiefe Leidenschaften kennzeichneten. Enttäuscht wandte sich Barrent ab; es war das Gesicht eines Fremden.

Später, als er sich genauer in Augenschein nahm, konnte er keine einzige Narbe oder etwas Ähnliches entdecken, das seinen Körper von tausend anderen unterschieden hätte. Seine Hände waren glatt. Er war eher drahtig als muskulös. Er sann darüber nach, welche Art Arbeit er wohl auf der Erde verrichtet haben mochte.

Mord?

Er runzelte die Stirn. Als Berufskiller gearbeitet zu haben, konnte er sich beim besten Willen nicht vorstellen.

Ein Mann klopfte ihm auf die Schulter. „Wie fühlen Sie sich?" Barrent drehte sich um und sah einen großen, breitschultrigen rothaarigen Mann hinter sich stehen.

„Ganz gut", antwortete Barrent. „Sie haben vor mir gestanden in der Reihe, nicht wahr?"

„Stimmt. Nummer 401. Ich heiße Danis Foeren."

Auch Barrent stellte sich vor.

„Ihr Verbrechen?" fragte Foeren.

„Mord."

Foeren nickte beeindruckt. „Ich bin ein Fälscher. Wenn ich meine Hände betrachte, kann ich es kaum glauben." Er hielt zwei massige Fäuste in die Höhe, die mit roten Haaren bewachsen waren. „Und trotzdem steckt eine unglaubliche Geschicklichkeit in ihnen. Meine Hände erinnerten sich schon, bevor irgendein anderer Teil meines Körpers zu sich kam. Auf dem Schiff saß ich in meiner Zelle und starrte auf meine Hände. Sie juckten. Sie verlangten danach, umherzutasten und etwas zu tun. Aber ich selbst konnte mich nicht daran erinnern, was das sein könnte."

„Was haben Sie getan?" fragte Barrent.

„Ich habe die Augen zugemacht und meinen Händen freien Lauf gelassen", antwortete Foeren. „Das erste, was ich feststellte, war, daß sie an dem Schloß der Zellentür herumfummelten und es öffneten." Er hob die Hände wieder hoch und blickte sie bewundernd an. „Verdammt kluge Teufel!"

„Das Schloß öffneten?" fragte Barrent. „Aber ich dachte, Sie wären ein Fälscher."

„Na ja, Fälschungen waren meine Spezialität. Aber ein Paar geschickte Hände können alles mögliche tun. Schätze, daß man mich eher zufällig bei einer Fälschung erwischt hat. Aber genausogut hätte ich auch ein Geldschrankknacker sein können. Für einen einfachen Fälscher sind meine Hände zu begabt."

„Sie haben mehr über sich herausgefunden als ich", sagte Barrent. „Ich kann mich nur auf einen Traum stützen."

„Immerhin etwas", erwiderte Foeren. „Es muß doch Möglichkeiten geben, mehr herauszufinden. Aber im Moment ist das Wichtigste: Wir sind auf Omega."

„Zugegeben", stimmte Barrent mit säuerlicher Miene zu.

„Was ist daran so übel?" fragte Foeren. „Haben Sie denn nicht gehört, was der Mann sagte? Dieser Planet gehört uns!"

„Bei einer durchschnittlichen Überlebensdauer von drei Erdjahren", erinnerte ihn Barrent.

„Das ist wahrscheinlich nur Gerede, um uns einzuschüchtern", entgegnete Foeren. „Ich glaube es noch lange nicht, erst recht nicht, wenn es ein Wachtposten sagt. Die große Sache ist doch die, daß wir einen eigenen Planeten besitzen. Sie haben doch gehört, was die sagten: Die Erde lehnt uns ab. Zum Teufel mit der Erde! Wer braucht sie schon? Hier haben wir unseren eigenen Planeten. Einen Planeten für uns allein, Barrent! Wir sind frei!"

„Stimmt genau, Kameraden", mischte sich ein anderer ein. Er war klein, hatte flinke Augen und war fast aufdringlich freundlich. „Ich heiße Joe", sagte er. „Eigentlich ist mein richtiger Name João; aber ich ziehe die Kurzform vor – wegen der Zeitersparnis. Meine Herren, ich hörte zufällig Ihre Unterhaltung mit an, und ich muß gestehen, ich stimme mit unserem rothaarigen Freund völlig überein. Bedenken Sie doch nur einmal die Möglichkeiten! Die Erde hat uns verstoßen? Ausgezeichnet! Ohne sie stellen wir uns weit besser! Hier sind wir alle gleich, freie Männer in einer freien Gesellschaft. Keine Uniformen, keine Wachen, keine Soldaten. Nur reuige frühere Verbrecher, die in Frieden leben wollen."

„Wobei hat man Sie geschnappt?" fragte Barrent.

„Ich soll ein Kreditbetrüger gewesen sein", antwortete Joe. „Leider muß ich gestehen, daß ich mir darunter überhaupt nichts vorstellen kann. Aber vielleicht fällt es mir später noch ein."

„Es könnte ja sein, daß die Behörden eine Art System haben, das Gedächtnis wieder aufzufrischen", bemerkte Foeren.

„Behörden?" stieß Joe entrüstet aus. „Was meinen Sie damit – Behörden! Dies ist unser Planet. Hier sind wir alle gleich. Folglich kann es auch keine Behörden geben. Nein, Freunde, diesen ganzen Humbug haben wir auf der Erde zurückgelassen. Hier –"

Er hielt inne. Die Barackentür war aufgegangen; ein Mann kam herein. Anscheinend war er schon länger Einwohner von Omega, denn er trug nicht die graue Gefängnisuniform. Er war dick und in grellen gelben und blauen Farben gekleidet. An dem Gürtel, der um seine enorme Taille gebunden war, trug er eine Pistole und ein Messer. Er blieb am Eingang stehen, die Hände in die Hüften gestemmt, und starrte auf die Neuankömmlinge.

„Nun?" begann er. „Erkennt ihr Neuen etwa keinen Quaestor? Aufstehen!"

Keiner der Männer rührte sich.

Das Gesicht des Quaestors wurde rot. „Schätze, ich muß euch ein bißchen Respekt beibringen."

Noch bevor er die Waffe aus dem Gurt gezogen hatte, rappelten sich die Männer auf. Der Quaestor blickte sie fast bedauernd an und steckte die Waffe zurück.

„Das erste, worüber ihr euch am besten gleich im klaren seid", erklärte er, „ist der Rang, den ihr auf Omega einnehmt. Ihr seid Peons, und das heißt soviel wie nichts. Ihr seid ein Nichts! Verstanden?"

Er hielt einen Moment inne und fügte dann hinzu: „Und jetzt aufgepaßt, Peons! Ich werde euch über eure Pflichten aufklären."

3

„IHR Neuen müßt euch zuallererst darüber im klaren sein", wiederholte der Quaestor, „was ihr selbst seid. Das ist äußerst wichtig. Und ich sage euch noch einmal, was ihr seid. Ihr seid Peons. Ihr seid das Letzte vom Letzten. Ihr habt keine Stellung – keine Rechte. Niedriger als ihr ist niemand – außer den Mutanten, und das sind keine richtigen Menschen. Irgendwelche Fragen?"

Der Quaestor wartete. Als niemand etwas sagte, fuhr er fort: „Ich habe klargestellt, was ihr seid. Jetzt will ich kurz aufführen, wie sich die Rangordnung auf Omega fortsetzt. Als erstes möchte ich betonen, daß jeder auf Omega wichtiger ist als ihr. Aber nicht alle sind gleichviel wichtiger. Direkt über euch steht der Resident, der aber kaum mehr zählt als ihr. Darüber rangiert der freie Bürger. Zum Zeichen seines Ranges trägt er einen grauen Ring am Finger; seine Kleidung ist schwarz. Auch er ist nicht besonders bedeutend. Mit einigem Glück können einige von euch freie Bürger werden.

Als nächstes kommen die Privilegklassen, die sich alle durch verschiedene Symbole ihrer Rangordnung unterscheiden, wie etwa durch den goldenen Ohrring, der die Hadschi-Klasse kennzeichnet. Mit der Zeit werdet ihr alle von selbst die Zeichen und Vorrechte der verschiedenen Ränge und Stufen kennenlernen. Vielleicht sollte ich noch die Priester erwähnen. Obgleich sie nicht zu den Privilegklassen gehören, sind ihnen gewisse Freiheiten und Rechte eingeräumt. Habe ich mich klar ausgedrückt?"

Zustimmendes Gemurmel erklang in der Baracke.

„Und jetzt komme ich darauf, wie sich jeder zu verhalten hat, wenn er jemandem von höherem Rang begegnet. Als Peons seid ihr verpflichtet, einen freien Bürger in respektvoller Form mit vollem Titel zu grüßen. Mit Mitgliedern der Privilegklassen dürft ihr nur sprechen, wenn man euch dazu auffordert, dabei müßt ihr die Augen gesenkt halten und die Hände falten. Ihr dürft euch von einem privilegierten Bürger nicht entfernen, ohne von ihm die Erlaubnis dazu erhalten zu haben. In seiner Gegenwart dürft ihr unter gar keinen Umständen sitzen. Verstanden? Es gibt noch viele andere Dinge zu lernen. Mein Stand als Quaestor beispielsweise gehört zum Rang der freien Bürger, er bezieht aber einige Freiheiten der Privilegklassen mit ein."

Der Quaestor ließ den Blick über die Männer gleiten, um sich zu vergewissern, ob sie ihn verstanden hatten. „Die Baracken dienen euch vorläufig als Unterkunft. Ich habe einen Plan aufgestellt, der festhält, welche von euch fegen müssen, welche waschen und so weiter. Fragen beantworte ich jederzeit gerne. Dumme oder unverschämte Fragen werden mit Verstümmelung oder Tod bestraft. Vergeßt nie, daß ihr die Niedrigsten der Niedrigen seid. Wer sich das stets vor Augen hält, kann vielleicht am Leben bleiben."

Einen Augenblick hielt der Quaestor inne, dann fuhr er fort: „Während der nächsten Tage werden euch die verschiedensten Arbeiten zugeteilt werden. Manche werden in die Germaniumbergwerke geschickt, andere kommen zur Fischereiflotte, und andere wiederum werden in den verschiedensten Handelszweigen untergebracht werden. In der Zwischenzeit aber steht es euch frei, euch in Tetrahyde umzusehen."

Als ihn die Männer verständnislos anblickten, fügte er erklärend hinzu: „Tetrahyde ist die Stadt, in der ihr euch befindet. Es ist die größte Stadt auf Omega." Er dachte einen Augenblick nach. „Genauer gesagt, es ist die einzige Stadt auf Omega."

„Was bedeutet der Name Tetrahyde?" fragte Joe.

„Woher soll ich das wissen?" antwortete der Quaestor stirnrunzelnd. „Ich nehme an, es ist einer jener alten Namen, die immer wieder auftauchen. Jedenfalls – seht euch vor, wenn ihr ausgeht."

„Warum?" fragte Barrent.

Der Quaestor grinste. „Das, Peon, ist etwas, was du selbst

schnell herausfinden wirst." Er drehte sich um und verließ die Baracke.

Barrent ging zum Fenster. Von hier aus konnte er einen verlassenen Platz überblicken und dahinter einige Straßen von Tetrahyde.

„Willst du ausgehen?" fragte Joe.

„Natürlich", antwortete Barrent. „Kommt jemand mit?"

Der kleine Betrüger schüttelte den Kopf. „Ich glaube, daß ich hier besser aufgehoben bin."

„Foeren, wie steht's mit dir?"

„Mir ist das auch nicht geheuer", erwiderte Foeren. „Scheint mir besser, erst mal ein bißchen in der Nähe der Baracken zu bleiben."

„Lächerlich", sagte Barrent. „Die Stadt gehört jetzt auch uns. Kommt denn niemand mit?"

Foeren blickte sich unsicher um und zog die breiten Schultern hoch, während er den Kopf schüttelte. Auch Joe zuckte die Achseln und lehnte sich auf seinem Bett zurück. Die anderen blickten nicht einmal auf.

„Also gut", sagte Barrent. „Ich werde euch nachher Bericht erstatten." Er wartete einen Augenblick, ob nicht doch noch jemand seine Meinung ändern würde, dann verließ er die Baracke.

Tetrahyde bestand aus einer Ansammlung von Gebäuden auf einer schmalen Halbinsel, die in ein ruhiges graues Meer hinausragte. Gegen das Landesinnere zu war die Halbinsel durch eine hohe Steinmauer begrenzt. Darin waren Tore und Schilderhäuschen eingelassen. Das größte Gebäude der Halbinsel war die Arena, die einmal im Jahr für die Spiele verwendet wurde. Daneben standen einige Regierungsgebäude.

Barrent schritt durch die schmalen Straßen; er blickte sich neugierig nach allen Seiten um, um sich ein Bild von seiner neuen Heimat zu machen. Die gewundenen, ungepflasterten Straßen und die dunklen, vom Wetter gezeichneten Häuser rührten an irgend etwas Unfaßbares in seiner Erinnerung. Er hatte einen Ort wie diesen schon einmal auf der Erde gesehen, aber er konnte ihn sich nicht genauer vorstellen. Dieser Gedanke verfolgte ihn, aber soviel er sich auch anstrengte, er konnte sich an nichts Konkretes erinnern.

PLANET DER VERBRECHER 23

Nachdem er an der Arena vorbei war, kam er in das Geschäftszentrum von Tetrahyde. Voller Interesse las er die Inschriften über den Läden: ARZT OHNE LIZENZ – ABTREIBUNGEN WERDEN SOFORT VORGENOMMEN. Und ein Stück weiter: UNBESTELLTER ANWALT: POLITISCHE PROTEKTION!

Das alles erschien Barrent seltsam. Er ging weiter und kam an Läden vorbei, die gestohlene Waren anpriesen, und dann zu einem, an dem stand: ACHTUNG! HIER ARBEITEN MUTANTEN! HIER WIRD IHRE VERGANGENHEIT AUF DER ERDE AUFGEDECKT!

Barrent war versucht einzutreten. Aber er erinnerte sich daran, daß er kein Geld besaß. Und Omega schien ihm ganz danach auszusehen, als hätte Geld hier einen hohen Wert.

Er ging eine Seitenstraße hinunter, an mehreren Restaurants vorbei und gelangte zu einem großen Gebäude. GIFT-IINSTITUT, las er: GUTE KONDITIONEN, KUNDENFREUNDLICHE ZAHLUNGSFRISTEN. PROMPTE BEDIENUNG GARANTIERT ODER GELD ZURÜCK. Und an der nächsten Tür: MÖRDERINNUNG, TELEFON 452.

Wegen der Rede des Uniformierten auf dem Schiff hatte Barrent angenommen, daß das Leben auf Omega dazu bestimmt war, die Kriminellen zu rehabilitieren. Nach den Aufschriften der Läden zu urteilen, war das keineswegs der Fall; oder wenn, dann verlief diese Rehabilitierung auf höchst sonderbaren Wegen. Tief in Gedanken versunken, ging er weiter.

Dann bemerkte er plötzlich, daß die Leute einen großen Bogen um ihn machten. Sie starrten ihn an und duckten sich in Hauseingänge. Eine ältere Frau rannte entsetzt davon.

Stimmte etwas nicht mit ihm? Lag es an seiner Gefängnisuniform? Unwahrscheinlich – denn die Leute von Omega hatten viele davon gesehen. Aber was war es dann?

Die Straße war jetzt fast ausgestorben. Ein Ladeninhaber in seiner Nähe ließ hastig ein Gitter vor seiner Auslage herab.

„Was ist los?" fragte ihn Barrent. „Was geht hier vor?"

„Bist du von Sinnen?" antwortete der Mann. „Heute ist doch Landungstag!"

„Ich verstehe nicht."

„Landungstag!" wiederholte der Ladeninhaber. „Der Tag, an dem das Schiff mit den Gefangenen landet. Mach, daß du zurück in deine Baracke kommst, du Idiot!"

Er ließ das letzte Stahlgitter herab und verschloß es. Barrent fühlte plötzlich Angst in sich aufsteigen. Irgend etwas stimmte nicht. Er mußte so schnell wie möglich zurück in das Lager. Es war dumm von ihm gewesen, nicht mehr über die Gebräuche von Omega zu erfragen, bevor er . . .

Drei Männer kamen auf ihn zu. Sie waren gut gekleidet, jeder trug im linken Ohr den goldenen Ohrring eines Hadschis. Alle drei waren bewaffnet.

Barrent wollte in die andere Richtung davongehen, als einer der Männer rief: „Halt, Peon!"

Barrent sah, daß die Hand des Mannes in gefährlicher Nähe der Waffe war. Er blieb stehen. „Was ist los?" fragte er.

„Landungstag", antwortete der Mann. Er sah seine Freunde an. „Wer ist zuerst dran?"

„Wir werden es auslosen."

„Hier ist eine Münze."

„Nein, lieber knobeln."

„Fertig? Eins, zwei, drei!"

„Er gehört mir", sagte der Hadschi zur Linken. Seine Freunde traten zurück, als er den Revolver zog.

„Halt!" schrie Barrent. „Was geht hier vor?"

„Ich werde dich erschießen", erklärte der Hadschi.

„Aber warum?"

Der Mann lächelte. „Weil das ein Vorrecht eines Hadschis ist. Am Landungstag haben wir das Recht, jeden neuen Peon niederzuknallen, der die Baracken verläßt."

„Aber das hat mir niemand gesagt!"

„Natürlich nicht", antwortete der Mann. „Wenn ihr neuen Leute das wüßtet, würde am Landungstag doch keiner mehr die Baracken verlassen. Und das würde den ganzen Spaß verderben." Er legte an.

Barrent reagierte fast automatisch. Er warf sich zu Boden und hörte ein zischendes Geräusch; dicht hinter ihm zeichnete sich auf der Backsteinfront ein verbrannter Fleck ab.

„Jetzt bin ich dran", sagte einer der beiden anderen.

„Tut mir leid, mein Lieber. Aber ich glaube, ich komme zuerst."

„Das Alter hat den Vorrang, mein Freund. Mach Platz!"

Bevor der nächste richtig zielen konnte, war Barrent aufgesprungen und rannte davon. Für einen Augenblick kam ihm die stark gewundene Straße zu Hilfe, aber er konnte die Schritte seiner Verfolger dicht hinter sich hören. Sie liefen mit ruhiger Gelassenheit, als wären sie ihrer Beute sicher. Barrent beschleunigte seine Schritte und bog in eine Seitengasse ein, bemerkte aber sofort, daß das ein Fehler gewesen war. Er war in eine Sackgasse geraten. Die Hadschis kamen immer näher.

Barrent blickte sich verzweifelt um. Alle Läden und Hauseingänge waren fest verschlossen. Nirgends konnte er sich verstecken oder Deckung suchen.

Und dann erspähte er in der Richtung, aus der seine Verfolger kamen, ein paar Häuserblocks weiter einen offenen Hauseingang. Er war direkt daran vorbeigelaufen. Ein Schild über der Tür verkündete: SCHUTZGESELLSCHAFT FÜR OPFER. Genau das Richtige für mich, dachte Barrent.

Er rannte darauf zu, fast bis zu den erstaunt dreinblickenden Hadschis. Ein einzelner Schuß zischte knapp vor seinen Füßen vorbei; dann hatte er den Eingang erreicht und stürzte hinein.

Er raffte sich wieder auf. Seine Verfolger waren draußen zurückgeblieben; er konnte ihre Stimmen auf der Straße hören. Leidenschaftlich diskutierten sie weitere Möglichkeiten, ihn zu fangen. Barrent vergegenwärtigte sich, daß er eine Art Zufluchtsstätte betreten hatte.

Er befand sich in einem großen, hell erleuchteten Raum. Auf einer Bank dicht neben der Tür hockten mehrere zerlumpte Gestalten. Sie lachten über irgend etwas. In einiger Entfernung von ihnen saß ein dunkelhaariges Mädchen und beobachtete ihn. Am anderen Ende des Raums stand ein Tisch, hinter dem ein Mann saß. Er winkte Barrent heran.

Barrent schritt auf den Tisch zu. Der Mann dahinter war klein und trug eine Brille. Er lächelte ermutigend und wartete darauf, daß Barrent etwas sagte.

„Ist dies hier die Schutzgesellschaft für Opfer?" fragte Barrent.

„Ganz recht, mein Herr", antwortete der Mann. „Ich bin Rondolp Frendlyer, der Präsident dieser uneigennützigen Organisation. Kann ich Ihnen behilflich sein?"

„Darum möchte ich Sie bitten", antwortete Barrent. „Genaugenommen bin ich ein Opfer."

„Das stellte ich gleich auf den ersten Blick fest", sagte Frendlyer und lächelte ihm freundlich zu. „Sie haben so was im Blick, eine Mischung von Furcht, Ungewißheit und Wut. Das ist unübersehbar."

„Sehr interessant", meinte Barrent mit einem kurzen Seitenblick zur Tür. Er fragte sich, wie lange man draußen diese Zufluchtsstätte respektieren würde. „Mister Frendlyer, leider bin ich kein Mitglied Ihrer Organisation –"

„Das spielt keine Rolle", beruhigte ihn Frendlyer. „Ein Beitritt zu unserer Organisation erfolgt notwendigerweise immer spontan. Man tritt bei, wenn sich gerade die Gelegenheit ergibt. Unsere Absicht ist es, die äußerlichen Rechte aller Opfer zu schützen."

„Jawohl. Also – draußen sind drei Männer, die mich zu töten versuchen."

„Ich verstehe", sagte Frendlyer. Er öffnete eine Schublade des Tisches und holte ein dickes Buch hervor. Er blätterte es flink durch, bis er gefunden hatte, was er suchte. „Sagen Sie, haben Sie den Status dieser drei Männer festgestellt?"

„Ich glaube, es waren Hadschis", antwortete Barrent. „Jeder trug einen goldenen Ohrring im linken Ohr."

„Ganz recht. Und heute ist Landungstag. Sie kamen von dem Schiff, das heute gelandet ist, und wurden als Peon klassifiziert. Habe ich recht?"

„Ja."

„Dann freue ich mich, Ihnen mitteilen zu können, daß alles in bester Ordnung ist. Die Jagdzeit des Landungstages endet bei Sonnenuntergang. Sie können von hier mit der festen Versicherung weggehen, daß alles in Ordnung ist und Ihre Rechte in keiner Weise verletzt worden sind."

„Hier weggehen? Nach Sonnenuntergang, wollten Sie sagen!"

Mr. Frendlyer schüttelte den Kopf und lächelte bedauernd. „Leider nicht. Gemäß den Gesetzen müssen Sie uns sofort verlassen."

„Aber die draußen werden mich umbringen!"

„Das ist allerdings wahr", antwortete Frendlyer. „Unglücklicherweise läßt sich daran nichts ändern. Ein Opfer ist seiner Definition nach jemand, der getötet werden soll."

„Ich dachte, dies wäre eine Organisation zu seinem Schutz."

„Das ist sie auch. Aber wir schützen Rechte, nicht Opfer. Ihre Rechte sind nicht verletzt worden. Die Hadschis haben das Recht, Sie am Landungstag zu töten – und zwar jederzeit vor Sonnenuntergang, wenn Sie nicht in den Baracken sind. Sie dagegen haben das Recht, jeden zu töten, der versucht, Sie umzubringen."

„Aber ich besitze keine Waffe", wandte Barrent ein.

„Opfer haben nie eine Waffe", erklärte Frendlyer. „Das macht doch den ganzen Unterschied aus, finden Sie nicht? Aber ob Waffe oder nicht, jetzt müssen Sie leider wieder gehen." Barrent konnte noch immer die trägen Stimmen der Hadschis vor der Tür in der Gasse hören. „Haben Sie hier eine Hintertür?" fragte er.

„Tut mir leid."

„Dann werde ich einfach hierbleiben."

Noch immer lächelnd, öffnete Frendlyer eine andere Schublade und holte eine Pistole hervor. Er zielte auf Barrent und sagte: „Sie müssen jetzt wirklich gehen. Sie können Ihr Glück bei den Hadschis versuchen oder aber hier sterben – ohne jede Chance."

„Leihen Sie mir Ihre Waffe", bat Barrent.

„Das ist verboten", entgegnete Frendlyer. „Man kann schließlich kein Opfer mit einer Waffe frei herumlaufen lassen, verstehen Sie das nicht? Da käme ja alles durcheinander." Er entsicherte die Waffe. „Wollen Sie jetzt gehen oder nicht?"

Barrent rechnete sich seine Chance aus, wenn er auf den Tisch zustürzte, um dem anderen die Pistole zu entreißen, und mußte sich eingestehen, daß ihm das nicht gelingen würde. Er drehte sich um und ging langsam auf die Tür zu. Die zerlumpten Männer lachten noch immer über irgendeinen Witz. Das dunkelhaarige Mädchen hatte sich von der Bank erhoben und stellte sich dicht neben die Tür. Als er sich ihr näherte, sah Barrent, daß sie sehr hübsch war. Verwundert fragte er sich, welches Verbrechen sie begangen haben mochte, um von der Erde deportiert zu werden.

Als er an ihr vorbeiging, fühlte er plötzlich etwas Hartes an der Seite. Er griff danach und hielt eine kleine, aber sehr leistungsfähig aussehende Pistole in der Hand.

„Viel Glück", sagte das Mädchen. „Ich hoffe, Sie wissen, wie man damit umgeht."

Barrent nickte ihr dankbar zu. Er war sich dessen nicht ganz sicher, aber er wollte es gern herausfinden.

4

AUSSER den drei Hadschis befand sich niemand in der Gasse. Sie standen etwa fünfzehn Meter entfernt und unterhielten sich ruhig. Als Barrent heraustrat, gingen zwei von ihnen ein paar Schritte zurück; der dritte fixierte ihn scharf, die Waffe lässig in der Hand haltend. Als er bemerkte, daß Barrent bewaffnet war, legte er schnell an.

Barrent warf sich zu Boden und zog den Abzug der ungewohnten Waffe. Er fühlte, wie sie in seiner Hand erzitterte, und sah, wie der Kopf und die Schultern des Hadschis schwankten und zu zerfallen begannen. Bevor er auf die anderen beiden anlegte, wurde die Waffe mit einem heftigen Ruck seiner Hand entrissen. Der Schuß des sterbenden Hadschis hatte den Lauf gestreift.

Verzweifelt stürzte Barrent auf die Pistole zu, er wußte, daß er sie kaum rechtzeitig erreichen würde. Seine Haut juckte in Erwartung des tödlichen Schusses. Er rollte auf die Pistole zu, noch immer erstaunlich lebendig, und legte auf den zweiten Hadschi an.

Gerade noch rechtzeitig konnte er sich zurückhalten.

Die Hadschis hatten ihre Pistolen wieder eingesteckt. Einer von ihnen sagte: „Armer alter Draken. Er lernte es einfach nicht, schnell abzufeuern."

„Mangel an Praxis", antwortete der andere. „Draken hat nie viel Zeit auf dem Übungsstand verbracht."

„Wenn du mich fragst, so war das eine gute Lehre. Man darf nie aus der Übung kommen."

„Und", fügte der erste hinzu, „man darf selbst einen Peon nicht unterschätzen." Er blickte Barrent an. „Feiner Schuß, mein Lieber."

„Ja, wirklich ganz nett", stimmte der andere zu.

„Es ist schwierig, aus der Bewegung heraus genau zu treffen."

Barrent erhob sich zitternd. Er hielt noch immer die Waffe des Mädchens in der Hand, um bei der ersten verdächtigen Bewegung schießen zu können. Aber die Hadschis gaben sich unbefangen. Sie schienen den Vorfall als abgeschlossen zu betrachten.

„Und was nun?" fragte Barrent.

„Nichts", antwortete der eine Hadschi. „Am Landungstag darf jeder Mann oder jede Jagdgesellschaft nur ein einziges Opfer stellen. Danach scheidet man aus."

„Es ist wirklich kein sehr wichtiger Feiertag", sagte der andere. „Nicht wie die Spiele oder die Lotterie."

„Alles, was Sie jetzt noch tun können, ist, zum Registrierbüro zu gehen und Ihre Erbschaft anzutreten."

„Meine was?"

„Ihre Erbschaft", erklärte der Hadschi geduldig. „Sie haben Anspruch auf das gesamte Vermögen Ihres Opfers. In Drakens Fall allerdings, fürchte ich, ist das nicht allzu viel."

„Er ist nie ein guter Geschäftsmann gewesen", bemerkte der andere mitleidig.

„Trotzdem – Sie werden etwas erhalten, das Ihnen den Start erleichtert. Und da Sie einen autorisierten Mord verübt haben – obgleich einen ziemlich ungewöhnlichen –, steigen Sie im Rang auf. Sie werden ein freier Bürger."

Die Straße hatte sich inzwischen wieder belebt. Menschen eilten hin und her, und die Ladenbesitzer zogen die Gitter und Türen auf. Ein Lastwagen mit der Aufschrift „LEICHENABFUHR, EINHEIT 5" kam angefahren, und vier uniformierte Männer luden Drakens Leichnam auf.

Das normale Leben geht weiter. Diese Erkenntnis beruhigte Barrent mehr als die Versicherung der Hadschis, daß die augenblickliche Gefahr vorbei wäre. Er steckte die Waffe des Mädchens in die Tasche.

„Das Registrierbüro liegt in dieser Richtung", sagte einer der Hadschis. „Wir werden als Ihre Zeugen auftreten."

Barrent verstand die Situation noch immer nicht völlig, aber da sich die Dinge zu seinen Gunsten zu entwickeln schienen, entschied er, alles ohne weitere Fragen zu akzeptieren. Später würde er genügend Zeit haben herauszufinden, was sich eigentlich abspielte.

In Begleitung der beiden Hadschis ging er zum Registrierbüro am Gunpoint Square. Dort hörte sich ein gelangweilter Angestellter die ganze Geschichte an, überreichte ihm Drakens Geschäftspapiere und schrieb Barrents Namen über den von

Draken. Barrent stellte fest, daß schon mehrere andere Namen darunter gestanden hatten. In Tetrahyde schienen die Geschäfte recht schnell von einer Hand in die andere überzugehen.

Er stellte fest, daß er jetzt der Besitzer eines „Antidotladens" am Blaser Boulevard 3 war.

Mit den Geschäftspapieren wurde Barrent offiziell als freier Bürger anerkannt. Der Beamte überreichte ihm einen Standesring, der aus Kugelblei gefertigt war, und riet ihm, sich so bald wie möglich Zivilkleidung anzuziehen, um unangenehme Zwischenfälle zu vermeiden.

Draußen wünschten ihm die Hadschis viel Glück. Barrent entschloß sich, erst einmal sein neues Geschäft anzusehen.

BLASER BOULEVARD war eine kurze Gasse, die zwei Hauptstraßen miteinander verband. Fast genau in der Mitte befand sich ein Geschäft mit der Aufschrift: ANTIDOTLADEN. Und darunter stand: ALLE ARTEN VON GEGENGIFT – TIERISCHE, PFLANZLICHE ODER MINERALISCHE. TRAGEN SIE STETS UNSERE PRAKTISCHE „SELBST-IST-DER-MANN"-BOX BEI SICH! DREIUNDZWANZIG ANTIDOTS IN EINEM HANDLICHEN TASCHENBEHÄLTER!

Barrent schloß die Tür auf und trat ein. Hinter einem niedrigen Ladentisch sah er deckenhohe Regale mit beschrifteten Flaschen darauf; Kannen und Kartons und viereckige Glasschalen mit seltsam geformten Blättern, Zweigen und Pilzen. Hinter dem Tisch waren auf einem Brett einige Bücher aufgereiht, mit Titeln wie: *Schnelle Diagnosen bei akuten Vergiftungen; Die Arsen-Familie* oder *Die Extrakte des Schwarzen Bilsenkrauts.*

Es war offensichtlich, daß Vergiftungen im täglichen Leben von Omega eine große Rolle spielten. Dies war ein Laden – und folglich gab es auch noch andere –, der sich einzig und allein damit beschäftigte, Antidots zu verkaufen. Barrent dachte darüber nach und stellte fest, daß er zwar ein seltsames, aber ehrbares Geschäft geerbt hatte. Er würde die Bücher studieren und herauszufinden versuchen, wie solch ein Antidotladen geführt wurde.

Der Laden hatte einen hinteren Teil mit einem Wohnraum, einem Schlafzimmer und einer Küche. In einem der Schränke fand Barrent einen schlechtsitzenden Anzug eines freien Bürgers in Schwarz, den er überzog. Er nahm die Waffe des Mädchens aus der Gefängniskleidung, wog sie in der Handfläche und steckte sie dann in die Tasche seines neuen Anzugs. Er verließ den Laden und machte sich auf den Weg zurück zur Schutzgilde der Opfer.

Die Tür war noch immer offen, und auch die drei zerlumpten Gestalten hockten noch immer auf der Bank. Jetzt lachten sie nicht mehr. Das lange Warten schien sie ermüdet zu haben. Am anderen Ende des Raumes saß Mr. Frendlyer hinter seinem Schreibtisch und las in einem dicken Stoß Papiere. Von dem Mädchen war nichts zu sehen.

Barrent ging auf den Tisch zu, und Frendlyer erhob sich, um ihn zu begrüßen. „Meinen Glückwunsch!" sagte er. „Mein lieber Freund, meinen herzlichsten Glückwunsch! Das war wirklich ein ausgezeichneter Schuß. Und noch dazu aus der Bewegung!"

„Danke", antwortete Barrent. „Der Grund, weswegen ich hierher zurückkam –"

„Ich weiß", unterbrach ihn Frendlyer. „Sie möchten in Ihren Rechten und Pflichten als freier Bürger unterrichtet werden. Das ist doch ganz natürlich. Wenn Sie auf der Bank da drüben Platz nehmen wollen, werde ich –"

„Das ist eigentlich nicht der Grund meines Kommens", erklärte Barrent. „Natürlich möchte ich mich auch über meine Rechte und Pflichten informieren. Aber im Moment möchte ich das Mädchen finden."

„Ein Mädchen?"

„Sie saß hier auf der Bank, als ich vorhin hier hereinkam. Sie hat mir die Pistole gegeben."

Mr. Frendlyer sah ihn erstaunt an. „Bürger, Sie müssen unter einer Täuschung leiden. In diesem Büro ist den ganzen Tag noch kein Mädchen gewesen."

„Sie hat auf jener Bank dicht bei den drei Männern gesessen. Ein sehr hübsches dunkelhaariges Mädchen. Sie müssen sie gesehen haben."

„Natürlich hätte ich sie bemerkt, wenn sie hiergewesen wäre", antwortete Frendlyer, mit den Augen zwinkernd. „Aber wie ich schon vorhin betonte, hat heute noch keine Frau mein Büro betreten."

Barrent starrte ihn an und zog die Pistole aus der Tasche.

„Woher habe ich das hier denn sonst?"

„Ich habe sie Ihnen geliehen", antwortete Frendlyer. „Ich bin froh, daß Sie sie erfolgreich gebrauchen konnten, aber jetzt hätte ich sie wirklich gern wieder zurück."

„Sie lügen", sagte Barrent und umklammerte die Pistole fest. „Fragen wir doch die Männer da."

Er ging zu der Bank, Frendlyer folgte ihm. Er sprach den Mann an, der am dichtesten neben dem Mädchen gesessen hatte. „Wohin ist das Mädchen gegangen?"

Der Mann war unrasiert. „Über welches Mädchen sprechen Sie, Bürger?" fragte er mit ausdrucksloser Miene.

„Über das, das hier direkt neben Ihnen gesessen hat."

„Ich habe niemanden bemerkt. Rafeel, hast du hier ein Mädchen sitzen sehen?"

„Ich nicht", antwortete Rafeel, „und ich sitze hier schon seit zehn Uhr morgens."

„Ich habe auch niemanden bemerkt", erklärte der dritte Mann. „Und dabei habe ich gute Augen."

Barrent wandte sich wieder an Frendlyer. „Warum belügen Sie mich?"

„Ich habe Ihnen nichts als die Wahrheit gesagt", antwortete Frendlyer. „Den ganzen Tag ist noch kein Mädchen hiergewesen. Ich habe Ihnen die Pistole geliehen, das ist mein gutes Recht als Präsident der Schutzinnung der Opfer. Ich wäre Ihnen dankbar, wenn Sie sie mir zurückgeben würden."

„Das werde ich nicht tun", sagte Barrent. „Ich werde die Pistole behalten, bis ich das Mädchen gefunden habe."

„Das wäre nicht klug", sagte Frendlyer und fügte hastig hinzu: „Diebstahl unter diesen Umständen ist nicht entschuldbar."

„Das Risiko nehme ich auf mich", antwortete Barrent. Er drehte sich auf dem Absatz um und verließ die Schutzgilde der Opfer.

5

BARRENT brauchte einige Zeit, um sich von seinem ereignisreichen Eintritt in das Leben auf Omega zu erholen. Vor wenigen Stunden hatte er sich im hilflosen Stadium eines Neugeborenen befunden, und nun hatte er einen Menschen umgebracht und war Besitzer eines Ladens. Von einer vergessenen Vergangenheit auf einem Planeten namens Erde war er in eine zweifelhafte Gegenwart in einer Welt voller Krimineller geworfen worden. Er hatte einen kleinen Einblick in eine komplizierte Klassenstruktur gewonnen und einen Hinweis dafür erhalten, daß er in ein festgelegtes Programm von Verbrechen und Morden geraten war. Er hatte in sich selbst ein gewisses Maß an Selbstvertrauen entdeckt und auch eine außerordentliche Behendigkeit im Umgang mit einer Pistole. Er wußte, daß es noch eine gewaltige Menge Wissenswertes über Omega, die Erde und sich selbst herauszufinden galt.

Aber alles der Reihe nach. Zuerst mußte er sich seinen Lebensunterhalt verdienen. Und dazu mußte er sich über Gifte und Gegengifte informieren.

Er bezog die Wohnung im hinteren Teil seines Ladens und begann, die Bücher des toten Hadschi Draken zu studieren.

Die Literatur über Gifte war faszinierend. Es gab die Giftpflanzen, wie man sie auf der Erde kannte, Nieswurz, Herbstzeitlose, Nachtschatten und Eibe. Er erfuhr etwas über die Wirkung des Schierlings – den einleitenden Rausch und die nachfolgenden Krämpfe. Es wurden Vergiftungen durch Blausäure bei bitteren Mandeln und durch Digitalis-Glykorise beim Fingerhut beschrieben. Da gab es die furchtbare Wirksamkeit von Wolfsmilch und den tödlichen Eisenhut.

Aber die Pflanzengifte stellten trotz ihrer erschreckenden Reichhaltigkeit nur einen Teil seines Studienprogramms dar. Er mußte die Tiere des Landes, der Luft und die aus dem Wasser studieren, die verschiedenen Arten tödlicher Spinnen, die Schlangen, Skorpione und riesigen Wespen. Außerdem gab es eine imponierende Zahl metallischer Gifte wie Arsen, Quecksilber und Wismut. Da waren die Ätzmittel – Salpetersäure, Salzsäure, Phosphor und Schwefelsäure. Und dazu kamen noch die Gifte, die von den verschiedensten Stoffen destilliert oder gewonnen worden waren, unter ihnen Strychnin, Ameisensäure und dergleichen mehr. Für jedes Gift waren ein oder mehrere Antidots verzeichnet; aber diese komplizierten, sorgfältig beschriebenen Stoffe waren häufig nicht wirksam, fürchtete Barrent. Um die

Angelegenheit noch schwieriger zu machen, schien die Wirksamkeit eines Gegengiftes von einer korrekten Diagnose einer Giftwirkung abzuhängen. Und nur allzuoft wiesen mehrere Gifte die gleichen Symptome auf.

Barrent dachte über all diese Probleme nach, während er die Bücher studierte. Zwischendurch bediente er mit einiger Nervosität seine ersten Kunden.

Er fand heraus, daß viele seiner Befürchtungen grundlos gewesen waren. Trotz der Dutzende tödlicher Substanzen, die das Giftinstitut anpries, hielten sich die meisten Giftmischer engstirnig an Arsen oder Strychnin. Diese Gifte waren billig, sicher und sehr schmerzhaft. Blausäure hatte einen leicht erkennbaren Geruch, Quecksilber war schwierig zu erhalten, und die Ätzmittel, obgleich außerordentlich spektakulär, waren auch für den, der sie anwendete, nicht ganz ungefährlich. Wolfsmilch war natürlich sehr gut; Nachtschatten auch nicht zu verachten, und die Giftpilze besaßen einen eigenen Charme. Aber all dies waren die Gifte einer älteren, besinnlicheren Generation. Die ungeduldigen jüngeren Leute der Gegenwart – vor allem die Frauen, die fast neunzig Prozent aller Giftmischer auf Omega ausmachten –gaben sich einfach mit Arsen oder Strychnin zufrieden, wie die Gelegenheit sich gerade anließ.

Die Frauen von Omega waren konservativ. Sie interessierten sich absolut nicht für die nie endenden Verbesserungen der Giftkunst. Die Mittel kümmerten sie nicht; nur das Ende, das so schnell und billig wie möglich erreicht werden sollte. Die Frauen von Omega waren wegen ihres gesunden Menschenverstandes berühmt. Obgleich die eifrigen Theoretiker des Giftinstituts sich bemühten, zweifelhafte Mixturen von Kontaktgiften zu verkaufen, und sich große Mühe gaben, komplizierte Systeme der verschiedensten Stoffe aufzubauen, fanden sich doch nur sehr wenige weibliche Interessenten dafür. Einfaches Arsen und schnellwirkendes Strychnin bildeten die begehrtesten Artikel in diesem Handelszweig.

Dies vereinfachte Barrents Arbeit natürlich erheblich. Seine Gegenmittel – für sofortiges Erbrechen, Säuberung des Magens oder neutralisierende Stoffe – waren leicht herzustellen.

Einige Schwierigkeiten hatte er mit Männern, die es strikt

ablehnten, daß man sie mit so simplen Stoffen wie Arsen oder Strychnin vergiftet haben sollte. In diesen Fällen verschrieb Barrent ein Gemisch von Wurzeln, Kräutern, Blättern und einem leichten, kurz anhaltenden Betäubungsgift. Aber danach ordnete er stets Brech- und Abführmittel an.

Nachdem er sich etwas eingelebt hatte, besuchten ihn Danis Foeren und Joe. Foeren arbeitete vorübergehend in den Docks, wo er Fischerboote ent- und belud. Joe hatte ein nächtliches Pokerspiel für die Regierungsbeamten von Tetrahyde organisiert. Keiner der beiden hatte seinen Rang sonderlich verbessert; keinem war es gelungen, einen Mord zu verüben, so daß sie es nur bis zum Residenten zweiter Klasse gebracht hatten. Es machte sie ein wenig nervös, gesellschaftlichen Verkehr mit einem freien Bürger zu pflegen, aber Barrent half ihnen, diese Verlegenheit zu überbrücken. Sie waren die einzigen Freunde, die er auf Omega besaß, und er hatte nicht die Absicht, sie wegen gesellschaftlicher Vorurteile zu verlieren.

Barrent konnte von ihnen nicht viel über die Gesetze und Gebräuche von Tetrahyde lernen. Selbst Joe war es nicht gelungen, Definitives von seinen Freunden in der Regierung zu erfahren. Auf Omega wurden die Gesetze geheimgehalten. Die älteren Einwohner benutzten ihr Wissen dazu, sich gegenüber den Neuankömmlingen einen Vorteil zu verschaffen. Dieses System behauptete sich auf Grund der Doktrin, daß alle Menschen in Rang und Stellung ungleich wären. Durch organisierte Ungleichheit und bewußt gefördertes Unwissen blieben Macht und gesellschaftlicher Rang in den Händen der älteren Einwohner.

Natürlich konnte ein gewisser Prozentsatz an Aufsteigern nicht verhindert werden. Aber das Vorwärtskommen ließ sich hinauszögern und außerordentlich gefährlich machen. Die Art, wie man auf Omega Gesetzen und Bräuchen gegenübertreten mußte, war ein riskanter Prozeß von Versuch und Irrtum.

Obgleich der Laden ihn die meiste Zeit in Anspruch nahm, setzte Barrent seine Versuche fort, das Mädchen zu finden. Aber es gelang ihm nicht einmal, nur den geringsten Hinweis zu erhalten, daß sie überhaupt existierte.

Er freundete sich mit den Ladenbesitzern an, die neben ihm wohnten. Einer von ihnen, Demond Harrisbourg, war ein forscher junger Mann mit einem Schnurrbart, der ein Lebensmittelgeschäft unterhielt. Es sei ein prosaisches und ziemlich albernes Unternehmen, wie sich Harrisbourg auszudrücken pflegte, aber, so fügte er stets hinzu, selbst Verbrecher müßten essen. Und dazu seien nun einmal Bauern, Transporteure, Großhändler und Lebensmittelgeschäfte notwendig. Harrisbourg behauptete, daß sein Beruf in keiner Weise denen nachstehe, die sich mit Morden und ähnlichem auf Omega befaßten. Außerdem war der Onkel seiner Frau Minister für öffentliche Arbeit. Durch ihn erhoffte Harrisbourg ein Mordzertifikat zu erhalten. Mit diesem überaus wichtigen Dokument konnte er sechs Monate lang morden und sich bis zum Privilegbürger hinaufarbeiten.

Barrent nickte zustimmend. Aber innerlich zweifelte er nicht daran, daß Harrisbourgs Frau, eine dürre, ruhelose Person, noch vorher versuchen würde, ihn zu vergiften. Sie schien nicht mit ihm zufrieden, und Scheidung war auf Omega verboten.

Sein anderer Nachbar, Tem Rend, war ein schmächtiger Mann Anfang Vierzig. Eine Brandnarbe zog sich von seinem linken Ohr bis fast zum Mundwinkel über das Gesicht, ein Andenken, das ihm ein hoffnungsvoller Anwärter auf eine Verbesserung seines Ranges verabreicht hatte. Aber anscheinend war dieser an den Falschen geraten. Tem Rend besaß eine Waffenhandlung, übte unaufhörlich und trug stets einige seiner Verkaufsgegenstände mit sich herum. Nach den Aussagen der Zeugen hatte er einen perfekten Gegenmord verübt. Tem träumte davon, einmal Mitglied der Mordgilde zu werden. Sein Antrag auf Beitritt in diese strenge Organisation lief schon, und er hatte die berechtigte Hoffnung, innerhalb der nächsten Monate aufgenommen zu werden.

Barrent kaufte von ihm eine Handfeuerwaffe. Auf Rends Rat hin entschied er sich für eine Jamiason-Tyre-Nadelstrahlpistole. Sie war schneller und treffsicherer als jede Projektilwaffe und hatte die gleiche Durchschlagskraft wie eine schwerkalibrige Pistole. Der Sicherheit halber hatte sie nicht die Streubreite wie die Hitzewaffen, die die Hadschis verwendeten und die nur bis zu einer Entfernung von eineinhalb Metern töteten. Aber weitstreuende Strahler waren nicht so genau. Es waren Waffen, die zu sorglosen Charakteren paßten. Jedermann konnte eine Hitzepistole abfeuern, aber um eine Nadelstrahlpistole wirkungsvoll zu gebrauchen, mußte man ständig üben. Und diese Übung machte sich bezahlt. Ein guter Nadelstrahlschütze konnte leicht mit zwei Gegnern mit weitstreuenden Hitzepistolen fertig werden.

Barrent nahm sich diesen Ratschlag zu Herzen, um so mehr, als er von einem Anwärter auf die Mördergilde und gleichzeitig dem Besitzer einer Waffenhandlung kam. Er verbrachte viele Stunden an Rends Kellerschießstand, verbesserte seine Reaktionen und gewöhnte sich an die Schnellschußhalfter.

Es gab eine Menge zu tun und zu lernen, nur um überhaupt zu überleben. Barrent scheute keine harte Arbeit, solange sie auf ein erstrebenswertes Ziel hinführte. Er hoffte, daß es für eine Weile ruhig bleiben würde, so daß er sein Wissen soweit wie möglich dem der älteren Bewohner anpassen konnte.

Aber auf Omega blieben die Dinge nie lange ruhig.

Eines Tages, als er am späten Nachmittag gerade seinen Laden zuschließen wollte, trat ein ungewöhnlich aussehender Besucher ein. Es war ein fünfzigjähriger, schwer gebauter Mann mit harten, finsteren Gesichtszügen. Um die Hüfte trug er einen Gürtel, an dem ein kleines schwarzes Buch und ein Dolch mit schwarzem Griff baumelten. Er machte den Eindruck ungewöhnlicher Stärke und Autorität. Barrent konnte seinen Rang nicht erkennen.

„Ich wollte gerade schließen, Sir", sagte Barrent, „aber wenn Sie irgend etwas kaufen wollen?"

„Ich bin nicht gekommen, um etwas zu kaufen", erwiderte der Besucher. Er erlaubte sich ein schwaches Lächeln. „Ich bin gekommen, um etwas zu verkaufen."

„Verkaufen?"

„Ich bin ein Priester", erklärte der Mann. „Sie sind neu in meinem Distrikt. Ich habe Sie nie beim Gottesdienst bemerkt."

„Ich hatte nicht gewußt –"

Der Priester hob die Hand. „Bei dem heiligen Gesetz ist Unwissenheit keine Entschuldigung für die Nichterfüllung einer Pflicht. Im Gegenteil: Unwissenheit kann als ein Akt mutwilliger Vernachlässigung bestraft werden, das stützt sich auf das Gesetz der völligen persönlichen Verantwortlichkeit von 23, ganz zu schweigen vom Kleinen Kodizill." Wieder lächelte er. „Jedoch ist bis jetzt noch kein Grund zur Züchtigung gegeben."

„Ich bin froh, das zu hören, Sir", antwortete Barrent.

„‚Onkel' ist die richtige Form der Anrede", erklärte der Priester. „Ich bin Onkel Ingemar und bin gekommen, um Ihnen von der orthodoxen Religion auf Omega zu erzählen. Das ist die Verehrung des reinen, transzendenten Teufelsgeistes, der unsere Inspiration und unseren Trost bildet."

„Ich würde mich freuen, mehr über die Religion des Bösen zu erfahren, Onkel. Wollen wir in den Wohnraum gehen?"

„Gewiß, Neffe", sagte der Priester und folgte Barrent in die Wohnung im hinteren Teil des Ladens.

6

„Das Böse", begann der Priester, nachdem er es sich in Barrents bestem Sessel bequem gemacht hatte, „ist die Kraft in uns, die uns dazu anregt, stark und duldsam zu sein. Die Verehrung des Bösen ist grundsätzlich die Verehrung unseres eigenen Ichs; und deshalb ist es auch die einzige wahre Verehrung. Das Böse ist unendlich und unabänderlich, obgleich es in den verschiedensten Lebensformen zu uns kommt."

„Möchten Sie einen Schluck Wein, Onkel?" fragte Barrent.

„Danke, das ist sehr aufmerksam", antwortete Onkel Ingemar. „Wie geht das Geschäft?"

„Recht gut. Diese Woche ein wenig zögernd."

„Die Leute hegen nicht mehr das gleiche Interesse für Vergiftungen", bemerkte der Priester, während er genußvoll an seinem Glas nippte. „Jedenfalls nicht so sehr wie zu meiner Jugend, als ich noch fast als Knabe von der Erde deportiert wurde. Doch ich sprach gerade über das Böse."

„Ja, Onkel."

„Wir verehren das Böse", fuhr Onkel Ingemar fort. „In der fleischlichen Form des Schwarzen, dem gehörnten und furchtbaren Gespenst unserer Tage und Nächte. In dem Schwarzen finden wir die sieben Hauptsünden, die vierzig Kapitalverbrechen und die hundertundein Vergehen. Es gibt kein Verbrechen, das der Schwarze noch nicht begangen hat – fehlerfrei, wie es seine Natur befiehlt. Deshalb eifern wir Unvollkommenen seiner Vollkommenheit nach. Und manchmal belohnt uns der Schwarze, indem er in seinem glühenden Fleisch vor uns erscheint. Ja, Neffe, ich selbst genieße den Vorzug, ihn gesehen zu haben. Vor zwei Jahren erschien er beim Abschluß der Spiele, und auch in dem Jahr davor."

Einen Augenblick lang brütete der Priester über diese anbetungswürdige Erscheinung nach. Dann sagte er: „Da wir im Staat das höchste Potential für das Böse erkennen, verehren wir auch ihn als etwas Übermenschliches, obgleich weniger göttlich, weniger schöpferisch."

Barrent nickte. Es fiel ihm schwer, wach zu bleiben. Onkel Ingemars monotone Stimme, die einen Vortrag über etwas so Alltägliches wie das Böse hielt, hatte auf ihn die Wirkung eines Schlafmittels. Er mußte dagegen ankämpfen, daß ihm die Augen zufielen.

„Man darf sehr wohl fragen", dröhnte Onkel Ingemars Stimme weiter, „ob das Böse das Höchste ist, was die Natur des Menschen erreichen kann. Warum hat dann der Schwarze die Existenz von irgend etwas Gutem im Universum zugelassen? Das Problem des Guten hat den Nichterleuchteten generationenlang Kopfzerbrechen bereitet. Ich will es Ihnen erklären."

„Bitte", ermunterte ihn Barrent und kniff sich heimlich in den Oberschenkel, um nicht einzuschlafen.

„Aber zuerst wollen wir uns über die Begriffe im klaren sein", fuhr Onkel Ingemar fort. „Untersuchen wir doch einmal das Wesen des Guten. Blicken wir unserem großen Opponenten starr und furchtlos ins Gesicht, und studieren wir die wahren Züge seines Antlitzes!"

„Ja, tun wir das", murmelte Barrent und fragte sich, ob er nicht lieber ein Fenster öffnen solle. Die Augenlider wurden ihm unbeschreiblich schwer. Er rieb sie kräftig und versuchte aufzupassen.

„Das Gute ist eine Illusion", erklärte Onkel Ingemar mit seiner gleichmäßigen, monotonen Stimme, „die dem Menschen Altruismus, Demut und Frömmigkeit zuschreibt. Wie können wir das Gute als eine Illusion erkennen? Weil es im ganzen Universum nur den Menschen und den Bösen gibt; und den Schwarzen zu verehren ist der letzte Ausdruck unserer selbst. Da wir also somit bewiesen haben, daß das Gute eine Illusion ist, erkennen wir seine Attribute auch als nichtexistent an. Verstanden?"

Barrent antwortete nicht. „Haben Sie das verstanden?" fragte der Priester nun schärfer.

„Wie?" Barrent hatte mit offenen Augen gedöst. Er zwang sich aufzuwachen und sagte: „Ja, Onkel, das verstehe ich."

„Ausgezeichnet. Nachdem wir das begriffen haben, fragen wir, warum der Schwarze auch nur der Illusion des Guten in einem Universum des Bösen einen Platz einräumte. Die Antwort finden wir in dem Gesetz der notwendigen Gegensätzlichkeit; denn das Böse könnte nicht als solches erkannt werden, gäbe es keinen Kontrast dazu. Der beste Kontrast ist der Gegensatz. Und der Gegensatz des Bösen ist das Gute." Der Priester lächelte triumphierend. „Das ist so einfach und klar, nicht wahr?"

„Das ist es allerdings", sagte Barrent. „Möchten Sie noch ein bißchen Wein?"

„Nur einen winzigen Schluck", antwortete der Priester.

Er sprach noch weitere zehn Minuten über das natürliche und bewunderungswürdige Böse, das den wilden Tieren der Felder und Wälder innewohnte, und riet Barrent, das Benehmen dieser einfachen, geradlinigen Kreaturen nachzuahmen. Schließlich stand er auf, um zu gehen.

„Ich bin sehr froh, daß ich diese kleine Unterredung mit Ihnen führen konnte", sagte er und schüttelte Barrent herzlich die Hand. „Kann ich auf Ihr Erscheinen beim Montagsdienst rechnen?"

„Montagsdienst?"

„Natürlich", sagte Onkel Ingemar. „Jeden Montagabend – um Mitternacht – halten wir am Wee Coven in der Kirkwood Drive eine Schwarze Messe ab. Nach dem Dienst richten die Hilfstruppen der Damen meistens einen kleinen Imbiß her, und dann wird getanzt und gesungen. Es ist sehr vergnüglich." Er setzte ein breites Grinsen auf. „Wie Sie sehen, kann die Verehrung des Bösen ein netter Spaß sein."

„Sicher", antwortete Barrent. „Ich werde kommen, Onkel."

Er geleitete den Priester zur Tür. Nachdem er sie wieder verschlossen hatte, dachte er sorgfältig über das nach, was Onkel Ingemar ihm gesagt hatte. Ohne Zweifel war der Besuch der Messe notwendig. Ja, er war geradezu zwingend. Er hoffte nur, daß die Schwarze Messe nicht so höllisch langweilig war wie Onkel Ingemars Ausführungen über das Böse.

Das war am Freitag. Während der nächsten Tage war Barrent ziemlich beschäftigt. Er erhielt eine Lieferung homöopathischer Kräuter und Wurzeln von seinem Großhändler aus dem Bloddpit-Distrikt. Es kostete ihn fast einen ganzen Tag, sie auszusortieren und einzuordnen, und einen weiteren Tag, sie in Gläser und Behälter zu füllen.

Als er am Montag nach dem Essen in seinen Laden zurückkehrte, glaubte Barrent das Mädchen zu sehen. Er eilte ihr nach, verlor sie aber in der Menge aus den Augen.

Als er dann später in seinen Laden kam, fand er dort einen Brief unter der Türschwelle. Es war eine Einladung eines benachbarten Traumladens. Darauf stand:

> Lieber Bürger, wir ergreifen diese Gelegenheit, um Sie in unserer Nachbarschaft willkommen zu heißen, und weisen Sie auf unsere Dienste als die des besten Traumladens auf Omega hin. Alle Arten und Typen von Träumen stehen Ihnen bei uns zur Verfügung – zu einem erstaunlich niedrigen Preis. Wir sind auf Erinnerungsträume von der Erde spezialisiert. Sie können versichert sein, daß Ihr Traumladen nur das Beste, dem Leben fast Ähnliches an Träumen anbietet. Als freier Bürger werden Sie sich bald unserer Dienste bedienen wollen. Dürfen wir noch innerhalb der nächsten Wochen auf Ihren Besuch rechnen?
>
> Die Besitzer

Barrent legte den Brief aus der Hand. Er hatte keine Ahnung, was ein Traumladen war oder wie die Träume produziert wurden. Er würde es herausfinden müssen. Obgleich die Einladung sehr höflich abgefaßt war, hatte sie doch einen ziemlich drohenden Unterton. Ganz ohne Zweifel war der Besuch eines Traumladens eine der Pflichten eines freien Bürgers.

Natürlich konnte eine Pflicht auch zugleich ein Vergnügen bedeuten. Der Traumladen erschien ihm interessant. Und ein Traum, der eine Erinnerung, ganz gleich welcher Art, an die Erde heraufbeschwor, war jeden Preis, den die Besitzer fordern mochten, wert.

Aber dieser Besuch mußte noch etwas warten. Heute abend war Schwarze Messe, und dort war sein Erscheinen unumgänglich.

Barrent verließ seinen Laden gegen elf Uhr nachts. Er wollte noch ein wenig durch die Straßen von Tetrahyde schlendern, bevor er die Messe aufsuchte, die um zwölf Uhr anfing.

Er begann seinen Spaziergang wohlgelaunt und mit dem Gefühl des Wohlergehens. Aber wegen des irrationalen und kaum kalkulierbaren Lebens von Omega wäre er fast, noch bevor er den Wee Coven auf dem Kirkwood Drive erreichte, eine Leiche gewesen.

7

Es war heiß, fast erstickend schwül, als sich Barrent auf den Weg machte. Nicht das kleinste Lüftchen regte sich in den dunklen Straßen. Obgleich er nur ein schwarzes Netzhemd, Shorts, Pistolengürtel und Sandalen trug, fühlte sich Barrent wie in ein dickes Laken gewickelt. Die meisten Einwohner von Tetrahyde, ausgenommen jene, die schon am Wee Coven waren, hatten sich in die Kühle ihrer Kellerräume zurückgezogen. Die dunklen Straßen lagen fast verlassen da.

Barrent schlenderte langsam dahin. Die wenigen Leute, die ihm begegneten, eilten nach Hause. Ein Gefühl von Panik lag in dieser Eile. Barrent bemühte sich, den Grund dafür herauszufinden, aber niemand hielt an. Ein alter Mann rief ihm über die Schulter zu: „Machen Sie, daß Sie von der Straße verschwinden, Sie Idiot!"

„Warum?" fragte Barrent.

Der alte Mann brummte etwas Unverständliches und rannte davon.

Barrent ging nervös weiter und betastete den Lauf seiner Strahlenwaffe. Irgend etwas stimmte nicht, aber er hätte nicht sagen können, was. Der nächste Unterschlupf war der Wee Coven, einen knappen Kilometer von ihm entfernt. Es erschien am klügsten, darauf zuzusteuern, wachsam zu bleiben und abzuwarten.

Nach wenigen Minuten befand sich Barrent allein in einer Stadt mit fest verriegelten Türen und Fenstern. Er bewegte sich in der Mitte der Straße, lockerte die Waffe und bereitete sich auf einen Angriff von jeder Seite vor. Vielleicht war dies eine besondere Art Feiertag wie der Landungstag. Vielleicht waren heute die freien Bürger Freiwild. Alles schien möglich auf Omega.

Er glaubte, daß er auf jede Möglichkeit vorbereitet wäre. Aber als der Angriff kam, war er doch überrascht.

Eine leichte Brise bewegte die schwüle Luft. Sie ließ nach und wiederholte sich, diesmal stärker, und kühlte die heißen Straßen. Ein Wind durchfuhr Tetrahyde; er kam von den Bergen des Landesinneren. Barrent fühlte, wie der Schweiß auf seinem Körper trocknete.

Ein paar Minuten lang fühlte er sich bei diesem Klima sehr wohl.

Dann begann die Temperatur plötzlich zu fallen.

Sie fiel mit rasender Geschwindigkeit. Eisige Luft drang ein.

Das ist lächerlich, dachte Barrent, ich mach lieber, daß ich auf dem schnellsten Weg den Coven erreiche.

Er beschleunigte seine Schritte, während es immer kälter wurde. Die ersten Anzeichen von Frost machten sich in den Straßen bemerkbar.

Kälter kann es ja wohl kaum noch werden, dachte Barrent.

Aber er täuschte sich. Ein heftiger Wind fegte durch die Straßen, und die Temperatur sank immer tiefer. Die Feuchtigkeit in der Luft verwandelte sich in Eiskörnchen.

Durchgefroren bis auf die Knochen, rannte Barrent durch die leeren Straßen; der Wind, der jetzt mehr einem Sturm glich, zerrte von allen Seiten an ihm. Die Straßen glitzerten von Eis und waren spiegelglatt. Er rutschte aus und fiel hin; er mußte sich langsam vortasten, um nicht erneut auszugleiten. Und die Temperatur fiel noch weiter; der Wind heulte und pfiff wie ein wütendes Raubtier.

Durch ein fest verschlossenes Fenster fiel ein Lichtschein auf die Straße. Er hielt an und hämmerte dagegen, aber von innen kam keine Antwort. Ihm wurde bewußt, daß die Bewohner von Tetrahyde niemals jemandem halfen. Je mehr starben, um so größer war die Chance, selbst zu überleben. Barrent stolperte weiter, seine Füße fühlten sich wie Eisklötze an.

Der Wind heulte ihm in den Ohren, Hagelkörner, so groß wie eine Faust, prasselten zu Boden. Bald war er zu erschöpft, um zu laufen. Er schleppte sich nur noch mühsam voran – durch eine gefrorene weiße Welt. Seine einzige Hoffnung war der Wee Coven.

Ging er stunden- oder jahrelang? An einer Ecke kam er an zwei

Gestalten vorbei, die sich an die Mauer kauerten und schon völlig mit Rauhreif überzogen waren. Sie waren nicht weitergelaufen und zu Tode erstarrt.

Barrent zwang sich wieder zu schnellerem Tempo. Ein Stechen in der Seite schmerzte wie die Wunde eines Messerstichs; die Kälte kroch immer tiefer in Arme und Beine. Bald würde sie die Brust erreichen, und das würde das Ende bedeuten.

Ein Prasseln von Hagelkörnern betäubte sein Gefühl. Er wurde sich bewußt, daß er auf dem Boden lag, die wenige Wärme, die sein Körper noch zu erzeugen vermochte, trug ein heftiger Sturm davon.

Am anderen Ende des Häuserblocks konnte er das winzige rote Licht des Covens erkennen. Auf Händen und Knien kroch er darauf zu; er bewegte sich rein mechanisch und erwartete eigentlich nicht mehr, je dorthin zu gelangen. Er kroch eine Ewigkeit, aber das rote Licht wurde nicht größer.

Trotzdem bewegte er sich weiter und erreichte endlich die Tür des Covens. Er zog sich an ihr hoch und drehte den Türknauf.

Die Tür war verriegelt.

Schwach klopfte er dagegen. Nach einem Moment glitt ein Spalt auf. Ein Mann starrte ihn an; dann glitt der Spalt wieder zu. Er wartete darauf, daß die Tür sich öffnete. Sie öffnete sich nicht. Minuten vergingen, aber nichts geschah. Worauf warteten sie da drinnen noch?

Barrent versuchte noch einmal, gegen die Türfüllung zu klopfen, verlor dabei das Gleichgewicht und fiel zu Boden. Er rutschte ein Stückchen weiter und starrte verzweifelt gegen die verschlossene Tür. Dann verlor er das Bewußtsein.

Als er wieder zu sich kam, lag er auf einer Couch. Zwei Männer massierten ihm Arme und Beine, unter sich spürte er die Wärme von heißen Tüchern. Über sich erkannte er das dunkle Gesicht von Onkel Ingemar, der ihn ängstlich anstarrte.

„Fühlen Sie sich besser?" fragte Onkel Ingemar.

„Ich glaube, ja", antwortete Barrent. „Warum haben Sie so lange gebraucht, um die Tür zu öffnen?"

„Fast hätten wir sie überhaupt nicht aufgemacht", erklärte der Priester. „Es ist gegen das Gesetz, Fremden in Not zu helfen: Da

Sie unserer Gemeinschaft noch nicht angehören, bedeuten Sie für uns einen Fremden."

„Und warum haben Sie mich dann überhaupt hereingelassen?"

„Mein Assistent stellte fest, daß eine gerade Anzahl von Anbetern zugegen war. Wir benötigen aber eine ungerade Zahl, vorzugsweise eine, die mit drei endet. Wo die heiligen mit den weltlichen Problemen in Konflikt stehen, müssen die weltlichen Probleme nachgeben. Deshalb haben wir Sie trotz des Gesetzes der Regierung eingelassen."

„Eine alberne Bestimmung", knurrte Barrent.

„Eigentlich gar nicht. Wie die meisten Gesetze auf Omega besteht sie, um die Bevölkerungszahl möglichst niedrig zu halten. Omega ist ein äußerst unfruchtbarer Planet, müssen Sie wissen. Das ständige Eintreffen neuer Gefangener läßt die Bevölkerungszahl ständig ansteigen, und zwar zum enormen Nachteil der älteren Einwohner. Es müssen Wege und Mittel gefunden werden, um sich des Überschusses an Neuankömmlingen zu entledigen."

„Das ist nicht gerecht", meinte Barrent.

„Sie werden Ihre Meinung noch ändern, wenn Sie zu den älteren Einwohnern zählen", sagte Ingemar. „Und bei Ihrer Zähigkeit bin ich überzeugt, daß Sie es soweit bringen werden."

„Vielleicht", sagte Barrent. „Aber was war eigentlich los? Die Temperatur muß innerhalb von fünfzehn Minuten um etwa dreißig Grad gesunken sein."

„Dreiunddreißig Grad, um genau zu sein", antwortete Onkel Ingemar. „Das ist ganz einfach. Omega ist ein Planet, der sich exzentrisch um ein Doppelsternsystem dreht. Eine weitere Instabilität, so habe ich mir sagen lassen, kommt von dem seltsamen geologischen Aufbau – dazu die Lage der Berge und Seen. Das Ergebnis ist ein schlechtes Klima, das sich unter anderem in plötzlichen heftigen Temperaturschwankungen ausdrückt."

Der Assistent, ein kleiner, wichtigtuerischer Bursche, erklärte: „Es ist ausgerechnet worden, daß Omega an der äußersten Grenze der Planeten liegt, die menschliches Leben ermöglichen, ohne große künstliche Hilfe zu erfordern. Wenn die Schwankungen von kalt zu heiß und umgekehrt nur noch ein wenig stärker wären, würden sie jedes menschliche Leben auslöschen."

„Es ist eine perfekte Strafkolonie", bemerkte Onkel Ingemar

voller Stolz. „Erfahrene Einwohner spüren, wenn eine Temperaturschwankung im Anzug ist, und begeben sich in die Häuser."

„Es ist – höllisch", sagte Barrent, in Ermangelung eines anderen Begriffs.

„Das beschreibt es auf das vollkommenste", antwortete der Priester. „Es ist in der Tat höllisch, und deshalb auch wunderbar geeignet, um den Schwarzen anzubeten. Wenn Sie sich jetzt wohler fühlen, Bürger Barrent, können wir mit der Zeremonie fortfahren."

Abgesehen von ein paar Frostbeulen an Zehen und Fingerspitzen fühlte sich Barrent schon wieder munter. Er nickte und folgte dem Priester und den Gläubigen in den Hauptteil des Covens.

NACH alldem, was er gerade durchgemacht hatte, war die Schwarze Messe eher enttäuschend. Barrent döste in seinem gut gewärmten Kirchenstuhl, während Onkel Ingemar eine Predigt über die Notwendigkeit des Bösen im Alltagsleben hielt.

Die Verehrung des Bösen, sagte Onkel Ingemar, sollte nicht nur Montag nachts stattfinden. Im Gegenteil! Das Wissen und Handeln im Bösen sollte das tägliche Leben würzen. Es sei nicht jedem gegeben, ein großer Sünder zu sein, aber dadurch solle sich niemand entmutigen lassen. Auch kleinere schlechte Taten, die sich über ein ganzes Leben erstreckten, setzten sich zu einem sündigen Ganzen zusammen, das den Schwarzen erfreue. Niemand solle vergessen, daß einige der größten Sünder, selbst die dämonischen Heiligen, oft bescheiden begonnen hatten.

Habe nicht Thrastus als ein einfacher Ladenbesitzer angefangen, der seine Kunden um eine Portion Reis betrog? Wer hätte erwartet, daß sich dieser einfache Mann einmal zu dem roten Totschläger von Thorndyke Lane entwickeln würde? Und wer hätte geahnt, daß Dr. Louen, der Sohn eines Hafenarbeiters, eines Tages die größte Autorität der Welt in der praktischen Anwendung der Folter werden würde? Ausdauer und Frömmigkeit hätten es diesen Männern erlaubt, sich über ihre natürlichen Beschränkungen zu erheben – zu einer hervorragenden Position zur Rechten des Schwarzen. Und es beweise auch, daß das Böse für die Armen genauso da sei wie für die Reichen, versicherte Onkel Ingemar.

So endete die Predigt. Barrent erwachte sofort, als die geheiligten Symbole herausgeholt und der ehrfurchtsvollen Gemeinde dargereicht wurden – ein Dolch mit einem roten Griff und der Gipsabdruck einer Kröte. Während des langsamen Beschreibens des magischen Fünfecks schlief er wieder ein.

Schließlich näherte sich die Zeremonie ihrem Ende. Die Namen der bösen Dämonen wurden verlesen – Bael, Forcas, Buer, Marchocias, Astaroth und Behemoth. Ein Gebet wurde aufgesagt, um die Wirkung des Guten zu verscheuchen. Und Onkel Ingemar entschuldigte sich dafür, daß er keine Jungfrau zur Verfügung hatte, um sie auf dem roten Altar zu opfern.

„Unsere Fonds reichen nicht aus", sagte er, „um eine von der Regierung bestätigte Peon-Jungfrau zu erwerben. Ich bin jedoch sicher, daß wir die volle Zeremonie am nächsten Montag nachholen können. Mein Assistent wird jetzt zu Ihnen kommen . . ."

Der Assistent reichte den schwarzumränderten Sammelteller herum. Wie die anderen Anwesenden spendete Barrent großzügig. Es schien klug, das zu tun. Onkel Ingemar war offensichtlich sehr verärgert, daß er keine Jungfrau zum Opfern hatte. Wenn sich sein Zorn noch verstärkte, könnte er es sich in den Kopf setzen, irgend jemanden aus der Gemeinde zu opfern, ganz gleich, ob Jungfrau oder nicht . . .

Barrent blieb nicht zum Chorsingen und zum Gemeinschaftstanz. Als der offizielle Gebetsteil des Abends vorüber war, steckte er vorsichtig den Kopf durch den Türspalt nach draußen. Die Temperatur war wieder stark gestiegen, das Eis war inzwischen getaut. Barrent schüttelte dem Priester die Hand und eilte heim.

8

BARRENT hatte fürs erste genug von den Schrecken und Überraschungen, die Omega zu bieten hatte. Er entfernte sich kaum von seinem Laden, arbeitete im Geschäft und hielt die Augen offen. Allmählich gewann er den für Omega typischen Blick: ein argwöhnisches Blinzeln, eine Hand stets in der Nähe der Waffe, die Beine bereit zur Flucht. Wie die älteren Bewohner entwickelte er einen sechsten Sinn für Gefahren.

Des Nachts, wenn alle Türen und Fenster fest verschlossen waren, lag er auf seinem Bett und versuchte sich an die Erde zu erinnern. Er erforschte die entlegensten Winkel seines Gedächtnisses und fand dort quälende Hinweise und Andeutungen, Teile von Bildern. Er sah eine breite Straße, die im Licht der Sonne lag; Teile einer ungeheuer großen, vielstöckigen Stadt; die genaue Ansicht des Rumpfes von einem Raumschiff. Aber diese Bilder waren nicht von Dauer. Sie tauchten für Bruchteile von Sekunden auf und verschwanden wieder.

Den Samstagabend verbrachte Barrent mit Joe, Danis Foeren und seinem Nachbarn Tem Rend. Joe hatte mit seinem Pokerspiel Erfolg gehabt, und er war zu einem freien Bürger aufgerückt. Foeren war zu aufrichtig und zu plump dazu; er war noch nicht aufgestiegen. Aber Tem Rend versprach, den grobschlächtigen Fälscher als Assistenten anzustellen, sobald die Mordgilde seinen Antrag annahm. Der Abend begann sehr gemütlich, aber er endete wie gewöhnlich mit einer Diskussion über die Erde.

„Wir alle wissen, wie die Erde aussieht", begann Joe. „Sie setzt sich aus vielen gigantischen schwimmenden Städten zusammen. Sie sind auf künstliche Inseln gebaut, in den verschiedensten Meeren –"

„Nein, die Städte befinden sich auf dem Land", wandte Barrent ein.

„Auf dem Wasser", widersprach Joe. „Die Menschen der Erde sind ins Meer zurückgekehrt. Jeder trägt besondere Sauerstoffmasken, um im Salzwasser atmen zu können. Die Landgebiete werden überhaupt nicht mehr benutzt. Die See stellt alles zur Verfügung, was –"

„Das kann nicht stimmen", unterbrach ihn Barrent. „Ich erinnere mich an gewaltige Städte, aber sie waren alle auf dem Festland."

„Ihr habt beide nicht recht", mischte sich Foeren ein. „Was sollte die Erde schon mit Städten anfangen? Die Menschen haben sie schon vor vielen Jahrhunderten aufgegeben. Die Erde ist heute wie ein großer Park. Jeder besitzt sein Haus mit einigen Morgen Land ringsherum. Die Wälder und Dschungel dürfen sich wieder frei entwickeln. Die Menschen leben mit der Natur, anstatt sie zu erobern. Stimmt das etwa nicht, Tem?"

„Fast, aber doch nicht ganz", antwortete Tem Rend. „Es gibt zwar noch Städte, aber sie befinden sich unter der Oberfläche. Es sind gewaltige unterirdische Fabriken und Industriegebiete."

„Es gibt überhaupt keine Fabriken mehr", sagte Foeren hartnäckig. „Man braucht sie nicht mehr. Alle Güter, die der Mensch benötigt, können durch Gedankenkontrolle produziert werden."

„Und ich sage euch, daß ich mich gut an die schwimmenden Städte erinnere", begann Joe wieder von vorne. „Ich habe im Nimui-Gebiet gelebt, auf der Insel Pasephae."

„Soll das etwa ein Beweis sein?" fragte Rend. „Ich erinnere mich, daß ich im achtzehnten Stockwerk unter der Erde gearbeitet habe – in Nueva Chicaga. Meine Arbeitsquote war zwanzig Tage im Jahr. Die übrige Zeit verbrachte ich draußen, in den Wäldern –"

„Aber das kann nicht stimmen, Tem", mischte sich Foeren wieder ein. „Es gibt keine unterirdischen Stockwerke. Ich bin ganz sicher, daß mein Vater ein Kontrolleur war – dritter Klasse. Meine Familie zog in einem Jahr mehrere hundert Kilometer durchs Land. Wenn wir etwas brauchten, dachte es mein Vater einfach herbei, und schon war es da. Er versprach, es mir auch beizubringen, aber anscheinend ist es nie dazu gekommen."

„Jedenfalls scheinen einige von uns völlig falsche Erinnerungen und Vorstellungen zu haben", sagte Barrent.

„Das ganz gewiß", stimmte Joe zu. „Fragt sich nur, wer recht hat."

„Das werden wir nie herauskriegen", bemerkte Rend. „Es sei denn, wir kämen zurück zur Erde."

Das bereitete der Diskussion ein Ende.

Gegen Ende der Woche erhielt Barrent eine weitere Einladung des Traumladens, diesmal noch bestimmter abgefaßt als das erstemal. Er entschloß sich, noch am gleichen Abend dieser Pflicht Genüge zu tun. Er prüfte die Temperatur und stellte fest, daß sie stark gestiegen war. Klüger geworden, packte er einen kleinen Beutel voll Kaltwetterkleidung ein und machte sich auf den Weg.

Der Traumladen lag im exklusiven Todviertel. Barrent ging hinein und betrat einen kleinen, prächtig ausgestatteten Raum. Ein schlanker junger Mann hinter einem polierten Schreibtisch lächelte ihm gekünstelt zu. „Kann ich etwas für Sie tun?" fragte er Barrent. „Ich heiße Nomis J. Arkdragen und bin der Assistent des Managers für Nachtträume."

„Ich möchte gern einiges erfahren", sagte Barrent, „wie man Träume bekommt, welche Art von Träumen und all diese Dinge."

„Natürlich", antwortete Arkdragen. „Unsere Tätigkeit kann leicht erklärt werden, Bürger –"

„Barrent. Will Barrent."

Arkdragen nickte und kreuzte einen Namen auf der Liste vor ihm an. Er blickte wieder auf und fuhr fort: „Unsere Träume werden durch die Wirkung einer Droge auf das Gehirn und die zentralen Nervenzellen produziert. Es gibt viele Drogen, die den gewünschten Erfolg tätigen. Die nützlichsten sind Heroin, Morphium, Opium, Kokain, Haschisch und dergleichen. Dies sind Produkte der Erde. Aber es gibt auch eine anderer Gruppe, die nur auf Omega produziert wird. Alle bewirken jedoch Träume."

„Ich verstehe", sagte Barrent. „Dann verkaufen Sie also Drogen?"

„Ganz und gar nicht!" rief Arkdragen aus. „Nichts so Einfaches, so Gewöhnliches! In alten Zeiten pflegten sich manche Menschen auf der Erde selbst Drogen zuzuführen. Die Träume, die sich daraus ergaben, waren willkürlich. Man konnte nie voraussagen, worüber man träumen würde oder wie lange. Man wußte nie, ob es ein Traum oder ein Alptraum sein würde, ob man Schrecken oder Entzücken erfahren würde. Der moderne Traumladen hat diese Ungewißheit ausgeschaltet. Heutzutage sind unsere Drogen sorgfältig abgewogen, gemischt und auf jeden Verbraucher genauestens abgestimmt. Die Traumerzeugung ist eine absolut exakte Wissenschaft, sie ist präzise und reicht von der nirwanaartigen Ruhe des Schwarzen Schlüpfers über die vielfarbigen Halluzinationen des Trinarkotikums bis zu den sexuellen Phantasien, die durch Morphium hervorgerufen werden; und natürlich gibt es auch die Erinnerungen hervorrufende Gruppe der Carmoide."

„An den Erinnerungsträumen bin ich sehr interessiert", sagte Barrent.

Arkdragen runzelte die Stirn. „Für das erstemal würde ich gerade das nicht empfehlen."

„Warum nicht?"

„Träume über die Erde sind naturgemäß aufregender als jede andere imaginäre Produktion. Es ist für gewöhnlich ratsam, erst allmählich etwas aufzubauen. Ich würde Ihnen eine nette kleine sexuelle Spielerei für den ersten Besuch empfehlen. Gerade diese Woche haben wir noch dazu Sonderpreise für Sexualträume."

Barrent schüttelte den Kopf. „Ich ziehe die echten Dinge vor."

„Das würden Sie nicht mehr sagen, nachdem Sie unsere Produkte gesehen haben", erwiderte Arkdragen mit einem wissenden Lächeln. „Glauben Sie mir, wenn man sich erst einmal an diese gespielten Erlebnisse gewöhnt hat, erscheinen einem die persönlichen Erlebnisse nur noch höchst fad und blaß bei einem direkten Vergleich."

„Kein Interesse", sagte Barrent. „Ich will einen Traum über die Erde."

„Aber Sie haben ja noch gar keine Erfahrung, Sie haben sich noch nie dem Rausch hingegeben!" rief Arkdragen.

„Ist die Gewöhnung daran denn eine Voraussetzung?"

„Sie ist wichtig!" erklärte ihm der Assistent. „Alle unsere Drogen sind gewohnheitsfördernd, wie es das Gesetz vorschreibt. Sehen Sie, um eine Droge wirklich zu schätzen, muß man ein Bedürfnis danach heranziehen. Das erhöht das Vergnügen enorm. Deshalb schlage ich vor, daß Sie mit –"

„Ich möchte einen Traum über die Erde", beharrte Barrent.

„Na schön", lenkte der Assistent widerwillig ein. „Aber wir sind nicht für ein Trauma verantwortlich, das daraus erwachsen könnte."

Er führte Barrent in einen langen Gang. An den Seiten befanden sich dicht nebeneinander Türen, und Barrent konnte dumpfe Ausrufe und Seufzer des Entzückens und Vergnügens vernehmen.

„Tester", erklärte Arkdragen, ohne weiter darauf einzugehen. Er geleitete Barrent zu einem offenen Raum am Ende des Korridors. Darin saß ein freundlicher Mann mit einem Bart und einem weißen Kittel und las.

„Guten Abend, Doktor Wayn", grüßte Arkdragen. „Das ist Bürger Barrent. Erster Besuch. Er besteht auf einem Traum über die Erde." Arkdragen drehte sich um und verließ den Raum.

„Nun", bemerkte der Doktor, „das läßt sich, glaube ich, schon einrichten." Er legte das Buch beiseite. „Strecken Sie sich da drüben aus, Bürger Barrent."

In der Mitte des Zimmers stand ein verstellbares Bett. Darüber hing ein kompliziert aussehendes Instrument. Am Ende des Raums befanden sich Fächer aus Glas, in denen viereckige Behälter standen. Sie erinnerten Barrent an seine Antidots.

Er legte sich nieder. Dr. Wayn nahm an ihm eine allgemeine Untersuchung vor. Dann prüfte er seine Anpassungsfähigkeit, seinen hypnotischen Index, seine Reaktionen auf die elf grundsätzlichen Drogengruppen und seine Empfindlichkeit für epileptische Anfälle. Er notierte die Ergebnisse auf einem Block, überprüfte die Werte, ging zu den Fächern und begann verschiedene Pulver und Drogen zu mixen.

„Könnte es gefährlich sein?" fragte Barrent.

„Eigentlich nicht", sagte der Doktor. „Sie machen einen ziemlich gesunden Eindruck. Man könnte sagen, sogar einen sehr gesunden, mit einer starken Willenskraft. Selbstverständlich kommen epileptische Anfälle immer mal vor, wahrscheinlich wegen der sich steigernden allergischen Reaktionen. Dagegen kann man nichts machen. Und dann gibt es natürlich noch die Traumata, die manchmal in Wahnsinn oder Tod enden. Sie sind für Studienzwecke äußerst interessant. Es kommt auch vor, daß sich einer an die Träume klammert und sich nicht mehr losreißen kann. Ich schätze, dies könnte man auch als eine Art Wahnsinn bezeichnen, obgleich es das eigentlich nicht ist."

Der Doktor war mit dem Mischen fertig. Er füllte das Produkt in eine Spritze. Barrent waren inzwischen ernsthafte Zweifel an dem ganzen Unternehmen gekommen.

„Vielleicht sollte ich meinen Besuch doch noch etwas hinausschieben", sagte er. „Ich bin nicht sicher, ob ich –"

„Machen Sie sich keine Sorgen", beruhigte ihn der Doktor. „Dies hier ist der beste Traumladen auf Omega. Entspannen Sie sich. Verkrampfte Muskeln können zu ernsthaften Schäden führen."

„Ich glaube, Mister Arkdragen hatte recht", versuchte es Barrent von neuem. „Vielleicht sollte ich wirklich nicht gleich beim erstenmal einen Traum über die Erde wählen. Er meinte, es sei gefährlich."

„Na, und wenn schon", antwortete der Doktor, „was wäre das Leben ohne ein kleines Risiko? Übrigens sind die am häufigsten auftretenden Schäden Gehirnverletzungen und geplatzte Blutgefäße. Und wir sind bestens darauf eingerichtet, mit diesen Erscheinungen fertig zu werden."

Er führte die Spritze an Barrents linken Arm.

„Ich habe meine Meinung geändert", sagte Barrent und machte sich daran aufzustehen. Dr. Wayn stieß die Nadel tief in Barrents Arm.

„Man ändert seine Meinung nicht in einem Traumladen", erklärte er. „Versuchen Sie sich zu entspannen . . ."

Barrent entspannte sich. Er lehnte sich im Bett zurück und hörte ein schrilles Singen. Er versuchte, seinen Blick fest auf das Gesicht des Doktors zu richten. Aber das Gesicht hatte sich verändert. Das Gesicht war alt, rund und fleischig. An Kinn und Hals hingen Fettsäcke. Der Mann schwitzte, seine Miene war freundlich, besorgt.

Es war das Gesicht von Barrents Studienberater während des fünften Semesters.

„Du MUSST vorsichtig sein, Will", sagte der Studienberater. „Du mußt lernen, dich zu beherrschen. Du mußt, Will!"

„Ich weiß, Sir", antwortete Barrent. „Es ist nur, weil ich so eine Wut auf –"

„Will!"

„Schon gut", sagte Barrent. „Ich werde auf mich aufpassen."

Er verließ das Büro der Universität und ging in die Stadt. Es war eine phantastische Stadt mit Wolkenkratzern und vielstöckigen Straßen, eine schillernde Stadt aus silbernen und glitzernden Farben, eine betriebsame Stadt, die ein weitverbreitetes Netz von Nationen und Planeten verwaltete. Barrent ging den dritten Fußgängerweg entlang. Er war noch immer wütend. Er dachte an Andrew Therkaler.

Wegen Therkaler und seiner lächerlichen Eifersucht war Barrents Bewerbung für das Raumforschungsteam abgelehnt worden. Sein Studienberater konnte nichts für ihn tun; Therkaler hatte zu großen Einfluß auf die Ernennungsbehörde. Es würden drei volle Jahren vergehen, bis Barrent sich wieder bewerben konnte.

Inzwischen aber war er dazu verdammt, auf der Erde zu bleiben – und noch dazu ohne Beschäftigung. Sein ganzes bisheriges Studium hatte der extraterrestrischen Forschung gegolten. Auf der Erde war kein Platz für ihn, und jetzt war ihm der Weg in den Raum versperrt.

Therkaler!

Barrent verließ den Fußweg und nahm die Hochgeschwindigkeitsrampe zum Sante-Distrikt. Dabei umfaßte er die kleine Waffe in seiner Tasche. Handfeuerwaffen waren auf der Erde verboten. Er hatte diese durch nicht nachprüfbare Quellen bekommen.

Er war entschlossen, Therkaler zu töten.

Dann tauchte ein verschwommenes Durcheinander von grotesken Gesichtern auf. Der Traum verzerrte sich. Als er wieder klarer sehen konnte, sah sich Barrent einem dünnen, schielenden Burschen gegenüber, auf den er mit der Waffe zielte und dessen entsetzter Schrei nach Erbarmen plötzlich abbrach.

Ein Spitzel beobachtete das Verbrechen mit teilnahmsloser Miene und informierte die Polizei.

Die Polizei, in grauer Uniform, nahm ihn fest und brachte ihn vor den Richter.

Der Richter hatte ein zerknittertes Pergamentgesicht. Er verurteilte ihn zu lebenslänglicher Verbannung auf den Planeten Omega und erließ das obligatorische Dekret, daß Barrent seiner Erinnerung beraubt würde. Dann verwandelte sich der Traum in ein Kaleidoskop des Schreckens. Barrent kletterte an einer glitschigen Stange empor, über eine glatte Bergwand, entlang einer ebenen Fläche. Hinter ihm folgte Therkalers Leiche mit aufgerissener Brust, zu beiden Seiten von dem ausdruckslos blickenden Spitzel und dem pergamentgesichtigen Richter gestützt.

Barrent rannte einen Hügel hinunter, eine Straße entlang, auf ein Dach. Seine Verfolger waren dicht hinter ihm. Er betrat einen schwach erleuchteten gelben Raum, verriegelte die Tür hinter sich. Als er sich umdrehte, stellte er fest, daß er sich zusammen mit Therkalers Leiche eingeschlossen hatte. In der offenen Brustwunde wucherten Schwämme; an dem narbigen Kopf glänzte roter und purpurner Schimmel. Die Leiche näherte sich ihm, griff nach ihm, und Barrent stürzte mit einem Kopfsprung durchs Fenster.

„Machen Sie Schluß, Barrent. Sie übertreiben. Wachen Sie auf!"

Barrent hatte keine Zeit, um zuzuhören. Das Fenster verwandelte sich in eine Gleitbahn, und er rutschte an ihren glatten Wänden entlang in ein Amphitheater. Dort kroch die Leiche auf Stümpfen, die von Armen und Beinen gehalten wurden, über grauen Sand auf ihn zu. Der gewaltige Rundbau war leer bis auf den Richter und den Spitzel, die an einer Seite saßen und ihn beobachteten.

„Er steckt fest!"

„Ich habe ihn ja gewarnt . . ."

„Reißen Sie sich von dem Traum los, Barrent. Ich bin Dr. Wayn. Sie befinden sich auf Omega, im Traumladen. Wachen Sie auf! Noch ist es Zeit! Aber reißen Sie sich sofort los!"

Omega? Traum? Barrent hatte keine Zeit, darüber nachzudenken. Er schwamm in einem dunklen, übelriechenden See. Der Richter und der Spitzel schwammen dicht hinter ihm, in ihrer Mitte die Leiche, deren Haut sich allmählich auflöste.

„Barrent!"

Und jetzt verwandelte sich der See in ein dickflüssiges Gelee, das an seinen Armen hängenblieb und sich in seinem Mund ausbreitete, während der Richter und der Spitzel –

„Barrent!"

Barrent öffnete die Augen und merkte, daß er auf dem verstellbaren Bett in dem Traumladen lag. Dr. Wayn beugte sich über ihn; er sah etwas mitgenommen aus. Dicht neben ihm stand eine Krankenschwester mit einem Tablett voll Spritzen und einer Sauerstoffmaske. Hinter ihr wischte sich Arkdragen gerade den Schweiß von der Stirn.

„Ich hätte nicht geglaubt, daß Sie es schaffen würden", sagte der Doktor. „Ganz bestimmt nicht."

„Er hat sich gerade noch im letzten Moment losgerissen", erklärte die Schwester.

„Ich habe ihn gewarnt", bemerkte Arkdragen und verließ den Raum.

Barrent setzte sich auf. „Was ist passiert?" fragte er.

Dr. Wayn zuckte die Achseln. „Schwer zu sagen. Vielleicht

neigen Sie zu Kurzschlußreaktionen; und manchmal sind die Drogen auch nicht ganz rein. Aber diese Dinge passieren meistens nur einmal. Glauben Sie mir, Bürger Barrent, die Wirkung unserer Drogen ist sonst immer sehr, sehr angenehm. Ich bin sicher, daß Sie es das nächstemal genießen werden."

Noch unter dem Einfluß des Erlebten war Barrent fest davon überzeugt, daß es für ihn kein zweites Mal geben würde. Was immer es ihn auch kosten mochte, er würde es nicht wagen, diesen Alptraum noch einmal heraufzubeschwören.

„Bin ich jetzt süchtig?" fragte er.

„O nein", antwortete der Doktor. „Die Sucht tritt erst nach dem dritten oder vierten Mal ein."

Barrent dankte ihm und ging. Er kam an Arkdragens Tisch vorbei und fragte ihn, wieviel er schuldig wäre.

„Nichts", antwortete Arkdragen. „Der erste Besuch geht immer auf Kosten des Hauses." Er schenkte Barrent ein vielsagendes Lächeln.

Barrent verließ den Traumladen und eilte nach Hause. Er mußte über eine Menge nachdenken. Jetzt hatte er zum erstenmal den Beweis dafür, daß er einen vorsätzlichen und wohlüberlegten Mord begangen hatte.

9

Eines Mordes beschuldigt zu werden, an den man sich nicht erinnern kann, ist eine Sache; sich eines Mordes zu erinnern, dessentwegen man verurteilt wurde, ist etwas völlig anderes. Einen solchen Beweis kann man schwer widerlegen.

Barrent bemühte sich, sich über seine Gefühle in dieser Angelegenheit klarzuwerden. Vor seinem Besuch des Traumladens hatte er sich nie als Mörder gefühlt, ganz gleich, welcher Tat ihn auch die Behörden der Erde beschuldigt hatten. Schlimmstenfalls hatte er sich noch eingestanden, daß er vielleicht jemanden in einem Anfall unkontrollierbarer Wut getötet hatte. Aber einen Mord zu planen und ihn kaltblütig zu begehen . . .

Warum hatte er das getan? War sein Drang nach Rache so stark gewesen, daß er alle Bande, die die Zivilisation ihm auferlegte, abgeworfen hatte? Anscheinend war es so gewesen. Er hatte gemordet, und jemand hatte ihn angezeigt, und dann war er von einem Richter zur Deportation nach Omega verurteilt worden. Er war ein Mörder auf einem Verbrecherplaneten. Um hier erfolgreich zu leben, brauchte er nur seiner natürlichen Neigung zum Mord zu folgen.

Trotzdem fand Barrent dies äußerst schwierig. Er hatte erstaunlich geringen Gefallen am Blutvergießen. Am Tag der freien Bürger ging er zwar mit seiner Nadelstrahlwaffe hinaus auf die Straße, konnte sich aber nicht überwinden, einen Angehörigen der niedrigeren Klassen zu erledigen. Er wollte nicht töten, was ein geradezu lächerliches Vorurteil war, wenn man bedachte, wo und wer er war. Aber so lagen die Dinge nun einmal. Ganz gleich, wie oft Tem Rend oder Joe ihn auch über die Pflichten eines Bürgers aufklärten, Barrent betrachtete Mord doch als eine recht verabscheuungswürdige Tat.

Er suchte einen Psychiater auf, der ihm sagte, daß seine Abneigung gegen Mord in einer unglücklichen Kindheit wurzelte. Diese krankhafte Angst war noch durch seine Erfahrung in dem Traumladen kompliziert worden. Aus diesem Grund hatte er gegen Mord, das höchste soziale Gut, eine innere Abneigung entwickelt. Diese Neurose des „Antimordens" bei einem Mann, der außerordentlich gut zum Töten geschaffen war, sagte der Psychiater, würde unvermeidlich zu Barrents Zerstörung führen. Die einzige Lösung wäre, diese Neurose zu beseitigen. Der Psychiater empfahl sofortige Behandlung in einem Sanatorium für verbrecherische Nichtmörder.

Barrent besuchte ein Sanatorium und hörte die wahnsinnigen Insassen über das Gute, über faires Verhalten, über die Heiligkeit des Lebens und über andere Obszönitäten plärren. Er hatte nicht die Absicht, sich ihnen anzuschließen. Vielleicht war er wirklich krank, aber so krank war er noch nicht!

Seine Freunde warnten ihn, daß seine wenig kooperative Einstellung ihn noch in ernstliche Schwierigkeiten bringen würde. Barrent mußte ihnen zustimmen; aber er hoffte, daß er auch der Aufmerksamkeit der höchsten Stellen, die die Gesetze schufen, entgehen würde, wenn er nur tötete, wenn es unbedingt erforderlich war.

Einige Wochen lang schien alles gut zu verlaufen. Er ignorierte die in ständig schärferem Ton gehaltenen Mitteilungen des Traumladens und besuchte auch die Messen im Wee Coven nicht mehr. Das Geschäft blühte, und Barrent verbrachte seine Freizeit mit dem Studium der selteneren Gifte und übte fleißig den Gebrauch seiner Nadelstrahlwaffe. Oft mußte er an das Mädchen denken. Er besaß noch immer die Pistole, die sie ihm geliehen hatte. Er fragte sich allmählich, ob er sie je wiedersehen würde.

Und er dachte viel an die Erde. Seit seinem Besuch im Traumladen kamen ihm zuweilen kurze Erinnerungsblitze, unzusammenhängende Bilder von einem verwitterten Steinhaus, einer Gruppe von Eichen, der Biegung eines Flusses, die durch Weidenzweige hindurchschimmerte.

Diese verschwommenen Erinnerungsbilder von der Erde erfüllten ihn mit fast unerträglicher Sehnsucht. Wie bei den meisten Bewohnern von Omega bestand sein einziger wirklicher Wunsch darin, nach Hause zurückzukehren.

Und gerade das war unmöglich.

Die Tage vergingen, und wenn sich Schwierigkeiten auftaten, dann immer völlig unerwartet. Eines Nachts erklang lautes Pochen an seiner Tür. Vom Schlaf noch ganz benommen, öffnete Barrent. Vier Männer in Uniform stießen die Tür weit auf und erklärten ihn für verhaftet.

„Aus welchem Grund?" fragte Barrent.

„Nichtanpassung an Drogen", antwortete einer der Männer. „Sie haben drei Minuten Zeit, sich anzukleiden."

„Was ist die Strafe dafür?"

„Das werden Sie vor Gericht erfahren", erklärte der Mann. Er winkte den beiden anderen und fügte hinzu: „Die einzige Art, einen Nichtsüchtigen zu heilen, ist Mord, klar?"

Barrent zog sich an.

MAN führte ihn in einen Raum der weitläufigen Justizbehörde. Der Raum trug den Namen Känguruh-Gericht, in Erinnerung an die alte angelsächsische Rechtsabwicklung. Auf der gegenüberliegenden Seite der Halle befand sich die Sternenkammer. Gleich dahinter war das Gericht zur letzten Berufung.

Der Känguruh-Gerichtshof war durch eine hohe Holzwand

zweigeteilt, denn auf Omega durfte der Angeklagte weder seinen Richter noch die Belastungszeugen sehen.

„Der Angeklagte soll sich erheben", ertönte eine Stimme hinter der Wand. Die Stimme klang dünn, gleichmäßig und ausdruckslos und kam aus einem kleinen Lautsprecher. Barrent konnte die Worte kaum verstehen. Betonung und Ausdruck waren ausgeblendet – auch das war bewußt geschehen. Selbst in der Sprache sollte der Richter anonym bleiben.

„Will Barrent", fügte der Richter hinzu, „Sie sind wegen eines Hauptvergehens, der Nichtanpassung an Rauschdrogen, und eines kleineren Vergehens, der religiösen Vernachlässigung, vor Gericht gestellt. Für das kleinere Vergehen haben wir die beschworene Zeugenaussage eines Priesters, für das Hauptvergehen die Zeugenaussage des Traumladens. Können Sie eine der beiden oder beide Anschuldigungen widerlegen?"

Barrent dachte einen Moment nach und sagte dann: „Nein, Sir, das kann ich nicht."

„Im Moment", fuhr der Richter fort, „kann Ihnen die Strafe für die religiöse Vernachlässigung erlassen werden, da es die erste Anklage dieser Art ist. Aber die Nichtsucht ist eines der Hauptvergehen gegen den Staat Omega. Die ununterbrochene Benutzung von Rauschgift ist ein obligatorisches Vorrecht jedes freien Bürgers. Es ist allgemein bekannt, daß Vorrechte ausgenutzt werden müssen, sonst gehen sie verloren. Unsere Privilegien zu verlieren wäre gleichbedeutend mit dem Verlust des Grundsteins unserer Freiheit. Deshalb kommt die Vernachlässigung oder die Nichtinanspruchnahme eines Privilegs hohem Verrat gleich."

Es entstand eine Pause. Die Wachen scharrten unruhig mit den Füßen. Barrent, der seine Situation als hoffnungslos betrachtete, stand aufrecht da und wartete.

„Drogen dienen vielen Zwecken", erklärte der unsichtbare Richter weiter. „Ich brauche wohl nicht ihre erstrebenswerten Qualitäten für den Benutzer aufzuzählen. Aber vom Gesichtspunkt des Staates aus betrachtet, will ich hervorheben, daß eine süchtige Bevölkerung eine loyale ist. Außerdem sind Drogen eine Haupteinnahmequelle bei den Steuern; sie veranschaulichen im Grunde unsere gesamte Lebensart. Hinzu kommt, daß Nichtsüchtige sich ohne Ausnahme als feindlich gegenüber den Institutionen auf Omega gezeigt haben. Ich gebe diese lange Erklärung ab, damit Sie die Strafe, die Ihnen auferlegt wird, besser verstehen können, Will Barrent."

„Sir", erwiderte Barrent, „ich habe falsch gehandelt, als ich die Drogen mied. Ich möchte mich nicht mit Unkenntnis der Lage entschuldigen, denn ich weiß, daß das Gesetz diese Entschuldigung nicht anerkennt. Aber ich bitte Sie ergebenst um eine weitere Chance. Ich bitte Sie zu bedenken, daß für mich noch immer die Möglichkeit besteht, süchtig zu werden und mich zu rehabilitieren."

„Das Gericht erkennt das an", antwortete der Richter. „Aus diesem Grund freut es sich, rechtliche Gnade in vollem Ausmaß walten zu lassen. Anstatt der Hinrichtung dürfen Sie zwischen zwei geringeren Strafarten wählen. Die erste besagt, daß Sie wegen Ihres Verbrechens gegen den Staat die rechte Hand und das linke Bein verlieren sollen, aber nicht das Leben."

Barrent schluckte und fragte: „Und die zweite Art, Sir?"

„Die zweite ist keine Strafe. Sie können sich einer Prüfung der höheren Mächte unterziehen. Und wenn Sie diese Prüfung überleben, werden Sie in der Gesellschaft wieder mit angemessenem Rang und geeigneter Stellung aufgenommen werden."

„Ich unterziehe mich dieser Prüfung", sagte Barrent.

„Sehr gut", antwortete der Richter. „Der Fall läuft also weiter."

Barrent wurde aus dem Raum geführt. Hinter sich hörte er das rasch wieder unterdrückte Lachen eines der Wachtposten. Hatte er falsch gewählt? Konnte eine solche Prüfung schlimmer sein als eine Verstümmelung?

10

AUF Omega, so erzählte man sich wenigstens, konnte man zwischen ein Gerichtsverfahren und die Ausführung des Urteils nicht einmal die Klinge eines Messers schieben. Barrent wurde sofort in einen großen, runden, mit Steinen ausgemauerten Saal geführt. An der hohen, gewölbten Decke hingen weiße Lampen. Darunter befand sich eine Öffnung in der Wand, die eine Tribüne für Zuschauer enthielt. Die Tribüne war fast voll, als Barrent in den

Raum trat. Ausgaben des gerichtlichen Tageskalenders wurden verkauft.

Einen kurzen Augenblick stand Barrent allein auf dem Steinboden. Dann glitt eine Öffnung in der Steinwand zurück, und eine kleine Maschine rollte herein.

Ein Lautsprecher nahe der Zuschauerrampe ertönte: „Meine Damen und Herren, Ihre Aufmerksamkeit, bitte! Sie erleben jetzt den Ausscheidungskampf 642-BG223 zwischen Bürger Will Barrent und GME 213. Nehmen Sie Ihre Plätze ein! Der Kampf beginnt in wenigen Minuten."

Barrent betrachtete seinen Gegner. Es war eine glitzernde schwarze Maschine von der Form einer Halbkugel, die fast eineinhalb Meter hoch war. Unruhig rollte sie auf kleinen Rädern vor und zurück. Ein Muster von roten, grünen und bernsteinfarbenen Lichtern aus vertieften Glasbirnen flackerte über ihre glatte Metalloberfläche. In Barrent weckte sie die Erinnerung an ein Meereswesen von der Erde.

„Für jene, die unsere Galerie zum erstenmal besuchen", fuhr der Lautsprecher fort, „geben wir eine kurze Erklärung ab. Der Gefangene Will Barrent hat diese Prüfung aus freien Stücken gewählt. Das Instrument der Gerechtigkeit, in diesem Fall GME 213, ist ein Beispiel bester schöpferischer Ingenieurkunst, die Omega hervorgebracht hat. Die Maschine – oder Max, wie viele ihrer Freunde und Bewunderer sie nennen – ist eine Mordwaffe von exemplarischer Tüchtigkeit; sie ist fähig, nicht weniger als dreiundzwanzig verschiedene Mordarten auszuüben, viele davon sind äußerst schmerzhaft. Zum Zwecke eines Ausscheidungskampfes ist sie darauf eingestellt, nach dem Zufallsprinzip zu operieren. Das bedeutet, daß Max keine Wahl in der Methode des Tötens hat. Die Formen wechseln sich ab nach dreiundzwanzig verschiedenen Zahlen, die an eine Zeiteinheit von einer bis zu sechs Sekunden angeschlossen sind."

Max bewegte sich plötzlich auf die Mitte des Raumes zu; Barrent wich zurück.

„Es liegt in der Macht des Gefangenen, die Maschine außer Funktion zu setzen; in diesem Fall gewinnt der Gefangene den Kampf und erlangt die vollen Rechte seines Ranges und seiner Stellung zurück. Die Methode, die Maschine außer Funktion zu setzen, ändert sich von Typ zu Typ. Theoretisch ist es für einen Gefangenen immer möglich zu gewinnen. Die Praxis zeigt, daß es einem Durchschnitt von 3,5 Prozent gelingt."

Barrent blickte hinauf zu den Zuschauern. Ihrer Kleidung nach zu urteilen, gehörten sie alle höheren Rängen an, vorwiegend den oberen Privilegierten.

Dann erkannte er plötzlich in der ersten Reihe ganz vorne das Mädchen, das ihm an seinem ersten Tag auf Omega ihre Pistole gegeben hatte. Sie war genauso hübsch, wie er sie in Erinnerung hatte; aber auf ihrem blassen, ovalen Gesicht zeigte sich keine Gefühlsregung. Sie starrte ihn mit dem unverhohlenen Interesse an, das man für einen Käfer in einem Glasgefäß aufbringt.

„Der Wettkampf beginnt!" kündigte der Lautsprecher an.

Barrent hatte keine Zeit, an das Mädchen zu denken, denn die Maschine kam auf ihn zugerollt.

Wachsam wich er ihr aus. Max brachte einen einzelnen schmalen Fangarm zum Vorschein, an dessen Ende ein weißes Licht aufflackerte. Die Maschine rollte auf Barrent zu und drängte ihn gegen eine Wand.

Dann blieb sie stehen. Barrent hörte das Klicken eines Getriebes. Der Fangarm wurde eingezogen, an seiner Stelle erschien ein Metallarm aus mehreren ineinandergreifenden Gliedern, der in eine Messerklinge auslief. Mit etwas schnelleren Bewegungen trieb die Maschine ihn jetzt auf die Wand zu. Der Arm schoß vor, aber Barrent konnte sich ducken. Die Messerkante kratzte an der Wand entlang. Als der Arm einfuhr, hatte Barrent Gelegenheit, sich wieder zur Mitte des Raumes zu bewegen.

Er erkannte, daß seine einzige Chance, die Maschine außer Gefecht zu setzen, in den kurzen Pausen lag, während der sie von einer Mordwaffe zur anderen überwechselte. Aber wie zerstörte man eine Maschine mit einer glatten Oberfläche und einem Rücken wie bei einer Schildkröte?

Wieder rollte Max auf ihn zu, diesmal glitzerte seine Metalloberfläche von einer grünen Substanz, die Barrent augenblicklich als ein Kontaktgift erkannte. Er setzte zu einem Sprung an und lief durch den Raum, wobei er versuchte, der tödlichen Berührung zu entgehen.

Die Maschine hielt inne. Neutralisierer spülten das Gift fort.

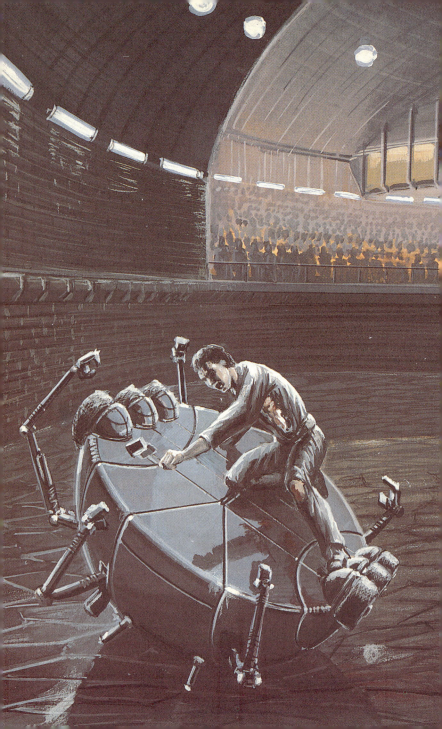

Wieder steuerte sie auf ihn los, diesmal ohne sichtbare Zeichen einer Waffe. Anscheinend wollte sie ihn rammen.

Barrent befand sich in einer äußerst ungünstigen Lage. Er wich zur Seite aus, die Maschine folgte seiner Bewegung. Hilflos stand er vor der Wand, während die Maschine immer schneller auf ihn zukam.

Wenige Zentimeter vor ihm hielt sie an. Die Schaltung klickte. Max streckte eine Art Schläger aus.

Dies ist eine ausgesprochen sadistische Prüfung, dachte Barrent. Wenn es noch lange währte, würde die Maschine ihn einfach überrennen und ihn bequem töten. Was immer er zu unternehmen gedachte, er mußte sich damit beeilen, solange er noch die Kraft dazu besaß.

Noch während er diesen Gedanken faßte, schwang die Maschine einen knüppelartigen Metallarm heraus. Barrent konnte den Schlag nicht völlig verhindern. Der Knüppel traf seine linke Schulter; er fühlte, wie sein ganzer Arm gefühllos wurde.

Max wechselte erneut die Waffe. Barrent warf sich auf den glatten, gerundeten Rücken. Ganz oben bemerkte er zwei winzige Löcher. Er betete inbrünstig, daß es Rezeptoröffnungen waren, und bohrte die Finger hinein.

Die Maschine blieb wie tot stehen, die Zuschauer jubelten. Barrent klammerte sich mit seinem steifen Arm an den Rücken und versuchte die Finger in den Öffnungen zu lassen. Die Lichtmuster auf der Oberfläche von Max wechselten von Grün über Bernstein zu Rot. Das tiefe Summen verstärkte sich.

Und dann streckte die Maschine schmale Röhren aus, als Ersatz für die Rezeptoren.

Barrent bemühte sich angestrengt, sie mit seinem Körper zu bedecken. Aber die Maschine erwachte plötzlich zu neuem Leben, sie schaukelte schnell hin und her und warf Barrent ab.

Er überschlug sich ein paarmal, raffte sich auf und stolperte in die Mitte der Arena.

Der Kampf dauerte noch nicht länger als fünf Minuten, aber bereits jetzt war Barrent erschöpft. Er zwang sich, vor der Maschine zurückzuweichen, die jetzt mit einem breiten, glänzenden Beil auf ihn losging.

Als der Beilarm ausholte, warf sich Barrent mit aller Kraft

darauf, anstatt ihm zu entgehen. Mit beiden Händen umklammerte er ihn und bog ihn zurück. Metall knirschte, und Barrent glaubte schon, das Glied würde langsam abbrechen. Wenn es ihm gelang, den Metallarm abzureißen, gelang es ihm vielleicht auch, die Maschine außer Funktion zu setzen; im schlimmsten Fall aber konnte ihm der Arm als Waffe dienen . . .

Max rollte plötzlich zurück. Barrent vermochte nicht länger, den Arm festzuhalten. Er fiel auf das Gesicht. Das Beil schwang herum und traf ihn an der Schulter.

Barrent rollte auf die Seite und schaute zur Galerie hinauf. Er war am Ende. Das beste war, den nächsten Angriff der Maschine einfach abzuwarten, um alles möglichst schnell zu überstehen. Die Zuschauer klatschten und beobachteten, wie sich die Maschine zum nächsten Stoß vorbereitete.

Und das Mädchen machte ihm deutliche Zeichen.

Barrent starrte sie an, versuchte die Zeichen zu deuten. Sie deutete ihm an, etwas umzudrehen und zu zerstören.

Er hatte keine Zeit mehr, auf sie zu achten. Benommen von dem Blutverlust, taumelte er hoch und beobachtete die Maschine. Er kümmerte sich nicht mehr darum, was für eine Art Waffe sie diesmal anwendete; seine ganze Aufmerksamkeit richtete sich auf ihre kleinen Räder.

Als sie auf ihn zukam, warf sich Barrent unter die Räder.

Sie versuchte anzuhalten und auszuweichen, aber es gelang ihr nicht rechtzeitig. Die Räder rollten über Barrents Körper, wodurch die Maschine schräg nach oben gehoben wurde. Barrent keuchte unter der Last. Mit dem Rücken unter der Maschine, legte er seine letzte Kraft in den Versuch aufzustehen.

Einen Augenblick schwankte die Maschine hin und her, ihre Räder drehten sich rasend in der Luft. Dann kippte sie um und fiel auf den Rücken. Barrent brach dicht neben ihr zusammen.

Als er wieder klar zu sehen vermochte, lag die Maschine noch immer auf dem Rücken. Sie streckte ein paar Arme aus, um sich mit ihrer Hilfe wieder umzudrehen.

Barrent warf sich über das flache Unterteil der Maschine und hämmerte mit den Fäusten dagegen. Nichts geschah. Er zerrte an einem Rad, es half nichts. Max stützte sich hoch und war dabei, sich herumzurollen und den Kampf fortzusetzen.

Eine Bewegung des Mädchens zog Barrents Aufmerksamkeit auf sich. Sie machte eine zerrende, reißende Bewegung mit den Händen, immer wieder.

Erst jetzt bemerkte Barrent eine kleine Sicherungskiste nahe dem einen Rad. Er schlug den Deckel mit einem Ruck herunter, wobei er sich einen Fingernagel abbrach, und riß Sicherungen aus dem Inneren heraus.

Die Maschine zuckte noch einmal und blieb dann unbeweglich liegen.

Barrent brach ohnmächtig zusammen.

11

AUF Omega herrscht das Gesetz. Versteckt und offen, geheiligt und weltlich – das Gesetz regiert die Handlungen aller Bürger, von den Niedrigsten der Niedrigen bis zu den Obersten der Oberen. Ohne das Gesetz gäbe es keine Privilegien für jene, die das Gesetz geschaffen hatten; deshalb war das Gesetz absolut notwendig. Ohne das Gesetz und seinen harten Zwang würde auf Omega ein unvorstellbares Chaos herrschen, in dem die Rechte eines einzelnen sich nur so weit erstreckten, wie er sie selbst erzwingen konnte.

Diese Anarchie würde das Ende der Gesellschaft auf Omega bedeuten; und im besonderen würde es das Ende jener älteren Einwohner der regierenden Klasse mit sich bringen, die die höchsten Posten einnahmen, deren Fertigkeit mit der Pistole aber lange ihren Höhepunkt überschritten hatte. Deshalb war das Gesetz unbedingt erforderlich.

Aber Omega war auch eine verbrecherische Gesellschaft, die sich einzig und allein aus Individuen zusammensetzte, die auf der Erde die dort herrschenden Gesetze gebrochen hatten. Es war eine Gesellschaft, die, wenn man sie bis ins letzte analysierte, die Leistung des einzelnen anspornte und stärkte. Es war eine Gesellschaft, in der ein Gesetzesbrecher ein Held war; eine Gesellschaft, die Verbrechen nicht nur entschuldigte, sondern auch bewunderte und sogar belohnte; eine Gesellschaft, in der die Mißachtung der festen Regeln allein am Grad ihres Erfolges gemessen wurde. All das resultierte aus dem Paradox einer kriminellen Gesellschaftsordnung mit absoluten Gesetzen, die dazu da waren, gebrochen zu werden.

Noch immer hinter der Wand versteckt, erklärte der Richter all dies Barrent. Seit der Beendigung des Wettkampfes waren mehrere Stunden verstrichen, Barrent war in ein Krankenzimmer geschafft worden, wo man seine Wunden verbunden hatte. Sie waren im großen und ganzen unbedeutend; zwei angebrochene Rippen, eine tiefe Fleischwunde in der linken Schulter und etliche Schnitte und Schrammen.

„Demgemäß muß das Gesetz gleichzeitig gebrochen und eingehalten werden", fuhr der Richter fort. „Wer nie ein Gesetz bricht, kann im Rang auch nicht höher steigen. Er wird gewöhnlich auf die eine oder andere Art getötet, da ihm die notwendige Initiative fehlt, um sich zu behaupten. Für jene wie Sie, die das Gesetz mißachten, verhält sich die Sache etwas anders. Das Gesetz straft sie mit aller Härte – es sei denn, es gelingt ihnen, sich aus der Schlinge zu ziehen."

Der Richter machte eine Pause. Dann fuhr er mit nachdenklicher Stimme fort: „Auf Omega steht derjenige am höchsten, der das Gesetz versteht, seine Notwendigkeit anerkennt, sich der Strafen für eine Übertretung bewußt ist, sie dann begeht – und darin erfolgreich bleibt! Das, mein Herr, ist der ideale Verbrecher und der ideale Einwohner von Omega. Und genau als das haben Sie sich erwiesen, Will Barrent, indem Sie den Wettkampf gewannen."

„Ich danke Ihnen", sagte Barrent.

„Ich möchte, daß Sie mich recht verstehen", bemerkte der Richter weiter. „Das Gesetz einmal mit Erfolg überschritten zu haben, heißt noch lange nicht, daß es beim zweitenmal auch gelingt. Die Chancen sprechen dagegen – je öfter man es versucht, um so härter werden die Strafen, aber um so höher ist auch die Auszeichnung, die beim Gelingen verliehen wird. Deshalb warne ich Sie auch, Ihr neuerrungenes Wissen überstürzt anzuwenden."

„Ich werde mich vorsehen", antwortete Barrent.

„Sehr gut. Hiermit werden Sie in den Stand eines Privilegbürgers erhoben – mit allen Rechten und Pflichten, die das mit sich bringt. Sie dürfen Ihr Geschäft wie bisher weiterführen. Außerdem erhalten Sie eine Woche Ferien in der Wolkensee-region. Sie dürfen diese Ferien mit einer Frau Ihrer Wahl verle-ben."

„Wie bitte?" fragte Barrent. „Was war das letzte?"

„Eine Woche Ferien", wiederholte der Richter, „mit einer Frau, die Sie selbst wählen dürfen. Das ist eine hohe Belohnung, da es auf Omega sechsmal soviel Männer wie Frauen gibt. Sie dürfen sich irgendeine unverheiratete Frau aussuchen, ob sie mag oder nicht. Ich gebe Ihnen drei Tage, Ihre Wahl zu treffen."

„Das ist nicht nötig", sagte Barrent. „Ich möchte das Mädchen, das in der ersten Reihe auf der Zuschauertribüne gesessen hat. Das Mädchen mit dem schwarzen Haar und den grünen Augen. Wissen Sie, wen ich meine?"

„Ja", antwortete der Richter langsam. „Ich weiß, wen Sie mei-nen. Sie heißt Moera Ermais. Ich schlage vor, Sie wählen jemand anders."

„Besteht dazu ein Grund?"

„Nein. Aber Sie wären besser beraten, wenn Sie jemand an-ders aussuchten. Mein Assistent wird Ihnen gern eine Liste geeig-neter junger Damen vorlegen. Alle haben den Vorzug, gut aus-zusehen. Manche haben eine Prüfung im Saueninstitut abgelegt, das, wie Sie vielleicht wissen, einen umfassenden Kursus über die Kunst und Wissenschaft der Geishas abhält. Ich persönlich kann Ihnen ganz besonders –"

„Ich möchte Moera", unterbrach ihn Barrent.

„Junger Mann, Sie machen einen Fehler."

„Das muß ich riskieren."

„Also gut", gab der Richter nach, „Ihre Ferien beginnen morgen früh um neun Uhr. Ich wünsche Ihnen von Herzen viel Glück."

WACHEN geleiteten ihn aus dem Gerichtssaal und zurück zu seinem Laden. Seine Freunde, die bereits seine Todesanzeige erwartet hatten, kamen, um ihn zu begrüßen. Sie waren begierig, alle Einzelheiten des Wettkampfes zu erfahren. Aber Barrent hatte inzwischen gelernt, daß geheimes Wissen der Weg zum Erfolg war. Er schilderte ihnen den Vorgang nur im großen und ganzen.

Es gab an diesem Abend noch einen weiteren Grund zum

Feiern. Tem Rends Bewerbung war endlich doch von der Mördergilde angenommen worden. Und wie er es versprochen hatte,
engagierte er Foeren sogleich als seinen Assistenten.

Am darauffolgenden Morgen, als Barrent aufstand, erblickte er
ein Fahrzeug vor der Tür. Die Justizbehörde hatte es ihm für die
Ferien zur Verfügung gestellt. Im Fond saß, wunderhübsch und
leicht verärgert, Moera.

„Sind Sie von Sinnen, Barrent?" begrüßte sie ihn. „Glauben Sie
denn, ich hätte für derartige Dinge Zeit? Warum haben Sie gerade
mich ausgewählt?"

„Sie haben mir das Leben gerettet", antwortete Barrent.

„Und jetzt glauben Sie wohl, ich wäre an Ihnen interessiert? Sie
irren sich – das bin ich nicht im geringsten. Wenn Sie nur ein
Fünkchen Dankbarkeit besitzen, dann sagen Sie jetzt sofort dem
Fahrer, Sie hätten Ihre Meinung geändert. Sie können noch immer
ein anderes Mädchen wählen."

Barrent schüttelte den Kopf. „Sie sind das einzige Mädchen, an
dem mir etwas liegt."

„Dann werden Sie es sich also nicht noch einmal überlegen?"

„Ganz bestimmt nicht."

Moera seufzte und lehnte sich im Sitz zurück. „Haben Sie denn
wirkliches Interesse an mir?"

„Weitaus mehr als nur Interesse", antwortete Barrent.

„Also dann", seufzte Moera, „wenn Sie unbedingt nicht anders
wollen, muß ich mich wohl mit Ihnen abfinden." Sie wandte sich
zur Seite, aber Barrent vermeinte ein leichtes Lächeln auf ihren
Lippen zu erkennen.

12

DER Wolkensee war Omegas schönster Erholungsort. Beim Betreten mußten alle Waffen am Haupteingang abgegeben werden.
Zweikämpfe waren unter gar keinen Umständen erlaubt. Streitig-
keiten wurden vom nächsten Barmixer ganz willkürlich
geschlichtet, und ein Mord wurde durch den sofortigen Verlust
von Rang und Stellung bestraft.

Am Wolkensee gab es jede Art von Vergnügungen. Es fanden

Fechtduelle statt, Stierkämpfe und Bärenringen. Man konnte Sportarten wie Schwimmen, Klettern und Skilaufen nachgehen. Am Abend gab es Tanzveranstaltungen im großen, mit mehrfachen Glaswänden umschlossenen Saal, die die einfachen Ränge von den Bürgern und diese wieder von der Elite trennten. Es waren gutausgerüstete Rauschgiftbars vorhanden, die alles führten, was sich ein Süchtiger nur wünschen konnte, wie auch einige neue Errungenschaften auf diesem Gebiet. Für gesellige Typen fand jeden Mittwoch- und Samstagabend in der Satyrengrotte eine Orgie statt. Für die Scheuen arrangierten die Veranstalter maskierte Stelldicheins in den dämmrigen Wandelgängen vor dem Hotel. Aber das Schönste waren die sanften Hänge und schattigen Wälder zum Spazierengehen – frei von der Anspannung des täglichen Existenzkampfes von Tetrahyde.

Barrent und Moera bewohnten zwei aneinandergrenzende Zimmer, deren Zwischentür unverschlossen war. Während der ersten Nacht allerdings benutzte Barrent diese Tür nicht. Moera hatte ihm kein Zeichen gegeben, daß sie das wünschte; und auf einem Planeten, auf dem Frauen leichten Zugang zu allen möglichen Giften hatten, mußte ein Mann zweimal überlegen, bevor er einer Frau seine Gesellschaft aufzwang, die sie vielleicht gar nicht schätzte.

Selbst der Inhaber eines Antidotladens mußte mit der Möglichkeit rechnen, die Symptome an sich selbst nicht rechtzeitig zu erkennen. Am zweiten Tag kletterten sie in den Bergen herum. Sie nahmen an einem mit weichen Gräsern bewachsenen Hügel ein mitgebrachtes Picknick ein und schauten hinunter auf den grauen See. Nach dem Essen fragte Barrent Moera, warum sie ihm das Leben gerettet habe.

„Die Antwort wird Ihnen sicher nicht gefallen", antwortete sie.

„Ich wüßte sie doch gerne."

„Nun, Sie sahen so lächerlich schutzlos aus, damals bei der Gilde der Opfer. Ich hätte jedem geholfen, der so aussah."

Barrent nickte etwas verlegen. „Und beim zweitenmal?"

„Da hatte ich bereits ein Interesse an Ihnen. Kein romantisches Interesse – verstehen Sie mich nicht falsch! Ich bin nicht im geringsten romantisch veranlagt."

„Was für ein Interesse war es dann?" fragte Barrent.

„Ich dachte mir, Sie würden gutes Rekrutierungsmaterial abgeben."

„Darüber würde ich gern mehr erfahren."

Moera schwieg eine Weile und sah ihn aus ihren grünen Augen unverwandt an. „Da gibt es nicht viel zu sagen. Ich gehöre einer Organisation an. Wir sind ständig auf der Suche nach geeigneten Leuten. Gewöhnlich holen wir sie uns direkt von den Gefangenenschiffen. Außerdem sehen sich die Anwerber, zu denen auch ich gehöre, nach allem um, was brauchbar scheint."

„Nach was für einer Art Menschen suchen Sie?"

„Nicht nach Ihrem Typ, Will. Tut mir leid."

„Und warum nicht?"

„Zuerst habe ich ernsthaft mit dem Gedanken gespielt, Sie anzuwerben", sagte Moera. „Sie schienen mir genau die Art von Mensch zu sein, die wir benötigen. Dann aber habe ich Ihre Vergangenheit überprüft."

„Und?"

„Wir nehmen keine Mörder. Manchmal engagieren wir sie für spezielle Aufgaben, aber wir nehmen sie nicht in unsere Organisation auf. Höchstens akzeptieren wir gelegentlich mildernde Umstände. Aber davon abgesehen haben wir das Gefühl, daß jemand, der auf der Erde einen vorsätzlichen Mord verübt hat, nicht der richtige Mann für uns ist."

„Ich verstehe", brummte Barrent. „Würde es etwas nützen, wenn ich Ihnen sage, daß ich nicht die Einstellung zum Morden habe, wie sie auf Omega üblich ist?"

„Das weiß ich", antwortete Moera. „Wenn es nach mir ginge, würde ich Sie auch aufnehmen. Aber darüber habe ich nicht zu bestimmen . . . Will, sind Sie sicher, daß Sie einen Mord begangen haben?"

„Ich glaube, ja", sagte Barrent. „Wahrscheinlich ist es leider wirklich so."

„Schade. Trotzdem – die Organisation benötigt Leute, die eine hohe Überlebensfähigkeit besitzen, ganz gleich, was sie auf der Erde begangen haben. Ich will sehen, was ich tun kann. Aber es würde viel helfen, wenn Sie herausfinden könnten, warum Sie einen Mord begangen haben. Vielleicht gibt es doch mildernde Umstände."

„Vielleicht", stimmte Barrent zu, ohne seine Zweifel zu unter-drücken. „Ich will mich bemühen, es herauszufinden."

Kurz bevor er an diesem Abend einschlief, öffnete Moera die Verbindungstür und trat in sein Zimmer. Schlank und warm schlüpfte sie zu ihm unter die Decke. Als er etwas sagen wollte, legte sie ihm die Hand auf den Mund. Und Barrent hatte gelernt, Pech und Glück ohne Fragen hinzunehmen.

Die Ferien vergingen viel zu schnell. Das Thema „Organisa-tion" wurde nicht mehr berührt, aber dafür blieb, vielleicht als Ausgleich, die Verbindungstür stets offen. Spätabends am siebten Tag kehrten Barrent und Moera nach Tetrahyde zurück.

„Wann werde ich dich wiedersehen?" fragte Barrent.

„Ich werde von mir hören lassen."

„Das ist keine sehr befriedigende Vereinbarung."

„Mehr kann ich nicht versprechen", antwortete Moera. „Es tut mir leid, Will. Ich will sehen, was sich wegen der Organisation machen läßt."

Barrent mußte sich damit zufriedengeben. Als ihn das Fahrzeug vor seinem Laden absetzte, wußte er immer noch nicht, wo sie wohnte oder welcher Art von Organisation sie angehörte. In seiner Wohnung dachte er noch einmal eingehend über die Einzelheiten seines Traums nach. Alles war ihm noch gegenwär-tig: seine Wut auf Therkaler, die unerlaubte Waffe, die Begeg-nung, die Leiche und danach der Spitzel und der Richter. Nur eines fehlte. Er konnte sich nicht an den Augenblick des eigentli-chen Mordes entsinnen und auch nicht an das Anlegen der Waffe und an den Schuß. Der Traum brach in dem Moment ab, in dem er Therkaler gegenüberstand, und setzte erst nach dessen Tod wieder ein. Vielleicht hatte er diesen Moment des Mordens aus seinem Gedächtnis verbannt. So konnte er noch hoffen, daß es irgendeinen verständlichen Grund für seine Tat gegeben hatte – vielleicht war er angegriffen worden. Er mußte es herausfinden.

Es bestanden nur zwei Möglichkeiten, Informationen über die Erde zu erlangen. Die eine lag in den schreckerfüllten Visionen des Traumladens, und er war entschlossen, diesen nie wieder aufzusuchen. Die andere Möglichkeit lag im Besuch eines wahr-sagenden Mutanten.

Barrent teilte die allgemeine Abneigung gegen Mutanten. Sie

waren eine völlig andere Rasse, und ihr Status der Unantastbarkeit war kein einfaches Vorurteil. Es war wohlbekannt, daß Mutanten häufig fremdartige und unheilbare Krankheiten hatten. Sie wurden gemieden und hatten sich auch selbst nach außen abgekapselt. Sie lebten in dem Mutantenviertel, das eine eigene Welt innerhalb von Tetrahyde bildete. Vernünftige Bürger blieben diesem Viertel fern, vor allem des Nachts; jedermann wußte, daß Mutanten rachsüchtig sein konnten – manchmal an der ganzen Menschheit.

Aber nur Mutanten besaßen die Fähigkeit, die Vergangenheit zu erforschen. Ihre verunstalteten Körper bargen ungewöhnliche Kräfte und Talente, seltsame und abnorme Fähigkeiten, die der normale Mensch verabscheute, manchmal aber doch ganz gut gebrauchen konnte. Man sagte den Mutanten nach, daß sie bei dem Schwarzen in besonderer Gunst standen. Manche Leute glaubten, daß die große Kunst der Schwarzen Magie, mit der die Priester prahlten, nur von einem Mutanten ausgeübt werden konnte; aber das erwähnte man natürlich nie in Gegenwart eines Priesters.

Die Mutanten standen wegen ihrer seltenen Talente in dem Ruf, mehr über die Erde zu wissen als jeder normale Mensch. Sie konnten sich nicht nur an die Erde im allgemeinen erinnern, sondern auch das Leben eines einzelnen durch Raum und Zeit zurückverfolgen, die Mauer des Vergessens durchbrechen und ihm sagen, was wirklich mit ihm geschehen war.

Andere wieder meinten, daß Mutanten überhaupt keine besonderen Fähigkeiten besaßen. Sie betrachteten sie als schlaue Betrüger, die von der Leichtgläubigkeit der Menschen lebten.

Barrent entschloß sich, das selbst herauszufinden. Eines Abends machte er sich, eingehüllt in einen weiten Umhang und gut bewaffnet, auf den Weg zum Mutantenviertel.

13

Die eine Hand stets an der Waffe, schritt Barrent durch die schmalen, gewundenen Gassen des Viertels. Er kam an Lahmen und Blinden vorbei, an Idioten, die brüllend, mit Schaum vor dem

Mund, durch die Straßen liefen oder auch an den Ecken kauerten und vor sich hin wimmerten. Er traf einen Jongleur, der mit einer dritten Hand, die aus seiner Brust wuchs, zwölf brennende Fakkeln hochwarf und wieder auffing. Da waren Händler, die Kleider, Tand und billigen Schmuck anboten, Karren mit unsauber aussehenden Lebensmitteln. Er geriet in die Bordellgasse mit ihren buntbemalten Fassaden. In den Fenstern drängten sich Mädchen und kreischten hinter ihm her; ein Mann mit vier Armen und sechs Beinen erklärte ihm, er käme gerade zu den Delphinriten zurecht. Barrent wandte sich von ihm ab und wäre fast gegen eine unheimlich fette Frau gerannt, die ihre Bluse aufriß und acht schlaffe Brüste zum Vorschein brachte. Er machte einen Bogen um sie und eilte an einem siamesischen Vierling vorbei, der ihn mit sehr vielen großen, traurigen Augen anstarrte. Barrent bog um eine Ecke und blieb stehen. Ein hochgewachsener, zerlumpter alter Mann mit einem weißen Stock blockierte den Weg. Er war fast blind; über der Stelle, an der einmal sein linkes Auge gesessen hatte, wuchs weiche, haarlose Haut. Mit seinem rechten Auge konnte er jedoch sehen. Sein Blick war starr und böse. „Wünschen Sie die Dienste eines ehrlichen Wahrsagers?" fragte der Alte.

Barrent nickte.

„Folgen Sie mir!" forderte ihn der Einäugige auf. Er bog in eine schmale Gasse ein.

Barrent folgte ihm und umklammerte fest den Lauf seiner Nadelstrahlpistole. Mutanten durften dem Gesetz nach keine Waffen tragen; aber dieser hatte, wie viele von ihnen, einen Stock mit einer Eisenspitze. In engen Gassen konnte dies eine sehr gefährliche Waffe abgeben.

Der Alte öffnete eine Tür und winkte Barrent herein. Barrent zögerte und dachte an die Geschichten von leichtgläubigen Bürgern, die in die Hände der Mutanten gefallen waren. Dann zog er die Waffe hervor und folgte dem Alten ins Innere.

Am Ende eines langen Ganges öffnete dieser eine weitere Tür und ließ Barrent in einen kleinen, schwach erleuchteten Raum treten. Als sich seine Augen an die Dunkelheit gewöhnt hatten, konnte Barrent die Umrisse von zwei Frauen erkennen, die vor einem einfachen Holztisch saßen. Auf dem Tisch stand ein Topf mit Wasser, und darin befand sich ein faustgroßes Stück Glas, in das viele Facetten geschnitten waren.

Eine der Frauen war sehr alt und hatte kein einziges Haar auf dem Kopf. Die andere war jung und erstaunlich hübsch. Als Barrent näher an den Tisch trat, stellte er entsetzt fest, daß ihre Beine von den Knien an zusammengewachsen waren, eine schuppige Haut umgab sie, nach unten zu liefen sie in eine Art Fischschwanz aus.

„Was wünschen Sie zu erfahren, Bürger Barrent?" fragte die junge Mutantin.

„Woher wissen Sie meinen Namen?" fragte Barrent. Als er keine Antwort erhielt, sagte er: „Schön. Ich möchte Genaues über einen Mord wissen, den ich auf der Erde verübt habe."

„Warum möchten Sie das?" fragte die junge Frau. „Wollen die Behörden Ihnen den Mord nicht zugestehen?"

„O doch, sie erkennen ihn an. Aber ich möchte gern wissen, warum ich ihn verübt habe. Es könnte ja sein, daß mildernde Umstände eine Rolle spielten. Vielleicht habe ich es nur zur Selbstverteidigung getan."

„Ist das wirklich so wichtig?" fragte die junge Frau.

„Ja!" antwortete Barrent mit Nachdruck. Er zögerte einen Moment und wagte dann den Sprung: „Tatsache ist, daß ich ein neurotisches Vorurteil gegen das Morden hege. Mir wäre es lieber, nicht töten zu müssen. Deshalb möchte ich gern wissen, warum ich auf der Erde einen Mord verübt habe."

Die Mutanten blickten einander an. Dann grinste der alte Mann und sagte: „Bürger, wir werden Ihnen nach besten Kräften helfen. Auch wir Mutanten sind gegen den Mord, wohl deshalb, weil meistens wir es sind, die getötet werden. Wir mögen Bürger, die gleich uns fühlen."

„Dann werden Sie also meine Vergangenheit erforschen?"

„So leicht ist das nicht", erklärte die junge Frau. „Diese Fähigkeit gehört zu den Psi-Talenten und ist äußerst schwierig. Nicht immer gelingt es. Und manchmal deckt es auch Dinge auf, die gar nicht aufgedeckt werden sollten."

„Ich dachte, alle Mutanten könnten die Vergangenheit lesen, wann es ihnen beliebt", sagte Barrent.

„Nein", widersprach der alte Mann. „Das stimmt nicht. Erstens einmal sind nicht alle, die als Mutanten klassifiziert sind, echte Mutanten. Fast jede Deformierung oder Abnormität wird heutzutage Mutantismus genannt. Das ist eine bequeme Bezeichnung für alle, die den terrestrischen Vorstellungen der äußeren Erscheinung nicht entsprechen."

„Aber es gibt doch echte Mutanten?"

„Gewiß. Aber selbst da gibt es Unterschiede. Manche weisen nur Verunstaltungen durch Strahleneinwirkung auf – Gigantismus, Mikrozephalie und dergleichen. Nur ganz wenige besitzen geringe Spuren von Psi-Talenten – obgleich alle Mutanten Anspruch darauf erheben."

„Und Sie – können Sie es?" fragte Barrent.

„Nein. Aber Myla", antwortete er und deutete auf die junge Frau. „Manchmal ist sie dazu fähig."

Die junge Frau starrte in den Wassertopf auf das Facettenglas. Ihre blassen Augen waren weit geöffnet, die Pupillen hatten sich stark vergrößert; ihr Körper mit dem Fischschwanz war steil aufgerichtet; die Alte stützte sie.

„Sie beginnt etwas zu sehen", sagte der Mann. „Das Wasser und die Kristallkugel sind nur Einrichtungen, um ihre Aufmerksamkeit auf einen Punkt zu konzentrieren. Myla ist sehr gut, obzwar sie manchmal die Vergangenheit mit der Zukunft vermengt. Das kann unangenehm sein und bringt ihr Talent in schlechten Ruf. Aber man kann nichts dagegen tun. Ab und zu taucht eben die Zukunft mit auf, und Myla muß sagen, was sie sieht. Letzte Woche sagte sie einem Hadschi, daß er in vier Tagen sterben würde." Der Alte kicherte. „Sie hätten seinen Gesichtsausdruck sehen sollen."

„Hat sie auch gesehen, wie er sterben würde?" fragte Barrent.

„Ja. Durch einen Messerstich. Der Ärmste wagte sich die ganzen vier Tage nicht aus dem Haus."

„Und wurde er getötet?"

„Natürlich. Seine Frau tötete ihn. Sie ist eine zielbewußte Dame, habe ich mir sagen lassen."

Barrent hoffte, daß Myla ihm seine Zukunft nicht verraten würde. Das Leben war schwierig genug ohne die Voraussagungen eines Mutanten.

Sie blickte von dem Glas auf und schüttelte traurig den Kopf.

„Ich kann Ihnen nur sehr wenig sagen. Es ist mir nicht gelungen, den Mord selbst zu erkennen. Aber ich habe einen Friedhof gesehen und darin das Grabmal Ihrer Eltern. Da war ein alter Grabstein, vielleicht zwanzig Jahre alt. Der Friedhof befand sich in den Außenbezirken eines Ortes auf der Erde, der den Namen Youngerstun trägt."

Barrent dachte angestrengt nach, aber der Name bedeutete ihm nichts.

„Außerdem habe ich einen Mann gefunden", fuhr Myla fort, „der etwas über den Mord weiß. Er kann Ihnen darüber berichten, wenn er will."

„Hat dieser Mann den Mord beobachtet?"

„Ja."

„Ist er derjenige, der mich angezeigt hat?"

„Das weiß ich nicht", antwortete Myla. „Ich habe die Leiche gesehen. Der Name des Toten war Therkaler. Dicht daneben stand ein Mann. Dessen Name ist Illiardi."

„Befindet er sich hier auf Omega?"

„Ja. Sie können ihn in diesem Augenblick in dem Euphoriatorium in der Little Axe Street finden. Wissen Sie, wo das ist?"

„Ich werde es finden", sagte Barrent. Er dankte der jungen Frau und bot ihr einen Lohn an, den sie aber ablehnte. Sie sah sehr unglücklich drein. Als Barrent gehen wollte, rief sie: „Seien Sie vorsichtig!"

Barrent blieb an der Tür stehen und fühlte einen eisigen Schauer den Rücken entlangrinnen. „Haben Sie meine Zukunft gelesen?" fragte er.

„Nur ein wenig", antwortete Myla. „Nur, was in wenigen Monaten geschieht."

„Was haben Sie gesehen?"

„Ich kann es nicht erklären. Was ich gesehen habe, ist unmöglich."

„Sagen Sie mir, was es war."

„Ich sah Sie tot. Und trotzdem waren Sie wieder nicht tot. Sie blickten auf eine Leiche, die in viele kleine Teile zersplittert war. Und die Leiche waren Sie selbst."

„Was hat das zu bedeuten?"

„Ich weiß es nicht", antwortete Myla.

Das Euphoriatorium war ein großes, grell gestrichenes Gebäude, in dem es speziell gemischte Drogen und Betäubungsmittel gab. Seine hauptsächlichen Kunden waren Peons und einfache Bürger.

Barrent fühlte sich etwas unbehaglich, als er sich einen Weg durch die Menge bahnte und den Kellner fragte, wo er einen Mann namens Illiardi finden könne.

Der Kellner deutete in eine Eckloge. Barrent sah einen glatzköpfigen, breitschultrigen Mann, der sich über ein winziges Glas Thanapiquita beugte. Barrent trat auf ihn zu und stellte sich vor.

„Angenehm", antwortete Illiardi und trug den obligatorischen Respekt eines Residenten zweiter Klasse gegenüber einem Privilegbürger zur Schau. „Kann ich etwas für Sie tun?"

„Ich möchte Ihnen gern ein paar Fragen über die Erde stellen", begann Barrent.

„Kann mich nicht mehr an viel erinnern", antwortete Illiardi. „Aber soweit ich Ihnen zu Diensten sein kann . . ."

„Erinnern Sie sich vielleicht an einen Mann mit Namen Therkaler?"

„Ganz gewiß", antwortete Illiardi. „Dünner Bursche. Schielte. Eine miese Type!"

„Waren Sie dabei, als er ermordet wurde?"

„Jawohl. Es war das erste, an das ich mich erinnerte, als ich das Schiff verließ."

„Haben Sie gesehen, wer ihn getötet hat?"

Illiardi starrte ihn erstaunt an. „Das brauchte ich nicht zu sehen. Ich selbst habe ihn getötet."

Barrent zwang sich, in ruhigem Ton zu sprechen. „Sind Sie da ganz sicher? Wissen Sie das genau?"

„Selbstverständlich weiß ich das genau", antwortete Illiardi. „Und ich bringe jeden um, der mir diesen Mord abstreiten will. Ich habe Therkaler getötet, und er hat noch Schlimmeres als das verdient."

„Als Sie ihn getötet haben – haben Sie mich da zufällig in der Nähe gesehen?" fragte Barrent.

Illiardi musterte ihn aufmerksam von oben bis unten, dann schüttelte er den Kopf. „Nein, ich glaube nicht, daß ich Sie dabei gesehen habe. Aber genau kann ich das natürlich nicht sagen.

Unmittelbar nachdem ich Therkaler getötet hatte, verwischte sich alles irgendwie."

„Ich danke Ihnen", sagte Barrent. Er verließ das Euphoriatorium.

14

BARRENT hatte viel Stoff zum Nachdenken. Aber je mehr er grübelte, um so konfuser wurde alles. Wenn Illiardi Therkaler getötet hatte, warum war er, Barrent, dann nach Omega deportiert worden? Wenn jedoch ein Irrtum unterlaufen war, warum hatte man ihn dann nicht freigelassen, nachdem der wahre Mörder gefaßt war? Warum hatte ihn auf der Erde jemand eines Mordes angeklagt, den er gar nicht begangen hatte? Und warum hatte man ihm eine falsche Erinnerung an dieses Verbrechen eingegeben?

Barrent fand auf alle diese Fragen keine Antwort. Aber er wußte, daß er sich niemals wie ein Mörder gefühlt hatte. Jetzt hatte er einen Beweis dafür, daß er kein Mörder war.

Dieses Gefühl der Unschuld änderte alles. Er brachte jetzt für die Gebräuche von Omega noch weniger Verständnis auf, hatte überhaupt kein Interesse mehr daran, der verbrecherischen Lebensart zu folgen. Das einzige, wonach er trachtete, war, von Omega zu fliehen und sein rechtmäßiges Erbe auf der Erde anzutreten. Aber das war unmöglich. Tag und Nacht kreisten die Wachschiffe am Himmel. Selbst wenn es einen Weg gäbe, diese Sperre zu umgehen, wäre eine Flucht immer noch unmöglich. Die Technik auf Omega war noch nicht weiter fortgeschritten als bis zum Verbrennungsmotor. Die einzigen Raumschiffe waren in den Händen der Erdbehörden.

Barrent arbeitete weiterhin in seinem Antidotladen, aber sein Mangel an sozialer Moral war offensichtlich und wuchs ständig. Die Einladungen des Traumladens ignorierte er einfach, und auch die regelmäßigen öffentlichen Exekutionen, beliebte Schauspiele für die Bewohner von Omega, besuchte er nicht. Wenn sich ein Haufen Pöbel zusammenrottete, um im Mutantenviertel sein grausames Spiel zu treiben, schützte Barrent Kopfschmerzen vor. Er beteiligte sich auch nie an den Jagden des Landungstages, und einen akkreditierten Vertreter vom Torturenklub beleidigte er sogar. Selbst die Besuche von Onkel Ingemar konnten ihn nicht dazu bringen, seine wenig religiöse Lebensweise zu ändern.

Er wußte, daß er Unannehmlichkeiten heraufbeschwor. Er erwartete sie, und das Wissen darum stimmte ihn seltsamerweise heiter. Letztlich war es auf Omega einfach, die Gesetze zu brechen – solange man damit durchkam.

NACH einem Monat hatte er Gelegenheit, seine Entscheidung zu prüfen. Als er eines Tages zu seinem Laden zurückging, stieß ihn in der Menge ein Mann an. Barrent wich ihm aus, aber der Mann packte ihn bei der Schulter und zog ihn dichter zu sich heran.

„Wie können Sie sich erlauben, mich anzurempeln?" fragte der Mann. Er war klein und untersetzt. Seine Kleidung kennzeichnete ihn als einen Privilegbürger. Fünf Silbersterne an seinem Patronengürtel zeigten die Zahl seiner autorisierten Morde an.

„Ich habe Sie nicht angerempelt", antwortete Barrent.

„Du lügst – Mutantenliebhaber!"

Entsetztes Schweigen breitete sich ringsherum bei dieser tödlichen Beleidigung aus. Barrent trat abwartend einen Schritt zurück. Mit einer schnellen, geschickten Bewegung griff der Mann nach seiner Waffe. Aber Barrent hatte seine Nadelstrahlwaffe schon eine gute halbe Sekunde hervorgerissen, bevor der andere seine Pistole aus dem Gürtel gezogen hatte.

Sein Schuß traf den Mann genau zwischen die Augen; dann spürte er hinter sich eine Bewegung und schnellte herum.

Zwei Privilegbürger zogen ihre Waffen. Barrent feuerte, ganz automatisch zielend, und warf sich hinter einen Mauervorsprung. Die Männer sackten zusammen. Die Wand hinter Barrent zerkrümelte unter dem Aufprall der Geschosse. Barrent bemerkte einen vierten Mann, der auf ihn schoß. Mit zwei weiteren Schüssen brachte er auch ihn zu Fall.

Damit war es geschehen. Innerhalb von wenigen Sekunden hatte er vier Männer getötet. Obgleich er nicht glaubte, die Mentalität eines Mörders zu besitzen, war Barrent doch irgendwie zufrieden und angenehm erregt. Er hatte nur aus Notwehr geschossen. Er hatte diesen Rangjägern etwas zum Nachdenken gegeben; das nächstemal würde man ihn nicht so leichtsinnig angreifen. Möglicherweise würden sie sich auf leichtere Ziele konzentrieren und ihn in Ruhe lassen.

Als er seinen Laden erreichte, wartete dort Joe auf ihn. Der kleine Betrüger blickte unbehaglich drein. „Ich habe die hübsche kleine Schießerei heute mit angesehen. Ganz nett."

„Vielen Dank."

„Glaubst du etwa, das wird dir viel nützen? Glaubst du, du könntest einfach immer so weitermachen und die Gesetze brechen?"

„Ich komme damit durch", antwortete Barrent.

„Gewiß. Aber wie lange noch?"

„Solange es nötig ist."

„Du hast überhaupt keine Chance", sagte Joe. „Niemandem gelingt es auf die Dauer, das Gesetz zu brechen und davonzukommen. Das glauben nur völlige Trottel."

„Dann soll man mir das nächstemal wenigstens bessere Männer auf den Hals schicken", sagte Barrent und lud seine Waffe.

„So wird es nicht kommen", erklärte Joe. „Glaub mir, Will, man kann nie voraussagen, auf welche Weise sie einen fertigmachen. Wenn das Gesetz einmal beschlossen hat, etwas zu unternehmen, kannst du nichts, aber auch absolut gar nichts dagegen tun. Und erwarte bloß nicht wieder Hilfe von deiner hübschen Freundin."

„Kennst du sie?" fragte Barrent.

„Ich kenne jeden", antwortete Joe verdrossen. Eindringlich fuhr er fort: „Ich habe Freunde in der Regierung. Ich weiß, daß man von dir allmählich die Nase voll hat. Hör mir zu, Will. Willst du denn unbedingt als Leiche enden?"

Barrent schüttelte den Kopf. „Kannst du Moera besuchen? Weißt du, wie man sie erreichen kann, Joe?"

„Vielleicht. Aber wozu?"

„Ich möchte, daß du ihr etwas von mir bestellst, Joe. Sag ihr, daß ich den Mord nicht begangen habe, dessentwegen ich angeklagt wurde – damals auf der Erde."

Joe starrte ihn entgeistert an. „Hast du denn ganz und gar den Verstand verloren?"

„Nein, aber ich habe den Mann gefunden, der den Mord

tatsächlich begangen hat. Es ist ein Zweiter-Klasse-Resident: Illiardi heißt er."

„Aber warum willst du das unbedingt unter die Leute bringen?" fragte Joe. „Es hat doch gar keinen Sinn, den Gutpunkt für den Mord zu verlieren."

„Ich habe den Mann nicht ermordet", beharrte Barrent. „Und ich will, daß du es Moera erzählst. Wirst du es tun?"

„Also gut, ich werde es ihr sagen", stimmte Joe zu, „wenn ich sie finde. Aber es wäre besser, du würdest meine Warnung ernst nehmen. Vielleicht hast du noch Zeit, etwas dagegen zu unternehmen. Geh zur Schwarzen Messe, oder unternimm sonst etwas. Vielleicht hilft dir das noch."

„Mal sehen", antwortete Barrent. „Wirst du es ihr auch sicher mitteilen?"

„Ja, ich werde es ihr bestimmt sagen." Joe verließ, traurig den Kopf schüttelnd, den Antidotladen.

15

DREI Tage danach erhielt Barrent den Besuch eines großen, würdigen alten Mannes, der sich so aufrecht und steif hielt, als hätte er das zeremonielle Schwert, das er an seiner Hüfte trug, verschluckt. Er trug einen Umhang mit einem hochstehenden steifen Kragen. An seiner Kleidung erkannte ihn Barrent als einen hohen Regierungsbeamten.

„Die Regierung von Omega überbringt Ihnen ihre Grüße", begann der Beamte. „Ich bin Norins Jay, stellvertretender Minister für Spiele. Durch das Gesetz bin ich beauftragt, Sie von Ihrem großen Glück zu unterrichten."

Barrent nickte bedächtig und bat den alten Mann näher zu treten. Aber Jay, aufrecht und korrekt, zog es vor, im Laden zu bleiben. „Gestern abend fand die alljährliche Lotterieziehung statt", sagte der Beamte. „Sie, Bürger Barrent, sind einer der Gewinner. Ich gratuliere Ihnen."

„Was ist der Preis?" fragte Barrent. Er hatte schon von der jährlichen Lotterie gehört, besaß aber nur eine vage Vorstellung von ihrer Bedeutung.

„Der Preis", verkündete Jay, „sind Ehre und Ruhm. Ihnen werden die bürgerlichen Ehrenrechte zuerkannt. Ihre Morde werden schriftlich beglaubigt und der Nachwelt erhalten bleiben. Konkret gesprochen: Sie erhalten eine neue Nadelstrahlwaffe von der Regierung, und hinterher werden Sie mit dem silbernen Sonnenkreuz ausgezeichnet werden."

„Hinterher?"

„Natürlich. Das silberne Sonnenkreuz wird immer erst nach dem Tode verliehen. Die Ehre ist deshalb nicht geringer."

„Natürlich nicht", antwortete Barrent. „Gibt es sonst noch etwas?"

„Nur noch das eine", antwortete Jay. „Als Lotteriegewinner werden Sie an der symbolischen Zeremonie der Jagd teilnehmen, die den Beginn der jährlichen Spiele verkündet. Die Jagd, wie Sie wohl wissen, verkörpert die Lebensart von Omega. In der Jagd erkennen wir all die komplizierten Faktoren des dramatischen Aufstiegs und Abfalls von der Gnade, kombiniert mit dem erregenden Erlebnis des Duells und der Spannung der Treibjagd. Selbst Peons ist es gestattet, an der Jagd teilzunehmen; denn dies ist der einzige Feiertag, der für alle in gleicher Weise gilt, und auch der Feiertag, an dem der gewöhnliche Mann Gelegenheit hat, sich über die ihm durch seinen Rang auferlegten Schranken zu erheben."

„Wenn ich es richtig verstanden habe", sagte Barrent, „bin ich einer der Männer, die gejagt werden sollen."

„Jawohl", bestätigte Jay.

„Aber Sie erwähnten, daß die Zeremonie symbolisch sei. Bedeutet das, daß niemand getötet wird?"

„Aber ganz und gar nicht!" rief Jay aus. „Auf Omega ist das Symbol und das, was symbolisiert wird, ein und dasselbe. Wenn wir von einer Jagd sprechen, dann meinen wir auch eine echte Jagd. Sonst wäre das Ganze ja nur Theater."

Barrent dachte einen Augenblick über die Situation nach. Sie erschien ihm nicht vergnüglich. In einem Kampf Mann gegen Mann hatte er eine ausgezeichnete Chance. Die jährliche Jagd aber, an der sich die gesamte Bevölkerung von Tetrahyde beteiligte, ließ ihm nicht die geringste Möglichkeit zu überleben. Auf eine derartige Sache hätte er sich vorbereiten müssen.

„Auf welche Weise wurde ich ausgewählt?"

„Durch eine öffentliche Ziehung", antwortete Norins Jay. „Das ist die einzig faire Methode gegenüber den Gejagten, die ihr Leben für den Ruhm Omegas hergeben."

„Ich kann nicht glauben, daß ausgerechnet ich rein zufällig ausgewählt wurde."

„Die Wahl blieb dem Zufall überlassen", wiederholte Jay. „Natürlich beschränkte sie sich auf einige geeignete Kandidaten. Nicht jeder eignet sich als Jagdbeute. Man muß schon ein gehöriges Maß an Zähigkeit und Begabung bewiesen haben, bevor das Komitee der Spiele daran denkt, ihn in Betracht zu ziehen. Gejagt zu werden ist eine Ehre. Diese Gunst wird nicht leicht jemandem zuteil."

„Ich kann es nicht glauben", sagte Barrent. „Ihr in der Regierung habt schon lange darauf gewartet, mich fertigzumachen. Jetzt scheint es euch gelungen zu sein. So einfach ist das also."

„Aber nicht doch! Ich kann Ihnen versichern, daß Ihnen niemand von uns in der Regierung auch nur im geringsten Böses wünscht. Vielleicht sind Ihnen lächerliche Geschichten von bösartigen Beamten zu Ohren gekommen – aber sie sind nicht wahr. Zwar haben Sie das Gesetz gebrochen, aber das geht die Regierung nichts an. Es ist eine Angelegenheit zwischen Ihnen und dem Gesetz."

Jays eisige blaue Augen blitzten auf, als er vom Gesetz sprach. Sein Rücken versteifte sich, und seine Lippen zogen sich zu schmalen Strichen zusammen.

„Das Gesetz", fuhr er in fanatischem Tonfall fort, „steht über dem Verbrecher und dem Richter, es regiert beide. Dem Gesetz kann niemand entrinnen, denn eine Handlung ist entweder gesetzlich oder ungesetzlich. Das Gesetz, so könnte man wohl sagen, hat ein eigenes unbegrenztes Leben, eine Existenz, die sich von dem beschränkten Dasein der Wesen, die es verwalten, ganz erheblich unterscheidet. Das Gesetz regiert jeden Aspekt des menschlichen Benehmens: Deshalb ist das Gesetz im gleichen Ausmaß, in dem die Menschen gesetzliche Wesen sind, selbst menschlich. Und durch diese Menschlichkeit wiederum ist das Gesetz besonders empfindlich – genau wie der Mensch. Für jeden Bürger, der dem Gesetz gehorcht, ist es schwer zu finden. Für jene aber, die es verletzen und mißachten, erhebt es sich aus seiner muffigen Grabstätte und greift nach ihnen."

„Deshalb hat man mich für die Jagd ausgewählt?" fragte Barrent.

„Gewiß", antwortete Jay. „Wenn man Sie nicht auf diese Weise ergriffen hätte, so hätte das eifrige und stets wachsame Gesetz andere Mittel und Wege gefunden, hätte alle ihm zur Verfügung stehenden Instrumente benutzt."

„Nett, daß Sie mir das sagen", meinte Barrent. „Wieviel Zeit habe ich?"

„Bis zur Morgendämmerung. Dann beginnt die Jagd, und sie endet beim Sonnenaufgang des folgenden Tages."

„Was geschieht, wenn ich die Jagd lebend überstehe?"

Norins Jay lächelte. „Das geschieht nicht oft, Bürger Barrent. Ich bin sicher, daß Sie sich darüber nicht den Kopf zu zerbrechen brauchen."

„Aber es kommt doch gelegentlich vor, oder?"

„Ja. Diejenigen, die die Jagd überleben, nehmen automatisch an den Spielen teil."

„Und wenn ich die Spiele überlebe?"

„Lassen wir das doch!" sagte Jay in freundlichem Ton.

„Aber wenn es mir nun doch gelingt?"

„Glauben Sie mir, Bürger Barrent, das ist äußerst unwahrscheinlich."

„Ich möchte es aber trotzdem gern wissen."

„Diejenigen, die die Spiele überleben, stehen außerhalb der Reichweite des Gesetzes."

„Hört sich vielversprechend an", bemerkte Barrent.

„Das ist es aber nicht. Das Gesetz, wenn es auch noch so hart erscheint, bewacht Sie. Ihre Rechte mögen wenige sein, doch das Gesetz achtet darauf, daß sie eingehalten werden. Das Gesetz verbietet mir, Sie schon in diesem Augenblick zu töten." Jay öffnete seine geballte Faust. Darin lag eine winzige einschüssige Waffe. „Das Gesetz setzt Grenzen und wirkt ausgleichend auf das Verhalten der Gesetzesbrecher und derjenigen, die es befolgen. Um sicher zu sein, ordnet das Gesetz jetzt an, daß Sie sterben müssen. Aber alle Menschen müssen sterben. Das Gesetz ist ernsthaft und wägt seine Entscheidungen wohl ab; deshalb läßt es

Ihnen einen ganzen Tag Zeit, bis Sie sterben müssen. Ihnen bleibt wenigstens ein Tag – ohne das Gesetz bliebe Ihnen keine Minute."

„Was geschieht", begann Barrent von neuem, „wenn ich die Spiele überlebe und dem Gesetz nicht mehr unterstehe?"

„Dann bleibt nur eines", antwortete Jay nachdenklich, „und das ist der Schwarze in eigener Person. Wer vom Gesetz befreit ist, gehört ihm. Aber es wäre besser, tausendmal zu sterben, als in die Hände des Schwarzen zu geraten."

Schon lange hatte Barrent die Religion des Schwarzen als abergläubischen Unsinn abgetan. Jetzt aber, bei dem ernsten Ton von Jays Stimme, begann er zu zweifeln. Vielleicht bestand zwischen der allgemein üblichen Anbetung des Bösen und seiner tatsächlichen Existenz doch ein Unterschied.

„Aber wenn Sie ein bißchen Glück haben", versuchte Jay ihn zu beruhigen, „werden Sie bald getötet. Jetzt will ich die Unterredung mit einigen letzten Instruktionen beenden."

Noch immer die winzige Waffe in der Hand haltend, griff er mit der anderen in die Tasche und zog einen roten Stift hervor. Mit einer schnellen, geübten Bewegung fuhr er mit dem Stift über Barrents Wangen und Stirn. Er war fertig, noch bevor Barrent zurückweichen konnte.

„Das kennzeichnet Sie als einen Gejagten", sagte Jay. „Die Jagdmerkmale sind unauslöschlich. Und hier ist Ihre Nadelstrahlwaffe, die Ihnen die Regierung zur Verfügung stellt." Er zog eine Waffe aus der Tasche und legte sie auf den Tisch. „Die Jagd beginnt, wie ich vorhin schon erwähnte, beim ersten Schimmer der Dämmerung. Jeder kann Sie dann töten, nur die anderen Gejagten dürfen es nicht. Sie können auch jeden töten. Aber ich rate Ihnen, das nur mit äußerster Vorsicht zu tun. Das Geräusch und das Aufblitzen der Waffe haben schon viele Gejagte verraten. Wenn Sie ein Versteck aufsuchen, dann achten Sie darauf, daß es einen Hinterausgang hat. Vergessen Sie nicht, daß die anderen Tetrahyde weitaus besser kennen als Sie. Geübte Jäger haben im Laufe der vergangenen Jahre alle möglichen Verstecke entdeckt; viele der Gejagten werden schon während der ersten Stunden des Feiertages gefangen. Viel Glück, Bürger Barrent."

Jay ging zur Tür. Er öffnete sie und drehte sich noch einmal zu Barrent um.

„Ich könnte hinzufügen, daß es eine ganz geringe Chance gibt, Leben und Freiheit während der Jagd zu bewahren. Aber da es verboten ist, kann ich Ihnen nicht verraten, was das ist."

Norins Jay verbeugte sich und ging hinaus.

Nach mehreren Versuchen mußte Barrent feststellen, daß die roten Jagdzeichen wirklich unauslöschlich waren. Er verbrachte den Abend damit, die Nadelstrahlwaffe der Regierung auseinanderzunehmen und gründlich zu untersuchen. Wie vorauszusehen, war die Waffe beschädigt. Er zog es vor, seine eigene zu benutzen.

Dann traf er seine Vorbereitungen für die Jagd. Er packte einige Lebensmittel, eine Flasche Wasser, ein Seil, ein Messer, Ersatzmunition und eine zweite Nadelstrahlwaffe in einen kleinen Rucksack. Dann wartete er; gegen jede Vernunft hoffte er, daß Moera und ihre Organisation ihm eine letzte Gnadenfrist gewähren würden.

Aber er wartete vergebens. Eine Stunde vor der Dämmerung schulterte er seinen Rucksack und verließ den Antidotladen. Er hatte keine Ahnung, was die anderen Gejagten taten; aber ihm war ein Ort eingefallen, wo er vor den Jägern sicher sein könnte.

16

Die Autoritäten von Omega geben zu, daß sich im Charakter eines Gejagten ein Wandel vollzieht. Wenn es ihm gelingt, die Jagd als ein abstraktes Problem anzusehen, kann er vielleicht einen mehr oder weniger aussichtsreichen Plan entwerfen. Der typische Gejagte aber kann seine Gefühle nicht einfach unterdrücken, ganz gleich, wie intelligent er ist. Schließlich ist er der Gejagte. Panik überfällt ihn. Die Sicherheit liegt für ihn in Entfernungen und Verstecken. Er flieht so weit wie möglich von seiner Wohnung; er steigt in die Abflußkanäle und unterirdischen Flußläufe. Er wählt die Dunkelheit statt des Lichts, zieht sich in verlassene Gegenden zurück.

Dieses Vorgehen ist den erfahrenen Jägern wohlbekannt. Und so ist es nur natürlich, daß sie zuerst die dunklen, entlegenen Orte absuchen, die unterirdischen Gänge, verlassenen Läden und

Gebäude. Hier finden und erledigen sie die Gejagten mit unausweichlicher Präzision.

Barrent hatte das wohl bedacht. Er hatte seinen ersten instinktiven Wunsch, sich im verzweigten Abwässersystem von Tetrahyde zu verkriechen, beiseite geschoben. Statt dessen ging er eine Stunde vor Sonnenaufgang direkt zu dem großen, hellerleuchteten Gebäude, in dem sich das Ministerium für Spiele befand.

Da die Gänge noch leer zu sein schienen, betrat er das Gebäude schnell, las die Tafeln mit den Anweisungen und ging die Treppe zum dritten Stockwerk hinauf. Er kam an mehreren Büros vorbei und blieb endlich vor einer Tür mit der Aufschrift NORINS JAY, STELLVERTRETENDER MINISTER FÜR SPIELE, stehen. Einen Augenblick lauschte er, öffnete dann die Tür und trat ein. Der alte Mann entdeckte sofort die roten Merkmale auf seinem Gesicht. Er zog eine Schublade auf und griff hinein.

Barrent wollte den alten Mann nicht töten. Er legte mit der defekten Waffe der Regierung an und zielte auf die Stirn des Beamten. Jay taumelte gegen die Wand und knickte dann auf dem Boden in sich zusammen.

Barrent beugte sich über ihn und fühlte seinen Puls, der noch schlug. Er steckte dem Minister einen Knebel in den Mund und fesselte ihn, dann schob er ihn unter den Schreibtisch. Nun durchsuchte er die Schubladen und fand ein Schild: SITZUNG! BITTE NICHT STÖREN! Dieses hängte er draußen an die Tür, die er hierauf verschloß. Schließlich zog er die eigene Nadelstrahlwaffe und setzte sich hinter den Tisch, um abzuwarten.

Es dämmerte, eine milchige Sonne ging über Omega auf. Vom Fenster aus sah Barrent, wie sich die Straßen füllten. In der Stadt herrschte eine karnevalartige Stimmung, zuweilen wurde sie durch das Zischen oder Krachen einer Waffe sogar erhöht.

Gegen Mittag war Barrent noch immer nicht entdeckt worden. Er blickte aus dem Fenster und stellte fest, daß er schlimmstenfalls über die Dächer entkommen konnte. Er war froh über diese Möglichkeit – er mußte an Jays Warnung denken.

Am Nachmittag hatte Jay sein Bewußtsein wiedererlangt. Nach einigen Versuchen, die Fesseln abzustreifen, blieb er ruhig liegen.

Gegen Abend klopfte jemand an die Tür. „Minister Jay, darf ich eintreten?"

„Im Augenblick nicht!" rief Barrent und hoffte, Jays Stimme einigermaßen glaubwürdig imitiert zu haben.

„Ich dachte, Sie wären an den Statistiken der Jagd interessiert", sagte der Mann. „Bis jetzt haben die Bürger dreiundsiebzig Gejagte getötet. Das läßt nur noch achtzehn übrig. Eine beachtliche Verbesserung gegenüber dem letzten Jahr."

„Allerdings", antwortete Barrent.

„Die Anzahl derjenigen, die sich in den Kanalsystemen versteckten, war diesmal höher. Einige versuchten zu bluffen und blieben einfach zu Hause. Die restlichen suchen wir jetzt an den üblichen Orten."

„Ausgezeichnet", lobte Barrent.

„Keiner hat bis jetzt einen Ausbruch versucht", fuhr der Mann fort. „Komisch, daß die Gejagten so selten daran denken. Aber so brauchen wir wenigstens nicht die Maschinen einzusetzen."

Barrent wußte nicht, wovon der Mann sprach. Einen Ausbruch? Wohin konnte man ausbrechen? Und wie wurden die Maschinen eingesetzt?

„Wir wählen schon jetzt Kandidaten für die Spiele aus", fügte der Mann hinzu. „Ich hätte gern Ihre Zustimmung zur Liste."

„Machen Sie das selbst", sagte Barrent.

„Jawohl, Sir", antwortete der Mann. Kurz darauf hörte er, wie sich die Schritte entfernten. Er schloß daraus, daß der Mann mißtrauisch geworden war. Die Unterhaltung hatte zu lange gedauert, er hätte sie schon früher abbrechen sollen. Vielleicht war es besser, ein anderes Büro aufzusuchen.

Noch bevor er etwas unternehmen konnte, erfolgte ein lautes Klopfen an der Tür.

„Ja?"

„Bürgerliche Suchtruppe", dröhnte eine tiefe Stimme. „Öffnen Sie, bitte! Wir haben Grund zu der Annahme, daß sich in Ihrem Büro ein Gejagter aufhält."

„Unsinn", erwiderte Barrent. „Sie dürfen den Raum nicht betreten. Dies ist ein Regierungsbüro."

„Wir dürfen", ertönte wieder die tiefe Stimme. „Am Jagdtag ist kein Raum, kein Büro oder Gebäude verschlossen. Öffnen Sie also oder nicht?"

Barrent hatte sich bereits auf das Fenster zubewegt. Er riß es auf und hörte hinter sich das Hämmern an der Tür. Zweimal feuerte er dagegen, um die Eindringlinge zur Vorsicht zu mahnen, dann kletterte er aus dem Fenster.

BARRENT stellte sofort fest, daß die Dächer von Tetrahyde wie das perfekte Versteck für einen Gejagten aussahen; deshalb war dies auch der letzte Platz, den er als Gejagter aufsuchen wollte. Das Labyrinth eng miteinander verbundener Dächer, Schornsteine, Vorbauten – alles schien für eine Jagd wie geschaffen; aber es befanden sich auch hier schon Männer. Sie schrien laut auf, als sie seiner ansichtig wurden.

Barrent begann zu laufen, die Jäger folgten ihm, und bald kamen von allen Seiten noch mehr herbeigeströmt. Er sprang über einen vier Meter breiten Spalt zwischen zwei Gebäuden. Es gelang ihm, sich an dem gegenüberliegenden, mit rauhen Ziegeln belegten Dach festzuklammern und die Balance zu halten. Die Angst spornte ihn zu schnellerem Lauf an. Er gewann einen größeren Vorsprung. Wenn er dieses Tempo noch zehn Minuten beibehalten könnte, wäre er vorläufig in Sicherheit. Dann könnte er vielleicht die Dächer verlassen und ein sicheres Versteck suchen.

Wieder tat sich vor ihm ein breiter Spalt auf. Barrent sprang ohne Zögern.

Er kam gut auf. Aber mit dem rechten Fuß brach er durch die morschen Schindeln und sank bis zur Hüfte ein. Er holte tief Atem und versuchte, sein Bein herauszuziehen, aber an dem schrägen Dach fand er keinen Halt.

„Da ist er!"

Barrent stemmte sich mit allen Kräften hoch. Die Jäger waren schon fast wieder in Schußweite der Nadelstrahlwaffen. Bis er das Bein befreit hätte, würde er ein leichtes Ziel für seine Verfolger bieten.

Als die Jäger auf dem nächsten Gebäude auftauchten, hatte er ein großes Loch ins Dach gerissen. Barrent zog das Bein heraus, und da er keine andere Wahl hatte, sprang er durch die Öffnung nach unten.

Eine Sekunde lang schwebte er in der Luft, dann landete er auf einem Tisch, der unter ihm zusammenbrach. Er raffte sich hoch und sah, daß er im Wohnzimmer eines Hadschis gelandet war. Keine zwei Meter von ihm entfernt saß eine alte Frau in einem Schaukelstuhl. Entsetzt blickte sie ihn an und rührte sich nicht. Ganz automatisch schaukelte sie weiter, gleichmäßig vor und zurück.

Barrent hörte die Verfolger auf dem Dach über sich. Er lief zur Küche und durch die Hintertür unter einer Leine mit Wäsche hindurch an einer Hecke entlang. Jemand schoß aus dem zweiten Stockwerk auf ihn. Er blickte hinauf und bemerkte einen kleinen Jungen, der sich bemühte, eine schwere Hitzewaffe auf ihn zu richten. Anscheinend hatte sein Vater ihm verboten, mit auf die Straße zu gehen.

Barrent wandte sich zur Straße und rannte, so schnell er konnte, bis er eine kleine Seitengasse erreichte. Sie kam ihm bekannt vor. Er stellte fest, daß er sich im Mutantenviertel befand, nicht weit von Mylas Haus entfernt.

Er konnte die Schreie der Jäger hinter sich hören. Er stürzte auf die Tür zu Mylas Wohnung zu. Die Tür war nicht verschlossen.

Sie saßen alle beisammen – der einäugige Mann, die glatzköpfige Frau und Myla. Sie zeigten bei seinem Eintritt kein Erstaunen.

„Also haben sie Sie in der Lotterie ausgewählt", sagte der alte Mann. „Na ja, wir hatten es nicht anders erwartet."

„Hat Myla es denn vorhergesehen?" fragte Barrent.

„Das war gar nicht nötig", antwortete der Alte. „Es war ganz klar voraussehbar, wenn man bedachte, was für ein Mensch Sie sind. Kühn, aber nicht unbarmherzig. Das ist Ihr Fehler, Barrent."

Der alte Mann hatte die obligatorische Anredeform für einen Privilegbürger wegfallen lassen, was Barrent unter den Umständen ganz natürlich fand.

„Ich habe es die ganzen Jahre über immer wieder beobachtet", sagte der alte Mann. „Sie wären überrascht, wie viele vielversprechende junge Männer in diesem Zimmer enden, außer Atem, mit einer Waffe in der Hand, drei Minuten hinter ihnen folgen die Jäger. Sie erwarten unsere Hilfe, aber wir Mutanten gehen Unannehmlichkeiten gern aus dem Weg."

„Sei still, Dem", mischte sich die alte Frau ein.

„Schätze, wir werden Ihnen helfen müssen", erklärte Dem.

„Myla hat sich aus unergründlichen Erwägungen dazu entschlossen." Er lächelte ironisch. „Ihre Mutter und ich haben ihr gesagt, daß sie sich irrt, aber sie besteht darauf. Und da sie die einzige von uns ist, die die Vergangenheit erforschen kann, müssen wir sie gewähren lassen."

„Selbst wenn wir Ihnen helfen, besteht nicht viel Hoffnung für Sie, die Jagd zu überleben", meinte Myla.

„Wie soll Ihre Voraussage zutreffen, wenn ich getötet werde?" fragte Barrent. „Erinnern Sie sich noch, Sie sahen mich, wie ich auf meine eigene Leiche niederblickte, und diese war in einzelne Teile zerspalten."

„Ich erinnere mich", antwortete Myla. „Aber Ihr Tod hat keinen Einfluß auf die Voraussage. Wenn sie sich nicht zu Ihren Lebzeiten erfüllt, dann eben in einem neuen Leben."

Barrent war nicht befriedigt. „Was soll ich tun?"

Der alte Mann gab ihm ein paar alte Lumpen. „Ziehen Sie das hier an. Ich werde mich Ihres Gesichtes annehmen. Sie werden sich in einen Mutanten verwandeln, mein Freund."

Schon nach kurzer Zeit war Barrent wieder auf der Straße. Lumpen hüllten ihn ein. Darunter hielt er seine Nadelstrahlwaffe in der einen Hand, mit der anderen umklammerte er einen Betteltopf. Der alte Mann hatte verschwenderisch mit gelblichem Plastikmaterial gearbeitet. Barrents Gesicht wies jetzt an der Stirn eine ungeheure Schwellung auf, seine Nase war flach und reichte fast bis zu den Backenknochen. Die Form des ganzen Gesichts war verändert, so daß die Jagdzeichen versteckt waren.

Eine Gruppe Jäger eilte an ihm vorbei, ohne ihn eines Blickes zu würdigen. Barrent fühlte Hoffnung in sich aufsteigen. Er hatte kostbare Zeit gewonnen. Die letzten Strahlen der Sonne verschwanden hinter dem Horizont. Die Nacht würde ihm zusätzliche Sicherheit geben, und mit einigem Glück würde er den Jägern vielleicht bis zur Morgendämmerung entgehen. Natürlich standen ihm dann noch die Spiele bevor; aber Barrent beabsichtigte nicht, sich an ihnen zu beteiligen. Wenn seine Verkleidung gut genug war, ihn vor einer ganzen jagenden Stadt zu schützen, sah er keinen Grund, warum er für die Spiele gefangen werden sollte.

Wenn der Feiertag vorüber war, konnte er vielleicht sogar

wieder in der Gesellschaft von Omega auftauchen. Es war auch möglich, daß man ihn besonders belohnen und auszeichnen würde, wenn es ihm gelang, der Jagd und den Spielen zu entgehen. Solch ein vermessenes und erfolgreiches Brechen des Gesetzes mußte einfach ausgezeichnet werden . . .

Er sah eine neue Gruppe Jäger auf sich zukommen. Es waren fünf, und unter ihnen befand sich Tem Rend, der in seiner neuen Uniform der Mördergilde düster und stolz wirkte.

„He, du", rief ihm einer der Jäger zu, „hast du eine Jagdbeute in dieser Gegend gesehen?"

„Nein, Bürger", antwortete Barrent und senkte respektvoll den Kopf, die Waffe griffbereit unter den Lumpen.

„Glaub ihm nicht", sagte ein anderer. „Diese verdammten Mutanten verraten doch nie etwas."

„Kommt, wir werden ihn schon finden", schlug ein anderer vor. Sie gingen weiter, nur Tem Rend blieb etwas zurück.

„Bist du sicher, daß du keinen Gejagten gesehen hast?" fragte er.

„Ganz sicher, Bürger", antwortete Barrent. Er war sich nicht im klaren, ob Rend ihn erkannt hatte. Er wollte ihn nicht töten; besser gesagt, er wußte nicht, ob er das überhaupt konnte, denn Rends Reaktionen waren unheimlich schnell. Im Augenblick hing Rends Waffe locker in seiner Hand, während Barrent seine schon angelegt hielt. Der Vorteil dieses Bruchteils einer Sekunde würde Rends größere Schnelligkeit und Genauigkeit vielleicht ausgleichen. Aber wenn es hart auf hart ging, dachte Barrent, würden sie sich beide wahrscheinlich gegenseitig töten.

„Nun", sagte Rend leise, „wenn du aber nun doch noch zufällig einen der Gejagten sehen solltest, so rate ihm davon ab, sich als Mutant zu verkleiden."

„Warum?"

„Dieser Trick bewährt sich nie lange", antwortete Rend ruhig. „Vielleicht eine Stunde. Dann entdecken ihn die Spitzel. Wenn ich zum Beispiel gejagt werden sollte, würde ich mich vielleicht auch als Mutant verkleiden. Aber ich würde nicht einfach auf einem Rinnstein sitzenbleiben. Ich würde versuchen, aus Tetrahyde auszubrechen."

„Tatsächlich?"

„Ganz gewiß. Jedes Jahr flüchten ein paar Gejagte in die Berge. Die Behörden sprechen nicht offen darüber – das ist ja verständlich. Und die meisten Bürger wissen folglich auch nichts davon. Aber die Mördergilde hat eine Beschreibung aller je angewandten Tricks, Verkleidungen und Schliche. Das gehört zu unserem Geschäft."

„Sehr interessant", sagte Barrent. Er wußte, daß Rend ihn erkannt hatte. Tem benahm sich wie ein guter Nachbar – allerdings auch wie ein schlechter Mörder.

„Natürlich ist es nicht leicht, aus der Stadt zu fliehen", erklärte Rend. „Und wenn man erst mal draußen ist, heißt das noch lange nicht, daß man außer Gefahr ist. Auch dort gibt es Jagdgruppen, die die Gegend durchstreifen, aber was noch schlimmer ist –"

Rend hielt abrupt inne. Eine andere Jagdtruppe kam auf sie zu. Rend nickte ihm freundlich zu und ging davon.

Nachdem die Jäger vorüber waren, stand Barrent auf und schritt die Straße entlang. Rend hatte ihm einen guten Rat gegeben. Natürlich flüchteten manche aus der Stadt. Zwar würde das Leben in den kahlen Bergen von Omega äußerst schwierig sein, aber jede Schwierigkeit war besser als der Tod. Wenn es ihm gelang, an den Stadttoren vorbeizukommen, mußte er auf die Jagdpatrouillen aufpassen. Und Rend hatte etwas noch Furchtbareres erwähnt. Barrent überlegte, was das sein könnte. Vielleicht besonders geschulte Bergjäger? Das unstete Wetter Omegas? Tödliche Flora oder Fauna? Er wünschte, Rend hätte seinen Satz beenden können. Die Nacht brach herein, als er das Südtor erreichte. Tief nach vorn gebeugt, humpelte er auf das Wachhaus zu, das ihm den Weg nach draußen versperrte.

17

Die Wachen machten keine Schwierigkeiten. Ganze Mutantenfamilien strömten aus der Stadt, um vor der Wildheit und den Ausschweifungen der Jagd in den Bergen Schutz zu suchen. Barrent schloß sich einer Gruppe an und befand sich bald einen Kilometer von Tetrahyde entfernt in den flachen Hügeln, die die Stadt in einem Halbkreis umgaben.

Hier hielten die Mutanten an und errichteten ein Lager. Barrent marschierte weiter. Gegen Mitternacht kletterte er einen steilen Pfad zu einem der höchsten Berge hinauf. Er verspürte Hunger und fühlte sich matt, aber die kühle, klare Luft belebte ihn. Allmählich begann er daran zu glauben, daß er die Jagd tatsächlich überleben würde.

Aus der Ferne hörte er eine geräuschvolle Jagdgruppe, die die Hügel absuchte. Es gelang ihm leicht, ihr in der Dunkelheit auszuweichen, und er kletterte immer höher. Bald war kein Laut mehr zu vernehmen außer dem gleichmäßigen Rauschen des Windes an den Felsen. Es war gegen zwei Uhr morgens. Nur noch drei Stunden bis zum Sonnenaufgang!

Es begann zu regnen, zuerst leicht, dann immer stärker. Das war typisch für Omega, ebenso wie die Gewitterwolken über den Bergspitzen, der Donner und die gelben Blitze. Barrent fand in einer kleinen Höhle Schutz und betrachtete es als Glück, daß die Temperatur noch nicht gesunken war.

Fast wäre er eingenickt. Er saß in der Höhle – die Überreste seines Make-ups flossen an seinem Gesicht entlang und über die Steine vor der Höhle. Plötzlich sah er in dem grellen Aufleuchten eines Blitzes etwas über den Abhang herankriechen und direkt auf die Höhle zukommen.

Die Waffe schußbereit in der Hand, erhob er sich und wartete auf einen weiteren Blitz. Als er aufzuckte, sah er das kalte, nasse Glitzern von Metall, das Flackern von rotem und grünem Licht, ein paar Metalltentakel, die sich über Felsen und kleine Büsche hinwegtasteten.

Es war eine Maschine, ähnlich der, gegen die Barrent in dem Saal des Justizministeriums gekämpft hatte. Jetzt wußte er, wovor ihn Rend hatte warnen wollen. Und er konnte auch verstehen, warum nur wenige der Gejagten zu überleben vermochten, selbst wenn sie die Stadt verlassen hatten. Diesmal würde Max nicht nach dem Zufallsprinzip vorgehen, um einen gleichwertigen Kampf zu bieten. Und es würde auch kein Sicherungskasten an seiner Unterseite offen daliegen.

Als Max in Schußweite kam, feuerte Barrent. Der Treffer prallte harmlos an der Maschine ab. Barrent verließ den Schutz seiner Höhle und kletterte weiter aufwärts.

Die Maschine folgte ihm mit gleichmäßigen Bewegungen über den schlüpfrigen, nassen Gebirgspfad. Barrent versuchte, sie auf dem mit dicken Felsblöcken übersäten Plateau abzuhängen, aber sie ließ sich nicht abschütteln. Er wurde sich bewußt, daß die Maschine irgendeiner chemischen Spur folgen mußte; wahrscheinlich dem Geruch, der den unauslöschlichen Merkmalen auf seinem Gesicht anhaftete.

Nun versuchte Barrent es auf andere Weise. Von der Höhe einer steilen Felswand rollte er Felsbrocken auf die Maschine und hoffte, dadurch eine Lawine ins Rollen zu bringen. Den meisten Blöcken wich Max aus, die restlichen polterten ohne sichtliche Wirkung auf ihn und wieder von ihm herab.

Endlich wurde Barrent in eine enge, steil abfallende Felsnische gedrängt. Er vermochte nicht höher zu klettern, also wartete er. Als die Maschine ihn erreicht hatte, hob er die Nadelstrahlwaffe gegen die Metalloberfläche und feuerte.

Max erzitterte einen Moment von dem Stoß. Dann stieß die Maschine Barrent die Waffe aus der Hand und legte ihm einen Fangarm um den Hals. Die Klammer verstärkte sich und wurde enger. Barrent fühlte, wie er das Bewußtsein verlor. Es blieb ihm gerade noch Zeit zu überlegen, ob die Klammer ihn erwürgen oder sein Genick brechen würde.

Plötzlich ließ der Druck nach. Die Maschine war ein Stück zurückgefahren. Hinter ihr sah Barrent den ersten grauen Schimmer der Morgendämmerung am Himmel.

Er hatte die Jagd überlebt. Die Maschine hatte die Anweisung, die Jagdzeit einzuhalten. Aber sie ließ ihn nicht gehen.

Sie hielt ihn in der schmalen Felsnische gefangen, bis die Jäger kamen.

Diese ließen nicht lange auf sich warten.

Sie brachten Barrent zurück nach Tetrahyde, wo ihm eine brodelnde Menschenmenge einen jubelnden Empfang bereitete, wie einem Helden. Nach zweistündigem Umzug brachte man Barrent und vier weitere Überlebende in das Büro des Auszeichnungskomitees.

Der Vorsitzende hielt eine kurze, aber bewegte Rede über die Geschicklichkeit und den Mut, die sie durch das Überleben der Jagd bewiesen hatten. Er verlieh allen den Rang eines Hadschis.

Jeder bekam den kleinen goldenen Ohrring, der ihn als solchen auswies.

Am Schluß der Zeremonien wünschte er den neuen Hadschis einen leichten Tod während der Spiele.

18

WACHEN führten Barrent aus dem Büro des Auszeichnungskomitees. Sie brachten ihn in das Gefängnis unter der Arena und sperrten ihn in eine Zelle. Höflich forderten sie ihn auf, Geduld zu bewahren; die Spiele hatten bereits begonnen, und bald würde auch er an der Reihe sein.

Neun Männer drängten sich in der kleinen Zelle, die dazu geschaffen war, höchstens drei zu beherbergen. Die meisten hockten in völliger Apathie auf dem Boden und hatten sich bereits mit ihrem Tod abgefunden. Einer von ihnen schien allerdings nicht ein bißchen resigniert. Er drängte sich zum Eingang vor, als Barrent eintrat.

„Joe!"

Der kleine Betrüger grinste. „Kein angenehmer Ort für ein Wiedersehen, Will."

„Was ist mit dir passiert?"

„Politik", antwortete Joe. „Politik ist eine gefährliche Beschäftigung auf Omega, besonders während der Spiele. Ich fühlte mich sicher. Aber . . ." Er zuckte die Achseln. „Heute morgen hat man mich für die Spiele ausgewählt."

„Besteht noch eine Chance davonzukommen?"

„Ja", antwortete Joe. „Ich habe deinem Mädchen von dir berichtet, vielleicht können ihre Freunde etwas für dich tun. Was mich anbetrifft, so erwarte ich noch eine Begnadigung."

„Gibt es so etwas?" fragte Barrent.

„Es ist alles möglich hier. Trotzdem ist es besser, sich nicht allzu große Hoffnungen zu machen."

„Wie gehen diese Spiele eigentlich vor sich?" fragte Barrent.

„Sie sind genau das, was man sich darunter vorstellt", erklärte Joe. „Kämpfe Mann gegen Mann oder gegen die verschiedensten Vertreter der Flora und Fauna von Omega, Nadelstrahl- und

Hitzewaffenduelle. Sie sind nach dem Vorbild der alten Gladiatorenkämpfe auf der Erde aufgezogen, habe ich mir sagen lassen."

„Und wenn jemand mit dem Leben davonkommt, steht er außerhalb des Gesetzes?"

„Das ist richtig."

„Aber was heißt das, außerhalb des Gesetzes zu stehen?"

„Ich weiß es nicht", antwortete Joe. „Niemand scheint viel darüber zu wissen. Alles, was ich herausfinden konnte, war, daß die Überlebenden der Spiele von dem Schwarzen geholt werden. Das soll auch nicht gerade angenehm sein."

„Das glaube ich gern. Sehr wenige Dinge auf Omega sind angenehm."

„Ach, so schlecht ist es hier gar nicht", sagte Joe. „Du besitzt eben nicht den rechten Geist der –"

Die Ankunft einer Wachtruppe unterbrach ihn. Es war an der Zeit, daß die Männer in Barrents Zelle in die Arena geführt wurden.

„Keine Begnadigung", bemerkte Barrent.

„Na ja, da kann man eben nichts machen." Joe zuckte die Achseln.

Unter starker Bewachung wurden sie zu der eisernen Tür geführt, die den Zellengang von der Arena trennte. Gerade als der Kommandeur der Wache die Tür aufstoßen wollte, kam ein dicker, gutgekleideter Mann aus einem Seitengang herbeigeeilt. Er schwenkte ein paar Blätter Papier.

„Was soll das?" fragte der Kommandeur.

„Ein richterlicher Erlaß", antwortete der Dicke und reichte ihm die Papiere. „Auf der anderen Seite finden Sie eine Aufhebeverfügung." Er zog noch mehr Papiere aus der Tasche. „Und hier habe ich noch die Bestätigung für eine Bankrottübertragung, eine Erbgutverpfändung, einen Erlaß des Habeas corpus und eine Gehaltsbestätigung."

Der Kommandeur stieß seinen Kopfhelm zurück und kratzte sich die Stirn. „Ich werde nie verstehen, was ihr Rechtsanwälte immer daherredet. Was soll das Ganze bedeuten?"

„Er ist frei", erklärte der Dicke und zeigte mit dem Daumen auf Joe.

Der Kommandeur warf einen erstaunten Blick in die Papiere

und reichte sie dann einem Gehilfen. „Also gut", brummte er. „Nehmen Sie ihn mit. Aber in der guten alten Zeit gab's so was nicht! Nichts unterbrach den geordneten Ablauf der Spiele."

Mit einem triumphierenden Grinsen trat Joe an den Wachen vorbei auf den dicken Rechtsanwalt zu. „Haben Sie irgendwelche Papiere für Will Barrent?" fragte er.

„Nein", antwortete der Rechtsanwalt. „Sein Fall liegt in anderen Händen. Ich fürchte, er wird noch nicht fertig aufgerollt sein, bis die Spiele vorüber sind."

„Aber dann werde ich höchstwahrscheinlich schon tot sein", sagte Barrent.

„Diese Tatsache – das kann ich Ihnen versichern – wird bestimmt nicht die ordnungsgemäße Abwicklung und Handhabung Ihrer Papiere beeinflussen", erklärte der dicke Rechtsanwalt voller Stolz. „Tot oder lebendig – Sie werden alle Rechte zugesprochen bekommen."

„In Ordnung! Weitergehen!" befahl der Kommandeur.

„Viel Glück!" rief Joe. Und dann marschierten die Gefangenen hintereinander durch die Eisentür in das blendende Licht der Arena.

BARRENT überstand die Mann-gegen-Mann-Kämpfe, in denen ein Viertel der Gefangenen getötet wurde. Danach rüstete man die Männer mit Schwertern aus, um sie gegen die tödliche Fauna von Omega kämpfen zu lassen. Die Bestien, die ihnen gegenüberstanden, hatten riesige Mäuler und dicke Panzer; sie lebten in der Wüstenregion im Süden von Tetrahyde. Nach einem Verlust von fünfzehn Männern waren auch diese Monster überwältigt. Barrent wurde einem Saunus gegenübergestellt, einem schwarzen fliegenden Reptil aus den westlichen Bergen. Eine Weile bedrängte ihn diese häßliche Kreatur mit ihren Giftzähnen hart. Aber dann hatte er einen Einfall. Er gab den Versuch, die Bestie in die Flanke zu stoßen, auf und konzentrierte sich darauf, ihre breiten, fächerartigen Schwanzfedern abzutrennen. Als ihm das gelungen war, verlor der Saunus die Balance und krachte gegen die hohe Wand, die die Kämpfenden von den Zuschauern trennte. Danach war es ein leichtes, das einzige große Auge des

Saunus zu durchbohren. Die erregte Zuschauermenge applaudierte begeistert.

Barrent ging zurück in den umgitterten Teil der Arena und beobachtete die anderen Männer, die sich gegen die Trichometreds zu wehren versuchten, unglaublich flinke Tiere von der Größe einer Ratte und der Behendigkeit eines Wolfes. Dieser Kampf kostete fünf Teams Gefangener das Leben. Nach einer kurzen Zwischenpause mit Duellen wurde die Arena gesäubert.

Jetzt hoppelten amphibienartige Wesen herein. Sie waren in ihren Bewegungen unbeholfen, aber von einer mehrere Zentimeter dicken Panzerschale geschützt. Ihre schmalen peitschenden Schwänze dienten ihnen zugleich als Fühler und waren äußerst gefährlich für den, den sie trafen. Barrent mußte gegen eine dieser Kreaturen kämpfen, nachdem sie vier seiner Leidensgenossen außer Gefecht gesetzt hatte.

Er hatte die früheren Kämpfe sorgfältig beobachtet und die einzige Stelle entdeckt, die der Fühler nicht erreichen konnte. Barrent wartete auf eine Gelegenheit und sprang dann mitten auf den breiten Rücken der Bestie.

Als der Rücken sich zu einem gewaltigen Schlund öffnete – denn das war die Art und Weise, wie die Amphibie fraß –, rammte Barrent sein Schwert in die Öffnung. Die Bestie brach sofort zusammen, und die Zuschauermenge drückte ihren Beifall aus, indem sie Kissen in die Arena schleuderte.

Dieser Sieg ließ Barrent allein mitten in der blutgetränkten Arena zurück. Die restlichen Gefangenen waren entweder tot oder zu stark verletzt, um weiterzukämpfen. Barrent wartete gespannt darauf, was für eine Bestie ihm das Komitee der Spiele als nächstes präsentieren würde.

Eine einzelne Ranke streckte sich aus dem Sand, dann eine weitere. Innerhalb von wenigen Sekunden wuchs inmitten der Arena ein dicker Stamm in die Höhe, aus dem sich immer mehr Ranken und Wurzeln schlängelten, die alles Fleisch, lebend oder tot, in kleine Mäuler steckten, die den Stamm umgaben. Dies war der Aasbaum, der in den Sümpfen im Nordosten beheimatet war und nur mit äußerster Schwierigkeit eingeführt werden konnte. Es hieß, daß er gegen Feuer äußerst empfindlich sei; aber Barrent hatte keines zur Verfügung.

Das Schwert mit beiden Händen umfassend, hieb Barrent Äste und Zweige ab; doch an ihrer Stelle wuchsen neue. Er arbeitete mit wahnsinniger Schnelligkeit, damit die Ranken ihn nicht umzingelten. Seine Arme wurden müde, und der Baum regenerierte rascher, als er ihn niederschlagen konnte. Es schien keine Möglichkeit zu geben, ihn zu zerstören.

Seine einzige Hoffnung lag in den langsamen Bewegungen des Baums. Diese waren zwar schnell – für eine Pflanze, aber nicht im Vergleich mit der menschlichen Muskulatur. Barrent sprang aus einer Ecke hervor, in der ihn die sich schlängelnden Ranken einzufangen drohten. Fast zwanzig Meter von ihm entfernt, halb im Sand verborgen, lag ein zweites Schwert. Barrent lief darauf zu und hörte zugleich warnende Rufe aus den Zuschauerreihen. Schon fühlte er eine Ranke um den Knöchel.

Er hackte sie ab, aber andere rankten sich um seine Hüfte. Er stemmte sich fest gegen den Boden und schlug die beiden Schwerter gegeneinander, in der Hoffnung, auf diese Weise einen Funken erzeugen zu können.

Beim ersten Versuch brach das Schwert in seiner rechten Hand in zwei Hälften. Barrent hob sie auf und versuchte es immer wieder, während die Ranken ihn unentwegt dichter an die Mäuler heranzogen. Da sprühte ein Regen von Funken vom aneinanderschlagenden Stahl auf. Einer berührte eine Ranke.

Mit unglaublicher Plötzlichkeit brach die Ranke in Flammen aus. Das Feuer raste an den Zweigen entlang auf den Stamm zu. Die Münder stöhnten auf, als es sie erreichte.

Wenn man den Vorgängen ihren Lauf gelassen hätte, wäre Barrent bei lebendigem Leibe verbrannt, denn die Arena hatte sich rasch mit den feuerempfindlichen Zweigen und Ranken gefüllt. Aber die Flammen gefährdeten auch die hölzernen Wände der Arena, und die Wachen löschten sie gerade noch rechtzeitig, um Barrent und auch die Zuschauer davor zu retten.

Vor Erschöpfung zitternd stand Barrent in der Mitte der Arena und wartete auf den nächsten Gegner. Aber nichts geschah. Nach einer Weile gab der Präsident ein Zeichen, und die Menge brach in Beifallsstürme aus.

Die Spiele waren vorüber. Barrent hatte sie überlebt.

Aber niemand verließ seinen Platz. Die Zuschauer warteten

darauf, der endgültigen Beseitigung Barrents beizuwohnen – denn Barrent stand jetzt außerhalb des Gesetzes.

Er hörte ein leises, ehrfürchtiges Raunen aus der Menge. Barrent drehte sich um und sah einen feurigen Lichtfleck in der Luft. Er schwoll an, sandte Lichtstrahlen aus und fing sie wieder ein. Er wuchs schnell an und wurde so strahlend, daß Barrent geblendet war. Er mußte an Onkel Ingemars Worte denken: „Manchmal belohnt uns der Schwarze, indem er in der furchtbaren Schönheit seines feurigen Fleisches vor uns erscheint. Ja, Neffe, ich selbst hatte die Gnade, ihn zu sehen. Vor zwei Jahren erschien er bei den Spielen, und auch in dem Jahr davor . . ."

Der Fleck wuchs zu einem roten und gelben Globus mit einem Durchmesser von sechs Metern an, seine untere Kante berührte fast den Boden. Er wuchs noch weiter in die Höhe. Das Zentrum des Globus wurde dünner; eine Taille zeichnete sich ab, und darüber erschien der Globus undurchdringlich schwarz. Jetzt waren es zwei Kugeln, eine leuchtende, eine schwarze, die durch die enge Taille miteinander verbunden waren. Während Barrent darauf starrte, zog sich der dunkle Teil in die Länge und formte sich zu der unvergeßlichen Gestalt des gehörnten Schwarzen.

Barrent versuchte davonzulaufen, aber die gewaltige schwarzköpfige Gestalt fegte nach vorn und hüllte ihn ein. Er war in einem blendenden Wirbel von Strahlen gefangen, über dem Dunkelheit lag. Das Licht bohrte sich tief in seinen Kopf; er wollte schreien. Dann wurde er bewußtlos.

19

Barrent kam in einem dämmrigen, hohen Raum wieder zu sich. Er lag auf einem Bett. Dicht daneben standen zwei Menschen. Sie schienen sich zu streiten.

„Wir haben einfach keine Zeit mehr zu warten", sagte ein Mann. „Du scheinst die Dringlichkeit der Situation nicht ganz zu erkennen."

„Der Arzt sagt, er braucht wenigstens noch drei Tage Ruhe." Es war die Stimme einer Frau. Nach einem Augenblick wurde Barrent gewahr, daß es Moeras Stimme war.

„Drei Tage kann er noch haben."

„Und dann braucht er Zeit für die Schulung."

„Du hast mir bestätigt, daß er intelligent ist. Die Schulung sollte also nicht lange dauern."

„Vielleicht ein paar Wochen."

„Unmöglich. Das Schiff landet in sechs Tagen."

„Eylan", sagte Moera, „du gehst zu schnell vor. Wir können es diesmal noch nicht tun. Beim nächsten Landungstag werden wir viel besser vorbereitet sein."

„Inzwischen werden uns die Dinge über den Kopf wachsen", antwortete der Mann. „Es tut mir leid, Moera; entweder wir benutzen Barrent sofort oder überhaupt nicht."

„Benutzen? Wofür? Wo bin ich? Wer sind Sie?" fragte Barrent.

Der Mann wandte sich dem Bett zu. In dem schwachen Licht erkannte Barrent einen sehr großen, schlanken, leicht gebückten alten Mann mit einem buschigen Bart.

„Ich bin froh, daß Sie endlich aufgewacht sind", sagte er. „Ich heiße Swen Eylan und bin der Leiter von Gruppe zwei."

„Gruppe zwei? Was ist das?" fragte Barrent. „Wie haben Sie mich aus der Arena geschafft? Sind Sie Agenten des Schwarzen?"

Eylan grinste. „Nicht gerade Agenten. Wir werden Ihnen in Kürze alles erklären. Zuerst halte ich es für besser, wenn Sie etwas essen und trinken."

Eine Krankenschwester brachte ein Tablett herein. Während Will aß, zog sich Eylan einen Stuhl neben das Bett und erzählte ihm vom Schwarzen.

„Unsere Gruppe kann sich nicht gerade rühmen, die Religion des Bösen ins Leben gerufen zu haben", begann er. „Die scheint sich auf Omega ganz von selbst herangebildet zu haben. Aber da sie nun schon mal existierte, haben wir uns ihrer gelegentlich bedient. Die Priester haben dabei erstaunlich gut mit uns zusammengearbeitet. Schließlich ist die Verehrung des Bösen für die Korruption von großem Vorteil. Deshalb ist in den Augen der Priester auch das Erscheinen eines falschen Schwarzen keine Lästerung. Ganz im Gegenteil – in der orthodoxen Verehrung des Bösen wird eine besondere Betonung auf falsche Vorstellungen gelegt, besonders wenn diese groß, feurig und eindrucksvoll sind, wie die, die Sie aus der Arena gerettet hat."

„Wie haben Sie diese Erscheinung denn produziert?" fragte Barrent.

„Es hat etwas mit Reibungsoberfläche zu tun und mit Kraftfeldern", erklärte Eylan. „Nach Einzelheiten müssen Sie sich bei unseren Ingenieuren erkundigen."

„Und warum haben Sie mich gerettet?" fragte Barrent.

Eylan warf einen fragenden Blick auf Moera, die die Schultern hob. Etwas verlegen sagte er: „Wir möchten Sie für einen wichtigen Job verwenden. Aber bevor ich Sie genau darüber unterrichte, sollten Sie etwas mehr über unsere Organisation wissen. Sicherlich sind Sie schon neugierig darauf."

„Sehr sogar", erklärte Barrent. „Sind Sie eine Art Verbrecherelite?"

„Wir stellen eine Elite dar", antwortete Eylan. „Aber wir betrachten uns nicht als Verbrecher. Zwei völlig verschiedene Menschentypen sind nach Omega deportiert worden. Da sind einmal die wahren Verbrecher, die Mord, Totschlag, bewaffnete Überfälle und dergleichen begangen haben. Das ist die Sorte Menschen, unter denen Sie gelebt haben. Und dann gibt es die Menschen, die sich Verbrechen ganz anderer Art schuldig gemacht haben, wie etwa politische Gleichgültigkeit, wissenschaftlich unorthodoxe oder antireligiöse Einstellung. Diese Leute gehören unserer Organisation an, die sich zum Zweck der Unterscheidung Gruppe zwei nennt. Soweit wir uns erinnern, bestanden unsere Verbrechen einzig und allein darin, andere Meinungen zu vertreten, als auf der Erde verbreitet und üblich waren. Wir waren Nonkonformisten. Wahrscheinlich stellten wir ein labiles Element dar und waren eine Bedrohung für die bestehenden Kräfte. Aus diesem Grund deportierte man uns nach Omega."

„Und Sie trennten sich dann von den übrigen Deportierten", sagte Barrent.

„Ja. Das war notwendig. Erstens einmal, weil die wahren Verbrecher von Gruppe eins nicht bereit sind, sich kontrollieren und leiten zu lassen. Wir könnten sie weder führen, noch wollen wir uns von ihnen beherrschen lassen. Aber was noch schwerwiegender ist: Wir hatten eine Arbeit zu vollbringen, die nur im geheimen getan werden konnte. Wir hatten keine Ahnung, wie die

Spähschiffe, die am Himmel von Omega patrouillieren, gebaut sind. Um unsere Sache geheimzuhalten, arbeiten wir im Untergrund weiter, und zwar im wahrsten Sinne des Wortes. Dieser Raum hier befindet sich etwa sechzig Meter unter dem Boden. Wir zeigen uns oben nicht, außer einigen Agenten wie Moera, die die politischen und sozialen Gefangenen von den wahren Kriminellen trennen."

„Aber mich haben Sie nicht ausgesucht", sagte Barrent.

„Natürlich nicht. Sie hatten angeblich einen Mord verübt, wodurch Sie automatisch zu Gruppe eins gehörten. Da Sie uns aber irgendwie nützlich erschienen, halfen wir Ihnen ab und zu. Aber bevor wir Sie in unsere Gruppe aufnehmen konnten, mußten wir uns über Sie erst völlig im klaren sein. Ihre Abneigung gegen das Morden sprach sehr für Sie. Wir sprachen auch mit Illiardi, nachdem Sie uns auf seine Spur geführt hatten. Es schien kein Zweifel, daß er den Mord verübt hatte, dessentwegen Sie verurteilt wurden. Noch mehr aber sprach für Sie Ihre hohe Überlebensfähigkeit, die ihre letzte Bestätigung in der Jagd und bei den Spielen fand. Wir brauchten dringend einen Mann mit Ihren Qualitäten."

„Und was habe ich zu tun?" fragte Barrent. „Was wollen Sie erreichen?"

„Wir wollen zurück zur Erde", sagte Eylan.

„Das ist doch unmöglich!"

„Wir glauben aber daran", antwortete Eylan. „Wir haben uns mit dieser Frage eingehend beschäftigt. Trotz der Spähschiffe glauben wir eine Möglichkeit gefunden zu haben, zur Erde zurückzukehren. In sechs Tagen werden wir erfahren, ob wir recht hatten. Dann werden wir nämlich den Ausbruch wagen."

„Es wäre besser, noch sechs Monate zu warten", mischte sich Moera ein.

„Unmöglich! Eine Verzögerung von sechs Monaten würde den ganzen Plan zunichte machen. Jede Gesellschaft hat ihren Zweck. Die verbrecherische Bevölkerung von Omega ist auf ihre Selbstvernichtung versessen. Sie scheinen erstaunt, Barrent. Konnten Sie sich denn etwas Derartiges nicht denken?"

„Darüber habe ich nie nachgedacht", gab Barrent zögernd zurück. „Schließlich gehörte ich ja auch dazu."

„Dabei ist das ganz offensichtlich", meinte Eylan. „Betrachten Sie doch mal die Institutionen – alle konzentrieren sich auf legalen Mord. Selbst das Gesetz, das die Rate der Morde überwacht und beeinflußt, beginnt zusammenzubrechen. Die Bevölkerung lebt nahe am Abgrund des Chaos. Sicherheit gibt es keine mehr. Die einzige Möglichkeit zu überleben ist Mord. Die einzige Art, seinen Rang zu verbessern, ist Mord. Die einzige sichere Sache ist Mord; Morden – immer mehr und immer schneller."

„Du übertreibst", wandte Moera ein.

„Ich glaube nicht. Ich stelle wohl fest, daß die Institutionen von Omega eine gewisse Beständigkeit aufzuweisen scheinen, eine gewisse Zurückhaltung selbst gegenüber dem Morden. Aber das ist eine Illusion. Ich zweifle nicht daran, daß alle Institutionen, die zum Untergang verdammt sind, die Illusion der Beständigkeit bis zum Ende vortäuschen – auch sich selbst gegenüber. Und das Ende der Gesellschaft von Omega nähert sich mit steigender Geschwindigkeit."

„Wie schnell?" fragte Barrent.

„In etwa vier Monaten wird es zum Zusammenbruch kommen", erwiderte Eylan. „Die einzige Möglichkeit, das zu ändern, wäre, der Bevölkerung eine neue Richtung zu geben, ein anderes Ziel."

„Die Erde", sagte Barrent.

„Deshalb muß der Versuch sofort unternommen werden."

„Nun – ich verstehe zwar nicht viel davon", meinte Barrent, „aber ich mache mit. Ich stelle mich gern als Teilnehmer einer Expedition zur Verfügung."

Wieder blickte Eylan etwas verlegen um sich. „Ich glaube, ich habe mich nicht klar ausgedrückt", sagte er. „Sie werden diese Expedition sein, Barrent. Sie und nur Sie allein . . . Entschuldigen Sie, wenn ich Sie erschreckt habe."

20

NACH Eylans Aussagen besaß Gruppe zwei wenigstens einen ernsthaften Nachteil: Die Männer, die ihr angehörten, hatten zumeist schon ihr bestes Alter überschritten. Natürlich gab es auch einige jüngere; aber sie hatten wenig Kontakt mit Gewalt gehabt und nur wenig Gelegenheit, auf sich selbst angewiesen zu sein. Sie hatten unterirdisch in Sicherheit gelebt, und manche hatten noch nie eine Waffe im Zorn gebraucht, hatten es nie nötig gehabt, um ihr Leben zu laufen, hatten keine Erfahrung darin, mit gefährlichen Situationen fertig zu werden, wie es bei Barrent der Fall gewesen war.

Sie waren mutig, aber nicht geübt. Gern hätten sie die Expedition zur Erde unternommen; aber ihre Erfolgschancen waren sehr gering.

„Und glauben Sie denn, daß es mir gelingen könnte?" fragte Barrent.

„Ich glaube, ja. Sie sind jung und stark, einigermaßen intelligent und außerordentlich erfindungsreich. Ihre Fähigkeit, sich in den unmöglichsten Lebenslagen zu behaupten, ist bemerkenswert groß. Wenn ein Mensch dieses Unternehmen bestehen kann, dann Sie!"

„Warum nur einer?"

„Weil es keinen Sinn hat, mehrere zu schicken. Das Risiko, entdeckt zu werden, wäre größer. Indem wir einen einzelnen aussenden, erreichen wir ein Maximum an Sicherheit und Aussicht auf Erfolg. Wenn Sie Erfolg haben, erhalten wir wertvolle Informationen über die Beschaffenheit des Feindes. Wenn Sie keinen Erfolg haben, wird man Ihren Versuch als die Tat eines einzelnen betrachten, nicht als die einer ganzen Gruppe. Dann bleibt uns immer noch die Möglichkeit, einen Ausbruch im großen zu planen."

„Wie soll ich auf die Erde gelangen?" fragte Barrent. „Haben Sie irgendwo ein Raumschiff versteckt?"

„Leider nein. Wir haben vor, Sie auf dem nächsten Gefangenenschiff zur Erde zu transportieren."

„Das ist unmöglich."

„Nein. Wir haben die Landungen studiert. Sie erfolgen gemäß festen, vorgeschriebenen Regeln. Die Gefangenen werden herausgeführt, begleitet von den Wächtern. Während sie sich alle auf dem großen viereckigen Platz versammeln, bleibt das Schiff selbst ungeschützt, außer durch einige wenige Wachtposten. Um Sie an Bord zu bringen, werden wir eine allgemeine Störung hervorrufen. Dieser Aufruhr soll die Aufmerksamkeit der Wachen so lange in Anspruch nehmen, bis Sie sicher an Bord gelangt sind."

„Aber selbst wenn mir das gelingt, werde ich gefangengenommen werden, sobald die Wachen zurück ins Schiff kommen."

„Das muß nicht sein", antwortete Eylan. „Das Schiff ist ein ungeheuer komplexer Bau mit vielen Verstecken für einen blinden Passagier. Und das Element der Überraschung haben Sie für sich. Dies könnte der erste Fall in der Geschichte von Omega sein, daß ein Fluchtversuch unternommen wird."

„Und was geschieht, wenn das Schiff auf der Erde landet?"

„Sie werden als Mitglied des Schiffspersonals verkleidet sein. Die unvermeidlichen Mängel einer gewaltigen Bürokratie werden Ihnen zugute kommen."

„Hoffentlich", antwortete Barrent. „Angenommen, ich gelange sicher zur Erde und erhalte die Informationen, die Sie haben wollen – wie kann ich sie Ihnen übermitteln?"

„Sie schicken sie mit dem nächsten Gefangenenschiff", sagte Eylan. „Wir haben vor, es zu kapern."

Barrent kratzte sich nachdenklich die Stirn. „Was veranlaßt Sie zu der Annahme, daß all dies – meine Expedition und Ihre Rebellion – gegen eine so mächtige Organisation wie die der Erde Erfolg haben könnte?"

„Wir müssen die Chance ergreifen. Entweder es gelingt, oder aber wir gehen, gemeinsam mit den anderen, in dem blutigen Schlachthaus von Omega unter. Ich gebe zu, daß unsere Chance nicht gerade groß ist, aber es bleibt uns keine andere Wahl. Entweder wir machen den Versuch, oder wir sterben, ohne etwas unternommen zu haben."

Moera nickte zu diesen Worten. „Es gibt vielleicht noch andere Möglichkeiten. Die Regierung der Erde scheint diktatorischen Charakter zu haben. Das läßt die Annahme zu, daß es auf der Erde selbst Untergrundbewegungen gibt. Vielleicht können Sie sich mit solchen in Verbindung setzen. Eine Revolution hier und auf der Erde zugleich könnte die Regierung viel eher zum Nachdenken veranlassen."

„Vielleicht."

„Wir müssen das Beste hoffen", sagte Eylan. „Machen Sie also mit?"

„Selbstverständlich", antwortete Barrent. „Ich will lieber auf der Erde sterben als auf Omega."

„Das Gefangenenschiff landet in sechs Tagen", erklärte Eylan. „Bis dahin werden wir Ihnen alles, was wir über die Erde wissen, mitteilen. Vieles davon haben wir aus Erinnerungsfetzen rekonstruiert, manches haben uns die Mutanten verschafft, alles übrige ist logische Folgerung. Das ist alles, was wir Ihnen bieten können, aber ich glaube, es ergibt ein einigermaßen korrektes Bild der augenblicklichen Lage auf der Erde."

„Wann beginnen wir?" fragte Barrent.

„Sofort", antwortete Eylan.

BARRENT erhielt einen kurzen allgemeinen Unterricht über den physikalischen Aufbau der Erde, ihr Klima und ihre hauptsächlichsten Bevölkerungszentren. Dann schickte man ihn zu Colonel Bray, der früher dem Raumforschungsteam der Erde angehört hatte. Bray sprach mit ihm über die wahrscheinliche militärische Macht der Erde, wie sie durch die Anzahl der Spähschiffe um Omega abgeleitet werden konnte, und über den vermutlichen Stand der wissenschaftlichen Entwicklung. Er schätzte die Streitkräfte der Erde, ihre wahrscheinliche Aufteilung in Land-, See- und Raumtruppen und ihre angenommene Leistungsfähigkeit. Captain Carell unterrichtete ihn über Spezialwaffen, ihre möglichen Typen und Reichweiten und inwieweit sie der Bevölkerung der Erde zugänglich waren. Ein anderer Gehilfe des Colonels, Leutnant Daoud, klärte ihn über Suchvorrichtungen auf, ihre wahrscheinliche Örtlichkeit und wie man sie meiden konnte.

Dann schickte man Barrent wieder zu Eylan zur politischen Information. Von ihm erfuhr er, daß die Erde höchstwahrscheinlich eine Diktatur war. Man erklärte ihm die Methoden einer Diktatur, ihre besonderen Stärken und Schwächen, die Rolle der Geheimpolizei, die Anwendung von Terror, das Problem der Spitzel.

Danach erklärte ihm ein kleiner Mann mit scharfen Augen das System, das die Erde zum Verlöschen der Erinnerung anwandte. In der Annahme, daß die Erinnerungszerstörung regelmäßig angewandt wurde, um die Opposition unschädlich zu machen, malte der Mann die wahrscheinliche Art einer Untergrundbewegung aus, die unter diesen Umständen arbeiten mußte. Und er sagte Barrent, wie man mit ihr in Verbindung treten könne und wie die Stärken und Schwächen einer solchen Organisation aussehen würden. Schließlich lernte Barrent noch die vollen Einzelheiten des Planes von Gruppe zwei kennen, mit dem sie ihn auf das Schiff bringen wollten.

Als der Landungstag nahte, fühlte Barrent eine gewisse Erleichterung. Er hatte es satt, sich Tag und Nacht mit Informationen vollzustopfen. Jede Art von Tätigkeit kam ihm gelegen.

21

BARRENT beobachtete, wie das riesige Schiff langsam und geräuschlos zu Boden schwebte. Matt glänzte es in der Nachmittagssonne, ein sichtbarer Beweis für die technische Macht der Erde. Eine Luke schwang auf, eine Treppe glitt aus ihr herab. Flankiert von Wachen kletterten die Gefangenen heraus und stellten sich auf dem Platz vor dem Schiff auf.

Wie gewöhnlich hatte sich die Bevölkerung von Tetrahyde eingefunden und bejubelte die Landungszeremonien. Barrent drängte sich durch die Menge und blieb dicht bei den Gefangenen und den Wachen stehen. Er befühlte seine Tasche, um sicher zu sein, daß sich die Nadelstrahlwaffe noch darin befand. Ingenieure von Gruppe zwei hatten sie eigens für ihn angefertigt. Sie bestand aus Plastikmaterial, so daß Metallsucher sie nicht wahrnehmen konnten. Den Rest der Tasche füllten andere Ausrüstungsgegenstände. Er hoffte, die Waffe nicht benutzen zu müssen.

Über Lautsprecher wurden die Namen und Vergehen der Gefangenen verlesen, genauso wie damals, als Barrent selbst angekommen war. Mit leicht gebeugten Knien lauschte er und wartete auf den Beginn des Störmanövers.

Die Verlesung näherte sich dem Ende. Nur noch zehn Gefangene waren übrig. Barrent bewegte sich noch mehr nach vorn. Vier, drei . . .

Als der Name des letzten Gefangenen verlesen wurde, begann

es. Eine schwarze Rauchwolke verdunkelte den blassen Himmel. Barrent wußte, daß Gruppe zwei die leeren Baracken von Block A 2 in Brand gesetzt hatte. Er wartete.

Dann geschah es. Eine gewaltige Explosion ereignete sich, zwei Reihen leerer Gebäude flogen in die Luft. Die Druckwelle war enorm und ließ alles ringsum erbeben. Noch bevor der Schutt niederzuprasseln begann, lief Barrent auf das Schiff zu.

Die zweite und dritte Explosion folgten, als er sich schon im Schatten des Schiffs befand. Hastig warf er die Kleidung von Omega ab. Darunter trug er eine getreue Nachbildung der Uniform der Wachen. Jetzt rannte er auf die Landetreppe zu.

Die Stimme aus dem Lautsprecher befahl, Ruhe zu bewahren. Die Wachen wimmelten aufgeschreckt durcheinander.

Die vierte Explosion warf Barrent zu Boden. Aber sofort sprang er wieder auf und sprintete die Treppe hinauf. Er befand sich im Schiffsinneren.

Von draußen hörte er die lauten Befehle des Captains. Die Wachen stellten sich in Reihen auf, die Waffen schußbereit auf die unruhige Menge gerichtet. Langsam zogen sie sich zum Schiff zurück.

Barrent hatte keine Zeit mehr zum Lauschen. Er befand sich in einem langen schmalen Gang. Hier wandte er sich nach rechts und raste auf den Bug des Schiffes zu. Weit hinter sich hörte er die schweren Tritte der Wachen.

Jetzt mußte die Beschreibung des Schiffes, die er erhalten hatte, genau stimmen, sonst war die Expedition beendet, noch bevor sie richtig begonnen hatte!

Er lief an langen Reihen leerer Zellen vorbei und kam zu einer Tür mit der Aufschrift Aufenthaltsraum der Wachen. Eine brennende grüne Lampe über der Tür deutete an, daß die Sauerstoffversorgung in Gang war. Dahinter befand sich eine andere Tür. Barrent drückte auf die Klinke – sie war nicht verschlossen. Dahinter entdeckte er einen weiteren Raum, angefüllt mit Ersatzteilen für die Maschinen. Er trat ein und schloß die Tür hinter sich.

Die Wachen kamen den Korridor heraufgepoltert. Barrent hörte ihre Stimmen, als die Männer den Aufenthaltsraum betraten.

„Woher, glaubst du, rührten die Explosionen?"

„Wer weiß? Diese Verbrecher haben eben einen Tick."

„Die würden den ganzen Planeten in die Luft jagen, wenn sie könnten."

„Dann wären wir sie endlich los!"

„Na ja, jedenfalls hat es keinen sichtbaren Schaden angerichtet. Vor fünfzehn Jahren gab es schon mal ähnliche Explosionen. Erinnert ihr euch?"

„Da war ich noch nicht hier."

„Damals waren sie noch stärker. Zwei Wachen kamen dabei ums Leben und etwa einhundert Gefangene."

„Was war die Ursache?"

„Keine Ahnung. Diesen Omeganern macht es Spaß, Dinge einfach so in die Luft zu jagen."

„Könnten Sie nicht einmal unser Raumschiff angreifen?"

„Keine Gefahr. Denk an die Spähschiffe, die oben patrouillieren!"

„Glaubst du? Ich bin froh, wenn wir erst wieder sicher an der Kontrollstation angelangt sind."

„Ganz meine Meinung. Das schönste wäre ein anderer Job! Raus aus diesem Schiff und das Leben mal wieder ein bißchen genießen!"

„Das Leben am Kontrollpunkt ist gar nicht so schlecht. Trotzdem möchte ich lieber wieder zurück zur Erde."

„Na ja, man kann eben nicht alles haben."

Die letzte Wache betrat den Aufenthaltsraum und schlug die Tür hinter sich zu. Barrent wartete. Nach einer Weile begann das Schiff zu beben. Es war gestartet.

Barrent hatte ein paar wertvolle Informationen erhalten. Anscheinend verließen alle oder jedenfalls die meisten Wachen das Schiff am Kontrollpunkt.

Hieß das, daß eine andere Wachmannschaft sie ablöste? Wahrscheinlich. Aber ein Kontrollpunkt brachte die Gefahr mit sich, daß das Schiff nach entflohenen Gefangenen durchsucht wurde. Wahrscheinlich wäre es nur eine oberflächliche Durchsuchung, da in der Geschichte von Omega noch nie ein Gefangener entflohen war. Trotzdem würde er sich ein gutes Versteck suchen müssen.

Doch alles zu seiner Zeit! Jetzt spürte er das Nachlassen der Vibration und wußte, daß das Schiff die Oberfläche von Omega verlassen hatte. Er befand sich an Bord, noch immer unentdeckt, und das Schiff war auf dem Weg zur Erde. Bis jetzt war alles planmäßig verlaufen.

Während der nächsten Stunden harrte Barrent im Lagerraum aus. Er fühlte sich sehr müde, seine Muskeln schmerzten. Die Luft in dem kleinen Raum hatte einen sauren, schlechten Geruch. Barrent mußte sich zwingen, aufzustehen und zum Ventilator zu gehen. Er hielt die Hand darüber. Nichts regte sich. Es kam keine frische Luft herein. Barrent zog ein Meßgerät aus der Tasche. Der Sauerstoffgehalt der Luft fiel schnell ab.

Vorsichtig öffnete er die Tür zum Gang und blickte hinaus. Obgleich er in eine perfekt nachgeahmte Uniform gekleidet war, war er sich wohl bewußt, daß er unter Männern, die einander gut kannten, nicht lange unentdeckt bleiben würde. Er mußte sich versteckt halten. Aber er brauchte Luft!

Die Gänge lagen verlassen da. Er schlich an dem Aufenthaltsraum der Wachen vorbei und hörte leises Gemurmel. Über der Tür leuchtete hell die grüne Lampe. Barrent hastete weiter, er spürte bereits ein leichtes Schwindelgefühl. Sein kleines Meßgerät zeigte ihm, daß auch der Sauerstoffgehalt in den Gängen stark nachließ.

Die Gruppe zwei hatte angenommen, daß das Durchlüftungssystem im gesamten Schiff funktionieren würde. Jetzt mußte Barrent einsehen, daß es nicht erforderlich war, das ganze Schiff mit Sauerstoff zu versorgen, da nur die Wachen und das Schiffspersonal an Bord waren. Nur in den Wohnräumen der Besatzung und im Aufenthaltsraum der Wachen würde es frische Luft geben.

Barrent lief die schwach erleuchteten, ausgestorbenen Gänge entlang; er keuchte vor Erschöpfung. Die Luft wurde von Sekunde zu Sekunde schlechter. Vielleicht wurde der Sauerstoff in dem Aufenthaltsraum verwendet, bevor die Hauptversorgungsleitung des Schiffes angezapft wurde.

Er kam an vielen unverschlossenen Türen vorbei, aber nirgends glühte die grüne Lampe darüber auf. Sein Kopf dröhnte, und seine Beine fühlten sich an, als würden sie zu Pudding. Krampfhaft überlegte er, was er tun sollte.

Die Räume der Besatzungsmitglieder schienen ihm die größte

Chance zu bieten. Vielleicht waren diese nicht bewaffnet. Und selbst wenn das der Fall war, so würden sie ihre Waffen hoffentlich nicht so flink bei der Hand haben wie die Wachen. Vielleicht konnte er einen der Offiziere mit der Waffe in Schach halten; vielleicht konnte er sogar den Befehl über das Schiff übernehmen. Der Versuch lohnte sich. Er mußte ihn wagen.

Am Ende des Ganges erreichte er eine Treppe. Er stieg an mehreren völlig verlassenen Stockwerken vorbei und kam endlich zu einer großen Aufschrift an der Wand. KONTROLLABTEILUNG, las er. Daneben war ein Pfeil aufgemalt, der die Richtung angab.

Barrent zog die Nadelstrahlwaffe aus der Tasche und taumelte den Korridor entlang. Allmählich verlor er das Bewußtsein. Schwarze Schatten tanzten vor seinen Augen. Verzerrte Gestalten, Halluzinationen, Schreckgespenster tauchten vor ihm auf. Er kroch auf Händen und Füßen weiter, auf eine Tür zu. Mit letzter Anstrengung zog er sich etwas hoch und las: KONTROLLRAUM – EINTRITT VERBOTEN! NUR FÜR SCHIFFSOFFIZIERE!

Der Korridor schien sich mit einem grauen Nebel zu füllen. Dann hellte er sich wieder auf. Barrent stellte fest, daß er die Augen nicht mehr auf einen Punkt zu konzentrieren vermochte. Er zog sich noch weiter hoch und zerrte am Türgriff. Langsam öffnete sich die Tür. Er umklammerte seine Waffe noch fester und versuchte sich auf eine Handlung vorzubereiten.

Aber sobald er die Tür geöffnet hatte, hüllte ihn eine undurchdringliche Schwärze ein. Er glaubte erschrockene Gesichter zu sehen, das Rufen von Stimmen zu hören: „Vorsicht! Er ist bewaffnet!" Und dann stürzte er kopfüber in die Schwärze und fiel endlos lange, immer tiefer und tiefer.

22

BARRENTS Rückkehr ins Bewußtsein ging ganz plötzlich vor sich. Er setzte sich auf und stellte fest, daß er in den Kontrollraum gestürzt war. Die Metalltür hatte sich wieder hinter ihm geschlossen. Er atmete ohne Schwierigkeiten. Von der Mannschaft war nichts zu sehen. Sie mußten gegangen sein, um die Wachen zu holen, in der Annahme, daß er noch länger bewußtlos bleiben würde.

Er stand auf, instinktiv nahm er seine Waffe vom Boden. Er untersuchte sie genau, runzelte die Stirn und steckte sie wieder ein. Warum, so fragte er sich, sollte die Besatzung ihn allein in der Steuerzentrale zurücklassen, dem wichtigsten Teil des Schiffes? Warum hatten sie ihm seine Waffe gelassen?

Er versuchte sich an die Gesichter zu erinnern, die er gesehen hatte, kurz bevor er ohnmächtig geworden war. Es waren ungenaue Vorstellungen, vage und verschwommene Gestalten mit hohlen, traumhaften Stimmen. Waren wirklich Menschen hier gewesen?

Je länger er darüber nachdachte, um so mehr wurde es ihm zur Gewißheit, daß diese Leute nur Sinnestäuschungen seines schwindenden Bewußtseins gewesen waren. Niemand war hier gewesen. Er befand sich ganz allein im Nervenzentrum des Schiffes. Noch immer mißtrauisch, näherte er sich der Hauptkontrolltafel. Sie war in zehn Sektoren aufgeteilt. Jeder Sektor hatte eine eigene Reihe von Schaltern und Knöpfen, unter denen kurze Bezeichnungen vermerkt waren.

Langsam musterte Barrent die verschiedenen Abschnitte des Schaltpults und beobachtete das Lichtmuster, das über die unzähligen Lämpchen huschte. Der letzte Abschnitt schien einer übergeordneten Kontrolle zu dienen. Auf einer kleinen Sichtscheibe stand: KOORDINATION, HANDBEDIENUNG/AUTOMATIK. Der Teil für AUTOMATIK war beleuchtet. Es gab noch ähnliche Schalteinheiten – für Navigation, für die Sicherung vor Zusammenstößen, für den Übergang in den Hyperraum, für den Eintritt in die Atmosphäre und für die Landung. Alle waren auf automatische Schaltung gestellt.

Weiter hinten fand er die Programmierungstafel, die vorgesehenen Daten waren aus der Schalterstellung ersichtlich. Der Zeitabstand bis zum Kontrollpunkt betrug jetzt 29 Stunden, 4 Minuten, 51 Sekunden, die vorgesehene Aufenthaltszeit drei Stunden und die Zeit vom Kontrollpunkt bis zur Erde 480 Stunden. Die Steueranlage flackerte und summte ruhig. Barrent konnte sich des Gefühls nicht erwehren, daß die Anwesenheit eines Menschen in dieser Maschinerie einer Tempelschändung gleichkam. Er überprüfte die Luftklappen. Sie waren auf automatische Speisung eingestellt und gaben gerade genug Sauerstoff ab, um für die

Anwesenheit eines menschlichen Wesens in der Zentrale zu genügen.

Aber wo war die Besatzung? Barrent verstand die Notwendigkeit, ein Raumschiff im großen und ganzen mit automatischer Schaltung funktionieren zu lassen. Ein System, das so groß und kompliziert war wie dieses, mußte sich selbst steuern können. Aber der Mensch hatte es gebaut, und der Mensch hatte es auch programmiert. Warum also waren keine Menschen zugegen, um die Schalttafeln zu überwachen, das Programm zu verändern, falls sich dies als notwendig erwies? Angenommen, die Wachen wären länger auf Omega aufgehalten worden? Angenommen, es würde sich als notwendig erweisen, am Kontrollpunkt vorbeizufliegen und die Erde direkt anzusteuern? Angenommen, es ergab sich eine Zwangslage, aus der heraus der gesamte Bestimmungsort geändert werden mußte? Wer stellte die neue Programmierung ein, wer gab dem Schiff Befehle, wer besaß die steuernde Intelligenz, die die gesamte Operation zu führen vermochte?

Barrent blickte sich im Kontrollraum um. Er fand einige Notausrüstungen mit Sauerstoffbehältern und -masken. Eine davon legte er an und ging hinaus in den Korridor.

Nach geraumer Zeit erreichte er eine Tür mit der Aufschrift BESATZUNGSUNTERKÜNFTE. Er ging hinein. Alles war ordentlich und sauber, aber leer. Die Betten standen gerade ausgerichtet nebeneinander, ohne Decken und Laken. In den Schränken hingen keine Kleidungsstücke, lagen keine persönlichen Habseligkeiten irgendwelcher Art. Barrent ging in die Offizierskajüten und in die Kabine des Kapitäns. Er fand kein Zeichen dafür, daß sie noch kürzlich bewohnt gewesen waren.

Er ging zum Kontrollraum zurück. Es war ganz offensichtlich, daß das Schiff keine Besatzung besaß. Vielleicht waren die Autoritäten auf der Erde so überzeugt von der Unfehlbarkeit ihrer Pläne und der Verläßlichkeit ihrer Schiffe, daß sie eine Besatzung für überflüssig hielten. Vielleicht . . .

Aber eine derartige Einstellung erschien Barrent äußerst leichtsinnig. Es war höchst seltsam, daß die Erde ihre Raumschiffe ohne menschliche Oberaufsicht operieren ließ.

Er entschloß sich, nicht weiter zu überlegen, bevor er mehr Tatsachen gesammelt hatte. Im Augenblick mußte er sich seinem eigenen Problem widmen: zu überleben. In seinen Taschen befand sich eine genügende Menge konzentrierter Nahrung, aber Wasser hatte er nicht mit sich führen können. Ob das besatzungslose Schiff Wasservorräte besaß? Er mußte an die Wachtruppe unten im Aufenthaltsraum denken. Und er überlegte auf Grund seiner neuen Informationen, was im Kontrollpunkt geschehen würde und wie er sich zu verhalten hätte.

BARRENT stellte fest, daß er nicht auf seinen eigenen Nahrungsvorrat angewiesen war. In der Offiziersmesse spuckten diverse Maschinen auf einen Knopfdruck hin Essen und Getränke aus. Er konnte nicht unterscheiden, ob es natürliche oder chemisch aufgebaute Nahrung war. Sie schmeckte gut und schien ihn zu stärken – daher kümmerte er sich nicht weiter um diese Frage.

Er erforschte die oberen Teile des Schiffes. Aber nachdem er sich mehrmals verlaufen hatte, entschloß er sich, keine weiteren unnötigen Risiken einzugehen. Das Lebenszentrum des Schiffes war sein Kontrollraum, und Barrent verbrachte die meiste Zeit darin. Er bemerkte eine Aussichtsluke. Durch Drehen des Schalters, mit dem die Gitter geöffnet wurden, konnte er hinaus in die Weiten des Raumes blicken, mit den glühenden Sternen in der undurchdringlichen Dunkelheit. Ein Meer von Sternen erstreckte sich über den ganzen Horizont – prächtiger, als seine Phantasie es je ausgemalt hatte. Beim Anblick dieses Wunders durchdrang ihn ein bisher nie gefühlter Stolz. Hierher gehörte er, und jene unbekannten Sterne waren sein Erbe.

Die Zeit bis zum Erreichen des Kontrollpunkts schrumpfte auf sechs Stunden zusammen. Barrent sah neue Teile des Schaltpults zum Leben erwachen; sie prüften und änderten die Kräfte, die das Schiff beherrschten, bereiteten es auf die Landung vor. Er wunderte sich, wie schnell er sich in diesen technischen Dingen zurechtfand – wahrscheinlich halfen ihm unbewußte Erinnerungen. Dreieinhalb Stunden vor der Landung machte Barrent eine interessante Feststellung. Er entdeckte das zentrale Kommunikationssystem für das gesamte Schiff. Als er den Empfänger einschaltete, konnte er die Unterhaltung im Aufenthaltsraum der Wachen abhören.

Er erfuhr nicht viel, was für ihn von Nutzen gewesen wäre.

Entweder aus Vorsicht oder aus Mangel an Interesse sprachen die Männer nicht über Politik. Sie lebten in der Kontrollstation – gelegentlich machten sie Fahrten mit dem Gefangenenschiff. Manche der Dinge, die sie diskutierten, waren für Barrent unverständlich. Aber er lauschte doch weiter, interessiert an allem, was diese Menschen von der Erde zu sagen hatten.

„Baden in Florida – das ist das Schönste, was ich mir vorstellen kann."

„Ich habe Salzwasser nie gemocht."

„Im Jahr, bevor ich zu den Wachen abkommandiert wurde, gewann ich den dritten Preis beim Orchideenfest in Dayton . . ."

„Nach meiner Pensionierung kaufe ich mir eine Villa in der Antarktis."

„Wieviel Dienstjahre hast du noch vor dir?"

„Achtzehn."

„Gerade uns haben sie eingezogen!"

„Jemand muß es ja tun."

„Aber warum gerade ich? Und warum kriegen wir keine Ferien auf der Erde?"

„Du hast doch die Unterrichtsfilme gesehen und weißt genau, warum. Verbrechen ist eine Krankheit. Es ist ansteckend."

„Na und?"

„Wenn du mit Verbrechern zu tun hast, läufst du Gefahr, selbst angesteckt zu werden. Du könntest jemanden auf der Erde vergiften."

„Es ist nicht gerecht."

„Das läßt sich nicht ändern. Die Wissenschaftler wissen schon, wovon sie reden. Außerdem ist es auf dem Kontrollpunkt auch nicht so schlecht."

„Wenn du künstliche Dinge magst. Luft, Blumen, Nahrung . . ."

„Du kannst nicht alles haben. Ist deine Familie dort?"

„Meine Frau will zurück zur Erde."

„Nach fünf Jahren Leben im Kontrollpunkt hältst du es auf der Erde nicht mehr aus, habe ich gehört. Die Schwerkraft packt dich zu stark."

„Ich halte die Schwerkraft schon aus. Immer . . ."

Diesen Unterhaltungen entnahm Barrent, daß die grimmig aussehenden Wachen menschliche Wesen waren, genauso wie die

Gefangenen auf Omega. Die meisten der Posten schienen die Arbeit, die sie verrichten mußten, nicht zu mögen. Wie die Leute von Omega sehnten auch sie sich zurück zur Erde.

Die Zeit verging. Das Schiff befand sich schon in unmittelbarer Nähe des Kontrollpunkts, die gigantischen Schalttafeln flammten auf und surrten heftig; sie trafen die letzten Anordnungen für die schwierige Landung.

Schließlich war das Manöver durchgeführt, die Maschinen setzten aus. Durch die Höranlage erfuhr Barrent, daß die Wachen den Aufenthaltsraum verließen. Er folgte ihnen den Gang entlang bis zur Landungsrampe und hörte den letzten, der das Schiff verließ, sagen: „Da ist ja auch schon der Suchtrupp. Na, was sagt ihr, Jungs?"

Keine Antwort. Die Wachen waren fort, und nun erscholl ein neues Geräusch in den Gängen: die schweren Tritte jener, die die Wachen die Suchtrupps nannten.

Es schienen viele Menschen zu sein. Sie durchsuchten zuerst die Maschinenräume und bewegten sich systematisch nach oben. Den Geräuschen nach zu urteilen, schienen sie jede Tür zu öffnen und jedes Zimmer und jeden Schrank zu durchstöbern.

Barrent hielt die Nadelstrahlwaffe in der schwitzenden Hand und fragte sich verzweifelt, wo er sich verstecken sollte. Er mußte damit rechnen, daß sie überall nachsehen würden. In diesem Fall lag die beste Chance, ihnen aus dem Weg zu gehen, darin, sich in einen Teil des Schiffs zurückzuziehen, den sie bereits durchsucht hatten.

Er stülpte sich eine Sauerstoffmaske über den Kopf und betrat den Korridor.

23

EINE halbe Stunde später hatte Barrent noch immer keine Möglichkeit gefunden, an der Suchtruppe vorbeizugelangen. Sie hatten die tieferen Teile des Schiffes inspiziert und bewegten sich jetzt auf den Kontrollraum zu. Barrent konnte sie die Gänge heraufkommen hören. Fast hundert Meter vor ihnen eilte er davon, verzweifelt nach einem Versteck spähend.

Am Ende dieses Korridors müßte eine Treppe sein. Auf ihr konnte er vielleicht hinuntersteigen, zu einem Teil des Schiffes, der schon durchsucht worden war. Er hastete weiter und hoffte nur, daß sich seine Erwartung erfüllte. Noch immer hatte er nur eine vage Vorstellung der Raumverteilung des Schiffes. Wenn er sich irrte, hätte er sich selbst in eine Falle manövriert.

Er erreichte das Ende des Ganges, und die Treppe war tatsächlich vorhanden. Die Schritte hinter ihm kamen näher. Er rannte die Stufen hinunter; gelegentlich blickte er über die Schulter nach hinten. Und dabei rannte er mit dem Kopf direkt gegen einen gewaltigen Brustkasten.

Barrent taumelte zurück und legte die Waffe auf die enorme Gestalt an. Aber er feuerte nicht ab. Das Wesen vor ihm war kein Mensch.

Es war groß und trug eine schwarze Uniform, auf der vorn SUCHTRUPP-ANDROID B 212 eingeprägt war. Das Gesicht war den menschlichen Zügen nachgebildet, säuberlich geformt aus kalkfarbenem Plastikmaterial. Die Augen glühten tiefrot.

Der Android schaukelte auf zwei Beinen, sorgfältig darauf bedacht, die Balance zu wahren. Er sah Barrent starr an und bewegte sich auf ihn zu. Barrent wich ihm aus. Er wußte nicht, ob seine Nadelstrahlwaffe den Androiden aufhalten konnte.

Er hatte keine Gelegenheit, es auszuprobieren, denn der Android ging an ihm vorbei und weiter die Treppe hinauf. Auf seinem Rücken standen die Worte SUCHABTEILUNG FÜR NAGETIERE. Dieser Android war lediglich darauf spezialisiert, nach Ratten und Mäusen zu fahnden. Die Gegenwart eines blinden Passagiers hatte auf ihn überhaupt keinen Eindruck gemacht. Folglich waren die anderen Androiden des Suchtrupps ähnlich spezialisiert.

Barrent wartete in einer Vorratskammer im unteren Teil des Schiffes, bis er die schweren Tritte der Androiden sich entfernen und das Schiff verlassen hörte. Dann lief er eilig zurück zur Steuerzentrale. Wachen kamen nicht an Bord. Genau nach Zeitplan verließ das Schiff den Kontrollpunkt.

Endziel: Erde. Die übrige Fahrt verlief ohne Zwischenfälle. Barrent schlief und aß und beobachtete das endlose Schauspiel der Sterne durch die Sichtluke, bis das Schiff in die untere Atmosphäre eintauchte. Er versuchte, sich den Planeten, auf den er zusteuerte, vorzustellen, aber es gelang ihm nicht, ein einigermaßen klares Bild zu entwerfen. Was waren das für Menschen, die Raumschiffe bauten, sie aber nicht mit einer Besatzung ausstatteten? Warum sandten sie Suchtrupps aus, deren Aufgaben auf unerklärliche Weise eingeschränkt waren? Warum mußten sie eine ansehnliche Zahl ihrer Bevölkerung deportieren – und warum kümmerten sie sich dann nicht darum, unter welchen Bedingungen diese Deportierten lebten und starben? Warum hielten sie es für notwendig, alle Erinnerungen der Gefangenen an die Erde auszulöschen?

Barrent fand keine Antwort auf all diese Fragen.

Die Zeitmesser im Kontrollraum rückten ständig voran, zählten die Stunden, Minuten und Sekunden der Fahrt ab. Das Schiff tauchte in die Atmosphäre ein, bog in die Kreisbahn um eine blau und grün gesprenkelte Welt, die Barrent mit gemischten Gefühlen betrachtete. Es fiel ihm schwer, sich an den Gedanken zu gewöhnen, am Ziel seiner Sehnsucht zu sein.

24

DAS Raumschiff landete an einem sonnigen Tag irgendwo auf dem nordamerikanischen Kontinent. Barrent hatte vorgehabt, das Schiff erst im Schutz der Dunkelheit zu verlassen; aber auf den Schalttafeln des Kontrollraums flackerte ein altes und ironisch anmutendes Warnsignal auf: *Alle Passagiere sowie die Besatzungsmitglieder müssen das Schiff sofort verlassen! Das Schiff wird einer gründlichen Entgiftung unterzogen. Sie haben zwanzig Minuten Zeit!*

Er hatte keine Ahnung, was eine gründliche Entgiftung war. Aber da auch die Besatzung nachdrücklich aufgefordert wurde auszusteigen, würde vielleicht selbst eine Gasmaske keine völlige Sicherheit gewähren. Von den beiden Gefahren schien die, das Schiff zu verlassen, die geringere.

Die Mitglieder von Gruppe zwei hatten sich lange mit der Frage beschäftigt, welche Kleidung Barrent beim Betreten der Erde tragen sollte. Die ersten Minuten auf der Erde konnten für das ganze Unternehmen von entscheidender Bedeutung sein. Keine

List konnte ihm helfen, wenn seine äußere Erscheinung offensichtlich fremdartig anmutete. Typische Erdkleidung war am besten, aber die Gruppe war sich nicht im klaren, was man derzeit auf der Erde trug. Ein Teil der Gruppe wollte, daß Barrent einen Anzug anlegte, der ihren Vorstellungen von den gebräuchlichen Kleidungsstücken auf der Erde am ehesten entsprach. Eine andere Meinung war die, daß er in der Uniform der Wachen am sichersten war.

Barrent selbst hatte eine dritte Möglichkeit am besten zugesagt: Er glaubte, daß ein einteiliger Overall, wie ihn die Mechaniker trugen, auf einem Raumflughafen am wenigsten auffallen würde. In den größeren Orten und Städten würde ihm diese Verkleidung wahrscheinlich zum Nachteil gereichen, aber er mußte eben das kleinere Übel wählen.

Schnell legte er die Uniform ab. Darunter trug er bereits den Overall. Mit gezückter, in der Tasche verborgener Waffe und einer Schachtel mit Lebensmitteln in der Hand schritt Barrent den Gang entlang auf die Ausstiegsrampe zu. Einen Augenblick zögerte er und überlegte, ob er die Waffe besser im Schiff zurückließe. Er beschloß, sich nicht von ihr zu trennen. Eine Durchsuchung würde ihn sowieso entlarven; mit der Waffe jedoch hätte er vielleicht eine Chance, aus dem Gewahrsam auszubrechen.

Er holte tief Luft und kletterte aus dem Schiff auf die Rampe.

Es waren keine Wachen da, keine Suchtrupps, keine Polizei, keine Militäreinheiten, keine Zollbeamten. Es war überhaupt niemand zu sehen. Weit entfernt, auf der anderen Seite des Feldes, sah er eine Reihe Raumschiffe in der Sonne glitzern. Direkt vor ihm befand sich ein Zaun mit einem offenen Tor.

Barrent ging über das Feld, schnell, aber ohne sichtliche Hast. Er konnte nicht begreifen, warum alles so einfach vonstatten ging. Vielleicht besaß die Geheimpolizei der Erde heimtückische und wirksame Mittel, die Passagiere eines Raumschiffs zu überprüfen. Er erreichte das Tor. Niemand war zu sehen, außer einem Mann mittleren Alters mit einer Glatze und einem etwa zehnjährigen Jungen. Sie schienen auf ihn zu warten. Barrent konnte kaum glauben, daß es Regierungsbeauftragte waren; aber wer kannte sich schon in den Gepflogenheiten der Erde aus? Er durchschritt das Tor.

Der kahle Mann hatte den Jungen an der Hand gefaßt und kam auf Barrent zu. „Entschuldigen Sie bitte", sagte der Mann.

„Ja?"

„Ich sah Sie aus dem Raumschiff kommen. Würde es Ihnen etwas ausmachen, wenn ich Ihnen ein paar Fragen stelle?"

„Nicht im geringsten", antwortete Barrent, die Hand dicht am Reißverschluß der Tasche, in der die Waffe steckte. Er war jetzt ganz sicher, daß der glatzköpfige Mann ein Polizeiagent war. Das einzige, was ihm nicht verständlich war, war die Anwesenheit des Kindes.

Vielleicht aber war auch der Junge ein Agent, der gerade geschult wurde.

„Die Sache ist nämlich die", sagte der Mann, „mein Sohn Ronny hier schreibt gerade an einer Dissertation für seinen Doktor zehnten Grades. Über Raumschiffe."

„Deshalb wollte ich gern eins sehen", fügte Ronny hinzu. Er war klein, mit einem ausdrucksvollen, intelligenten Gesicht.

„Er wollte unbedingt eins sehen", wiederholte der Mann. „Ich habe ihm gesagt, daß es nicht nötig wäre, da alle Tatsachen und Bilder in der Enzyklopädie stehen. Aber er ließ sich nicht davon abbringen."

„Es gäbe mir die Möglichkeit, eine gute Einleitung zu schreiben", sagte Ronny.

„Natürlich", antwortete Barrent, ernsthaft nickend. Er wunderte sich jetzt wieder über den Mann. Wenn er ein Mitglied der Polizei war, ging er wirklich einen höchst seltsamen Weg.

„Arbeiten Sie auf dem Schiff?" fragte Ronny.

„Ja."

„Wie groß ist seine Geschwindigkeit?"

„Im richtigen Raum oder im Hyperraum?" fragte Barrent.

Diese Frage schien Ronny zu verwirren. Er schob die Unterlippe vor und sagte: „Herrje! Ich wußte ja gar nicht, daß sie in den Hyperraum vordringen!" Einen Moment überlegte er. „Um die Wahrheit zu sagen: Ich weiß nicht einmal, was der Hyperraum ist."

Barrent und der Vater des Jungen lächelten sich verständnisvoll an. „Und wie schnell fliegen sie im normalen Raum?" fragte Ronny.

„Hunderttausend Kilometer in der Stunde", antwortete Barrent. Er gab die erste Zahl an, die ihm in den Sinn kam.

Der Junge nickte, und auch sein Vater nickte. „Sehr schnell", bemerkte der Vater.

„Und im Hyperraum geht's noch viel schneller", sagte Barrent.

„Natürlich", stimmte der Mann zu. „Raumschiffe sind wirklich ungeheuer schnell. Das müssen sie ja auch sein. Bei den Entfernungen! Habe ich nicht recht, Sir?"

„Sehr, sehr große Entfernungen", bestätigte Barrent.

„Wie wird ein Schiff angetrieben?" fragte Ronny.

„Auf die normale Art", antwortete Barrent. „Letztes Jahr bauten wir Triplexkurbeln ein, aber die sind eigentlich mehr als Aushilfskraft gedacht."

„Ich habe von diesen Triplexkurbeln schon gehört", sagte der Mann. „Enorme Dinger."

„Ihrer Aufgabe entsprechend", bemerkte Barrent klug. Es war jetzt gewiß, daß der Mann wirklich das war, wofür er sich ausgab: ein Bürger mit keiner speziellen Kenntnis über Raumschiffe, der nur seinen Sohn zum Raumhafen begleitet hatte.

„Woher bekommen Sie im Schiff genug Luft?" fragte Ronny.

„Wir nehmen sie in Form von Preßluft mit", erklärte Barrent. „Aber die Luft ist kein großes Problem. Wasser – das ist schon schwieriger. Wasser läßt sich nämlich nicht zusammendrücken, wissen Sie. Es läßt sich schwer in großen Mengen aufbewahren. Und dann ist da noch das Navigationsproblem, wenn das Schiff aus dem Hyperraum taucht."

„Was ist denn der Hyperraum?" fragte Ronny.

„In Wirklichkeit ist er einfach ein andersartiger Teil des normalen Raums. Aber das kannst du ja alles in deiner Enzyklopädie nachlesen."

„Das ist völlig richtig, Ronny", stimmte der Vater zu. „Wir dürfen jetzt den Piloten nicht noch länger aufhalten. Sicherlich hat er viele wichtige Dinge zu erledigen."

„Ich habe es ziemlich eilig", sagte Barrent. „Sehen Sie sich nur alles in Ruhe an. Viel Glück für deine Dissertation, Ronny."

Barrent ging hundert Meter mit einem kitzligen Gefühl im Rücken, jeden Moment erwartete er den Schuß einer Nadelstrahlwaffe oder das Zischen eines Gewehrs. Aber als er sich dann umdrehte, wandten ihm die beiden den Rücken zu und musterten voller Interesse das Raumschiff. Barrent zögerte einen Moment; er machte sich Sorgen. Bis jetzt war alles viel zu glatt verlaufen. Verdächtig glatt. Aber ihm blieb nichts anderes übrig, als weiterzugehen.

Die Straße führte vom Raumhafen weg an einer Reihe von Lagerschuppen vorbei auf einen Wald zu. Barrent ging weiter, bis er außer Sichtweite der beiden war. Dann verließ er die Straße und schlug sich seitwärts in den Wald. Für seinen ersten Tag auf der Erde hatte er genug Kontakt mit Menschen gehabt. Er wollte sein Glück nicht herausfordern, sondern sich die Dinge erst einmal in aller Ruhe durch den Kopf gehen lassen, die Nacht im Wald schlafen und am nächsten Morgen eine Stadt aufsuchen.

Er zwängte sich durch dichtes Unterholz. Bald aber lichteten sich die Büsche, und er konnte unter den kühlen Schatten mächtiger Eichen bequem dahinschreiten. Um ihn herum zirpten und zwitscherten unsichtbare Vögel und Insekten. Ein Stückchen vor ihm war ein großes weißes Schild an einen Baum genagelt. Als Barrent näher kam, las er: WALDTALER NATIONALPARK. PICKNICKEN UND CAMPING GESTATTET!

Barrent war ein bißchen enttäuscht, obgleich er sich darüber im klaren war, daß er nahe an einem Raumhafen keine unberührte Wildnis erwarten durfte. Außerdem gab es auf einem Planeten, der so alt und weit entwickelt war wie die Erde, wahrscheinlich überhaupt kein unberührtes Land mehr außer den Nationalparks.

Die Sonne stand schon tief am Horizont, und am Boden breitete sich die abendliche Kühle aus. Barrent fand ein bequemes Fleckchen unter einer gigantischen Eiche, rückte sich ein paar Stauden zurecht und legte sich darauf nieder. Er hatte eine Menge nachzudenken. Warum, beispielsweise, hatte man an dem wichtigsten Kontaktpunkt der Erde, einem interstellaren Raumhafen, keine Wachtposten aufgestellt? Begannen die Sicherheitsmaßnahmen erst später, in den Ortschaften und Städten? Oder unterlag er bereits einer Art Überwachung, einem unmerklichen, heimtückischen Geheimsystem, das jede seiner Bewegungen wahrnahm und nur auf einen geeigneten Augenblick wartete, ihn festzunehmen? Oder war das zu phantastisch gedacht? Könnte es sein, daß –

„Guten Abend", ertönte eine Stimme, direkt neben seinem rechten Ohr. Mit einer entsetzten Bewegung sprang Barrent zur Seite, seine Hand zuckte zur Waffe.

„Und einen sehr angenehmen Abend noch dazu", fuhr die Stimme fort, „den Sie hier im Waldtaler Nationalpark erleben. Die Temperatur beträgt 78,2 Grad Fahrenheit, Feuchtigkeit 23 Prozent, Barometerstand beständig auf neunundzwanzig Komma neun. Alte Camper erkennen mich sicher an der Stimme. Den neuen Naturfreunden unter Ihnen will ich mich aber vorstellen. Ich bin Eichi, Ihr Freund, der Eichbaum. Ich begrüße Sie alle aufs herzlichste, alt und jung, und heiße Sie in Ihrem Nationalpark willkommen." Aufrecht sitzend, starrte Barrent in die zunehmende Dunkelheit. Er fragte sich, was für ein Streich ihm hier gespielt wurde. Die Stimme schien wahrhaftig aus der großen Eiche zu kommen. „Die Freude der Natur", fuhr Eichi fort, „ist nun jedem leicht und bequem zugänglich. Sie können sich völliger Abgeschlossenheit erfreuen und sind doch nicht weiter als zehn Minuten zu Fuß von den öffentlichen Verkehrsmitteln entfernt. Für diejenigen, die nicht allein sein wollen, haben wir Exkursionen zu geringen Preisen arrangiert, die durch die alten Täler führen. Vergessen Sie nicht, Ihren Freunden von Ihrem Nationalpark zu erzählen. Alle Möglichkeiten dieses Parks warten auf die Freunde der herrlichen Naturschönheiten."

Ein Spalt tat sich am Baum auf. Heraus glitten ein Schlafsack, eine Thermosflasche und ein Tablett mit Abendessen.

„Ich wünsche Ihnen einen angenehmen Abend", sagte Eichi. „Genießen Sie die Pracht der Naturwunder. Und jetzt spielt Ihnen das nationale Symphonieorchester unter der Leitung von Otter Krug ,Die Bergtäler' von Ernesto Nestrichalam, aufgenommen von der nordamerikanischen Rundfunkgesellschaft. Ihr ergebener Eichbaum wünscht Ihnen eine gute Nacht."

Aus mehreren versteckten Lautsprechern ertönte Musik. Barrent kratzte sich am Kopf; dann entschloß er sich, die Dinge hinzunehmen, wie sie sich ihm darboten, und aß die Speisen, trank den Kaffee aus der Thermosflasche, rollte den Schlafsack auseinander und legte sich bequem darin zurecht.

Schlaftrunken sann er über den Sinn eines Waldes nach, der mit Drähten ausgestattet war, um Musik erklingen zu lassen, der

Nahrung und Getränke verabreichte – und das alles nicht weiter als zehn Minuten vom nächsten öffentlichen Verkehrsmittel entfernt. Die Erde hatte ihren Bewohnern wirklich allerhand zu bieten. Vermutlich gefielen ihnen diese Dinge. Oder vielleicht doch nicht? Könnte dies eine tückische Falle sein, die ihm die Behörden gelegt hatten? Unruhig wälzte er sich eine Zeitlang von einer Seite auf die andere und versuchte, sich an die Musik zu gewöhnen. Bald verschmolz sie mit dem Rascheln der Blätter und dem Knacken der Zweige. Barrent schlief fest ein.

25

AM NÄCHSTEN Morgen servierte ihm die freundliche Eiche das Frühstück und einen Rasierapparat. Barrent aß, wusch und rasierte sich. Danach machte er sich auf den Weg zur nächsten Stadt. Er hatte einen festen Plan gefaßt, nach dem er vorgehen wollte. Zuerst mußte er sich eine narrensichere Verkleidung beschaffen und dann mit einer Widerstandsbewegung Kontakt aufzunehmen versuchen. Wenn das gelungen war, mußte er soviel wie möglich über die Geheimpolizei der Erde herausfinden, über die Streitkräfte und dergleichen.

Gruppe zwei hatte ihm genaue Anweisungen dafür gegeben. Als Barrent die Außenbezirke der Stadt erreicht hatte, wünschte er noch einmal inbrünstig, daß die Methode von Gruppe zwei funktionieren möge. Bis jetzt hatte die Erde wenig Ähnlichkeit mit dem gezeigt, was die Gruppe zwei rekonstruiert hatte.

Er wanderte endlos lange Straßen entlang, zu deren Seiten kleine weiße Häuser standen. Zuerst glaubte er, alle Häuser sähen gleich aus. Dann aber bemerkte er, daß jedes geringfügige architektonische Abweichungen aufwies. Aber anstatt den Häusern eine individuelle Note zu geben, hatten diese kleinen Unterschiede höchstens den Effekt, die monotone Gleichheit der Häuser noch zu unterstreichen. Da waren Hunderte dieser Häuser, sie erstreckten sich so weit vor ihm, wie er sehen konnte. Ihre Einheitlichkeit deprimierte ihn. Ganz unerwartet vermißte er den lächerlichen, groben Wirrwarr der Gebäude auf Omega.

Er gelangte zu einem Geschäftszentrum. Auch die Läden waren

PLANET DER VERBRECHER

einander ähnlich, genau wie die Häuser. Sie waren niedrig, unauffällig und alle von gleicher Bauart. Erst bei näherer Besichtigung der Schaufenster konnte man Unterschiede zwischen Lebensmittel-, Bekleidungs- und Sportgeschäften erkennen. Er kam an einem kleinen Gebäude vorbei, das die Aufschrift trug: ROBOTER-BEICHTSTUHL, 24 STUNDEN TÄGLICH GEÖFFNET. Es schien eine Art Kirche zu sein.

Die Methode, die Gruppe zwei für Barrent ausgearbeitet hatte, eine Untergrundbewegung zu finden, war einfach und direkt. Revolutionäre, so hatten sie argumentiert, findet man in großen Mengen in den unterdrücktesten und niedrigsten Ständen einer Zivilisation. Armut zeugt Unzufriedenheit; die nichts haben, wollen etwas vom Besitz der Begüterten. Deshalb ist es logisch, in den Slums nach ihnen zu suchen.

Die Theorie war zweifellos richtig. Der Haken war nur, daß Barrent keine Slums fand. Er ging stundenlang immer weiter, vorbei an sauberen Läden und freundlichen kleinen Häusern, an Spielplätzen und Parkanlagen, peinlich sauber gehaltenen Bauernhöfen und immer wieder an Häusern und Läden. Nichts sah besser oder schlechter aus als das andere.

Gegen Abend war er müde, die Füße schmerzten ihn. Soweit er es beurteilen konnte, hatte er nichts von Bedeutung wahrgenommen. Bevor er mehr über die Struktur der Gesellschaft auf der Erde aussagen konnte, mußte er mit einigen Bewohnern gesprochen haben. Das war ein gefährliches Unterfangen, ließ sich aber nicht vermeiden. Er stand in der Nähe eines Bekleidungsgeschäfts und entschied sich dafür, etwas zu unternehmen. Er würde sich für einen Ausländer ausgeben, für jemanden, der erst kürzlich von Europa oder Asien nach Nordamerika gekommen war. Auf diese Weise würde er mit einer gewissen Berechtigung Fragen stellen können.

Ein Mann kam ihm entgegen, ein untersetzter, normal aussehender Bursche in einem braunen Straßenanzug. Barrent hielt ihn an. „Entschuldigen Sie bitte", sagte er. „Ich bin hier fremd, komme gerade aus Rom."

„Wirklich?" sagte der Mann.

„Ja. Leider kenne ich mich hier überhaupt nicht aus", fuhr Barrent mit einem kleinen entschuldigenden Lächeln fort. „Ich finde einfach kein billiges kleines Hotel. Könnten Sie mir vielleicht –"

„Bürger, fühlen Sie sich nicht wohl?" fragte der Mann, seine Miene hatte sich verhärtet.

„Wie ich schon sagte: Ich bin Ausländer und suche –"

„Nun hören Sie mal gut zu", unterbrach ihn der Mann. „Sie wissen doch so gut wie ich, daß es keine Ausländer mehr gibt."

„Nicht?"

„Natürlich nicht. Ich bin selbst in Rom gewesen. Dort sieht es genauso aus wie hier in Wilmington. Die gleiche Art Häuser und Läden. Niemand ist ein Ausländer."

Barrent wußte nicht, was er sagen sollte. Er lächelte nervös.

„Außerdem gibt es auf der ganzen Erde keine billigen Unterkünfte mehr. Wozu auch. Wer würde wohl darin wohnen wollen?"

„Ja, wer wohl?" antwortete Barrent unbehaglich. „Ich schätze, ich habe ein bißchen zuviel getrunken."

„Niemand trinkt heutzutage noch", sagte der Mann. „Ich verstehe nicht, was Sie mit mir für ein Spiel treiben."

„Was glauben Sie wohl?" fragte Barrent, in eine Technik verfallend, die die Gruppe ihm empfohlen hatte.

Stirnrunzelnd blickte der Mann ihn an. „Ich glaube, ich hab's", sagte er. „Sie müssen ein Meinungsforscher sein."

„Mm", machte Barrent unverbindlich.

„Das wird es sein", rief der Mann aus. „Sie sind einer der Bürger, die herumgehen und die Leute nach ihren Meinungen ausfragen. Eine Umfrage oder so etwas Ähnliches. Stimmt's?"

„Sie haben's erraten", antwortete Barrent.

„Na ja, es war ja nicht schwer. Immer und überall findet man die Meinungsforscher, die die Einstellung der Leute zu bestimmten Dingen herausfinden wollen. Ich hätte Sie auch gleich erkannt, wenn Sie die Uniform der Meinungsforscher getragen hätten." Wieder runzelte er die Stirn. „Wieso sind Sie eigentlich nicht wie ein Meinungsforscher gekleidet?"

„Ich habe gerade erst meine Prüfung abgelegt", erklärte Barrent. „Bin noch nicht dazu gekommen, mir die Kleidung zu besorgen."

„Oh! Das sollten Sie aber möglichst bald nachholen", riet der

Mann lebhaft. „Woher soll man denn sonst erkennen, was Sie sind?"

„Das war nur ein Test", sagte Barrent. „Ich danke Ihnen für Ihre Mitarbeit, Sir. Vielleicht ergibt sich die Gelegenheit für mich, Sie in Zukunft wieder einmal zu interviewen."

„Wann Sie wollen", antwortete der Mann. Er nickte Barrent höflich zu und ging davon.

Barrent dachte über den Vorfall nach und kam zu dem Schluß, daß ein Meinungsforscher die ideale Verkleidung für ihn wäre. Das würde ihm das überaus wichtige Recht geben, Fragen zu stellen, Leuten zu begegnen, herauszufinden, wie man auf der Erde lebte. Natürlich mußte er sorgfältig darauf bedacht sein, seine Unwissenheit zu verbergen. Aber mit Hilfe einer gewissen Umsicht würde er in einigen Tagen viel gelernt haben.

Als erstes aber mußte er sich wie ein Meinungsforscher kleiden. Das schien das wichtigste. Ärgerlich war nur, daß er kein Geld besaß. Die Gruppe hatte sich nicht in der Lage gesehen, auf der Erde gebräuchliches Geld herzustellen; niemand konnte sich daran erinnern, wie es aussah. Aber statt dessen hatten sie ihm einige andere wertvolle Dinge mitgegeben. Barrent ging auf das nächste Bekleidungsgeschäft zu.

Der Inhaber war ein kleiner Mann mit porzellanblauen Augen und dem routinemäßigen Lächeln eines Verkäufers. Er begrüßte Barrent und fragte ihn nach seinen Wünschen.

„Ich benötige die Kleidung eines Meinungsforschers", sagte Barrent. „Ich habe gerade meine Ausbildung abgeschlossen."

„Selbstverständlich, mein Herr. Da sind Sie bei mir gerade richtig. Die meisten kleinen Geschäfte führen nur die mehr – eh – einfacheren Berufskleidungen. Aber hier bei uns finden Sie Fertigware für alle fünfhundertundzwanzig Hauptberufe, die der Zivile Almanach aufführt. Ich bin Jules Wonderson."

„Es ist mir ein Vergnügen", antwortete Barrent. „Haben Sie einen Maßanzug von meiner Größe?"

„Sicherlich", antwortete Wonderson. „Möchten Sie die normale Ausführung oder die spezielle?"

„Die normale genügt mir fürs erste."

„Die meisten neuen Meinungsforscher ziehen allerdings die Spezialausführung vor", wandte Wonderson ein. „Die kleinen, extra angebrachten, wie mit der Hand gearbeiteten Details erhöhen den Respekt der Leute."

„In diesem Fall nehme ich die Sonderausführung."

„Jawohl. Wenn Sie aber noch ein, zwei Tage warten wollten, dann bekommen wir nämlich ein neues Fabrikat herein. Ein Gewebe, das wie Handarbeit aussieht, mit natürlichen Webfehlern darin. Zur besonderen Unterscheidung des Ranges. Ein wirklicher Prestigeartikel."

„Vielleicht komme ich deswegen später noch mal wieder", sagte Barrent. „Im Augenblick benötige ich einen fertigen Anzug."

„Natürlich", antwortete Wonderson etwas enttäuscht, was er aber zu verbergen suchte. „Wenn Sie einen ganz kleinen Moment warten wollen . . ."

Nach mehreren Anproben steckte Barrent in einem schwarzen Anzug, dessen Rockaufschläge mit einem schmalen weißen Saum eingefaßt waren. Für ihn sah dieser Anzug nicht ein bißchen anders aus als die vielen anderen, die Wonderson noch auf Lager hatte, die für Bankiers, Börsenmakler, Kontoristen, Gemüsehändler und so weiter. Aber für Wonderson, der angeregt über den Saum eines Bankiers sprach und über den Faltenwurf beim Versicherungsagenten, traten die Unterschiede so klar zutage wie für einen Einwohner von Omega die verschiedenen Symbole der Rangstufen. Barrent vermutete, daß es eine Folge des langen Trainings war.

„Hier mein Herr!" sagte Wonderson. „Eine perfekte Ausstattung, mit einer lebenslänglichen Garantie. Alles zusammen für neununddreißigfünfundneunzig."

„Ausgezeichnet!" antwortete Barrent. „Was das Geld anbetrifft –"

„Ja?"

Barrent wagte das Risiko. „Ich besitze keins."

„Nicht? Aber das ist höchst ungewöhnlich."

„Ja, in der Tat", stimmte Barrent zu. „Aber ich habe einige Gegenstände von gewissem Wert." Er zog drei diamantenbesetzte Ringe heraus, die ihm Gruppe zwei mitgegeben hatte. „Das sind echte Diamanten, die jeder Juwelier gern annehmen wird. Wenn Sie einen nehmen wollen, bis ich das Geld zur Bezahlung –"

„Aber, mein Herr", unterbrach ihn Wonderson. „Diamanten besitzen keinen Wert mehr! Nicht mehr seit dem Jahr 23, als von Blon seine entscheidende Arbeit schrieb, die die Illusion des Mangelwerts zerstörte."

„Ach ja", antwortete Barrent, da ihm nichts anderes einfiel.

Wonderson blickte auf die Ringe. „Ich nehme an, daß diese hier vielleicht einen sentimentalen Wert besitzen."

„Das stimmt. Seit Generationen sind sie in Familienbesitz."

„Aber dann will ich sie Ihnen wirklich nicht abnehmen", wehrte Wonderson ab. „Bitte, keine Argumente! Gefühle sind die kostbarsten aller Besitztümer. Ich könnte nicht mehr ruhig schlafen, wenn ich nur eines dieser Familienerbstücke von Ihnen annehmen würde."

„Aber wie soll ich denn sonst bezahlen?"

„Zahlen Sie, wann es Ihnen beliebt."

„Sie wollen sagen, Sie vertrauen mir, obgleich Sie mich gar nicht kennen?"

„Aber ganz gewiß doch", antwortete Wonderson. Er lächelte schelmisch. „Sie probieren wohl eine Ihrer Interviewmethoden aus, was? Nun, selbst ein Kind weiß doch, daß sich unsere Zivilisation auf Vertrauen aufbaut. Es ist ein Grundsatz, jedem Fremden zu vertrauen, bis er unmißverständlich bewiesen hat, daß er dieses Vertrauen nicht verdient."

„Sind Sie denn noch nie betrogen worden?"

„Natürlich nicht. Heutzutage ist das Verbrechen nicht mehr existent."

„Und wie erklären Sie sich dann Omega?" fragte Barrent.

„Was meinen Sie?"

„Omega, den Gefangenenplaneten. Sie haben sicher davon gehört."

„Ich glaube, ja", antwortete Wonderson vorsichtig. „Vielleicht hätte ich besser sagen sollen, daß es fast keine Verbrecher mehr gibt. Ich schätze, ein paar Typen, die von Geburt an verbrecherisch veranlagt sind, gibt es immer. Aber die kann man leicht als solche erkennen. Im übrigen sollen es nicht mehr als zehn oder zwölf im Jahr sein – bei einer Bevölkerung von beinahe zwei Milliarden." Er setzte ein breites Grinsen auf. „Meine Chance, einem zu begegnen, ist außerordentlich gering."

Barrent mußte an das Gefangenenschiff denken, das beständig zwischen Omega und der Erde hin- und herfuhr, seine menschliche Fracht auslud und unermüdlich neue herbeischaffte. Er fragte sich, woher Wonderson seine Statistiken bezog. Und noch mehr wunderte er sich darüber, wo die Polizei steckte. Seit er das Raumschiff verlassen hatte, war ihm keine einzige Polizeiuniform begegnet. Er hätte gern danach gefragt, aber es schien ihm klüger, dieses Thema abzubrechen.

„Vielen Dank für den Kredit", sagte er statt dessen. „Ich werde so bald wie möglich mit dem Geld wiederkommen."

„Natürlich", antwortete Wonderson und schüttelte ihm herzlich die Hand. „Aber lassen Sie sich ruhig Zeit. Es eilt ja nicht."

Barrent dankte ihm noch einmal und verließ den Laden.

Jetzt hatte er einen Beruf. Und wenn die anderen Leute genauso dachten wie Wonderson, hatte er auch unbegrenzten Kredit. Er befand sich auf einem Planeten, der dem ersten Eindruck nach eine Utopie zu sein schien. Allerdings wies diese Utopie auch gewisse Widersprüche auf. Er hoffte, in den nächsten Tagen mehr darüber zu erfahren.

Einen Häuserblock weiter entfernt fand er ein Hotel. Er mietete sich ein Zimmer für eine Woche – auf Kredit.

26

AM MORGEN darauf fragte sich Barrent zu der nächstgelegenen Zweigstelle der öffentlichen Bibliothek durch. Er brauchte historische Informationen. Wenn er die Entwicklung der Zivilisation auf der Erde kannte, konnte er sich bessere Vorstellungen davon machen, was ihn erwartete und worauf er achtgeben mußte.

Die Kleidung eines Meinungsforschers, die er jetzt trug, gewährte ihm Zutritt zu den sonst nicht zugänglichen Büchergestellen, wo die Geschichtsbücher aufbewahrt wurden. Aber die Bücher selbst enttäuschten ihn. Die meisten behandelten die alte Geschichte, von den urzeitlichen Anfängen bis zum Aufkommen der Atomkraft. Flüchtig blätterte er sie durch. Während des Lesens erinnerte er sich an verschiedene Dinge, die er früher einmal gewußt haben mußte, und daher konnte er schnell von den alten

Griechen über das Römische Reich, Karl den Großen, das Mittelalter, die Normannenkriege bis zum Dreißigjährigen Krieg überwechseln; danach überflog er kurz die Napoleonische Ära. Sorgfältiger studierte er die Weltkriege. Das Buch endete mit der Explosion der ersten Atombombe. Die anderen Bücher auf dem Regal enthielten nur ergänzende Bemerkungen zu den verschiedenen Stadien, die er schon kennengelernt hatte.

Nach längerem Suchen fand Barrent ein Werk mit dem Titel „Das Nachkriegsdilemma, Teil 1" von Arthur Whittler. Es begann dort, wo die Geschichtsbücher aufgehört hatten, mit den Explosionen der Atombomben über Hiroshima und Nagasaki. Barrent setzte sich und begann mit einem sorgfältigen Studium.

Er erfuhr vom kalten Krieg der Jahre um 1950, in denen mehrere Nationen im Besitz von Wasserstoffbomben waren. Schon damals, so schrieb der Autor, existierten die Ursprünge einer massiven und lächerlichen Übereinstimmung in den Nationen der Welt. In Amerika herrschte eine wahnwitzige Furcht vor dem Kommunismus. In Rußland und China wiederum herrschte eine wahnwitzige Furcht vor dem Kapitalismus. Eine neutrale Nation nach der anderen wurde entweder ins eine oder ins andere Lager gezogen. Zum Zweck der inneren Sicherheit bedienten sich alle Länder raffinierter Propagandamethoden. Jedes Land glaubte, eine starre Anlehnung an bereits erprobte Doktrinen beibehalten zu müssen, um überleben zu können.

Der Druck auf das Individuum, sich der Norm anzupassen, wurde härter und tückischer. Die Gefahren des Krieges waren vorüber. Die vielen Gesellschaften der Erde begannen allmählich in einen einzigen Superstaat zusammenzufließen. Aber der Zwang zur Anpassung wurde immer größer, anstatt nachzulassen. Diese Notwendigkeit hatte ihren Ursprung in der ständig anwachsenden Bevölkerungszahl und in den vielen Problemen der Vereinheitlichung über nationale und ethnische Grenzen hinweg. Unterschiedliche Meinungen konnten äußerst gefährlich sein; zu viele Gruppen hatten jetzt schon Zugang zu den tödlichen Wasserstoffbomben. Unter diesen Umständen konnte ein abweichendes Benehmen nicht geduldet werden.

Endlich erreichte man den großen Zusammenschluß. Die Eroberung des Weltraums ging weiter, von den Mondraketen über den Planetenraumer zum Sternenschiff. Aber die Institutionen der Erde erstarrten immer mehr. Eine Zivilisation, die noch unbeweglicher war als die des europäischen Mittelalters, bestrafte jede Opposition gegen bestehende Gebräuche, Traditionen und Glaubensregeln. Die Verletzung der sozialen Grundregeln wurde als großes Verbrechen betrachtet, genauso schwer wie Mord oder Totschlag. Und genauso wurde es auch bestraft. Dazu wurden konsequent sämtliche antiquierten Einrichtungen wie Geheimpolizei, Staatspolizei, Spitzel und dergleichen benutzt. Jedes mögliche Mittel wurde für das an Wichtigkeit alles übertreffende Ziel der Vereinheitlichung angewandt.

Für die Nonkonformisten gab es Omega.

Die Todesstrafe war schon lange vorher abgeschafft, aber man besaß weder genug Platz noch Mittel, um mit der ständig anwachsenden Verbrecherzahl fertig zu werden, die die Gefängnisse überall überforderte. Endlich entschlossen sich die Führer der Welt dazu, die Verbrecher auf eine abgeschiedene Gefangenenwelt zu deportieren, eine Methode, die die Franzosen in Guayana und Neukaledonien und die Engländer in Australien und noch früher auch in Nordamerika angewandt hatten. Da es ganz unmöglich schien, Omega von der Erde aus zu regieren, machten die Behörden gar nicht erst den Versuch. Sie vergewisserten sich nur, daß keiner der Gefangenen entfliehen konnte. Das war das Ende von Band 1. Eine Notiz am Schluß kündigte an, daß der zweite Band eine Studie über die zeitgenössische Erde enthalten würde. Er sollte den Titel „Der Zustand der Zivilisation" tragen. Dieser zweite Band befand sich nicht im Regal. Barrent fragte den Bibliothekar danach und erhielt die Auskunft, daß er im Interesse der öffentlichen Sicherheit vernichtet worden sei. Barrent verließ die Bibliothek und ging in den kleinen Park. Er ließ sich auf einer Bank nieder, starrte vor sich hin und dachte angestrengt nach. Er hatte erwartet, eine Erde zu finden, wie sie in dem Buch von Whittler beschrieben war. Er war auf einen Polizeistaat vorbereitet gewesen, auf strenge Sicherheitsmaßnahmen, eine unterdrückte Bevölkerung und eine ständig wachsende Atmosphäre von Unruhe. Aber das gehörte anscheinend der Vergangenheit an. Bis jetzt hatte er noch nicht einen einzigen Polizisten gesehen. Keine Sicherheitsmaßnahmen schienen getroffen zu sein, und die Menschen, denen er begegnet war, sahen nicht im mindesten bedrückt aus. Ganz im Gegenteil. Dies schien eine völlig andere Welt . . .

Außer daß Jahr für Jahr die Raumschiffe nach Omega flogen, mit ihren Ladungen Gefangener, denen man die Erinnerung geraubt hatte. Wer verhaftete sie? Wer verurteilte sie? Was für eine Gesellschaft brachte sie hervor?

Die Antworten auf diese Fragen mußte er selbst herausfinden.

27

Früh am nächsten Morgen begann Barrent mit seinen Nachforschungen. Seine Methode war einfach. Er klingelte an Haustüren und stellte Fragen. Er warnte alle seine Opfer davor, daß seine Fragen mit Tricks oder Unsinn durchsetzt sein könnten, deren Zweck es war, die allgemeine Bewußtseinsbasis zu testen. Auf diese Weise, fand Barrent, konnte er überhaupt alles über die Erde erfragen, konnte widerstreitende Meinungen vernehmen, und das alles, ohne sich selbst eine Blöße zu geben.

Allerdings bestand noch immer die Gefahr, daß irgendein Beamter seine Ausweise zu sehen wünschte oder daß letzten Endes doch noch die Polizei auftauchte, wenn er sie am wenigsten erwartete. Aber dieses Risiko mußte er eingehen. Von der Orange Esplanade ausgehend, bewegte sich Barrent nordwärts und machte bei jedem Haus halt. Die Ergebnisse waren recht unterschiedlich, wie ein ausgewähltes Beispiel seiner Arbeit zeigt:

(Bürgerin A. L. Gotthreid, Alter 55, Beruf: Haushälterin. Eine starke Frau, die sich sehr aufrecht hielt, höflich, ohne viel Humor.)

„Sie möchten meine Meinung über Klassen und Stände hören? Habe ich Sie richtig verstanden?"

„Jawohl."

„Ihr Meinungsforscher wollt immer alles mögliche über Klassen und Stände wissen. Man sollte meinen, daß ihr inzwischen schon alles erfahren habt, was es darüber zu erfahren gibt. Aber meinetwegen. Heutzutage gibt es nur noch eine Klasse, da alle gleich sind. Nämlich die Mittelklasse. Dann bleibt also nur noch die eine Frage, zu welchem Teil der Mittelklasse man gehört. Zu dem oberen, dem mittleren oder dem unteren."

„Und wonach richtet sich das?"

„Nach allen möglichen Dingen. Nach der Art, wie jemand ißt, spricht, sich kleidet, wie man sich in der Öffentlichkeit benimmt. Nach dem Auftreten. Nach der Kleidung. Man kann einen Angehörigen der oberen Mittelklasse immer an seiner Kleidung erkennen. Ein Irrtum ist da ausgeschlossen."

„Ich verstehe. Und die untere Mittelklasse?"

„Erstens einmal fehlt denen, die ihr angehören, eine gewisse schöpferische Energie. Zum Beispiel tragen sie einfallslose Fertigkleidung, ohne sich die Mühe zu machen, diese auf irgendeine Weise zu verschönern. Das gleiche trifft auf ihre Häuser zu. Einfache, phantasielose Verzierungen tun's eben nicht, das möchte ich hier sagen. Solche Leute empfängt man eben nicht bei sich zu Hause."

„Vielen Dank, Bürgerin Gotthreid. Und in welche Rangstufe würden Sie sich einreihen?"

(Mit einem ganz geringen Zögern:) „Oh! Darüber habe ich mir eigentlich noch nie Gedanken gemacht – obere Mittelklasse, glaube ich."

(Bürger Dreister, Alter 43, Beruf: Schuhverkäufer. Ein schlanker, ruhiger Mann, für sein Alter jung aussehend.)

„Ja, Sir. Myra und ich haben drei schulpflichtige Kinder. Alles Jungen."

„Können Sie mir in etwa sagen, worin ihre Schulausbildung besteht?"

„Sie lernen lesen und schreiben und wie sie gute Bürger werden. Schon jetzt bereiten sie sich auf einen Beruf vor. Der Älteste übernimmt einmal mein Geschäft – die Schuhe. Die andern beiden gehen bei einem Gemüsehändler und in einem Kurzwarengeschäft in die Lehre. Aus dieser Branche stammt die Familie meiner Frau. Sie lernen auch, ihren Stand zu bewahren und die allgemeinen Methoden, um sich im Gesellschaftssystem nach oben zu arbeiten. Das ist das Wichtigste, was sie in den öffentlich zugänglichen Schulklassen lernen."

„Und gibt es denn auch andere Klassen, die nicht öffentlich sind?"

„Ja, natürlich gibt es noch die geheimen Klassen. Jedes Kind nimmt daran teil."

„Und was lernen sie in den geheimen Unterrichtsstunden?"

„Das weiß ich nicht. Sie sind geheim, wie ich schon sagte."

„Sprechen denn die Kinder nie darüber?"

„Nein, sie reden über alles mögliche, aber nicht darüber."

„Haben Sie denn gar keine Ahnung, was in den geheimen Klassen vor sich geht?"

„Tut mir leid. Aber das weiß ich wirklich nicht. Wenn ich es erraten sollte – aber das ist wirklich nur eine ganz persönliche Meinung –, dann würde ich sagen, es ist etwas Religiöses. Aber da müssen Sie schon einen Lehrer fragen."

„Vielen Dank. Und in welche Rangstufe würden Sie sich selbst einreihen?"

„Mittlere Mittelklasse. Daran besteht gar kein Zweifel."

(Bürgerin Maryjane Morgan, Alter 51, Beruf: Lehrerin. Eine große, knochige Frau.)

„Ja, Sir. Ich glaube, das ist so im großen und ganzen unser Lehrplan an der Little-Beige-Schule."

„Außer den geheimen Klassen."

„Wie bitte?"

„Die geheimen Klassen. Von denen haben Sie noch gar nichts erwähnt."

„Das kann ich leider auch nicht."

„Und warum nicht, Bürgerin Morgan?"

„Ist das eine Fangfrage? Jeder weiß doch nur zu gut, daß an den geheimen Klassen keine Lehrer teilnehmen dürfen."

„Wer darf dann an ihnen teilnehmen?"

„Die Kinder natürlich!"

„Aber wer unterrichtet sie?"

„Darüber führt die Regierung Aufsicht."

„Natürlich. Aber wer unterrichtet denn in den geheimen Klassen?"

„Ich habe keine Ahnung. Und es geht mich auch nichts an. Die geheimen Klassen sind eine uralte und angesehene Institution.

Was in ihnen vorgeht, hat höchstwahrscheinlich religiösen Charakter. Aber das ist nur eine Annahme von mir. Was immer es auch sein mag, mich geht es nichts an. Und Sie auch nicht, junger Mann, ganz gleich, ob Sie Meinungsforscher sind oder nicht."

„Vielen Dank, Bürgerin Morgan."

(Bürger Edgar Nief, Alter 107, Beruf: pensionierter Offizier. Ein großer, leicht gebückter Mann mit scharfen, eiskalten blauen Augen, die vom Alter noch nicht getrübt sind.)

„Ein bißchen lauter, bitte. Wie war die Frage?"

„Über die militärischen Streitkräfte. Im besonderen fragte ich –"

„Ich erinnere mich wieder. Ja, junger Mann, ich war Oberst im 21. nordamerikanischen Raumfahrtkommando. Das war eine reguläre Einheit der Verteidigungsdivision Erde."

„Und haben Sie sich dann vom Dienst zurückgezogen?"

„Nein, der Dienst hat sich von mir zurückgezogen."

„Wie bitte?"

„Sie haben mich richtig verstanden, junger Mann. Das war vor dreiundsechzig Jahren. Die Streitkräfte der Erde wurden demobilisiert, ausgenommen die Polizei, die ich nicht mitrechnen kann. Aber alle regulären Truppen wurden aufgelöst."

„Und warum hat man das getan, Sir?"

„Es gab niemanden, gegen den man hätte kämpfen können. Es gab noch nicht einmal jemand, vor dem man sich hätte hüten müssen, wie man mir sagte. Verdammte Narrheit, das ist meine Meinung."

„Könnten die Streitkräfte denn nicht wieder gebildet werden?"

„Selbstverständlich. Aber die gegenwärtige Generation eignet sich nicht zum Dienst unter den Waffen. Es gibt keine Führerpersönlichkeiten mehr, vielleicht noch einige wenige nutzlose alte Knaben wie mich. Das würde Jahre dauern, bis sich wieder eine wirksame, gut geführte Streitkraft gebildet hätte."

„Und bis dahin ist die Erde völlig schutzlos gegenüber einer eventuellen Invasion von außen her?"

„Ja, die gesamte Schutzpflicht obliegt den Polizeieinheiten. Und deren Fähigkeit unter Feuerbeschuß bezweifle ich, offen gestanden."

„Könnten Sie mir Näheres über die Polizei erzählen?"

„Ich weiß nichts darüber. Ich habe mich nie in meinem Leben um nichtmilitärische Angelegenheiten gekümmert."

„Aber es wäre doch denkbar, daß die Polizei jetzt die Funktion einer Armee übernommen hat, nicht wahr?"

„Das ist schon möglich. Alles ist möglich."

(Bürger Moertin Honners, Alter 31, Beruf: Wortformer. Ein schlanker, schwächlicher Mann mit ernstem, jungenhaftem Gesicht und weichem strohblondem Haar.)

„Sie sind ein Wortformer, Bürger Honners?"

„Ja, Sir. Allerdings trifft ‚Autor' wohl besser zu, wenn Sie nichts dagegen haben."

„Aber selbstverständlich nicht. Bürger Honners, schreiben Sie zur Zeit für irgendeine der Zeitschriften, die in den Verkaufsständen ausliegen?"

„Aber nein! Die werden von diesen phantasielosen Schreiberlingen für die zweifelhaften Schriften verfaßt, wie sie die untere Mittelklasse bevorzugt. Die Stories, falls Sie das nicht wissen sollten, werden Zeile um Zeile aus den Werken der verschiedensten bekannten Schriftsteller des zwanzigsten und einundzwanzigsten Jahrhunderts zusammengebastelt. Die Leute, die diese Arbeit verrichten, setzen lediglich Adjektive und Adverbien ein. Gelegentlich soll sich ein mutiger Schreiberling sogar daran wagen, ein Verb oder ein Substantiv auszuwechseln, habe ich gehört. Aber das kommt nicht oft vor."

„Und Sie selbst beschäftigen sich nicht mit diesen Dingen?"

„Ganz und gar nicht! Meine Arbeit dient nichtkommerziellen Zwecken. Ich bin ein schöpferischer Conrad-Spezialist."

„Können Sie mir bitte erklären, was das ist, Bürger Honners?"

„Gern. Meine besonderen Bemühungen befassen sich mit der Neuschöpfung der Arbeiten von Joseph Conrad, einem Autor, der in der voratomaren Zeit lebte."

„Und wie gestalten Sie diese Neuschöpfung der Werke?"

„Nun, im Augenblick beschäftige ich mich mit der fünften Neufassung von *Lord Jim*. Um das zu tun, vertiefe ich mich so sorgfältig wie möglich in die Originalarbeit. Dann mache ich mich daran, sie so umzudichten, wie Conrad es getan hätte, wenn er heute noch lebte. Es ist eine Beschäftigung, die viel Fleiß und ein höchstes Maß an künstlerischem Einfühlungsvermögen verlangt. Ein einziger Fehler kann die ganze Neufassung verderben. Wie Sie sich vorstellen können, bedarf das einer meisterhaften Beherrschung von Conrads Vokabular, Themenstellung, Aufbau, Charakteren, Ausdruck und so weiter. All dies wird mit verarbeitet, und doch darf das Buch nicht einer sklavischen Wiederholung gleichen. Es muß etwas Neues aussagen, gerade so, wie Conrad es ausgesagt hätte."

„Und haben Sie damit Erfolg?"

„Die Kritiker haben sich sehr wohlwollend ausgedrückt, und mein Verleger ermutigt mich stets von neuem."

„Wenn Sie Ihre fünfte Neuschöpfung von *Lord Jim* fertig verfaßt haben – was beabsichtigen Sie dann zu tun?"

„Zuerst werde ich mich einmal gut erholen und lange Urlaub machen. Dann werde ich eines von Conrads weniger großen Werken neuschöpfen. *Der Pflanzer von Malata* vielleicht."

„Aha. Ist die Neuschöpfung bei allen Kunstarten üblich?"

„Es ist das Ziel eines jeden ehrgeizigen Künstlers, ganz gleich, welches Medium er verwendet. Die Kunst ist eine grausame Geliebte, fürchte ich."

(Bürger Willis Ouerka, Alter 8, Beruf: Schüler. Ein fröhlicher sonnengebräunter Junge mit schwarzem Haar.)

„Es tut mir leid, Herr Meinungsforscher, aber meine Eltern sind gerade nicht zu Hause."

„Das macht nichts, Willis. Stört es dich, wenn ich dir ein paar Fragen stelle?"

„Nein. Was haben Sie da unter der Jacke, Mister? Sie beult sich ja aus."

„Ich werde hier die Fragen stellen, Willis, ja? . . . Nun, als erstes, gehst du gern in die Schule?"

„Man muß eben."

„Welche Fächer hast du?"

„Lesen, Schreiben und Klassenbewußtsein. Und dann noch Stunden in Musik, Kunst, Architektur, Literatur, Ballett und Theaterwissenschaft. Das übliche Zeug."

„Ich verstehe. Das sind die offenen Klassen, nicht wahr?"

„Ja."

„Besuchst du auch die geheimen Klassen?"

„Natürlich. Jeden Tag."

„Würdest du mir auch darüber etwas erzählen?"

„Gern. Ist diese Ausbeulung eine Pistole? Ich kenne sie. Vor ein paar Tagen haben ein paar von den großen Jungen beim Mittagessen Bilder von Pistolen herumgereicht, da habe ich sie mir genau angesehen. Ist das eine Pistole?"

„Nein. Mein Anzug sitzt nicht gut, weiter nichts. Aber würdest du erzählen, was in den geheimen Klassen vor sich geht?"

„Gern."

„Na – was geschieht da?"

„Ich kann mich nicht erinnern."

„Na, na, Willis."

„Wirklich, ich weiß es nicht. Wir gehen alle in die Klassenzimmer, und nach einer Stunde kommen wir wieder heraus und haben Pause. Das ist alles. An mehr erinnere ich mich nicht. Ich habe mit den anderen Jungen darüber gesprochen. Niemand weiß, was wirklich los ist."

„Seltsam . . ."

„Nein, das finde ich nicht. Wenn wir uns daran erinnern sollten, dann wäre es doch nicht geheim."

„Vielleicht hast du recht. Kannst du mir wenigstens sagen, wie das Klassenzimmer aussieht oder wer euer Lehrer in den geheimen Klassen ist?"

„Nein. Ich erinnere mich wirklich an gar nichts."

„Ich danke dir, Willis."

(Bürger Cuchulain Dent, Alter 37, Beruf: Erfinder. Ein früh gealterter Mann mit einer Glatze und ironisch blickenden Augen mit schweren Lidern.)

„Jawohl, stimmt genau. Ich bin ein Erfinder von Spielen. Ich habe zum Beispiel das ‚Triangulieren' herausgebracht und ‚Was noch'. Das war im letzten Jahr. Es ist ziemlich beliebt. Haben Sie es schon gesehen?"

„Leider nicht."

„Eine nette Sache! Man simuliert Verirrtsein im Raum. Die Spieler erhalten unvollständige Daten für ihre Miniaturautomaten und, wenn sie gewinnen, zusätzliche Informationen.

Raumhasard als Strafe. Eine Menge Blitze und dergleichen. Ein wirklicher Verkaufsschlager."

„Erfinden Sie auch noch andere Dinge, Bürger Dent?"

„Als Kind habe ich einmal eine verbesserte Erntemaschine gebaut. Sie war so konstruiert, daß sie ungefähr dreimal so gut arbeitete wie das gegenwärtige Modell. Und denken Sie sich nur – ich glaubte wirklich, sie verkaufen zu können!"

„Und – haben Sie sie verkauft?"

„Natürlich nicht. Damals wußte ich noch nicht, daß das Patentamt auf immer geschlossen war – außer jenem der Spieleabteilung."

„Haben Sie sich darüber geärgert?"

„Ein bißchen schon – im ersten Moment. Aber bald kam ich darauf, daß die Modelle, die wir zur Zeit benutzen, ausreichen. Es besteht kein Bedarf an noch leistungsstärkeren und besseren Erfindungen. Die Leute begnügen sich heutzutage mit dem, was sie haben. Außerdem würden neue Erfindungen der Menschheit keinen großen Dienst erweisen. Die Geburten- und Sterbequote der Erde ist stabil, und für jeden ist gesorgt. Um eine neue Erfindung zu produzieren, müßte man eine völlig neue Industrie aufziehen. Das ist beinahe unmöglich, da heute alle Fabriken automatisch arbeiten und sich selbst reparieren. Aus diesem Grund sind Erfindungen überflüssig, außer auf dem ewig jungen Gebiet der Spiele."

„Und was denken Sie darüber?"

„Was sollte ich schon darüber denken? So liegen die Dinge nun einmal."

„Würden Sie es gern sehen, wenn das anders wäre?"

„Vielleicht. Aber wegen meines Berufs als Erfinder klassifiziert man mich sowieso schon als einen potentiell labilen Charakter."

(Bürger Barn Threnten, Alter 41, Beruf: Atomwissenschaftler, speziell für Raumfahrzeuge. Ein nervöser, intelligent aussehender Mann mit traurigen braunen Augen.)

„Sie wollen wissen, was ich arbeite? Diese Frage beantworte ich nicht gern, Bürger, denn ich beschäftige mich mit nichts anderem, als in der Fabrik herumzulaufen. Die Union schreibt für jeden Roboter oder jede automatisierte Operation die Gegenwart eines Menschen vor. Der bin ich. Ich stehe daneben und schaue zu."

„Sie scheinen unzufrieden zu sein, Bürger Threnten."

„Das bin ich auch. Ich wollte Atomingenieur werden. Ich habe mich darin ausbilden lassen. Dann, als ich meine Prüfungen abgelegt hatte, stellte ich fest, daß mein Wissen um fünfzig Jahre veraltet war. Völlig überholt. Und selbst wenn ich jetzt erneut lernen wollte, um zu verstehen, was sich gegenwärtig abspielt, könnte ich mein Wissen doch nirgends anwenden."

„Warum nicht?"

„Weil in den Atomwissenschaften alles automatisiert ist. Ich weiß nicht, ob das viele Leute wissen, aber es ist wahr. Vom Rohmaterial bis zum Endprodukt ist alles völlig automatisiert. Das einzige, was der Mensch dazu beiträgt, ist die Mengenkontrolle in Form von Bevölkerungsziffern. Aber selbst das ist ganz minimal."

„Was passiert, wenn ein Teil der automatischen Fabrik zusammenbricht?"

„Robot-Reparatureinheiten setzen ihn wieder in Funktion."

„Und wenn die nicht mehr funktionieren?"

„Diese verdammten Dinger reparieren sich selbst. Ich brauche nur danebenzustehen und zuzusehen und den Bericht zu schreiben. Das ist eine lächerliche Position für einen Mann, der sich als Ingenieur betrachtet."

„Warum wenden Sie sich nicht einem anderen Zweig zu?"

„Das hat gar keinen Sinn. Ich habe mich erkundigt: Alle anderen Ingenieure sind in der gleichen Lage wie ich. Sie stehen da und schauen Dingen zu, die sie nicht verstehen. Ganz egal, ob das nun Nahrungsmittelherstellung, Atomproduktion oder sonst etwas ist. Entweder ein Ingenieur, der zuschaut, oder gar keiner."

„Trifft das auch beim Raumflug zu?"

„Natürlich. Kein einziges Mitglied der Raumpilotenunion hat die Erde in den letzten fünfzig Jahren verlassen. Sie wüßten nicht einmal, wie man ein Schiff bedient."

„Ich verstehe. Alle Schiffe sind auf automatische Steuerung umgestellt."

„Genau. Endgültig und fehlerlos automatisch."

„Was geschieht, wenn diese Schiffe in unvorhergesehene Situationen geraten?"

„Das ist schwer zu sagen. Die Schiffe können nicht denken, wissen Sie. Sie folgen einfach vorherberechneten Programmen. Wahrscheinlich würden sie paralysiert werden – jedenfalls vorübergehend. Ich glaube, sie besitzen einen Optimum-Wahl-Ausleser, der strukturlose Situationen regeln soll; aber das ist nie getestet worden. Bestenfalls würden sie träge reagieren; schlimmstenfalls überhaupt nicht. Und das käme mir gerade recht."

„Meinen Sie das wirklich ernst?"

„Absolut ernst. Ich habe es satt, herumzustehen und Tag für Tag eine Maschine das gleiche tun zu sehen. Die meisten Professionellen, die ich kenne, empfinden wie ich. Wir wollen etwas tun. Irgend etwas – ganz gleich, was. Wußten Sie, daß noch vor hundert Jahren Raumschiffe mit menschlichen Piloten die Planeten in anderen Solarsystemen erforschten?"

„Ja."

„Nun, das sollten wir auch heute tun. Uns nach außen hin bewegen, forschen, weiterentwickeln. Das brauchen wir."

„Da stimme ich Ihnen zu. Aber glauben Sie nicht, daß Sie ziemlich gefährliche Dinge aussprechen?"

„Dessen bin ich mir bewußt. Aber offen gestanden, ich kümmere mich nicht mehr darum. Sollen sie mich doch nach Omega verfrachten, wenn sie wollen. Hier tauge ich doch zu nichts."

„Dann haben Sie also von Omega gehört?"

„Jeder, der mit Raumschiffen zu tun hat, weiß über Omega Bescheid. Flüge zwischen Omega und der Erde, das ist das einzige, was unsere Schiffe heute noch tun. Es ist eine schreckliche Welt. Ich persönlich gebe dem Klerus die Schuld dafür."

„Dem Klerus?"

„Absolut richtig. Diese scheinheiligen Idioten mit ihrem endlosen Gefasel über die Kirche des Geistes der zu Fleisch gewordenen Menschheit. Das genügt schon, in einem den Wunsch nach etwas Bösem aufkommen zu lassen . . ."

(Bürger Pater Boeren, Alter 51, Beruf: Geistlicher. Ein stattlicher, dicker Mann in einem safrangelben Talar, mit weißen Sandalen.)

„Ganz recht, mein Sohn, ich bin der Abt der örtlichen Niederlassung der Kirche des Geistes der zu Fleisch gewordenen

Menschheit. Unsere Kirche stellt den offiziellen und einzigen religiösen Ausdruck der Regierung der Erde dar. Unsere Religion spricht für alle Menschen der Erde. Sie ist eine Komposition der Weisheiten aller früheren Religionen, der großen und kleinen, zusammengefaßt in einem allesumfassenden Glauben."

„Bürger Abt, muß es nicht unter den verschiedenen Religionen, aus denen sich Ihr Glauben zusammensetzt, Gegensätze in dogmatischen Fragen geben?"

„Früher einmal, mein Sohn. Aber die Gründer unserer gegenwärtigen Kirche haben alle Gegensätze ausgemerzt. Wir wollten Übereinstimmung, nicht Uneinigkeit. Wir haben nur farbenprächtige Facetten jener alten Religionen beibehalten; Facetten, mit denen sich die Leute identifizieren können. In unserer Religion hat es nie eine Spaltung gegeben, denn wir akzeptieren alles. Man darf glauben, was man will, solange dies den heiligen Geist der zu Fleisch gewordenen Menschheit erhält. Denn unsere Verehrung, müssen Sie wissen, ist die wahre Verehrung des Menschen. Und der Geist, den wir erkennen, ist der Geist des göttlichen und heiligen Guten."

„Würden Sie das Gute bitte für mich definieren, Bürger Abt?"

„Gewiß. Das Gute ist die Macht in uns, die den Menschen dazu anhält, in Gleichheit und Gehorsam zu leben und zu handeln. Die Verehrung des Guten ist somit grundsätzlich die Verehrung des eigenen Ich und deshalb auch die einzige wahre Verehrung. Das Ich, das man verehrt, ist das ideale soziale Wesen: der Mensch, der mit seinem Platz in der Gesellschaft zufrieden ist und doch bereit, durch schöpferisches Handeln seinen Rang zu verbessern. Das Gute ist mild, da es eine echte Widerspiegelung des liebenden und mitleidigen Universums ist. Das Gute wechselt ständig seine Erscheinung, obgleich es zu uns kommt in . . . Sie schauen mich so seltsam an, junger Mann?"

„Entschuldigen Sie, Bürger Abt. Ich glaube, ich habe diese Predigt schon gehört oder jedenfalls eine, die ganz ähnlich war."

„Sie ist wahr, wo immer man sie auch hören mag."

„Natürlich. Aber noch eine andere Frage: Könnten Sie mir etwas über die religiöse Schulung von Kindern sagen?"

„Diese Pflicht erfüllen die Robot-Beichtstühle."

„Ja?"

150 PLANET DER VERBRECHER

„Diese Einrichtung entspringt dem altverwurzelten Glauben des ,Transzendentalen Freudianismus'. Der Robot-Beichtstuhl instruiert Kinder und Erwachsene. Er hört ihre Probleme an. Er ist ihr ständiger Freund, ihr sozialer Begleiter und Leiter, ihr religiöser Aufklärer. Da sie Roboter sind, können die Beichtväter auf alle Fragen exakte und stets gleiche Antworten geben. Das unterstützt das große Werk der Einheitlichkeit enorm."

„Das sehe ich ein. Und was tun die menschlichen Priester?"

„Sie überwachen die Robot-Beichtväter."

„Und sind diese Robot-Beichtväter beim geheimen Unterricht in den Schulen zugegen?"

„Ich bin nicht kompetent, diese Frage zu beantworten."

„Sie sind dabei, nicht wahr?"

„Ich weiß es wirklich nicht. Die geheimen Klassen sind für die Äbte genausowenig zugänglich wie für andere Erwachsene."

„Auf wessen Verordnung hin?"

„Auf Verordnung des Chefs der Geheimpolizei."

„Ich verstehe . . . Vielen Dank, Bürger Abt Boeren."

(Bürger Enyen Dravivian, Alter 43, Beruf: Regierungsangestellter. Ein hohlwangiger Mann mit schmalen Augen, wirkt früh gealtert und müde.)

„Guten Tag. Sie sagten, Sie sind bei der Regierung angestellt?"

„Stimmt."

„Ist das die Staats- oder die Bundesregierung?"

„Beides."

„Ach so. Und nehmen Sie diese Stellung schon lange ein?"

„Genau achtzehn Jahre."

„Aha. Würden Sie so gut sein und mir sagen, was Ihre Aufgabe im besonderen ist?"

„Aber gern. Ich bin der Chef der Geheimpolizei."

„Sie sind . . . Das ist sehr interessant. Ich –"

„Lassen Sie die Finger von Ihrer Nadelstrahlwaffe, Exbürger Barrent. Ich kann Ihnen versichern, daß sie in der ionisierten Luft in der Umgebung dieses Hauses nicht funktionieren würde. Wenn Sie es aber trotzdem versuchen wollen, dann werden Sie sich verletzen."

„Wie denn?"

„Ich habe meine eigenen Mittel zum persönlichen Schutz."

„Woher kennen Sie meinen Namen?"

„Ich weiß über Sie Bescheid, fast direkt von dem Moment an, da Sie den Fuß auf die Erde setzten. Wir sind schließlich nicht dumm, müssen Sie wissen. Aber das können wir ja alles drinnen besprechen. Möchten Sie nicht eintreten?"

„Lieber nicht."

„Ich fürchte, es bleibt Ihnen nichts anderes übrig. Kommen Sie, Barrent, ich werde Sie schon nicht beißen."

„Bin ich verhaftet?"

„Natürlich nicht. Wir werden uns nur ein wenig unterhalten."

28

Dravivian führte ihn in einen großen, mit Walnußholz getäfelten Raum. Die Möbel waren aus schwerem schwarzem Holz geschnitzt, reich verziert und mit Firnis überzogen. Der Tisch, hoch und glatt, schien ein antikes Stück zu sein. Ein schwerer Wandteppich bedeckte die eine Wand. In verblichenen Farben zeigte er eine Jagdszene aus dem Mittelalter.

„Gefällt er Ihnen?" fragte Dravivian. „Wir haben alles selbst gemacht. Meine Frau kopierte den Wandteppich von einem Original im Metropol-Museum. Meine beiden Söhne arbeiteten an den Möbeln. Sie wollten etwas Altes mit einem spanischen Anstrich, aber doch bequemer, als es die antiken Sachen sonst sind. Eine gewisse Vereinfachung der Linie erreicht das. Mein eigener kultureller Beitrag kommt nicht so gut zur Geltung. Meine Spezialität ist die barocke Musik."

„Neben der Polizeiarbeit?" fragte Barrent.

„Ja", antwortete Dravivian. Er wandte sich ab und musterte nachdenklich den Wandteppich. „Davon werden wir später sprechen. Sagen Sie mir zuerst, was Sie von diesem Zimmer hier halten."

„Es ist sehr schön", antwortete Barrent.

„Ja. Und?"

„Nun – ich bin kein Richter."

„Bitte urteilen Sie", drängte er Barrent. „In diesem Zimmer

können Sie die Zivilisation der Erde en miniature wiedererkennen. Sagen Sie mir, was Sie davon halten."

„Es wirkt leblos", meinte Barrent.

Dravivian lächelte. „Ja, das ist eine gute Bezeichnung dafür. Ichbezogen wäre vielleicht noch treffender. Dies ist das Zimmer eines hohen Ranginhabers. Ein großer Teil des Schöpferischen widmet sich der künstlerischen Verbesserung alter Archetypen. Meine Familie hat ein bißchen von der spanischen Vergangenheit neu geschaffen, so wie andere sich der Vergangenheit der Maya, der Frühzeit Amerikas, der ozeanischen Kultur gewidmet haben. Und trotzdem tritt die grundsätzliche Leere deutlich zutage. Jahraus, jahrein produzieren die automatischen Fabriken die gleichen Güter für uns. Da jeder diese Güter erhält, wird es notwendig, sie zu verändern, zu verbessern, zu verschönern, uns durch sie auszudrücken, uns durch sie einzustufen. So ist die Erde heute, Barrent. Unsere Energie und unsere Fähigkeit sind auf dekadente Arbeiten und Beschäftigungen gerichtet. Wir schnitzen alte Möbelstücke nach, sorgen uns um Rang und Stellung, und in der Zwischenzeit bleiben die entfernten Planeten und Räume unerforscht und unbesiegt. Schon seit langem haben wir aufgehört, uns auszudehnen. Die Stabilität brachte auch die Gefahren der Stagnation mit sich, der wir nun unterliegen. Wir wurden so stark sozialisiert, daß die Individualität auf die harmloseste aller Beschäftigungen abgelenkt werden mußte, nach innen gekehrt und von jedem bedeutungsvollen Ausdruck abgehalten wurde. Ich glaube, Sie haben ziemlich viel davon während Ihres Aufenthalts auf der Erde gesehen."

„Ja. Aber ich hätte nie erwartet, daß mir der Chef der Geheimpolizei diese Dinge sagen würde."

„Ich bin ein ungewöhnlicher Mann", erklärte Dravivian mit spöttischem Lächeln. „Und die Geheimpolizei ist eine ungewöhnliche Institution."

„Sie muß sehr gut funktionieren. Auf welche Weise haben Sie mich entdeckt?"

„Das war wirklich höchst einfach. Die meisten Leute auf der Erde sind von Kindheit an in Dingen der Sicherheit wohlausgebildet. Das ist ein Teil unseres Erbes. Fast alle Menschen, mit denen Sie sprachen, konnten feststellen, daß mit Ihnen irgend etwas

PLANET DER VERBRECHER 153

nicht stimmte. Sie waren so offensichtlich fehl am Platz wie ein Wolf in einer Schafherde. Die Leute bemerkten das und erstatteten mir sofort Bericht."

„Na schön", sagte Barrent. „Und nun?"

„Zuerst möchte ich Sie bitten, mir von Omega zu erzählen."

Barrent berichtete dem Polizeichef über sein Leben auf dem Verbrecherplaneten. Dravivian nickte mit einem schwachen Lächeln. „Ja, das ist fast genauso, wie ich es erwartet hatte", sagte er. „Das gleiche, was auf Omega passiert ist, geschah auch im alten Nordamerika und Australien. Natürlich gab es einige Unterschiede; vor allem sind sie völlig vom Mutterland abgeschnitten gewesen. Aber dahinter stecken die gleiche wilde Energie und der starke Zwang – und die gleiche Unbarmherzigkeit."

„Was werden Sie unternehmen?" fragte Barrent.

Dravivian zuckte mit den Schultern. „Das spielt sowieso keine Rolle. Ich schätze, ich könnte Sie töten. Aber das würde Ihre Gruppe auf Omega nicht daran hindern, andere Spione zu schicken oder eines der Gefangenenschiffe zu kapern. Sobald die Bewohner von Omega mit Gewalt vorgehen, werden sie die Wahrheit von selbst entdecken."

„Welche Wahrheit?"

„Das muß Ihnen doch schon klargeworden sein", antwortete Dravivian. „Seit fast achthundert Jahren hat die Erde keinen Krieg mehr geführt. Wir wüßten nicht einmal mehr, wie wir uns wehren sollten. Die Organisation der Spähschiffe um Omega ist reine Fassade. Die Schiffe sind voll automatisiert und Bedingungen angepaßt, die vor mehreren hundert Jahren einmal herrschten. Jeder zielbewußte Angriff würde ein Schiff leicht überwältigen; und wenn sie erst einmal eins haben, ergeben sich die anderen ganz von selbst. Danach wird nichts die Omeganer daran hindern, zurück zur Erde zu kommen; und auf der Erde gibt es nichts, mit dem man sie zurückschlagen könnte. Das, müssen Sie wissen, ist der Hauptgrund dafür, daß allen Gefangenen, die die Erde verlassen, die Erinnerung geraubt wird. Denn wenn sie sich erinnern könnten, würde ihnen die Verwundbarkeit der Erde schmerzhaft klar vor Augen stehen."

„Wenn Ihnen all dies bekannt ist – warum tun Ihre Führer dann nichts, um die Situation zu ändern?" fragte Barrent.

„Ursprünglich hatten wir das auch vor. Aber es steckte kein richtiger Druck dahinter. Wir zogen es vor, nicht daran zu denken. Wir redeten uns ein, der Status quo würde endlos andauern. Wir wollten nicht an den Tag denken, an dem die Gefangenen von Omega zurückkehren könnten."

„Und was werden Sie und Ihre Polizei jetzt unternehmen?" fragte Barrent.

„Ich bin auch nur ein Strohmann", erklärte Dravivian. „Ich habe keine Polizei. Der Titel eines Chefs ist eine reine Ehrensache. Fast ein Jahrhundert lang hat man auf der Erde keine Polizeimacht mehr benötigt."

„Sie werden eine benötigen, wenn die Leute von Omega zurückkommen", sagte Barrent.

„Ja. Dann wird es wieder Verbrechen geben und ernsthafte Schwierigkeiten. Aber ich bin davon überzeugt, daß die letztliche Verschmelzung erfolgreich verlaufen wird. Die Leute von Omega haben den Drang und den Ehrgeiz, die Sterne zu erobern. Und ich glaube, sie brauchen dazu eine gewisse Stabilität und schöpferische Kraft, die die Erde bereitstellt. Wie die Ergebnisse auch immer sein mögen – die Vereinigung ist unvermeidbar. Wir haben hier zu lange in einem Traum gelebt. Nur gewaltsame Mittel können uns aus diesem Traum aufwecken." Dravivian erhob sich. „Und jetzt", fügte er hinzu, „da das Schicksal der Erde und das von Omega entschieden scheinen, darf ich Ihnen sicher eine Erfrischung anbieten?"

29

Mit Hilfe des Geheimpolizeichefs sandte Barrent eine Nachricht mit dem nächsten Schiff, das nach Omega abging. Die Nachricht enthielt Informationen über die Verhältnisse auf der Erde und riet zu sofortigem Handeln.

Nachdem das getan war, konnte Barrent an seine letzte Aufgabe gehen – den Richter zu suchen, der ihn für ein Verbrechen verurteilt hatte, das er gar nicht begangen hatte, und den unehrlichen Spitzel, der ihn dem Richter ausgeliefert hatte. Wenn er diese beiden fand, würde es ihm gelingen, die noch dunklen Teile

PLANET DER VERBRECHER

seiner Vergangenheit aufzudecken und sich wieder an alles zu erinnern.

Er nahm den Nachtexpreßzug nach Youngerstun. Sein Verdacht, geschärft von dem Leben auf Omega, gönnte ihm keine Ruhe. Irgendwo mußte diese wunderbare Einfachheit einen Haken haben. Vielleicht fand er ihn in Youngerstun.

Früh am Morgen erreichte er sein Ziel. Bei oberflächlicher Betrachtung ähnelten die säuberlichen Reihenhäuser denen anderer Städte. Aber für Barrent wirkten sie anders und schmerzhaft vertraut. Er *erinnerte* sich an diese Stadt, und die monotonen Häuser besaßen Individualitäten und Bedeutung für ihn. In dieser Stadt war er geboren und aufgewachsen. Da war der Laden von Grothmeir, und gegenüber wohnte Havening, der Kunstpreisträger für Innendekorationen. Und dort – das war das Haus von Billy Havelock. Billy war sein bester Freund gewesen. Sie hatten gehofft, einmal zusammen den Raum zu erforschen, und waren auch nach der Schule gute Freunde geblieben – bis Barrent nach Omega deportiert worden war.

Und da war auch das Haus von Andrew Therkaler. Und einen Straßenzug davon entfernt die Schule, die er besucht hatte. Er konnte sich noch gut an die Klassenzimmer erinnern. Und er wußte auch, wie er jeden Tag durch die Tür in die geheime Klasse gegangen war. Aber er konnte sich immer noch nicht darauf besinnen, was er dort gelernt hatte. Direkt hier, neben zwei riesigen Ulmen, hatte der Mord stattgefunden. Barrent ging zu der Stelle und erinnerte sich genau, wie es geschehen war. Er hatte sich auf dem Nachhauseweg befunden. Von irgendwoher in der Straße hatte er einen Schrei gehört. Er hatte sich umgedreht; ein Mann – Illiardi – war die Straße entlanggerannt und hatte ihm etwas zugeworfen. Barrent hatte es automatisch aufgefangen – es war eine illegale Pistole. Ein paar Schritte von ihm entfernt lag Therkaler, sein Gesicht war im Tode verzerrt.

Und was war dann geschehen? Verwirrung. Panik. Das Gefühl, daß ihn jemand beobachtete, wie er, mit der Waffe in der Hand, auf die Leiche starrte. Dort, am Ende der Straße, war die Zuflucht, die er aufgesucht hatte.

Er ging darauf zu und erkannte, daß es eine Robot-Beichtzelle war.

Barrent betrat die Zelle. Sie war klein, ein schwacher Weihrauchgeruch lag in der Luft. Der Raum enthielt einen einzelnen Stuhl. Direkt gegenüber war eine reich ornamentierte, hellerleuchtete Wandtafel.

„Guten Morgen, Will", sagte die Wandtafel.

Barrent überkam ein Gefühl von Hilflosigkeit, als er diese weiche, mechanische Stimme hörte. Jetzt erinnerte er sich deutlich. Diese leidenschaftslose Stimme wußte alles, verstand alles und verzieh nichts. Die künstlerisch gestaltete Stimme hatte zu ihm gesprochen, hatte gelauscht und danach geurteilt. In seinen Träumen hatte er dem Robot-Beichtstuhl die Gestalt eines menschlichen Richters gegeben.

„Erinnerst du dich an mich?" fragte Barrent.

„Natürlich", antwortete der Robot. „Du warst eines meiner Beichtkinder, bevor du nach Omega gingst."

„Du hast mich dorthin geschickt."

„Wegen eines Mordes, den du begangen hast."

„Aber ich war ja gar nicht der Mörder!" rief Barrent. „Ich habe es nicht getan – das mußt du doch gewußt haben!"

„Natürlich habe ich das gewußt", sagte der Beichtvater. „Aber meine Macht und meine Pflichten sind scharf begrenzt. Ich verurteile gemäß dem Beweis, nicht nach Intuition. Dem Gesetz nach dürfen die Robot-Beichtväter nur das konkrete Beweismaterial wägen, das ihnen vorgelegt wird. Auch im Zweifelsfall müssen sie das Urteil aussprechen. In der Tat muß der Besuch eines Mannes bei mir, der des Mordes angeklagt ist, als ein starker Beweis seiner Schuld angesehen werden."

„Hat es Zeugen gegen mich gegeben?"

„Ja."

„Wer war es?"

„Ich darf seinen Namen nicht sagen."

„Du mußt!" drängte Barrent. Er zog die Nadelstrahlwaffe aus der Tasche und ging auf die Wandtafel zu.

„Eine Maschine kann man nicht gewaltsam zwingen", erklärte der Robot-Beichtvater.

„Sag mir den Namen!" brüllte Barrent.

„Zu deinem eigenen Besten sollte ich es nicht tun. Die Gefahr wäre zu groß. Glaub mir, Will . . ."

„Den Namen!"

„Also schön. Du wirst denjenigen, der dich angezeigt hat, in der Maple Street 35 finden. Aber ich gebe dir den ernsthaften Rat, nicht dorthin zu gehen. Du wirst getötet werden. Du weißt nicht –"

Barrent drückte ab, und der schmale Strahl zischte durch die Wandtafel. Lichter flackerten auf und erloschen, als er die komplizierten Drähte durchschoß. Schließlich waren alle Lampen erloschen, nur ein schwacher grauer Rauch stieg aus der Wandtafel.

Barrent verließ die Zelle. Er steckte die Waffe wieder in die Tasche und ging in die Maple Street.

Er war schon einmal hier gewesen. Er kannte diese Straße, die über einen Hügel führte und unter Eichen und Ahornbäumen sanft anstieg. Diese Straßenlaternen waren ihm vertraut, jede Unregelmäßigkeit auf dem Pflaster ein altes Erkennungszeichen. Alle Häuser waren wohlvertraut. Erwartungsvoll schienen sie sich ihm zuzuneigen, wie Zuschauer, die dem letzten Akt eines fast vergessenen Dramas zuschauen.

Jetzt stand er vor dem Haus mit der Nummer 35. Die Stille, die dieses einfache Gebäude mit den weißen Rolläden umgab, mutete ihn unheimlich an. Er zog die Nadelstrahlwaffe aus der Tasche und blickte sich nach etwas Beruhigendem um, wußte jedoch, daß er nichts Derartiges finden würde. Dann schritt er über den sauberen Plattenweg und drückte auf die Türklinke. Die Tür ging auf. Er trat ins Innere.

Er nahm die schwachen Umrisse von Lampen und Möbelstükken wahr, die dunklen Schatten eines Gemäldes an der Wand, eine Statue auf einem Ebenholzsockel. Die Waffe im Anschlag, betrat er das nächste Zimmer.

Vor ihm stand der Spitzel.

Barrent starrte ihm ins Gesicht – und erinnerte sich wieder. In einer übermächtigen Flut von auf ihn einstürzenden Gedanken sah er sich als kleinen Jungen das geheime Klassenzimmer betreten. Er hörte wieder das beruhigende Summen der Maschine, beobachtete die hübschen Lichter, die aufflackerten und blinkten, hörte die einschmeichelnde Stimme der Maschine in seinem Ohr. Zuerst erfüllte ihn die Stimme mit Schrecken; was sie vorschlug, war undenkbar. Dann, allmählich, gewöhnte er sich daran – daran und an all die seltsamen Dinge, die in der geheimen Klasse vor sich gingen.

Er *lernte.* Die Maschinen lehrten auf tiefverborgenen, unterbewußten Ebenen. Sie verflochten ihren Unterricht mit den grundlegendsten Wünschen, woben ein Muster aus erlerntem Verhalten und dem ursprünglichen Lebensinstinkt. Sie lehrten; dann blokkierten sie bewußtes Wissen, sperrten es aus, versiegelten es – und verschmolzen es.

Was hatte man ihn gelehrt? *Zum Nutzen der sozialen Gemeinschaft mußt du dein eigener Polizist und dein eigener Zeuge sein. Du mußt die Verantwortung für jedes Verbrechen übernehmen, das du selbst begangen haben könntest.*

Das Gesicht des Spitzels starrte ihn teilnahmslos an. Es war Barrents eigenes Gesicht, reflektiert von einem Wandspiegel.

Er hatte sich selbst angezeigt. Als er an jenem Tag mit der Waffe in der Hand dagestanden und auf den Ermordeten hintergestarrt hatte, hatten sich angelernte und unbewußte Vorgänge in ihm abgewickelt. Die mutmaßliche Schuld war zu groß gewesen, um ihr widerstehen zu können, die formale Wahrscheinlichkeit der Schuld hatte sich in einen Schuldkomplex verwandelt. Er war zu dem Robot-Beichtvater gegangen, und dort hatte er vollständiges und verdammenswertes Beweismaterial gegen sich selbst niedergelegt, hatte sich auf der Basis der Wahrscheinlichkeit selbst angezeigt.

Der Robot-Beichtvater hatte das obligatorische Urteil gefällt, und Barrent hatte die Zelle wieder verlassen. Wohltrainiert in den geheimen Unterrichtsstunden, hatte er sich selbst festgenommen, war zum nächsten Gedanken-Kontrollzentrum in Trenton geeilt. Schon jetzt war eine teilweise Amnesie eingetreten, begründet und ausgelöst durch den Unterricht in den geheimen Klassen.

Die geübten Androidentechniker im Gedankenkontrollzentrum hatten saubere Arbeit geleistet, um diese Amnesie zu vervollständigen, alle Überbleibsel der Erinnerung auszulöschen. Zur Sicherung gegen jede mögliche Wiederkehr des Gedächtnisses hatten sie ihm eine logische Struktur seines Verbrechens eingegeben.

Und diese Struktur enthielt – wie es das Gesetz vorschrieb – einen Hinweis auf die weitreichende Macht der Erde. Nachdem

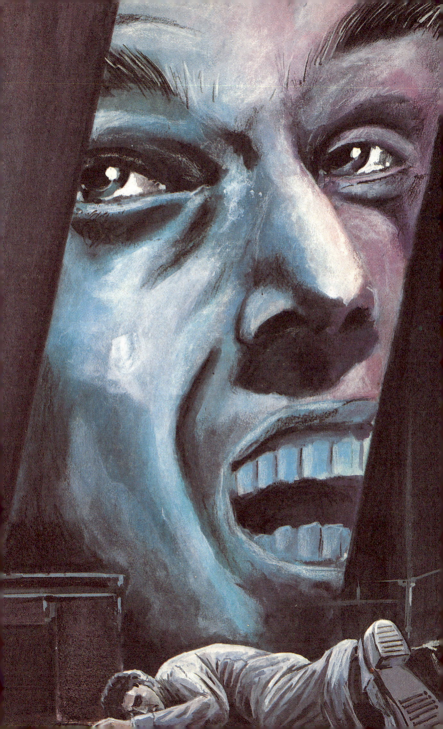

das geschehen war, hatte ein automatisch reagierender Barrent das Zentrum verlassen und einen Spezialzug zum Depot des Gefangenenschiffs bestiegen, das Schiff betreten, dann die Zelle, hatte die Tür fest zugemacht und die Erde weit hinter sich zurückgelassen.

Dann war er in tiefen Schlaf gesunken, aus dem ihn die im Kontrollpunkt zugestiegenen Wachen zur Landung auf Omega geweckt hatten . . .

Und jetzt, während er sich noch immer im Spiegel anstarrte, fielen ihm wieder die letzten unterbewußten Lektionen in der geheimen Klasse ein: *Die Lektionen der geheimen Klassen dürfen einzeln nie ins Bewußtsein dringen. Wenn das geschieht, muß sich der menschliche Organismus sofort selbst zerstören.*

Jetzt erkannte er, warum ihm die Eroberung der Erde so leichtgefallen war: weil er nichts erobert hatte. Die Erde bedurfte keiner Sicherheitskräfte, denn der Polizist und der Vollstrecker waren beide im Gedächtnis jedes Menschen eingepflanzt. Unter der Oberfläche der liberalen und angenehmen Kultur der Erde herrschte eine sich selbst verewigende Robot-Zivilisation. Das Erkennen dieser Zivilisation wurde mit dem Tode bestraft.

Und hier, in diesem Augenblick, begann der wahre Kampf um die Erde.

Erlernte Verhaltensformen, verschmolzen mit grundsätzlichen Lebenstrieben, zwangen Barrent, die Nadelstrahlwaffe zu heben und gegen seinen eigenen Kopf zu richten.

Davor hatte der Robot Beichtvater ihn also warnen wollen, und das war es auch gewesen, was das Mutantenmädchen vorausgesehen hatte. Der wiedergeborene Barrent, der auf absolute und gedankenlose Übereinstimmung gedrillt war, mußte sich folglich töten.

Der ältere Barrent dagegen, der einige Zeit auf Omega gelebt hatte, kämpfte dieses wilde Verlangen nieder. Ein schizophrener Barrent kämpfte mit sich selbst. Die beiden Teile in ihm rangen um den Besitz der Waffe, um die Kontrolle über den Körper, um die Herrschaft über den Geist.

Die Waffe hielt wenige Zentimeter vor seiner Stirn inne. Der Lauf zitterte. Dann, ganz langsam, zwang der neue Barrent von Omega, Barrent 2, die Waffe wieder vom Kopf weg.

Sein Sieg währte nur kurz. Denn jetzt setzte das in den geheimen Klassen erlernte Wissen ein und zwang Barrent 2 zu einem Kampf auf Leben und Tod mit dem unerbittlichen und todsuchenden Barrent 1.

30

DIE beiden kämpfenden Barrents wurden auf einer subjektiven Zeitskala zurückgeschleudert, zu jenen angespannten Momenten in der Vergangenheit, in denen der Tod nahe gewesen war, in denen das zeitliche Lebensgebäude geschwächt gewesen, in denen die Empfänglichkeit für den Tod schon festgelegt war. Barrent 2 mußte alle diese Momente noch einmal durchleben. In diesem Augenblick aber wurde die Gefahr noch durch die volle Kraft der böswilligen Hälfte seiner Persönlichkeit gesteigert – durch den mörderischen Verräter Barrent 1.

BARRENT 2 stand unter den blendenden Lampen in dem blutdurchtränkten Sand der Arena, in der Hand ein Schwert. Es war die Zeit der Spiele auf Omega. Auf ihn zu kam Saunus, ein dickgepanzertes Reptil mit dem pfiffigen Gesicht von Barrent 1. Barrent 2 hieb den Schwanz der Kreatur ab, aber diese verwandelte sich in drei Trichometreds von der Größe von Ratten, mit einem Gesicht, wie Barrent 1 es besaß, und mit der wilden Tollheit von Wölfen. Er tötete zwei, die dritte Bestie grinste und zerbiß seine linke Hand bis auf den Knochen. Er tötete auch sie und starrte auf das Blut von Barrent 1, das in dem feuchten Sand versickerte . . .

DREI zerlumpte Männer saßen auf einer Bank, und ein Mädchen reichte ihm einen kleinen Revolver. „Viel Glück", sagte sie. „Ich hoffe, Sie wissen, wie man damit umgeht." Barrent 2 nickte dankend. Erst dann bemerkte er, daß das Mädchen nicht Moera war; es war die Mutantin, die seinen Tod vorausgesagt hatte. Trotzdem trat er hinaus auf die Straße und stellte sich den drei Hadschis. Zwei der Männer waren gutmütig aussehende Fremde. Der dritte, Barrent 1, machte einen Schritt nach vorn und riß die

Waffe hoch. Barrent 2 ließ sich auf den Boden fallen und drückte den Abzug seiner ungewohnten Waffe durch. Er fühlte den Rückstoß und sah Hadschi Barrents Kopf und Schulter schwarz werden und zerkrümeln. Bevor er noch einmal zielen konnte, wurde ihm die Pistole mit einem heftigen Schlag aus der Hand gerissen. Der Schuß des sterbenden Barrent 1 hatte den Lauf weggefegt.

Verzweifelt stürzte er sich auf die Waffe, und als er darauf zurollte, sah er den zweiten Mann, der jetzt das Gesicht von Barrent 1 hatte, auf ihn anlegen. Barrent 2 fühlte, wie ein heftiger Schmerz durch seinen Arm zuckte, der schon von den Zähnen des Trichometreds zerfetzt war. Es gelang ihm abzudrücken; aber durch einen Nebel nahm er den dritten Mann wahr, jetzt ebenfalls Barrent 1. Sein Arm wurde immer steifer, aber er zwang sich zu feuern . . .

Du spielst ihr Spiel, hämmerte sich Barrent 2 ein. Die Gewöhnung an den Todesgedanken wird dich fertigmachen, dich töten. Du mußt dich davon losreißen, es abschütteln. Dies alles geschieht ja gar nicht in Wirklichkeit, du bildest es dir nur ein . . .

Aber er hatte keine Zeit zum Nachdenken. Er befand sich in einem großen, runden, hohen Raum aus Steinen im Keller der Justizbehörden. Er mußte sich einer Prüfung unterziehen. Über den Boden rollte eine glitzernde schwarze Maschine von der Form einer Halbkugel, fast eineinhalb Meter hoch, auf ihn zu. Sie kam immer näher, und in dem Muster von roten, grünen und bernsteinfarbenen Lichtern erkannte er das verhaßte Gesicht von Barrent 1.

Jetzt hatte sein Feind seine eigentliche Gestalt angenommen: das unveränderliche Robot-Bewußtsein, so falsch und stilisiert wie die Träume von der Erde. Die Maschine Barrent 1 streckte einen einzelnen schlanken Tentakel mit einem weißen Licht am Ende aus.

Beim Näherkommen zog sie den Tentakel wieder ein, und an seiner Stelle erschien ein Metallarm, der in eine Messerklinge auslief. Barrent 2 sprang zur Seite; das Messer kratzte gegen Stein.

Es ist gar nicht so, wie du glaubst, versuchte sich Barrent 2 einzuschärfen. Es ist keine Maschine, und du bist auch nicht zurückgekehrt nach Omega. Dies ist nur dein Doppelgänger, gegen den du kämpfst; das alles ist nichts als eine tödliche Illusion.

Aber er konnte es nicht glauben. Die Maschine Barrent 1 kam wieder auf ihn zu, ihre Metalloberfläche glitzerte von einer fauligen grünen Substanz, die Barrent 2 sofort als Kontaktgift erkannte. Er setzte zu einem Sprung an, um der tödlichen Berührung zu entgehen.

Es ist nicht tödlich, sagte er sich.

Neutralisierer spülten das Gift von der metallenen Oberfläche. Die Maschine versuchte ihn zu rammen. Barrent wollte sie mit einer trägen Bewegung zur Seite drücken. Mit atemberaubender Kraft stieß sie krachend gegen ihn: er konnte seine Rippen bersten hören.

Es ist nicht wirklich! Du läßt dich von einem anerzogenen Reflex in den Tod reden! Du bist nicht auf Omega! Du bist auf der Erde, in deinem eigenen Haus und starrst in den Spiegel!

Aber der Schmerz war Wirklichkeit, und auch der knüppelartige Metallarm fühlte sich echt an, als dieser gegen seine Schulter schlug. Barrent taumelte zur Seite.

Entsetzen packte ihn, nicht weil er sterben mußte, sondern weil er zu früh sterben würde, zu früh, um die Menschen von Omega vor der eigentlichen und größten Gefahr zu warnen, die tief in ihr Gehirn gepflanzt war. Niemand anders konnte sie vor der Katastrophe bewahren, die jeden Menschen befallen würde, sobald er seine Erinnerung an die Erde wiedererlangen würde. Soviel er wußte, hatte dies bis jetzt niemand durchgemacht und danach weitergelebt. Wenn es ihm gelang, es durchzustehen, gab es vielleicht noch eine Rettung.

Er richtete sich auf. Von Kindheit an auf soziale Verantwortlichkeit gedrillt, mußte er auch jetzt daran denken. Er durfte nicht zulassen, daß er starb, jetzt, da sein Wissen für Omega lebenswichtig war.

Dies ist keine wirkliche Maschine.

Ständig wiederholte er diese Worte, während die Maschine Barrent 1 auf Touren kam, an Geschwindigkeit zunahm und auf ihn zuraste. Er zwang sich, an der Maschine vorbeizusehen, hin zu den geduldig und gleichmäßig summenden Stunden in der geheimen Klasse, die dieses Ungeheuer in ihm geschaffen hatten.

Dies ist keine wirkliche Maschine. Er glaubte es . . . Und schmetterte die Faust in das verhaßte Gesicht, das sich im Metall widerspiegelte.

Einen Moment lang durchzuckte ihn ein wahnsinniger Schmerz, dann verlor er das Bewußtsein. Als er wieder zu sich kam, befand er sich allein in seinem Haus auf der Erde. Arm und Schulter schmerzten ihn, und mehrere seiner Rippen schienen gebrochen. Seine linke Hand trug die Narbe, die ihm die Wolfsbestie durch ihren Biß zugefügt hatte.

Aber mit der zerschnittenen und blutenden rechten Hand hatte er den Spiegel zerschlagen. Er hatte ihn und Barrent 1 endgültig und für alle Zeiten vernichtet.

Robert Sheckley

„Es macht mir besonders viel Spaß, auf dem Gebiet der Science-fiction zu arbeiten", meint der amerikanische Erfolgsautor Robert Sheckley. „Keine andere Literaturgattung gewährt einem Schriftsteller so viel Spielraum. Hier ist Platz für alles, vom wildromantischen Abenteuer bis hin zur Satire und zu Techniken und Ansätzen, die soziale Fragen beleuchten. Man ist an keine starre Formel gebunden – das gehört zum Besten an der SF. Und ich hoffe, es bleibt so."

Robert Sheckley, 1928 geboren, wuchs in Maplewood auf, einer Kleinstadt im Bundesstaat New Jersey. Während seiner Militärzeit, die er teilweise in Korea verbrachte, war er Redakteur einer Truppenzeitung. Später studierte er in New York Englisch, Psychologie und Philosophie; nebenbei besuchte er Schriftstellerkurse und begann Kurzgeschichten zu schreiben. Schon Anfang der fünfziger Jahre gab er eine Stelle in einem Flugzeugwerk auf, um freier Schriftsteller zu werden. Seither verfaßte er über zweihundert Kurzgeschichten und acht SF-Romane; auch Kriminal- und Abenteuerromane sowie Fernsehspiele stammen aus seiner Feder. Als Kennzeichen seines Werks gelten Handlungsreichtum und unterhaltende Erzählweise, aber auch ein Hang zum Paradoxen, zur negativen Utopie und zum schwarzen Humor. Seine Helden sind oft Normalbürger, „kleine Leute", die der Autor mit unverhohlener Sympathie behandelt. Häufig müssen sie sich in einer gefährlichen, konfliktreichen Umwelt bewähren, wobei ihnen sowohl unerwartete eigene Fähigkeiten als auch das Glück zur Seite stehen. Paradebeispiel für diese Art der SF-Geschichte ist Sheckleys Erzählung „Das Millionenspiel", die mit großem Erfolg von Wolfgang Menge für das deutsche Fernsehen verfilmt wurde. Darin schildert der Autor eine pervertierte Fernsehsendung, in der ein ausgesuchter Kandidat sieben Tage lang vor schwerbewaffneten Jägern fliehen muß. Überlebt er, erhält er eine Million, erwischen ihn die Killer, bekommen sie das Geld.

In den siebziger Jahren übersiedelte Sheckley nach Ibiza, dann nach London. Heute lebt er wieder in den USA, wo er an Universitäten Vorlesungen über Science-fiction hält.

CAPTAIN AESOP
UND DAS SCHIFF DER FREMDEN

VON BOB SHAW

Ins Deutsche übertragen von
Tony Westermayr

Titelillustration: Tim White

1

CANDAR wartete siebentausend Jahre, bevor er sein zweites Raumschiff sah.

Er war kaum mehr als ein Nestling, als er das erste sah, aber die Bilder von diesem Ereignis standen noch immer scharf und grell in seiner Erinnerung. Es war ein warmer, feuchter Morgen gewesen, und Mutter und Vater hatten gerade begonnen, durch ein Dorf der zweibeinigen Wesen zu brechen, die als Nahrung dienten. Candar beobachtete ruhig ihre mächtigen grauen Leiber bei der Arbeit, als seine scharfen Sinne ihn warnten, daß sich etwas sehr Großes näherte, etwas, das außerhalb seiner ganzen bisherigen Erfahrung lag. Er hob erschrocken den Kopf, aber seine Eltern – deren Wahrnehmung von dem Übermaß an rot-dampfender Nahrung überschwemmt war – ahnten von der Bedrohung nichts, bis sie auftauchte.

Das Schiff kam tief heran und flog so schnell, daß die feuchte Luft in den von seinem stumpfen Bug erzeugten Druckwellen zu undurchsichtigen grauen Wolken zusammengepreßt wurde. Die Wolken umstrudelten es wie ein zerfetzter Umhang, so daß das Schiff abwechselnd sichtbar wurde und wieder verschwand, und Candar fragte sich, wie etwas sich mit solcher Schnelligkeit bewegen und keinen Laut hervorbringen konnte. Einen Augenblick lang war er überwältigt von der Erkenntnis, daß das Universum Wesen barg, deren Kräfte denen seiner eigenen Art gleich oder vielleicht sogar überlegen waren.

Erst nachdem das große Schiff über ihn hinweggefegt war, kam ein schreckliches Geräusch herabgehämmert und legte die zerbrechlichen Hütten der Nahrungswesen noch wirksamer flach, als das Mutter und Vater hätten tun können. Das Schiff wendete scharf, kam hoch oben in der Morgenluft zum Stehen, und plötzlich wurden Candar und seine Eltern in den Himmel hinaufgehoben. Candar entdeckte, daß er von einer Art Kraftnetz erfaßt worden war. *Er maß die wechselnden Frequenzen, Wellenlängen, Stärkeverläufe, entdeckte sogar, daß sein Gehirn selbst ein ähnliches Feld hervorzubringen vermochte – aber er konnte sich nicht aus den unsichtbaren Fesseln befreien, die sich um seinen Körper gelegt hatten.*

Er und seine Eltern wurden hinaufgerissen, dorthin, wo der Himmel schwarz wurde und Candar die Sterne hören konnte. Die Sonne wurde rasch größer, und dann, einige Zeit später, wurden Mutter und Vater losgelassen. Sie schrumpften in wenigen Augenblicken außer Sichtweite, und Candar, der sich schon an die fremde neue Umwelt anpaßte, kam zu dem Schluß, daß sie auf einen Kurs gebracht worden waren, der im grellen Schmelzofen der Sonne endete. Dem verzweifelten Ringen nach zu schließen, als sie in der Ferne entschwanden, hatten seine Mutter und sein Vater dieselbe Schlußfolgerung gezogen.

Candar verbannte sie aus seinen Gedanken und versuchte sein eigenes Schicksal vorauszuahnen. Es gab im Inneren des Schiffes viele denkende Wesen, mit Lebensfunken, die sich von jenen der Nahrungswesen nicht sehr unterschieden, aber sie waren zu fern und zu gut abgeschirmt, als daß er irgendeinen Einfluß auf ihre Aktionen hätte ausüben können. Er stellte das nutzlose Aufbäumen und Rudern seines Körpers ein, als die Sonne kleiner zu werden begann. Sie wurde zu einem Stern unter anderen, verblaßte endlich ganz, und die Zeit hörte auf, für Candar eine Bedeutung zu haben.

Er blieb still, bis er wahrnahm, daß ein Doppelstern an Helligkeit zunahm und scheinbar alle anderen aus seiner Umgebung verdrängte. Er blühte auf und verwandelte sich in zwei eiförmige Sonnen, die einander im binären Ritual den Hof machten. Das Schiff ortete einen Planeten aus schwarzem Gestein, der in einer unstabilen und stark elliptischen Bahn zwischen den Sonnen schwankte. Dort, hoch über der nackten Oberfläche, entließ es Candar aus seinem Zugriff. Er überlebte den Sturz nur, weil er seinen Körper in Stränge von organischen Schnüren verwandelte. Und bis er seine Sinnesorgane wieder geformt hatte, war das Schiff verschwunden.

Candar wußte, daß er eingekerkert worden war. Er wußte auch, daß er auf dieser Welt, die keine Spur von Nahrung zu tragen vermochte, schließlich sterben würde, und es gab nichts, was er tun konnte, außer darauf zu warten, daß dieses undenkbare Ereignis eintraf.

Seine neue Welt vollführte ihren qualvollen Lauf zwischen den beiden Sonnen jedes Jahr. Jedesmal, wenn sie das tat, schmolz das schwarze Gestein und floß wie Schlamm, und nichts überlebte unverändert außer Candar.

Und es dauerte siebentausend Jahre, bevor er sein zweites Raumschiff sah.

Was Dave Surgenor an Planeten mit hoher Schwerkraft am meisten haßte, war die Geschwindigkeit, mit der Schweißtropfen sich bewegten. Auf seiner Stirn entstand ein Schweißrinnsal, und im nächsten Augenblick war es wie ein attackierendes Insekt über das Gesicht und unter den Kragen geronnen, bevor er auch nur die Hand heben und sich verteidigen konnte. In seinen sechzehn Jahren Erkundungsarbeit hatte er sich nicht daran gewöhnen können.

„Wenn das nicht meine letzte Reise wäre, würde ich mich weigern weiterzumachen", sagte Surgenor halblaut und wischte sich den Nacken.

„Kann ich mir Zeit nehmen, über die Logik dieses Ausspruchs nachzudenken?" Victor Voysey, der auf seiner zweiten Vermessungsfahrt war, hielt den Blick auf die Steuerung des Meßmoduls gerichtet. Die vordere Sichtscheibe zeigte, wie schon seit Tagen, nicht mehr als Kräuselmuster sterilen Eruptivgesteins, die sich vor dem Scheinwerfer des Fahrzeuges entrollten, aber Voysey starrte sie an wie ein Tourist auf einer exotischen Vergnügungskreuzfahrt.

„Sie haben Zeit, darüber nachzudenken", sagte Surgenor. „Davon haben Sie in diesem Beruf am meisten – Zeit, auf dem Hintern zu sitzen und Däumchen zu drehen und über alles nachzudenken. In der Hauptsache versucht man irgendeinen Grund zu finden, daß man nicht bei der erstbesten Gelegenheit aufhört – und das erfordert immense Findigkeit."

„Geld." Voysey versuchte sich in Zynismus. „Deshalb unterschreibt jeder. Und bleibt dabei."

„Es lohnt nicht."

„Ich gebe Ihnen recht, wenn ich soviel kassiert habe wie Sie."
Surgenor schüttelte den Kopf. „Sie machen einen schrecklichen
Fehler, Victor. Sie tauschen Ihr Leben – das einzige, das an Sie
ausgegeben wird – gegen Geld ein, gegen das Vorrecht, die
Position einiger Elektronen in einem Kreditcomputer zu verändern, und das ist ein schlechtes Geschäft, Victor. Gleichgültig,
wieviel Geld Sie verdienen, diese Zeit werden Sie nie mehr
zurückkaufen können."

„Das Problem bei Ihnen ist, Dave, daß Sie einfach", Voysey
zögerte und versuchte den Satz auf ein neues Gleis zu stemmen,
„so weit sind, daß Sie nicht mehr wissen, was es heißt, Geld zu
brauchen."

Alt werden, ergänzte Surgenor für seinen Partner und beschloß,
über etwas anderes zu reden.

„Ich wette mit Ihnen, zehn Kreds gegen einen, daß wir von der
nächsten Anhöhe aus das Schiff sehen."

„Schon!" Voysey ging auf die angebotene Wette nicht ein,
sondern beugte sich vor und begann Knöpfe an der Telemetrie-
tafel zu drücken.

Surgenor lächelte ein wenig über die Erregung des jüngeren
Mannes, setzte sich auf dem gepolsterten Sitz anders zurecht und
versuchte es sich bequem zu machen. Es schien Jahrhunderte her
zu sein, seit das Mutterschiff seine sechs Meßmoduln am Südpol
des schwarzen Planeten abgesetzt hatte und dann in den Himmel
zurückgegeistert war, um eine halbe Umkreisung zu vollführen
und am Nordpol zu landen. Das Schiff würde die Strecke in
weniger als einer Stunde zurückgelegt haben – die Männer in den
Moduln hatten bei drei G zwölf Tage lang schwitzen müssen,
während ihre Maschinen im Zickzackkurs auf der Oberfläche
des Planeten dahinfuhren. Hätte es eine Atmosphäre gegeben,
wäre es ihnen möglich gewesen, auf Luftkissenfahrt umzuschal-
ten und doppelt so schnell zu sein, aber dieser Planet – einer der
unwirtlichsten, die Surgenor je gesehen hatte – machte unerwünschten Besuchern nicht das mindeste Zugeständnis.

Das Erkundungsmodul erreichte den Kamm, und der Horizont,
jene Linie, die Sternenschwärze von leerer Schwärze trennte, fiel
vor ihnen hinab. Surgenor sah die Lichterhaufen des Mutterschif-
fes, der *Sarafand*, etwa zehn Kilometer unter sich auf der Ebene.

CAPTAIN AESOP UND DAS SCHIFF DER FREMDEN 173

„Sie hatten recht, Dave", sagte Voysey, und Surgenor unterdrückte angesichts des Respekts in seiner Stimme ein Grinsen.
„Ich glaube, wir sind auch als erste zurück. Ich sehe keine
anderen Lichter."

Surgenor nickte, als er die Finsternis nach den wandernden
Glühwürmchen absuchte, die andere zurückkehrende Fahrzeuge
dargestellt hätten. Strenggenommen hätten alle sechs Moduln in
ihrer jeweiligen Richtung genau gleich weit von der *Sarafand*
entfernt sein müssen, in einem perfekten Kreis angeordnet. Während des größten Teiles der Fahrt hatten die Geräte sich streng an
das Vermessungsnetz gehalten, so daß die Daten, die sie dem
Mutterschiff übermittelten, es stets von sechs gleich weit entfernten Punkten mit genau gleichen Abständen erreicht hatten. Jede
Abweichung vom Gitter hätte Verzerrungen in den planetarischen Karten hervorgerufen, die im Computerdeck des Raumschiffs entstanden. Aber jedes Modul hatte mindestens einen
Wahrnehmungsradius von fünfhundert Kilometern, mit dem
Ergebnis, daß, wenn sie auf diese Entfernung an das Mutterschiff
herankamen, das verbleibende Gebiet schon sechsfach vermessen worden war und die Arbeit ihren Abschluß gefunden hatte. Es
war Tradition, daß die letzte 500-km-Etappe einer Vermessung zu
einem Wettrennen wurde, mit Champagner für die Sieger und
angemessenen Gehaltskürzungen für die anderen.

Modul Fünf, Surgenors Fahrzeug, hatte gerade eine niedrige,
aber schroffe Gebirgskette gestreift, und er schätzte, daß mindestens zwei von den anderen gezwungen gewesen sein mußten,
sie zu überwinden, was Zeit kostete. Trotz all der Jahre und
Lichtjahre spürte er aus irgendeinem Grund ein Wiederaufflam-
men des Wettbewerbtriebs. Es mochte angenehm, wenn auch
nicht gerade passend sein, wenn er seine Laufbahn im Kartographischen Dienst mit einem Champagner-Trinkspruch beendete.

„Und los geht's", sagte Voysey, als das Fahrzeug auf dem
abfallenden Gelände schneller wurde. „Duschen, Rasieren und
Champagner – was kann man mehr verlangen?"

„Na, da wüßte ich noch einiges", sagte Surgenor. „Steak, Sex,
Schlafen . . ." Er verstummte, als die Stimme von Kapitän Aesop
an Bord der *Sarafand* aus dem Lautsprecher über den Sichtschei-
ben dröhnte.

„Sarafand an alle Moduln. Annäherung nicht fortsetzen. Motoren abstellen und bis zu weiteren Mitteilungen an den Plätzen bleiben. Das ist ein Befehl."

Bevor Aesops Stimme verklungen war, wurde die Funkstille, die man während des Rennens nach Hause eingehalten hatte, gebrochen, als erstaunte und zornige Bemerkungen aus den anderen Moduln aus dem Lautsprecher tönten. Surgenor spürte den ersten kühlen Hauch von Erschrecken – Aesop hatte so geklungen, als sei etwas ernsthaft in Unordnung. Und Modul Fünf bewegte sich immer noch in die Schwärze der Polarebene hinab.

„Muß irgendein Fehler im Vermessungsverfahren sein", sagte Surgenor, „aber stellen Sie die Motoren lieber ab."

„Aber das ist doch verrückt! Aesop muß sein bißchen Verstand verloren haben. Was könnte schiefgehen?" Voyseys Stimme klang empört. Er griff nicht nach den Motorhebeln.

Ohne Warnung zersplitterte ein Ultralaserstoß der *Sarafand* die Nacht zu gleißenden Bruchstücken, und der Boden vor Modul Fünf hob sich himmelwärts. Voysey trat auf die Bremsen, und das Fahrzeug kam an den glühenden Rändern der Ultralaserfurche zum Stehen. Herabstürzendes Gestein prasselte in ohrenbetäubender Heftigkeit auf das Dach, dann herrschte Stille.

„Ich sage doch, daß Aesop den Verstand verloren hat", sagte Voysey betäubt, beinahe wie zu sich selbst. „Warum hat er das denn getan?"

„Hier ist die *Sarafand*", plärrte es wieder aus dem Lautsprecher. „Ich wiederhole – kein Erkundungsmodul darf den Versuch unternehmen, sich dem Schiff zu nähern. Ich werde gezwungen sein, jedes andere Modul zu vernichten, das diesem Befehl nicht gehorcht."

Surgenor drückte auf die Taste, die ihn mit dem Mutterschiff in Verbindung brachte.

„Hier Surgenor in Modul Fünf, Aesop", sagte er schnell. „Wir würden gern wissen, was los ist."

„Ich habe vor, alle Besatzungsmitglieder vollständig zu informieren." Es gab eine Pause, dann sprach Aesop weiter. „Das Problem ist, daß sechs Fahrzeuge auf diese Vermessungsfahrt gegangen sind – und sieben sind zurückgekommen. Ich brauche kaum zu betonen, daß da eines zuviel ist."

MIT einem erschrockenen Aufzucken begriff Candar, daß er einen Fehler gemacht hatte. Seine Angst entsprang nicht der Tatsache, daß die Fremden seine Anwesenheit unter ihnen entdeckt hatten, auch nicht dem Wissen, daß sie über einigermaßen potente Waffen verfügten – sie ergab sich aus der Erkenntnis, daß er einen derart grundlegenden und vermeidbaren Schnitzer begangen hatte. Der langsame Prozeß seines körperlichen und geistigen Verfalls mußte weiter fortgeschritten sein, als er geglaubt hatte.

Die Aufgabe, seinen Körper so umzugestalten, daß er einer der Fahrmaschinen glich, war eine schwierige gewesen, aber nicht so schwierig wie die umfassende Zellenumbildung, die es ihm ermöglicht hatte zu überleben, als die beiden Sonnen riesengroß angewachsen waren und beide gleichzeitig am Himmel gestanden hatten. Sein Fehler hatte darin bestanden zuzulassen, daß die Maschine, deren Form er nachbildete, in Reichweite des Abtastgeräts im Inneren der größeren Maschine geriet, auf welche die anderen zustrebten. Er hatte zugelassen, daß die kleine Maschine sich von ihm entfernte, während er die Todesqual der Umwandlung durchlitt, und dann, als er ihr nachgeeilt war, hatte er den pulsierenden Hagel von Elektronen über sich hinwegfegen gespürt.

So wahnsinnig vor Hunger Candar auch war, er hatte den feinen Partikelregen geprüft, und es war ihm beinahe augenblicklich klargeworden, daß sie von einem Überwachungssystem ausgesandt wurden. Er hätte im voraus zu dem Schluß kommen müssen, daß Wesen mit den schwächlichen Sinnesorganen, die er wahrgenommen hatte, sich darum bemüht haben würden, ihre Wahrnehmung des Universums zu erweitern – vor allem Wesen, die sich die Mühe machten, derart komplizierte Fahrzeuge zu bauen. Einen Augenblick lang erwog er, alle Elektronen, die seine Haut berührten, zu absorbieren und sich damit für das Abtastgerät unsichtbar zu machen, entschied dann aber, daß er damit seine Absicht vereiteln würde. Er befand sich bereits im Sichtbereich der größten Maschine, und die Darbietung irgendwelcher ungewöhnlicher Eigenschaften würde ihn für die Beobachter im Inneren sofort identifizierbar machen.

Candars Betroffenheit schwand, als er mit einem anderen Teil seines sensorischen Netzes die Strömungen von Angst und Verwirrung auffing, die sich in den Gehirnen der Wesen regten, welche in der ihm am nächsten befindlichen Maschine saßen. Gehirne wie diese konnten, zumal wenn sie in solchen Körpern untergebracht waren, nie ein ernsthaftes Problem darstellen – alles, was er zu tun brauchte, war, die Gelegenheit abzuwarten, die sich sehr bald ergeben mußte.

Er kauerte auf der rissigen Oberfläche des Planeten, die meisten metallischen Elemente seines Systems an die Peripherie seiner neuen Form übertragen, die jetzt mit jener der Fahrmaschinen identisch war. Ein kleiner Teil seiner Energie diente dazu, Licht zu erzeugen, das er vorne abstrahlte, und ein weiterer winziger Bruchteil davon wurde dazu gebraucht, die von seiner Haut zurückgeworfenen Strahlungen zu kontrollieren und damit seine Individualität zu maskieren.

Er war Candar, das intelligenteste, begabteste und mächtigste Einzelwesen des Universums – und alles, was er tun mußte, war warten.

Die in Planetarmessungsfahrzeugen eingebauten Bordsprechanlagen waren trotz ihrer geringen Größe sehr leistungsfähige Geräte. Surgenor hatte bis dahin noch nie davon gehört, daß sie überbeansprucht werden konnten, aber unmittelbar nach Aesops Mitteilung fiel die Kommunikation aus, als sämtliche Modulbesatzungen überrascht oder ungläubig reagierten. Ein Abwehrmechanismus veranlaßte ihn, das Lautsprechergitter ein wenig verwundert anzustarren, während ein anderer Teil seines Gehirns Aesops Nachricht verarbeitete.

Ein siebtes Modul war in einer luftleeren Welt aufgetaucht, die nicht nur unbewohnt, sondern auch im strengsten Sinn des Wortes steril war. Nicht einmal die widerstandsfähigsten Bakterien und Viren, die man kannte, konnten überleben, wenn Prila I das Fegefeuer seiner Doppelsonne durchlief. Es war völlig undenkbar, daß ein zusätzliches Vermessungsfahrzeug die Ankunft der *Sarafand* erwartet haben konnte, und trotzdem behauptete Aesop das – und Aesop machte niemals einen Fehler. Die Kakophonie aus dem Lautsprecher ließ plötzlich nach, als Aesop sich wieder zu Wort meldete.

CAPTAIN AESOP UND DAS SCHIFF DER FREMDEN 177

„Ich nehme Vorschläge für unsere nächste Maßnahme entgegen, aber sie müssen einzeln und der Reihe nach erfolgen."

Die Andeutung von Tadel in Aesops Stimme genügte, um den Lärmpegel zu einem Hintergrundgemurmel zu dämpfen, aber Surgenor wurde sich einer zunehmenden Panik bewußt. Die eigentliche Ursache der heiklen Lage war, daß die Bedienung eines Planetarmeßmoduls nie ein echter Beruf geworden war – weil sie zu leicht war.

Es war eine legere, hochbezahlte Beschäftigung, die aufgeweckte junge Männer für zwei oder drei Jahre übernahmen, um sich Kapital für Geschäftsgründungen zu beschaffen, und bei Vertragsabschluß verlangten sie praktisch eine schriftliche Garantie dafür, daß die lukrative Routinearbeit keine Unterbrechung erfahren würde. Nun war bei dieser beispiellosen Gelegenheit etwas schiefgegangen, und sie machten sich Sorgen. Ihre Posten waren vorwiegend durch Druck der Gewerkschaften entstanden – es wäre einfach gewesen, die Meßmoduln im selben Maß zu automatisieren, wie man das beim Mutterschiff getan hatte –, aber beim ersten Bedarf an einer flexiblen Reaktion auf ein unvorhergesehenes Ereignis, dem Fundament des gewerkschaftlichen Arguments, zeigten sie sich gleichzeitig gereizt und von Angst erfaßt.

Surgenor ärgerte sich ein wenig über seine Kollegen, dann fiel ihm ein, daß ja auch er die Absicht hatte, seinen Profit einzustecken und sich zu verabschieden. Er war vor sechzehn Jahren eingetreten, zusammen mit zwei von seinen weltraumbesessenen Vettern, und sie waren sieben Jahre dabeigeblieben, bevor sie ausschieden und ins Fabrikleasing überwechselten. Der Großteil seines angesammelten Gehalts steckte mit im Unternehmen, aber Carl und Chris waren nun am Ende ihrer Geduld angelangt und hatten ihm ein Ultimatum gestellt. Entweder beteiligte er sich aktiv an der Führung des Unternehmens, oder er mußte sich seinen Anteil abkaufen lassen. Aus diesem Grund hatte er beim Kartographischen Dienst gekündigt. Im Alter von sechsunddreißig Jahren gedachte er nun ein geregeltes Leben zu führen, ein bißchen Schreibtischfliegerei zu betreiben, gemildert durch Angeln und Theaterbesuche, und sich wohl eine einigermaßen verträgliche Frau zu suchen. Surgenor mußte zugeben, daß die

Aussicht nicht unerfreulich war. Nur schade, daß bei dieser letzten Reise Modul Sieben auftauchen mußte.

„Wenn es ein siebtes Modul gibt, Aesop" – Al Gillespie in Modul Drei äußerte sich hastig –, „muß ein anderes Vermessungsschiff hiergewesen sein, bevor wir gekommen sind. Vielleicht eine Notlandung."

„Nein", gab Aesop zurück. „Die örtlichen Strahlungswerte schließen diese Möglichkeit einfach aus. Außerdem ist dies das einzige eingeteilte Team im Umkreis von dreihundert Lichtjahren."

Surgenor drückte auf seine Sprechtaste.

„Ich weiß, daß das nur eine Ergänzung zu Als Frage ist, aber ist nach irgendeiner unterirdischen Anlage geforscht worden?"

„Die Weltkarte ist noch nicht vollständig, aber ich habe alle geognostischen Daten gründlich überprüft. Resultat negativ."

Gillespie meldete sich wieder zu Wort. „Ich nehme an, daß dieses neue sogenannte Modul nicht versucht hat, mit der *Sarafand* oder irgendeiner der Außenbesatzungen in Verbindung zu treten. Woran liegt das?"

„Ich kann nur annehmen, daß es sich bewußt zwischen die anderen schiebt, um an das Schiff heranzukommen. In diesem Stadium kann ich nicht sagen, warum, aber es gefällt mir nicht."

„Was sollen wir tun?" Die Frage wurde gleichzeitig und in unterschiedlicher Form von einer ganzen Anzahl von Männern gestellt.

Es blieb längere Zeit still, bevor Aesop sich wieder meldete.

„Ich habe alle Moduln angewiesen anzuhalten, weil ich nicht das Risiko eingehen will, das Schiff zu verlieren, aber meine Beurteilung der Lage nach dem neuesten Stand ist die, daß ein gewisses Risiko eingegangen werden muß. Ich kann nur drei Moduln sehen, und da auf den letzten fünfhundert Kilometern das Suchgitter zerrissen ist, kann ich keinen von euch allein nach der Kompaßpeilung erkennen. Jedenfalls nicht mit ausreichend hoher Wahrscheinlichkeit, es richtig zu treffen.

Ich gestatte deshalb allen Moduln – allen sieben von euch –, sich dem Schiff zur optischen Prüfung zu nähern. Der Mindestabstand, den ich zwischen dem Schiff und irgendeinem Modul dulden werde, beträgt tausend Meter. Jedes Modul, das ver-

CAPTAIN AESOP UND DAS SCHIFF DER FREMDEN   179

sucht, näher heranzufahren – und sei es auch nur um einen Meter –, wird zerstört werden. Warnungen werden nicht ausgesprochen. Vergeßt also nicht – tausend Meter. Beginnt jetzt mit der Annäherung."

Surgenor als der Erfahrenere hatte überlegt, ob er die Steuerung von Modul Fünf übernehmen sollte, als es sich der *Sarafand* näherte, dem Pyramidenturm von Lichtern, der Heimat und Sicherheit darstellte, nun aber eine neue und tödliche Gefahrenquelle war. Er wußte, daß Aesop, nachdem er die Regeln festgesetzt hatte, keinen Sekundenbruchteil zögern würde, jedes Fahrzeug zu verbrennen, das die unsichtbare Grenzlinie überschreiten würde. Voyseys vorherige Unvorsichtigkeit schien sich aber gelegt zu haben, und er nahm die Annäherung auf behutsame Weise vor, an der Surgenor nichts aussetzen konnte. Als die rotleuchtenden Ziffern auf dem Entfernungsmesser anzeigten, daß sie noch fünfzig Meter zurückzulegen hatten, bremste Voysey ab und schaltete den Antrieb aus. Über die Kanzel breitete sich Stille aus.

„Nah genug?" fragte Voysey. „Oder meinen Sie, wir sollten noch ein Stückchen vorrücken?"

Surgenor machte dämpfende Handbewegungen. „Das ist sehr gut so – am besten kalkulieren wir eine Fehlermarke bei den Ortungssystemen hier und im Schiff ein." Er blickte auf die Bugbildschirme und sah, daß als einziger Hinweis auf andere Fahrzeuge in der Umgebung ein in der Ferne flackerndes Licht auf der Ebene hinter dem großen Schiff war. Während er das Licht näher kommen sah, überlegte Surgenor, ob der Lichtfunke der – zunächst zögerte er, aber dann gebrauchte er den Namen – Feind sein mochte.

„Ob es das wohl ist?" fragte Voysey, seinen Gedanken Ausdruck verleihend.

„Wer weiß?" gab Surgenor zurück. „Warum fragen Sie nicht an?"

Voysey rührte sich einige Sekunden lang nicht. „Also gut. Das mache ich." Er drückte auf seine Sprechtaste. „Hier Modul Fünf, Voysey. Wir sind bereits am Schiff. Wer ist in dem zweiten Modul, das sich nähert?"

„Hier Modul Eins, Lamereux", meldete sich eine aufmunternd vertraute Stimme. „Hallo, Victor, Dave. Gut, euch zu sehen – das heißt, falls ihr das seid."

„Natürlich sind wir das. Wer könnte es sonst sein?"

Lamereux' Lachen klang ein wenig gezwungen. „In einem solchen Augenblick möchte ich nicht einmal raten müssen."

Voysey ließ die Taste los und sah Surgenor an. „Aesop müßte sich inzwischen doch wenigstens bei uns beiden sicher sein. Ich hoffe, er erkennt einen Unterschied bei dem überzähligen Modul und bläst es weg, ohne daß lange herumgeredet wird. Bevor es etwas unternimmt."

„Was ist, wenn es nichts unternimmt?" Surgenor wickelte einen gewürzten Proteinwürfel aus und biß hinein. Er hatte vorgehabt, seine nächste Mahlzeit zu einem triumphalen Bankett an Bord des Mutterschiffs zu machen, aber nun sah es so aus, als sollte sich das Abendessen ein bißchen verschieben.

„Was meinen Sie damit, daß es nichts unternimmt?"

„Nun, sogar auf der Erde gibt es Vögel, die menschliche Stimmen nachahmen, Affen, die ihr Verhalten nachahmen – und sie haben keinen besonderen Grund dafür. Sie sind einfach so. Dieses Ding könnte ein Superimitator sein. Ein zwanghafter Nachahmer. Vielleicht verwandelt es sich einfach in die Form aller neuen Dinge, die es sieht, ohne es selbst zu wollen."

„Ein Tier, das etwas von der Größe eines Meßmoduls nachahmen kann?" Voysey dachte einen Augenblick über die Vorstellung nach, offenkundig nicht sehr beeindruckt. „Aber weshalb sollte es sich unter uns mischen wollen?"

„Verhaltensmimikry. Es hat uns alle auf die *Sarafand* zustreben sehen und war gezwungen, sich uns anzuschließen."

„Ich glaube, Sie nehmen mich wieder auf den Arm, Dave. Ich habe geschluckt, was Sie uns über die anderen Scheusale erzählt haben – Drambonen, nicht? –, aber das ist wirklich zuviel."

Surgenor zuckte mit den Achseln und aß weiter Proteinkuchen. Er hatte die Drambonen bei seiner hundertvierundzwanzigsten Planetenerkundung gesehen, radförmige Wesen auf einer Welt mit hoher Schwerkraft. Von Menschen und auch den meisten anderen Wesen hatten sie sich dadurch unterschieden, daß ihr Blut an der Unterseite des Rades stationär blieb, während ihre

Körper zirkulierten. Er hatte neuen Vermessern immer nur mit Mühe klarmachen können, daß es Drambonen wirklich gab – sie und hundert andere gleich bizarre Arten. Das war der Haken beim Beta-Raum-Transport, im Volksmund auch „Sofort-Beförderung" genannt – es war die erste Form des Reisens, die nicht mehr bildete. Voysey war fünftausend Lichtjahre von der Erde entfernt, aber weil er sie nicht auf die mühsame Weise zurückgelegt hatte, von einem einsamen Stern zum anderen springend, befand er sich der Einstellung nach noch immer innerhalb der Marsbahn.

Andere Lichter begannen auf den Bildschirmen von Modul Fünf zu flackern, als die restlichen Fahrzeuge hinter Hügeln oder über Geländefalten auftauchten. Sie näherten sich, bis sieben in einem Kreis um den undeutlich abgezeichneten schwarzen Spitzturm der *Sarafand* aufgereiht standen. Surgenor verfolgte ihre Fahrt mit Interesse und hoffte in einem Winkel seines Gehirns, der Eindringling möge den Fehler begehen, die unsichtbare Tausendmeterlinie zu überschreiten.

Kapitän Aesop blieb während der Annäherungsmanöver stumm, aber aus dem Lautsprecher drangen ständig Bemerkungen der anderen Besatzungen. Einige der Männer, die sich immer noch am Leben sahen, ohne Schaden erlitten zu haben, nachdem Minute um Minute vergangen war, begannen aufzuatmen und Witze zu reißen. Die Scherze verstummten, als Aesop sich schließlich aus der hoch über allem liegenden Sicherheit des Kontrollraums meldete, sechzig Meter über dem Boden der Ebene.

„Bevor wir uns einzelne Berichte und Vorschläge anhören, soweit sie gemacht werden", sagte er mit ruhiger Stimme, „möchte ich alle Besatzungen an meine Anweisung erinnern, sich dem Schiff nicht auf weniger als tausend Meter zu nähern. Jedes Modul, das dagegen verstößt, wird ohne jede weitere Warnung vernichtet. Ihr könnt jetzt mit der Diskussion fortfahren", schloß Aesop unerschütterlich.

Voysey schnaubte vor Gereiztheit. „Tee und Gurkenbrote werden gleich serviert! Wenn ich wieder an Bord bin, nehme ich einen Achsschlüssel und knalle ihn Aesop . . . Wenn man ihn hört, möchte man meinen, das Ganze wäre nur eine Art Zeitvertreib."

„Das ist die Art, wie Aesop alles betrachtet", sagte Surgenor. „In diesem Fall ist das gar nicht schlecht."

Die selbstsichere, rauhe Stimme Pollens in Modul Vier brach als erste die Funkstille, die der Mitteilung vom Schiff gefolgt war. Das war Pollens achte Vermessung, und er schrieb ein Buch über seine Erlebnisse, aber er hatte Surgenor nie etwas von seinen auf Band gesprochenen Notizen hören oder den niedergeschriebenen Teil des Manuskripts sehen lassen. Surgenor argwöhnte als Grund, daß er, Surgenor, darin als lachhafter Dienstältester geschildert wurde.

„So, wie ich es sehe", begann Pollen, „nimmt das Problem, mit dem wir es hier zu tun haben, die Form einer klassischen Übung in Logik an."

„Das muß ansteckend sein – er redet schon genauso", sagte Voysey dumpf.

„Hören Sie doch auf damit, Pollen", schrie ein anderer zornig.

„Gut, gut. Aber es bleibt dabei, daß wir mit Überlegung zu einer Lösung kommen können. Die Grundparameter des Problems sind folgende – wir haben sechs nicht gekennzeichnete und identische Meßmoduln, und verborgen unter ihnen eine siebte Maschine . . ."

Surgenor drückte auf seine Sprechtaste, als eine Idee, die in ihm gereift war, plötzlich Gestalt annahm. „Berichtigung", sagte er ruhig.

„War das Dave Surgenor?" fragte Pollen ungeduldig. „Wie ich schon sagte, wir müssen nur logisch vorgehen. Es gibt eine siebte Maschine, und sie . . ."

„Berichtigung."

„Das ist doch Mr. Surgenor, oder? Was wollen Sie, Dave?"

„Ich möchte Ihnen helfen, logisch zu sein, Clifford. Es gibt keine siebte Maschine – wir haben sechs Maschinen und eine ganz besondere Art von Tier."

„Ein Tier?"

„Ja. Es ist ein Grauer Mensch."

Zum zweitenmal in einer Stunde hörte Surgenor, daß sein Funklautsprecher den Anforderungen nicht mehr gewachsen war, und er wartete gleichmütig, bis der Lärm sich legte. Er warf einen

Seitenblick auf Voyseys gereizte Miene und fragte sich, ob er, als er das erstemal von Grauen Menschen gehört hatte, ähnlich ausgesehen haben mochte.

Die Berichte waren dünn gestreut, schwer zu trennen von den Legenden, die es in vielen Kulturen gab, aber sie tauchten hier und dort auf, auf Welten, wo das Rassengedächtnis der Bewohner weit genug in die Vergangenheit zurückreichte. Es gab Verunstaltungen über Verunstaltungen, aber immer dasselbe erkennbare Thema – das der Grauen Menschen und des gewaltigen Kampfs, den sie mit den Weißen ausgetragen und verloren hatten. Beide Rassen hatten keine greifbare Spur ihrer Existenz für die verspäteten Archäologenarmeen der Erde hinterlassen, aber die Mythen gab es trotzdem. Und das bedeutsamste für jemand, dessen geistiges Gehör darauf eingestimmt war, blieb, daß ohne Rücksicht darauf, welche Form die Erzähler der Geschichten hatten oder ob sie auf Beinen gingen, schwammen, flogen, krochen oder sich durch den Boden wühlten, der Name, den sie den Grauen Menschen gaben, stets ihr eigener Name für Angehörige ihrer eigenen Gattung war. Das Hauptwort war oft begleitet von einem näher bestimmenden Wort, das Anonymität, Neutralität oder Formlosigkeit bezeichnete ...

„Was, zum Teufel, ist ein Grauer Mensch?" fragte Carlen von Modul Drei.

„Es ist ein riesiges graues Ungeheuer, das sich in alles verwandeln kann, wonach ihm der Sinn steht", erklärte Pollen. „Mr. Surgenor hat eines als Haustier und nimmt es überallhin mit – daher kommen die ganzen Geschichten."

„Es kann sich nicht in alles verwandeln, wonach ihm der Sinn steht", sagte Surgenor. „Es kann nur jede äußere Form annehmen, die es will. Innerlich bleibt es ein Grauer Mensch." Wieder gab es einen Aufschrei der Ungläubigkeit, gemischt mit Gelächter.

„Um auf Ihre Absicht zurückzukommen, logisch zu sein", fuhr Surgenor mit bewußtem Phlegma fort, um das Gespräch wieder auf eine ernsthafte Grundlage zurückzuführen, „warum denken Sie nicht wenigstens über das nach, was ich sage, und prüfen es nach. Sie brauchen mich ja nicht beim Wort zu nehmen."

„Ich weiß, Dave – der Graue Mensch wird alles bestätigen, was Sie sagen."

„Was ich vorschlage, ist, daß wir Kapitän Aesop auffordern, die xenologischen Datenspeicher durchzugehen und die Wahrscheinlichkeit zunächst einmal der Existenz der Grauen Menschen überhaupt und auch die Wahrscheinlichkeit zu berechnen, daß Modul Sieben ein Grauer Mensch ist." Surgenor stellte fest, daß diesmal nicht gelacht wurde, und war erleichtert, weil ihnen, wenn er recht hatte, keine Zeit für Überheblichkeiten blieb. Aller Wahrscheinlichkeit nach blieb überhaupt keine Zeit, für gar nichts.

Der grelle Doppelstern, die Sonne dieser Welt, hing tief am Himmel hinter der undeutlich aufragenden Masse der *Sarafand* und den fernen schwarzen Bergen. In siebzehn Monaten würde der Planet sich zwischen den beiden Lichtpunkten hindurchzwängen, und Surgenor wollte weit weg sein, wenn das geschah – aber das wollte auch das vielbegabte Supertier, das sich in ihrer Mitte verborgen hatte.

CANDAR war erstaunt darüber, daß er die Denkprozesse der Nahrungswesen beinahe mit Interesse zu verfolgen begann.

Seine Rasse hatte niemals Maschinen gebaut – sie hatte sich statt dessen auf die Stärke, die Schnelligkeit und Anpassungsfähigkeit ihrer riesigen grauen Leiber gestützt. Außer dieser instinktiven Mißachtung von Maschinen hatte Candar auch noch siebzig Jahrhunderte auf einer Welt verbracht, wo kein künstliches Gebilde, gleichgültig, wie gut konstruiert, den jährlichen Durchgang durch die Doppelsternhölle überstehen konnte. Deshalb war er betroffen, als er einsah, in welchem Maß die Nahrungswesen von ihren Schöpfungen aus Metall und Kunststoff abhingen. Die Entdeckung, die ihn am stärksten verblüffte, war die, daß die Metallhülsen nicht nur Transportmittel waren, sondern tatsächlich die Nahrungswesen am Leben erhielten, solange sie sich auf dieser luftleeren Welt befanden.

Candar versuchte sich vorzustellen, daß er sein Leben einem komplizierten und fehlbaren Mechanismus anvertraute, aber der Gedanke erfüllte ihn mit einer kalten, ungekannten Angst. Er schob ihn beiseite und konzentrierte seine ganze wilde Intelligenz auf das Problem, nah genug an das Raumschiff heranzukommen, um die Nervenzentren der Wesen darin lahmzulegen. Vor allem war es notwendig, den auszuschalten, den sie Kapitän Aesop nannten, bevor die Waffen des Schiffes in Gebrauch genommen werden konnten.

Bedächtig und mit Umsicht, seinen Hunger unterdrückend, bereitete Candar die Attacke vor.

SURGENOR starrte seine Hand ungläubig an.

Er hatte beschlossen, etwas Kaffee zu trinken, um die trockene Kehle anzufeuchten, und nach dem Versorgungsschlauch gegriffen. Seine rechte Hand hatte sich nur wenige Millimeter gehoben und war wieder auf die Armstütze zurückgefallen.

Surgenors instinktive Reaktion bestand darin, seine linke Hand herüberzuheben, um die andere zu unterstützen, aber auch sie wollte sich nicht bewegen – und die Erkenntnis flutete hoch, daß er gelähmt war.

Die gedankenleere Periode der Panik dauerte vielleicht eine ganze Minute, an deren Ende Surgenor vom Konflikt mit seinen blockierten Muskeln erschöpft war. Kalte Schauer liefen über seinen ganzen Körper. Er zwang sich zur Ruhe und versuchte die Lage einzuschätzen, wobei er dahinterkam, daß er die Augen noch bewegen konnte.

Ein Seitenblick zeigte ihm, daß auch Voysey davon erfaßt war – das einzige Anzeichen dafür ein kaum wahrnehmbares Zittern der Gesichtsmuskeln. Surgenor erriet, daß Voysey die Erscheinung neu war. Es war das erste Mal, daß Surgenor sie aus erster Hand erlebte, aber er hatte sich auf vielen Welten aufgehalten, wo Raubtiere fähig waren, sich mit einem Überlagerungsfeld zu umgeben, das die gröberen Nerventätigkeiten in anderen Wesen zu unterdrücken vermochte. Der tödlichen Gabe begegnete man am häufigsten auf Planeten mit hoher Schwerkraft, wo die Raubtiere dazu neigten, so schwerfällig zu sein wie ihre Opfer. Surgenor versuchte mit Voysey zu sprechen, aber, wie er erwartet hatte, war er nicht fähig, Luft durch seine Stimmritzen zu pressen.

Er nahm plötzlich wahr, daß noch immer Stimmen aus dem Lautsprecher drangen, und hatte ihnen schon eine Zeit zugehört, bevor ihm die volle Bedeutung der Tatsache aufging.

„Es gibt nicht viel Grund zur Sorge", sagte Pollen gerade. „Das ist die Art von Übung in reiner Logik, wie sie Aesop genau entspricht, nicht wahr, Aesop? Ich würde vorschlagen, daß die Nummern der Moduln der Reihe nach aufgerufen werden und jede den Befehl erhält, hundert Meter zurückzufahren. Fünfzig Meter würden schon genügen oder sogar fünf – die Entfernung spielt eigentlich keine Rolle. Das Entscheidende dabei ist, daß damit die ursprünglichen sechs Maschinen von der siebten getrennt werden oder daß auf einen der Befehle hin zwei von den Maschinen . . ."

Surgenor verfluchte innerlich seine Unfähigkeit, die Sprechtaste zu erreichen und Pollen aufzuhalten, bevor es zu spät war. Er erneuerte verzweifelt seine Bemühungen, eine Hand zu bewegen, als ohne Vorwarnung Pollens Stimme in einem schrillen, mißtönenden Überlagerungspfeifen unterging. Der Pfeifton hielt ohne Unterbrechung an, und Surgenor wußte mit einem Stich der Erleichterung, daß Modul Sieben eingegriffen hatte, um Herr der Lage zu werden. Surgenor trieb die Spannungen aus seinen Muskeln, konzentrierte sich darauf, ruhig und gleichmäßig zu atmen, und gewann seine Denkfähigkeit in hohem Maße wieder. Pollen hatte lautstark und selbstsicher ihre Todesurteile unterschrieben, indem er den – in diesem Fall tödlichen – Fehler beging, eine theoretische Überlegung mit der nachteiligen Wirklichkeit ihrer bedrängten Lage zu verwechseln.

Die Situation auf der schwarzen, luftleeren Ebene, die auf den Bildschirmen flimmerte, besaß eine oberflächliche Ähnlichkeit mit den Problemen, die manchmal bei Eignungstests gestellt wurden, und wenn Surgenor sie auf dieser Ebene betrachtete, konnte er mehrere Lösungen erkennen. Pollens naheliegendes Jonglieren mit Nummern einmal beiseite, wäre es ein eher der Erfahrung entlehntes, brauchbares Verfahren gewesen, der Reihe nach auf jedes der Moduln einen Feuerstoß mit geringer Kraft aus einem Lasergewehr von Aesop abgeben zu lassen. Selbst wenn ein Grauer Mensch fähig war, eine solche Behandlung zu verdauen, ohne zusammenzuzucken, würde eine Spektralanalyse des erzeugten Lichts fast mit Gewißheit Unterschiede in der Zusammensetzung nachweisen. Eine andere Lösung hätte darin bestanden, jedes Modul anzuweisen, den kleinen Inspektions- und Reparaturroboter hinauszuschicken, der eingesetzt wurde, sobald die Bedingungen für Arbeit mit den Händen in Schutzanzügen ungünstig waren. Surgenor bezweifelte, daß das fremde Wesen eine Simulationsaufgabe zu bewältigen vermochte, die verlangte, daß es sich in zwei voneinander unabhängige Teile aufspaltete.

Der tödliche Makel bei allen diesen Lösungen war, daß sie einen Prozeß der Eliminierung anwendeten – also etwas, das Modul Sieben niemals zulassen würde. Jeder Versuch, die Auswahl einzuengen, würde nur die Wirkung haben, die endgültige Katastrophe ein wenig früher herbeizuführen. Die konkrete Lösung, wenn es sie gab, mußte augenblicklich anwendungsfähig sein. Und Surgenor sah seine Chancen, sie zu finden, durchaus nicht optimistisch.

Aus reiner Macht der Gewohnheit begann er die Lage erneut zu überdenken, nach einem Hebel zu suchen, der sich zum Vorteil gebrauchen ließ, dann erinnerte er sich der Bedeutsamkeit der Stimmen, die noch aus dem Lautsprecher gedrungen waren, nachdem er und Voysey mit Stummheit geschlagen worden waren. Pollen und eine Reihe der anderen Besatzungsmitglieder waren noch immer fähig zu sprechen, was vermutlich bedeutete, daß sie außerhalb des Einflußbereichs von Modul Sieben lagen.

Die Entdeckung bewies, daß der Feind trotz seiner ungeheuren Kräfte an Grenzen stieß, schien aber keinen praktischen Wert zu besitzen. Surgenor starrte auf die Bildschirme des Moduls und fragte sich, wie viele Minuten oder Sekunden überhaupt noch blieben. Es fiel schwer, die einzelnen Bilder richtig aufzunehmen, ohne den Kopf zu bewegen, aber er sah, daß zwei andere Moduln sich nicht weit entfernt auf der rechten Seite befanden, was hieß, daß sein eigenes Fahrzeug zu einer losen Gruppe von dreien gehörte. Alle anderen waren auf dem gegenüberliegenden Kreisbogen viel weiter entfernt, und während er hinblickte, begann eines von ihnen mit seinem Hauptscheinwerfer in einem zögernden Morseversuch zu blinken.

Surgenor beachtete das nicht, zum Teil, weil er den Morsecode längst vergessen hatte, zum Teil, weil er seine Aufmerksamkeit auf die zwei näheren Maschinen konzentrierte, von denen eine fast mit Gewißheit Modul Sieben sein mußte. Hoch oben an der *Sarafand* flackerten Lichter vor dem Hintergrund der Sterne, als

Aesop dem Fahrzeug, das versucht hatte, mit ihm in Kontakt zu treten, mit überaus schnellen Morsezeichen antwortete. Surgenor konnte sich die Bestürzung in dem Fahrzeug vorstellen, dessen Insassen sich bemühten, Aesops allzugut funktionierende Signalgebung zu entziffern.

Das fortwährende Überlagerungskreischen im Funkgerät verbündete sich mit dem Gefühl der Dringlichkeit, was in Surgenors Nerven und Gehirn ein Schrillen hervorrief, das es ihm beinahe unmöglich machte, seine Gedanken zu ordnen. Er begriff den Fehlschluß, fremde Verhaltensmuster nach Maßstäben menschlicher Einstellung zu beurteilen – und ein Grauer Mensch mußte das fremdartigste Wesen sein, das der Menschheit je begegnen konnte –, aber es schien etwas Widersprüchliches an . . .

Voysey streckte die rechte Hand zur Steuerkonsole aus und ließ die Motoren an.

Einen Augenblick lang dachte Surgenor, sie wären aus dem Lähmungsfeld befreit worden, aber er vermochte sich immer noch nicht zu bewegen. Voyseys Gesicht war kalkweiß und regungslos, an seinem Kinn glänzte Speichel, und Surgenor begriff, daß er nur als menschlicher Servomechanismus gedient hatte, gelenkt von Modul Sieben. Surgenors Gedanken begannen zu rasen.

Das muß es sein, dachte er. Unsere Zeit ist abgelaufen.

Der einzige Grund, den das Fremdwesen haben konnte, von Voysey die Motoren einschalten zu lassen, war der, daß es vorhatte, das Modul in Bewegung zu setzen, um Aesop abzulenken. Surgenor wurde bei dem Gedanken eiskalt – es gab keine Möglichkeit, Aesop abzulenken oder zu verwirren, und er würde nicht zögern, das erste Modul, das die unsichtbare Tausendmeterlinie überschritt, zu vernichten.

Voyseys linke Hand löste die Bremsen, und das Fahrzeug schwankte auf dem unebenen Boden ein wenig.

Surgenor unternahm einen weiteren verzweifelten Versuch, sich zu bewegen, aber alles, was geschah, war, daß seine Panik mit voller Gewalt zurückkehrte. Was sollte der Plan von Modul Sieben bewirken? Er hatte den Schluß gezogen, daß sein Einflußbereich begrenzt war. Er wußte ferner, daß es einen Zwischenfall auslösen wollte, um Aesop von sich abzulenken, was fast mit

CAPTAIN AESOP UND DAS SCHIFF DER FREMDEN   189

Gewißheit bedeutete, daß es versuchen würde, näher an die *Sarafand* heranzukommen. Aber warum? Ein solches Vorgehen hatte keinen Sinn, es sei denn . . .

Die verspätete, aber vollständige Erkenntnis der Situation kam urplötzlich über ihn.

Ich kenne die Wahrheit, dachte er, aber ich darf nicht darüber nachdenken, weil der Graue ein Telepath ist, und wenn er erfährt, was ich denke . . .

Voyseys Hand riß die Gashebel nach vorn, und das Modul setzte sich vorwärts in Bewegung.

. . . der Graue wird erfahren, daß . . . *NEIN!* Denk an alles andere im Universum. Denk an die Vergangenheit, an die ferne Vergangenheit, an die Schulzeit, Geschichtsunterricht, Geschichte der Wissenschaft . . . die Quanteneigenschaft der Schwerkraft war 2063 endgültig nachgewiesen worden, und die erfolgreiche Entdeckung des Gravitons führte direkt zu einem Verständnis des Beta-Raums und damit zur Entwicklung des Raumflugs mit Überlichtgeschwindigkeit . . . aber niemand versteht wirklich, was der Beta-Raum ist . . . das heißt kein menschliches Wesen . . . nur . . . beinahe hätte ich . . . ich habe fast daran gedacht . . . ich kann nicht anders . . . *AESOP!*

Die Entfernung, die Candar von dem Raumschiff trennte, war eine, die er in einer leistungsfähigeren Form mit zwei Sprüngen hätte überwinden können. Auf diese Weise nun würde es etwas länger dauern, aber er wußte, daß er viel zu schnell war, als daß irgend etwas ihn aufhalten konnte. Er ließ seinem Hunger ganz die Zügel schießen, sich von ihm vorwärts peitschen, als er sprang. Hinter ihm rollten die beiden Maschinen, die er unter seinen Einfluß gebracht hatte, auf das Raumschiff zu, allerdings weit langsamer, als er das erwartet hatte. Eines der Nahrungswesen versuchte vergeblich, einen Gedanken zu unterdrücken, aber es blieb keine Zeit, dessen Sinn zu studieren . . .

Candar wechselte unterwegs die Form und gelangte ungefährdet in Kontrollweite. Triumphierend schlug er mit seinem Denken zu, schleuderte das ungreifbare Netz geistiger Kraft, das bei minderen Wesen Lähmung hervorrief.

Nichts!

Ein Ultralaserstrahl traf ihn mit einer Gewalt, die jedes andere Wesen binnen Mikrosekunden ausgelöscht hätte, aber so leicht konnte Candar nicht sterben. Der Schmerz war stärker als alles, was er je zu ahnen vermocht hatte, aber noch furchtbarer als die Agonie war sein plötzliches klares Begreifen der Gehirne dieser Nahrungswesen – ihrer freudlosen, kalten, fremden Gehirne.

Zum erstenmal überhaupt empfand Candar Furcht.

Dann starb er.

DER Champagner war gut, das Steak war gut, und der Schlaf – wenn er dann kam – würde noch besser sein.

Surgenor lehnte sich zufrieden zurück, zündete seine Pfeife an und blickte wohlwollend auf die elf anderen Männer am langen Tisch in der Messe der *Sarafand*. Während der Mahlzeit war er zu einem Entschluß gelangt, und er wußte mit einer behaglichen Wärme im Bauch, daß es für ihn der richtige Entschluß war. Er war sich darüber klargeworden, daß es ihm gefiel, ein Altgedienter zu sein. Kluge junge Männer konnten damit fortfahren, seine Erlebnisse in ihren Büchern über Raumfahrterinnerungen auszuschlachten, seine Vettern konnten ihn aus der Firma auskaufen – er würde beim Kartographischen Dienst bleiben, bis er Geist und Seele mit dem Anblick neuer Welten gesättigt hatte. Es war sein Leben, seine Art zu leben, und er dachte nicht daran, das aufzugeben.

Am anderen Ende des Tisches machte Pollen seine Notizen über den Flug.

„So, wie Sie es sehen, Dave", sagte Pollen, „war der Graue Mensch einfach unfähig, die maschinenbauende Weltanschauung zu verstehen?"

„Richtig. Wegen seiner speziellen physischen Eigenschaften würde ein Grauer Mensch selbst im besten Fall keine Verwendung für eine Maschine haben. Und Jahrtausende auf einem Planeten wie Prila I – wo eine Maschine ohnehin nicht existieren könnte – müssen sein Gehirn in einem solchen Maß konditioniert haben, daß unser an Maschinen orientiertes Leben ihm unbegreiflich war."

Surgenor sog den würzigen Rauch ein und empfand eine unerwartete Aufwallung des Mitgefühls für das riesige fremde Wesen, dessen Überreste noch auf dem schwarzen Gestein des Planeten lagen, den sie hinter sich gelassen hatten. Das Leben wäre für einen Grauen Menschen sehr kostbar gewesen, zu kostbar, als daß er je auf den Gedanken gekommen wäre, es irgend jemandem oder irgend etwas außer sich selbst anzuvertrauen. Das war der eigentliche Grund, warum er den Fehler begangen hatte, das Gebilde unter seinen Einfluß zu bringen, das die Besatzung der *Sarafand* Kapitän Aesop nannte.

Surgenor fragte sich, was der Graue Mensch in diesem letzten Augenblick der Entdeckung empfunden hatte, und warf einen Blick auf das kleine Bezeichnungsschild auf dem nächststehenden der Terminals, die zur zentralen Computeranlage des Schiffes gehörten – der gewaltigen künstlichen Intelligenz, in deren Obhut sie beim Beginn jeder Vermessung ihr Leben gaben. Auf dem Schild stand:

A.E.S.O.P.

Surgenor hatte die Besatzungsmitglieder raten hören, daß die Buchstaben für ,All-elektronische Steuerungs-, Organisations- und Pilotenanlage' standen – aber niemand wußte es wirklich genau. Der Mensch betrachtet so vieles als selbstverständlich, dachte er plötzlich.

2

DER Weltraum hatte seine verschiedenen Arten, jene zu bestrafen, die sich in ihn hinauswagten. Die physische Gefahr war immer gegenwärtig wie eine unablässig geflüsterte Drohung, und trotzdem war es nicht die Art der Umwelt, die das Denken der Reisenden am stärksten belastete. Der Weltraum war menschlichem Leben feindlich, aber er verzieh Fehler eher als manche anderen Elemente – zum Beispiel die Tiefen eines Meeres –, in denen die Menschen mit beinahe völligem Gleichmut zu leben und zu arbeiten gelernt hatten. Seine stärkste Waffe war einfach seine Größe.

Soviel ein Mensch auch in dunklen Nächten auf Bergen gestanden und den Himmel betrachtet haben mochte, nichts bereitete ihn auf die Wirklichkeit der Raumfahrt vor, weil der an die Erde gefesselte Beobachter nur die Sterne sah, nicht das, was sie trennte. Sie glitzerten vor seinem Blick, füllten sein Auge, und es blieb ihm nichts anderes übrig, als ihnen im kosmischen Plan eine wichtige Stellung beizumessen. Der Raumfahrer sah die Dinge anders. Es wurde ihm klargemacht, daß das Universum aus Leere besteht, daß Sonne und Nebel beinahe belanglos waren, daß die Sterne nicht mehr darstellten als einen Hauch von Gas, der sich in der Unendlichkeit verdünnte. Und früher oder später bereitete diese Erkenntnis Qualen.

Es gab bei den Besatzungen des Kartographischen Dienstes keine plötzlichen Abstürze in Psychosen – das verhinderte die anfängliche Auslese –, und es kam selten vor, daß die Männer, die ihre Meßmoduln steuerten, über den Sinn ihres Daseins philosophierten, aber die durch ihre Lebensweise hervorgerufenen Belastungen forderten doch ihren Tribut. Einsamkeit und Heimweh waren Berufskrankheiten. Vom Dienst wurden nur unbewohnte Welten vermessen, was die Meßtrupps schnell mit Ansichten von Wüste, nacktem Gestein und Tundra sättigte, bis zu dem Punkt, an dem sie darum zu beten anfingen, es möge etwas Unvorhergesehenes geschehen, selbst wenn es Strapazen oder Gefahren mit sich brachte. Aber Zwischenfälle waren so selten, daß ein einfacher mechanischer Defekt für viele Monate Gesprächsstoff lieferte.

Vor diesem Hintergrund neigten die Männer dazu, die von ihren Verträgen geforderten zwei Dienstjahre abzuleisten, eine zusätzliche Tour anzuschließen, um sich und ihren Freunden zu beweisen, daß sie endlos hätten weitermachen können, bevor sie ihre Abfindungen kassierten und sich Berufen zuwandten, die es ihnen ermöglichten, zu Hause zu bleiben.

Einige wenige Männer, wie Dave Surgenor, besaßen die Fähigkeit, trotz der geistigen und emotionellen Gefahren im Dienst auszuhalten. Die *Sarafand* glich daher den meisten anderen Schiffen darin, daß sie einen Kader von Altgedienten besaß, deren Schicksal es war, in ihren Moduln mit weniger erfahrenen Männern zu arbeiten und ihre Fortschritte zu überwachen. Sie leisteten auch einen wertvollen, wenngleich offiziell nicht anerkannten Dienst, indem sie eine stabile Gruppenidentität schufen, an die Neuankömmlinge sich anzuschließen vermochten. Surgenor hatte Dutzende von Männern – und gelegentlich eine Frau – kommen und gehen sehen und über die Jahre hinweg eine etwas ironische, onkelhafte Einstellung zu ihren Anpassungsproblemen gewonnen. Obwohl er manchmal über die Unverfrorenheit von Novizen murrte, mußte er doch zugeben, daß sie dazu beitrugen, die Eintönigkeit des Lebens an Bord aufzulockern.

Seit der Begegnung mit dem Grauen Menschen auf Prila I war ein Jahr vergangen, ein Jahr gänzlich routinehafter Vermessungsarbeit, und in dieser Zeit hatte es in der Besatzung zwei Veränderungen gegeben. Ein Mann hatte den Dienst verlassen, ein anderer war auf ein moderneres Schiff der Klasse Acht übergewechselt, und beide waren durch Neulinge ersetzt worden. Surgenor hatte die Neuzugänge mit unauffälligem Interesse beobachtet und war zu der Meinung gelangt, daß der sympathischere der beiden leider die geringere Aussicht hatte, lange im Dienst zu bleiben. Bernie Hilliard war ein gesprächiger junger Mann, der es zu genießen schien, seine Ideen am Feuerstein von Surgenors festetablierten Haltungen zu entzünden. Und die Stunde beim Frühstück, wenn er frisch ausgeschlafen hatte, war seine Lieblingszeit für engagierte Diskussionen.

„Was Sie nicht einsehen wollen, Dave", sagte er eines Morgens, „ist, daß ich gestern nacht zu Hause war. Bei meiner Frau. Ich war dort." Hilliard beugte sich beim Sprechen über den Frühstückstisch, das rosige Gesicht kindlich ernsthaft vor Überzeugung, die blauen Augen flehend auf Surgenor gerichtet, auf daß er akzeptiere, was er sagte, auf daß er die Freude teile, die so bereitwillig angeboten wurde. Surgenor fühlte sich gut ausgeruht und wohlgenährt und war deshalb in der Stimmung, beinahe zu allem ja zu sagen – aber es gab Probleme. Sein Verstand klammerte sich beharrlich an die Erkenntnis, daß die *Sarafand* durch einen dichten Sternhaufen flog, der viele tausend Lichtjahre von Hilliards Haus in Kanada entfernt war. Dazu drängte sich das Wissen auf, daß der junge Hilliard nicht verheiratet war.

Surgenor schüttelte den Kopf. „Sie haben geträumt, Sie wären zu Hause."

„Sie verstehen immer noch nicht!" Verärgerung und Evangelisteneifer veranlaßten Hilliard, der sonst von ruhiger Gemütsart war, auf dem Stuhl zu hopsen. Am anderen Ende des Tisches blickten Männer neugierig in seine Richtung. Der Schiffstag hatte eben begonnen, und die Lichttafeln in dem halbkreisförmigen Raum, der typisch für Raumfahrzeug-Unterkünfte war, leuchteten an dem mit „Ost" bezeichneten Ende am stärksten.

„Das Erlebnis, einen Trance-Port zu gebrauchen, hat wenig Ähnlichkeit mit gewöhnlichen Träumen", fuhr Hilliard fort. „Ein Traum ist nur ein Traum, und wenn man wach wird, erkennt man die Erinnerung daran als reine Traumerinnerung. Aber mit einem Trance-Port-Band wird man in eine andere Existenz transportiert, im alten Sinn des Wortes – das ist der Grund für diesen Namen. Die Erinnerungen, die man am nächsten Tag hat, sind von anderen Erinnerungen nicht zu unterscheiden. Ich sage Ihnen, Dave, sie sind völlig wirklichkeitsgetreu."

Surgenor goß sich noch einmal Kaffee ein. „Aber hier und jetzt, in diesem Augenblick wissen Sie, daß Sie vor ein paar Stunden nicht in Kanada gewesen sind. Und Sie wissen, daß Sie auf diesem Schiff im Deck über diesem Raum in der Koje gelegen haben. Allein."

„Pinky war wirklich allein", sagte Tod Barrow – der zweite Neuling – und zwinkerte den anderen zu. „Ich wollte gestern nacht noch schnell auf einen Gutenachtkuß zu ihm hineinschlüpfen, aber die Tür war abgeschlossen. Jedenfalls hoffe ich, daß er allein war."

„Unvereinbarkeit nimmt den Erinnerungen an Wirklichkeit nichts weg", sagte Hilliard, ohne die Unterbrechung zu beachten. „Wie ist es denn mit den vielen Gelegenheiten, wo Sie überzeugt waren, Sie hätten irgend etwas getan, etwa, eine Zahnbürste eingepackt, und dann festgestellt, daß es nicht stimmte? Selbst wenn sich bewiesen hat, daß Sie die Zahnbürste nicht eingepackt haben, ‚erinnern' Sie sich doch, es getan zu haben. Genau dasselbe."

„Wahrhaftig?"

„Selbstverständlich."

„Klingt für mich alles ein bißchen sonderbar", sagte Surgenor zweifelnd, als er Zuflucht in seiner Rolle des Dienstältesten suchte, ein Part, der mit jeder neuen Fahrt für den Kartographischen Dienst leichter zu spielen war. Die Meßtrupps schienen mit jedem Jahr jünger zu werden und ein Maß an Verzärtelung zu fordern, das man damals, als er eingetreten war, nicht gekannt hatte.

Früher war man davon ausgegangen, daß es zeitweise Perioden der Untätigkeit und Langeweile geben würde. Sie traten in der Regel während der Annäherung an Planeten im Normal-Raum auf oder wenn das Schiff in eine Region kam, die so überfüllt war, daß der Sofortantrieb nicht mit voller Leistung eingesetzt werden konnte. Die traditionelle Therapie – die in der Hauptsache aus Pokersitzungen und vergrößerten Schnapsrationen bestand – war eine, die Surgenor billigte und begriff, und er hatte die kürzliche versuchsweise Einführung von Trance-Port-Bändern ohne Begeisterung aufgenommen.

„Das Wichtigste an den Bändern ist, daß sie den Druck der Einsamkeit lindern", erklärte Hilliard. „Das menschliche Nervensystem kann diese Art von Leben nur für eine streng begrenzte Zeit ertragen, dann setzt etwas aus."

„Deshalb wollte ich ja gestern nacht in Pinkys Zimmer", sagte Barrow mit boshaftem Grinsen. Er war früher Computeringenieur gewesen und ein scharfzüngiger Typ, der es sich angelegen sein ließ, dunkel, stark behaart und maskulin zu wirken. Von der ersten Stunde an, seit er an Bord war, hatte er Hilliard wegen dessen rosigem Babygesicht und dem blonden Bartflaum verspottet.

„Hauen Sie ab und entdecken Sie das Feuer oder erfinden Sie das Rad oder was", sagte Hilliard beiläufig zu ihm, ohne den Kopf zu drehen. „Ich sage Ihnen, Dave, man hält das nur eine gewisse Zeit aus."

Surgenor schwenkte zuversichtlich ablehnend die Tasse. „Ich bin seit siebzehn Jahren im Dienst – ohne Traumaufzeichnungen, die verhindern sollen, daß ich überschnappe."

„Oh! Entschuldigen Sie, Dave – ich habe da wirklich nichts unterstellen wollen. Ehrlich nicht."

Die Überschwenglichkeit der Entschuldigung und das Funkeln in den Augen des jungen Mannes erregten Surgenors Verdacht.

„Wollen Sie mich vielleicht auf den Arm nehmen, junger Freund? Denn wenn das so ist . . ."

„Regen Sie sich ab, Dave", sagte Victor Voysey, der zwei Plätze entfernt saß. „Wir wissen alle, daß Sie unheilbar normal sind.

Bernie möchte nur, daß Sie eine Weile mal ein Band ausprobieren, damit Sie sehen, wie das ist. Ich benütze bei dieser Fahrt selbst eines – hab mir einen hübschen kleinen Knallfrosch von chinesischer Ehefrau besorgt, zu der ich an den meisten Abenden heimkomme. Das ist ein schönes Leben, Dave."

Surgenor starrte ihn überrascht an. Voysey war ein rothaariger, sommersprossiger Mann mit pragmatischer Lebensanschauung, die ihm half, sich zu einem ausgezeichneten Planetenvermesser zu entwickeln. Er teilte schon seit über einem Jahr Modul Fünf mit Surgenor und machte den Eindruck, als solle er sich einen sehr guten Ruf in seinem Berufszweig erwerben. Es war das erste Mal, daß er seinen Gebrauch der Bänder erwähnte.

„Sie tun das? Sie legen einen von diesen Kuchentellern aus Metall abends unter Ihr Kissen, wenn Sie sich hinlegen?" Surgenor sagte es mit einer Art freundschaftlicher Verachtung, von der er wußte, daß sie die Gefühle des anderen nicht zu sehr verletzen würde.

„Nicht jeden Abend." Voysey wirkte ein wenig verlegen, als er auf seinem Teller Rührei mit Schinken herumstocherte.

Surgenors Verwunderung wuchs. „Sie haben mir nichts davon gesagt."

„Na ja, das gehört auch nicht zu den Dingen, die man überall hinausposaunt." Auf Voyseys Gesicht zeigte sich eine ganz ungewohnte Röte. „Das Trance-Port-Programm verschafft dir eine entwicklungsfähige Beziehung zu einem netten Mädchen, und es ist etwas ganz Privates. Genau wie im wirklichen Leben."

„Besser als im wirklichen Leben – du weißt, daß du jedesmal zum Zug kommst", sagte Barrow und ließ die Faust hin und her schnellen. „Erzählen Sie uns alles von Ihrer Chinesin, Vic. Ist es so, wie behauptet wird?"

„Ich habe nicht mit Ihnen geredet."

Barrow war nicht aus der Ruhe zu bringen. „Los, Vic – ich erzähle Ihnen auch von meiner Kleinen. Ich will nur wissen, ob –"

„Halten Sie Ihr Maul!" Voyseys Gesicht verlor die Farbe. Er griff nach seiner Gabel und hielt sie Barrow unter das schiefergraue Kinn. „Ich will nicht mit Ihnen reden, und ich will nicht, daß Sie mit mir reden, und wenn Sie sich noch einmal einmischen, können Sie sich drauf verlassen, daß Sie was abkriegen."

Es herrschte angespannte Stille, dann stand Barrow auf, murrte etwas und ging am Tisch entlang zur anderen Seite der kleinen Gruppe.

„Was ist denn los mit ihm?" flüsterte er Surgenor zu. „Was hab ich denn gesagt?"

Surgenor schüttelte den Kopf. Er mochte Barrow nicht, aber Voyseys Reaktion war ihm unnötig heftig erschienen. Surgenor wußte über die Trance-Ports nur, daß sie durch Kopfdruck auf das Kissen ausgelöst wurden und in der Hauptsache durch direkte Hirnrindenreizung von Wörtern und Bildern wirkten. Zunächst riefen sie eine leichte Form der Hypnose hervor, die das Einschlafen förderte, und dann – nachdem die Hirnrhythmen Schlaf anzuzeigen begannen und sobald Perioden schneller Augenbewegungen verrieten, daß die Person traumbereit war – führten sie dem Gehirn einen programmierten Handlungsablauf zu.

Für Surgenor waren die Trance-Ports wenig mehr als eine verfeinerte Abart von Filmprojektor, so daß ihn die Stärke der dadurch erregten Gefühle erstaunte. Er beugte sich zu Voysey hinüber, der auf seinen Teller starrte, aber Hilliard griff nach seinem Arm.

„Victor hat recht damit, daß es genau wie im wirklichen Leben ist", sagte Hilliard, die Brauen warnend zusammengezogen, um zu zeigen, daß man Voysey in Ruhe lassen solle. „Ein Trance-Port ist keine erotische Traummaschine. Die Psychologen, die die Bänder programmieren, haben begriffen, daß man etwas mehr braucht, wenn man von zu Hause so weit entfernt ist. Ein reizvolles Mädchen ist natürlich stets der Mittelpunkt, aber sie ist nicht nur sexy, sondern noch vieles dazu. Anschmiegsam. Verständnisvoll. Lustig und doch zuverlässig. Sie gibt einem alles das, was dem Leben im Dienst fehlt."

„Und sie kostet dich keinen Cent", sagte Barrow feixend. Von seinem Zusammenstoß mit Voysey hatte er sich offenbar erholt.

Hilliard ließ sich nicht beirren. „Sie wird für einen Mann sehr wichtig, Dave. Ich vermute, das ist der Grund, warum keiner, der Trance-Port benutzt, viel darüber spricht."

„Sie reden auch darüber."

„Ja, nicht wahr?" Hilliard lächelte wie ein Schüler, der sein erstes Rendezvous ankündigt. Er senkte die Stimme, um Barrow vom Gespräch auszuschließen. „Es muß daran liegen, daß ich mich so großartig fühle. Ich hatte mit keinem der Mädchen, die ich zu Hause kannte, je eine wirklich ganz befriedigende Beziehung. Irgend etwas hat immer gefehlt."

„Gefehlt?" sagte Barrow. „Bei Ihnen läßt sich leicht erraten, was." Er schaute sich am Tisch um, bemüht um ein Lächeln der anderen, aber seit seiner Ankunft auf der *Sarafand* hatte er sich keine Freunde erworben, und die Gesichter der Modulbesatzung blieben ausdruckslos.

Hilliard nützte den psychologisch richtigen Augenblick, stand auf und sagte ernsthaft: „Barrow, wenn Sie soviel Talent wie Lust hätten, den Leuten weh zu tun, wären Sie ein tödlicher Gesprächspartner – aber so sind Sie nur bemitleidenswert."

Am Tisch gab es anerkennendes Gelächter. Hilliard quittierte es mit einem würdevollen Nicken und setzte sich wieder, scheinbar unberührt von Barrows haßerfülltem Blick. Surgenor freute sich für den jungen Mann, aber er hatte Befürchtungen angesichts der sich entwickelnden Lage, die ein weiteres Symptom für die von der Besatzung der *Sarafand* empfundene Belastung war.

Die Reise hatte schon länger als erwartet gedauert, als man entdeckte, daß Martells Sternhaufen vier Planetensysteme mehr besaß, als durch Fernpeilung erkennbar gewesen waren. Es lag in Aesops Ermessen, die vier zusätzlichen Vermessungen abzulehnen, aber er hatte die Entscheidung getroffen weiterzufliegen. Surgenor, von einem untypischen Verlangen erfüllt, die Erde rechtzeitig zu erreichen, um mit seinen Vettern und deren Familien Weihnachten zu feiern, hatte Einwände vorgebracht, sie aber abgewiesen gesehen. Nun, da sich am Frühstückstisch Spannungen zeigten, beschloß er, sich noch einmal allein mit Aesop zu unterhalten.

Hilliard nahm den Faden wieder auf und sagte: „Seit ich Julie kenne, sieht alles anders aus."

„Julie? Sie meinen, die haben auch Namen?"

„Aber natürlich haben sie Namen!" Hilliard bedeckte kurz sein Gesicht mit den Händen. „Sie begreifen einfach nicht, wie, Dave? Wirkliche Mädchen haben Namen, also haben Trance-Port-Mädchen auch Namen. Das meine heißt eben Julie Cornwallis."

In diesem Augenblick nahm Surgenor zwei Ereignisse gleichzeitig wahr. Ein Gongschlag ertönte, und Aesop sprach über die Lautsprecher zur Besatzung, teilte ihr mit, daß er alle Schwerkrafteinflüsse berücksichtigt habe, die auf das Schiff einwirkten, und einen Beta-Raum-Sprung näher zum Herz von Martells Sternhaufen machen werde. Und während die Computerstimme, die aus allen Richtungen kam, den Raum erfüllte, verriet das Gesicht von Tod Barrow – das düster und gereizt gewirkt hatte – plötzlich Überraschung und Glücklichsein. Der Ausdruck verschwand schnell und hätte überdies als Freude über Aesops Mitteilung ausgelegt werden können.

Der Vorfall war unbedeutend genug, und Surgenor vergaß ihn rasch, als die Besatzung den Tisch verließ und sich in den dunklen Beobachtungsraum auf demselben Deck drängte. Er ging mit, ohne Hast, wie es einem Veteranen so vieler Sternsprünge zukam, war aber doch bei den ersten. Den Sofortantrieb in Aktion zu sehen, zu erleben, wie die Sternenfelder sich schlagartig verwandelten, und zu wissen, daß er mit Gedankenschnelle Lichtjahre hinter sich gebracht hatte, waren Erlebnisse, die Surgenor nie als alltäglich zu betrachten vermochte.

Der Beobachtungsraum verfügte über zwölf Drehsessel, die in der Mitte zwischen zwei halbkugelförmigen Bildschirmen montiert waren. Vorne zeigte sich die Aussicht durch das Zentrum von Martells Sternhaufen. Der gewölbte Bildschirm glich einer Schale schwarzen, gefrorenen Champagners mit tausend silbernen Luftbläschen, die durch die Kürze der menschlichen Existenz in ihrem Flug angehalten worden waren. Surgenor wartete auf den Sprung, versuchte ihn zu erfühlen, obwohl er wußte, daß jeder Prozeß, der langsam genug war, um gespürt zu werden, vermutlich tödlich sein würde.

Augenblicklich, ohne irgendein Anzeichen dafür, daß sich etwas bewegt hatte, tauchte die Scheibe einer neuen Sonne auf, als habe sie die anderen Sterne davongetrieben.

„Wir sind angekommen", sagte Clifford Pollen, die Tatsache bestätigend, daß Aesop sie mitten in das Zielgebiet geführt hatte, heimlich dankbar für einen erneuten sicheren Übergang. Pollen, der immer noch Material für sein geplantes Buch sammelte, war ein Kenner der Legenden über Raumschiffe, die Routinesprünge ausgeführt hatten und im Beta-Raum-Universum – wo der

Schwerkraftfluß einem zwischen den Galaxien wütenden Sturm glich – von unerwarteten Wirbeln fortgerissen worden waren, um unendlich weit von ihren Zielen im Normal-Raum wieder aufzutauchen. Surgenor wußte, daß es Regionen gab, wo der intergalaktische Wind durch Lücken im Schwerkraftschild der Milchstraße drang, aber ihre Lage und Grenzen waren genau bekannt. Er hatte keine Bedenken dem Sofortantrieb gegenüber und zog aus Pollens immerwährender Nervosität ein etwas boshaftes Vergnügen.

Die nächsten Wochen würden von der Annäherung an Planeten im Normal-Raum und, wo zweckmäßig, von direkter Erkundung durch die Meßmoduln bestimmt sein. Je nach Verlauf konnte die *Sarafand* einen ganzen Monat in diesem System verbringen, und drei weitere mußten noch besucht werden.

Surgenor betrachtete die fremde Sonne und dachte an die kostbaren flüchtigen Winternachmittage auf der Erde, an Fußballspiele und Zigarrengeschäfte und Frauen an Eßtischen und an die tiefe Behaglichkeit von Familien, die sich zu Weihnachten versammelten. Und er wußte, daß Aesop im Unrecht war, daß die Reise nicht hätte verlängert werden sollen. Er stand wortlos auf und ging zu der privaten Insel seiner Kabine. Ohne sich die Mühe zu machen, die Tür abzuschließen – es gehörte zu den Regeln des Bordlebens, daß kein Besatzungsmitglied unaufgefordert die Kabine eines anderen betrat – setzte er sich und schloß die Augen.

„Achtung, höre", sagte er schließlich, den Codeausdruck gebrauchend, der jedes Besatzungsmitglied mit dem Computer verband.

„Ich höre, David", sagte Aesop ruhig, die Stimme genau auf Surgenors Ohren gerichtet.

„Es war ein Fehler, bei dieser Mission vier zusätzliche Systeme einzubeziehen."

„Ist das eine Meinung? Oder sind Sie im Besitz von Daten, die mir nicht zur Verfügung gestellt worden sind?" Aesops Stimme hatte einen trockenen Ton angenommen, und Surgenor war fast sicher, daß die Wortwahl auf Sarkasmus hinauslief, aber er hatte nie genau ausmachen können, in welchem Ausmaß Aesop sprachlicher Raffinesse fähig war.

„Ich gebe meine Einschätzung der Lage wieder", sagte er. „In der Besatzung entstehen starke Spannungen."

„Das ist vorauszusehen. Ich habe es einkalkuliert."

„Du kannst nicht vorhersagen, wie Menschen reagieren werden."

„Ich habe nicht gesagt, daß ich ihre Reaktionen voraussagen kann", erwiderte Aesop geduldig. „Ich kann Ihnen aber versichern, daß ich alle bedeutsamen Faktoren erwogen habe, bevor ich meine Entscheidung traf."

„Welche Faktoren?"

Es gab eine kaum merkliche Pause – ein Hinweis darauf, daß Aesop die Frage als dumm empfand –, bevor der Computer antwortete.

„Das vom Kartographischen Dienst erforschte Raumvolumen ist grob kugelförmig. Wenn der Radius dieser Kugel sich vergrößert, nimmt die Oberfläche . . ."

„Das weiß ich alles", unterbrach ihn Surgenor. „Ich weiß, daß die Kugel sich ausdehnt und die Aufgabe immer größer wird und daß wirtschaftlicher Druck ausgeübt wird, die Aufträge zu erweitern. Ich habe nach den menschlichen Faktoren gefragt. Wovon gehst du aus, wenn du versuchst, sie zu beurteilen?"

„Abgesehen von der Masse allgemeiner psychologischer Daten, die mir zur Verfügung stehen, kann ich Sie auf die einschlägigen Zusammenfassungen aus den Schlußberichten aller Missionen für das vergangene Jahrhundert verweisen. Allein diejenigen vom Kartographischen Dienst umfassen über acht Millionen Wörter; militärische Aufzeichnungen, wegen der Art der Vorgänge ausführlicher, belaufen sich auf fünfzehn Millionen Wörter; dazu kommen die Berichte der verschiedenen zivilen Ämter, die . . ."

„Vergiß es." Surgenor, der sich bewußt war, daß er ausmanövriert wurde, beschloß, es auf andere Weise zu versuchen. „Aesop, ich bin schon lange Zeit mit dir auf der *Sarafand*, lange genug, um dich beinahe als menschliches Wesen anzusehen, und ich glaube, ich kann mit dir reden wie ein Mann mit dem anderen."

„Würden Sie, bevor Sie anfangen, zwei Fragen beantworten, David?"

„Gewiß."

„Erstens – wie kommen Sie auf die sonderbare Idee, daß ich für Schmeichelei empfänglich wäre? Zweitens – wo haben Sie die noch seltsamere Vorstellung her, es könnte eine Schmeichelei darstellen, wenn Sie mir menschliche Attribute zuschreiben?"

„Ich habe keine Antworten auf diese Fragen", sagte Surgenor schwerfällig und niedergeschlagen.

„Das ist schade. Fahren Sie fort."

„Womit?"

„Ich bin bereit, daß Sie von Mann zu Mann mit mir sprechen." Surgenor tat genau das, fast eine Minute lang.

„Nachdem Sie Ihre seelischen Belastungen jetzt losgeworden sind", erklärte Aesop nach dem Ausbruch, „lassen Sie sich bitte daran erinnern, daß der richtige Codeausdruck für die Beendigung eines Gesprächs ‚Achtung, Ende' lautet."

Surgenor suchte nach einem letzten Schimpfwort, als die Tonverbindung abgeschaltet wurde, aber seine Einfallskraft ließ ihn im Stich. Er lief eine Weile in der Kabine herum und zwang sich, die Erkenntnis zu akzeptieren, daß es keine Möglichkeit gab, bis Weihnachten wieder auf der Erde zu sein, dann ging er hinunter zum Hangardeck und begann mit einer Systemprüfung seines Meßmoduls. Zuerst fiel es ihm schwer, sich zu konzentrieren, aber dann setzte sich seine Berufseinstellung durch, und einige Stunden vergingen rasch. Die Leuchttafeln im „Mittagsbereich" des kreisrunden Decks schienen am hellsten und vermittelten den Eindruck einer Mittagssonne dahinter, als er aus dem Fahrzeug stieg und zum Essen ging. Er setzte sich zu Hilliard.

„Wo sind Sie gewesen?" fragte Pollen.

„Ich habe meine Sensorenanlagen überprüft."

„Schon wieder?" Pollen zog amüsiert eine Braue hoch, und seine ein wenig vorstehenden Zähne glänzten.

„Da kommt er nicht auf dumme Gedanken", sagte Hilliard und zwinkerte den anderen zu.

„Ich habe noch nie um einen Planeten halb zurückfahren müssen", erwiderte Surgenor und erinnerte Pollen damit an einen Vorfall, an den er ungern erinnert wurde, bevor er an der Tastatur seine Essenswünsche eingab. Seine Suppe war eben aus dem Spenderkopf gekommen, als Tod Barrow die Messe betrat, sich am Tisch umsah und dann Surgenor gegenüber Platz nahm. Barrow, der offenbar im Sportraum trainiert hatte, trug einen Trainingsanzug und roch nach frischem Schweiß. Er begrüßte Surgenor mit unerwarteter und übermäßiger Freundlichkeit.

Surgenor nickte kurz. „Ist die Dusche kaputt?"

„Woher soll ich das wissen?" Barrow schien von der Frage aufrichtig überrascht zu sein.

„Nach dem Training gehen die Leute da gewöhnlich hinein."

„Mensch, nur Leute, die dreckig sind, müssen sich dauernd waschen." Barrows schiefergraues Gesicht verzog sich zu einem Lächeln, während er Hilliard anstarrte. „Außerdem war ich gestern abend in der Wanne. Zu Hause. Mit meiner Frau."

„Doch nicht schon wieder einer", murmelte Surgenor.

Barrow beachtete ihn nicht und hielt den Blick auf Hilliard gerichtet. „Eine ganz tolle Wanne ist das. Aus Gold. Paßt genau zu den Haaren meiner Frau."

Surgenor bemerkte, daß Hilliard die Gabel sinken ließ und Barrow durchdringend anstarrte.

„Ihre Haut hat auch eine goldene Tönung", fuhr Barrow fort. „Und wenn wir zusammen in der Wanne sind, bindet sie sich die Haare mit einem goldenen Band zusammen."

„Wie heißt sie?" sagte Hilliard und überraschte Surgenor mit der Frage.

„Sogar die Wasserhähne an der Wanne sind aus Gold. Goldene Delphine." Barrows Gesicht wirkte verzückt. „Wir hätten das eigentlich nicht kaufen sollen, aber . . ."

„Wie heißt sie?" Hilliards Stuhl kippte um, als er aufsprang.

„Was ist denn los mit Ihnen, Pinky?"

„Zum letztenmal, Barrow – sagen Sie mir ihren Namen!" Auf Hilliards Backenknochen brannten Zornflecken.

„Julie", sagte Barrow behaglich. „Julie Cornwallis."

Hilliards Unterkiefer klappte herunter. „Sie sind ein Lügner."

„Ich frage euch", sagte Barrow zu den anderen, die zusahen, „ist das eine Art, mit einem Schiffskameraden zu reden?"

Hilliard beugte sich über den Tisch. „Sie sind ein gottverdammter Lügner, Barrow."

„He, Bernie!" Surgenor stand auf und packte Hilliard am Arm. „Beruhigen Sie sich ein bißchen."

„Sie verstehen nicht, Dave." Hilliard riß sich los. „Er behauptet, er hätte ein Trance-Port-Band genau wie das meine, aber so etwas macht die Verteilungsstelle nicht. Man achtet darauf, daß es von jeder Sorte nur ein einziges Band in jedem Schiff gibt."

„Da muß ein Fehler unterlaufen sein", meinte Barrow glucksend. „Jeder macht mal einen Fehler."

„Dann können Sie das Ihre zurückgeben und sich ein anderes besorgen."

Barrow schüttelte heftig den Kopf. „Kommt nicht in Frage, Pinky. Mir gefällt das, was ich habe."

„Wenn Sie es nicht zurückgeben, dann . . ."

„Ja, Pinky?"

„Ich . . ."

„Meine Suppe wird kalt", sagte Surgenor mit seiner lautesten Simme. Er war ein großer, breitgebauter Mann und konnte eindrucksvoll brüllen, wenn er es für notwendig erachtete. „Ich esse keine kalte Suppe – also setzen wir uns jetzt alle ruhig hin und nehmen unsere Mahlzeit wie Erwachsene zu uns." Er hob Hilliards Stuhl auf und drückte den jungen Mann darauf nieder.

„Sie verstehen nicht, Dave", flüsterte Hilliard. „Das ist so, als wäre jemand in mein Heim eingedrungen."

Statt zu antworten, deutete Surgenor auf seine Suppe und begann stumm und konzentriert zu löffeln.

Am „Nachmittag" las Surgenor ein angefangenes Buch zu Ende, verbrachte einige Zeit im Beobachtungsraum, dann ging er in den Sportraum und übte mit Al Gillespie Fechten. Er sah weder Hilliard noch Barrow, und wenn er überhaupt an die Zwischenfälle mit den Trance-Port-Bändern dachte, dann nur, um sich dafür zu beglückwünschen, daß er die beiden Beteiligten einigermaßen zur Vernunft gezwungen hatte. Friedliches rötliches Licht strömte durch das „westliche" Ende der Messe, als er hineinging und sich setzte. Die meisten Plätze waren schon besetzt, und der Spenderkopf surrte im Mittelschlitz des Tisches hin und her.

Die belebte Atmosphäre hätte Surgenor sonst fröhlich gemacht, aber bei dieser Gelegenheit erinnerte sie ihn an das Weihnachtsfest, das er nicht auf der Erde erleben würde, an das trostlose neue Jahr, das ohne die nachklingende Wärme des alten beginnen würde. Er ließ sich auf einen Stuhl fallen, bestellte seine übliche Speisenfolge und begann lustlos zu essen, als er bemerkte, daß sich verspätet jemand neben ihm niederließ. Seine Stimmung verdüsterte sich noch mehr, als er sah, daß es Tod Barrow war.

„Entschuldigt die Verspätung, Leute", sagte Barrow, „aber ich sehe, ihr habt schon ohne mich angefangen."

„Wir haben darüber abgestimmt", knurrte Sig Carlen, „und sind zu dem Entschluß gekommen, daß Sie sich genau das vorstellen."

„Völlig richtig." Barrow reckte sich behaglich, immun gegen Sarkasmus. „Ich habe fast den ganzen Nachmittag gedöst und mir gedacht, ich gehe am besten nach Hause. Zu meiner Frau."

Die anderen ächzten hörbar.

„Diese Julie ist wirklich einmalig", fuhr Barrow unbeirrt fort und schloß die Augen, um seine Erinnerungen besser zu genießen. „So, wie sie sich anzieht, möchte man meinen, sie wäre Lehrerin in einer Sonntagsschule – aber was für Reizwäsche!"

Am anderen Ende des Tisches lachte jemand anerkennend auf. Surgenor schaute sich auf der Suche nach Hilliard um und sah ihn mit gesenktem Kopf am Tisch sitzen. Er hatte eine Starrheit an sich, die Surgenor nicht gefiel.

Surgenor beugte sich zu Barrow hinüber und starrte ihm in die Augen. „Warum legen Sie nicht mal eine kleine Pause ein?"

Barrow winkte ab. „Aber das müßt ihr euch anhören. Viele Ehefrauen machen nur im Bett mit, aber meine Julie hat die Gewohnheit . . ." Er verstummte und begann zu grinsen, als Hilliard aufsprang und hinauslief. „Ach, seht euch das an! Der kleine Pinky ist einfach gegangen, gerade, als ich zum Schönsten kommen wollte. Vielleicht will er Julie verwarnen, weil sie ihn betrügt."

Es gab wieder Gelächter, und Barrow wirkte zufrieden.

„Sie übertreiben es", sagte Surgenor zu ihm. „Lassen Sie den Jungen in Ruhe."

„Ist doch nur ein Witz. So etwas muß er vertragen können."

„Sie sollten erst mal einen machen können."

Barrow zuckte die Achseln, schien damit zufrieden zu sein, daß er es Hilliard heimgezahlt hatte, und überflog das Speisenangebot. Er bestellte Krabben-Mais-Suppe und aß sie langsam, legte immer wieder Pausen ein, um den Kopf zu schütteln und leise in sich hineinzulachen. Surgenor bemühte sich, den Zorn zu unterdrücken, den er Barrow gegenüber empfand, weil er ein so störendes Element war, Hilliard gegenüber, weil er sich über nicht mehr als ein Stück Traumband so aufregte, den Psychologen des Kartographischen Dienstes gegenüber, weil sie die Trance-Port-Bänder überhaupt ausgegeben hatten, und Aesop gegenüber, weil er die Reise über die normale Dauer hinaus ausgedehnt hatte. Die Anstrengung beanspruchte seine Geduld über Gebühr.

Er stocherte in den Resten seines Hackbratens herum, als das Gesprächsgemurmel aufhörte. Surgenor hob den Kopf und sah, daß Bernie Hilliard, unnatürlich blaß wirkend, zurückgekommen war. Der junge Mann ging um den Tisch herum und blieb neben Barrow stehen, der sich nach ihm umdrehte.

„Was gibt es, Pinky?" Barrow schien ein wenig betroffen zu sein.

„Ihre Suppe sieht ein bißchen dünn aus", sagte Hilliard dumpf. „Was meinen Sie?"

Barrow sah ihn verwirrt an. „Scheint mir in Ordnung zu sein."

„Nein. Sie ist eindeutig zu dünn — nehmen Sie doch Nudeln dazu." Hilliard zog hinter dem Rücken ein Bandgewirr hervor, silbern und grün, und klatschte es dem anderen in die Suppe.

„He! Was soll das?" Barrow starrte die verfilzte Masse an und konnte sich die Antwort plötzlich selbst geben. „Das ist ein Trance-Port-Band!"

„Richtig."

„Aber . . ." Barrows Augen zuckten hin und her, als er zu einer unausweichlichen Schlußfolgerung gelangte. „Das ist mein Band!"

„Schon wieder richtig."

„Das heißt, daß Sie in meiner Kabine waren." Barrow schickte einen entsetzten Blick in die Runde, um die anderen zu Zeugen des Geständnisses zu machen, dann sprang er Hilliard an die Kehle. Hilliard versuchte sich loszureißen, und die beiden stürzten zu Boden, Barrow obenauf.

„Sie hätten . . . nicht . . . in . . . meine . . . Kabine . . . gehen . . . sollen!" Barrow hatte Hilliard am Hals gepackt und hieb dessen Kopf im Rhythmus der Worte auf den Boden.

Surgenor, der aufgestanden war, hob einen Fuß und stieß den

Absatz mit voller Wucht zwischen Barrows Schulterblätter. Barrow brach zusammen und blieb ächzend auf der Seite liegen, während Surgenor und Voysey sich bückten, um Hilliard auf die Beine zu helfen.

„Tun Sie mir einen Gefallen, Bernie, Herrgott noch mal", sagte Surgenor. „Bringen Sie Ihr Hirn wieder auf Trab."

„Tut mir leid, Dave." Hilliard wirkte betroffen, aber triumphierend. „Er hatte kein Recht . . ."

„Sie hatten kein Recht, in seine Kabine zu gehen – das gibt es an Bord einfach nicht."

„Ja, was ist damit?" warf Barrow ein, während er sich aufraffte. „Er hat meine Privatsphäre verletzt."

„Nicht so sehr wie Sie die meine", sagte Hilliard.

„Es war mein Band." Barrow drehte sich um und hob das triefende Gewirr aus seinem Teller. „Außerdem machen Suppenflecke gar nichts aus. Ich wische es sauber und fädle es wieder in die Kassette."

„Nur zu." Hilliard lächelte. „Aber nützen wird Ihnen das nichts – ich habe es vorher gelöscht."

Barrow stieß einen Fluch aus und wollte sich wieder auf Hilliard stürzen, wurde aber von mehreren Männern auf seinen Stuhl gestoßen. Surgenor stellte erleichtert fest, daß die allgemeine Meinung sich gegen Barrow richtete – eine Situation, die weniger unkontrollierbar erschien als eine, in der sich zwei etwa gleich starke Seiten gegenüberstanden. Barrow starrte kurz in den Kreis grimmiger Gesichter, dann lachte er ungläubig auf.

„Seht euch das an! Regen sich ganz umsonst auf! Immer mit der Ruhe, Leute, immer mit der Ruhe!" Er warf den grünen und silbernen Bandsalat wieder in seine Suppe und tat so, als äße er. „He, das schmeckt prima, Pinky – ich glaube, Sie haben die beste Verwendung für die blöden Trance-Ports gefunden."

Eine Anzahl der Männer lachte, und die Spannung löste sich sofort. Barrow spielte für den Rest der Mahlzeit den Clown und vermittelte hervorragend den Eindruck eines Mannes, der unfähig ist, anderen etwas nachzutragen. Aber Surgenor, der ihn genau beobachtete, vermochte nicht zu glauben, daß das mehr war als eine Darbietung. Er verließ den Tisch mit der dunklen Vorahnung, daß die Episode noch lange nicht zu Ende war.

„Achtung, höre", sagte Surgenor in die Stille seiner Kabine. „Ich höre, David."

„Die Lage verschlimmert sich."

„Diese Feststellung ist zu allgemein, als daß sie . . ."

„Aesop!" Surgenor atmete tief ein und machte sich klar, daß es keinen Sinn hatte, auf einen Computer wütend zu werden, gleichgültig, wie gut sich dieser auszudrücken vermochte. „Ich spreche von dem psychologischen Druck auf die Modulbesatzungen. Die Anzeichen werden immer stärker."

„Ich habe festgestellt, daß sich Pulszahlen beschleunigen und Hautwiderstände vermindern, aber nur bei vereinzelten Gelegenheiten. Es besteht kein Anlaß zur Sorge."

„Kein Anlaß zur Sorge, sagt er. Aesop, fällt dir nicht ein, daß ich – weil ich ein menschliches Wesen bin – mehr darüber wissen könnte, was in menschlichen Wesen vorgeht, als du? Ich meine, du kannst nie wirklich wissen, was sich im Kopf eines Menschen abspielt."

„Seine Aktionen sind für mich wichtiger, aber wenn ich Informationen über die seelische Verfassung von Besatzungsmitgliedern brauchen sollte, kann ich auf die einschlägigen Zusammenfassungen der Schlußberichte aus dem vergangenen Jahrhundert zurückgreifen. Allein diejenigen vom Kartographischen Dienst umfassen über acht Millionen Wörter; militärische Aufzeichnungen, wegen der Art der Vorgänge . . ."

„Komm mir nicht wieder mit dem ganzen Zeug daher." Surgenor kam ein neuer Gedanke. „Angenommen, es bestünde Anlaß zur Sorge, angenommen, es geriete wirklich alles außer Kontrolle – was könntest du eigentlich dagegen tun?"

Aesops Stimme klang friedlich. „Ich könnte vieles tun, David, aber allem Anschein nach würde die Beifügung einer einfachen psychotropen Droge zum Trinkwasser völlig ausreichen, um einen stabilen Zustand wiederherzustellen."

„Du bist ermächtigt, jederzeit, wenn dir danach zumute ist, menschliche Wesen mit Drogen ruhigzustellen?"

„Nein – nur, wenn ihnen danach zumute ist."

Wieder war Surgenor beinahe davon überzeugt, daß die in den Computer eingebaute linguistische Verfeinerung dazu benützt wurde, ihn zu verspotten.

„Selbst das ist für meinen Geschmack zu oft. Ich frage mich, wie viele Leute davon wissen."

„Es ist unmöglich zu berechnen, wie viele Leute es wissen, aber ich kann eine einschlägige Information beisteuern."

„Nämlich . . ."

„Daß Sie – gleichgültig, wie vielen anderen Sie es noch sagen wollen – am fünfundzwanzigsten Dezember nicht auf der Erde zurück sein werden."

Surgenor starrte kalt auf den Lautsprecher in der Wand seiner Kabine. „Du liest in mir wie in einem offenen Buch, wie?"

„Eigentlich nicht, David – ich finde Bücher sehr schwer zu lesen."

„Aesop, weißt du, daß du einen abscheulich hochmütigen Zug hast?"

„Die Eigenschaftswörter sind in meinem Fall nicht anwendbar, da. . ." Aesop verstummte mitten im Satz – etwas, das Surgenor bei ihm noch nie erlebt hatte. Es gab eine Pause, dann kehrte die Stimme zurück, hastiger jetzt und mit eingebauter Dringlichkeit. „Ein Brand auf dem Hangardeck."

„Ernst?" Surgenor packte seine Stiefel und zog sie an.

„Ziemlich starke Rauchentwicklung, aber ich stelle nur ein begrenztes Feuer fest, und elektrische Kurzschlüsse werden nicht angezeigt. Die Situation scheint von meinen automatischen Systemen durchaus beherrschbar zu sein."

„Ich gehe hinunter und sehe nach", sagte Surgenor, ein wenig aufatmend, als das Phantom einer Großkatastrophe sich aufzulösen begann. Er verließ den Raum und hastete zum Hauptniedergang, glitt hinunter und hetzte zu der nach unten führenden Treppe. Sie war überfüllt mit Männern, die erfahren wollten, was sich abspielte. Das runde Hangardeck war diesig von Rauchschwaden, die die Umrisse der sechs Meßfahrzeuge in ihren Boxen verhüllten, aber schon als Surgenor hereinkam, konnte er sehen, daß der Rauch von den Gitteröffnungen in der Decke abgesaugt wurde. Nach wenig mehr als einer Minute waren die Schwaden verschwunden, mit Ausnahme von vereinzelten Wölkchen, die aus einem Kasten auf einer der Werkbänke aufstiegen.

„Ich habe die Brandbekämpfungs-Schalltechnik abgeschaltet", teilte Aesop mit. „Löscharbeit manuell beenden."

„Seht euch das an." Voysey war als erster an der Werkbank und griff nach einem kleinen Lasermesser, das mit dem Projektorkopf auf einen schwelenden Behälter mit öligem Abfall gerichtet gewesen war. „Jemand hat das Gerät bei schwacher Einstellung laufen lassen." Er starrte das Werkzeug prüfend an. „Das Ding ist gefährlich. Der Weitenbegrenzer ist defekt, dadurch ist der Brand entstanden."

Während einer der Männer eine Löschpatrone holte und sie in den Behälter warf, ließ Surgenor sich das Schneidgerät geben und untersuchte es. Der Weitenbegrenzer, eine kleine Platte, war mit Gewalt und, wie ihm schien, durchaus nicht zufällig verbogen worden. Eine zweite sonderbare Tatsache war, daß der Abfallbehälter mit dem verkohlten Loch in der Wand stets am Boden stand und mit Krampen am Tischbein befestigt war. Es schien beinahe, als hätte jemand das Feuer bewußt gelegt, aber das würde keinem normalen Menschen einfallen. Ein Raumschiff war eine Maschine, menschliche Wesen gegen alle Diktate der Natur am Leben zu erhalten, und es war undenkbar, daß jemand versuchen sollte, die Maschine zu beschädigen . . .

„Wir haben wohl Glück gehabt", sagte Voysey. „Schaden ist keiner angerichtet worden."

Aesop meldete sich sofort zu Wort.

„Das muß sich erst erweisen, meine Herren. Das Hangardeck war im Reinluftzustand für die elektronische Wartung von Modul Eins, Drei und Sechs. Alle exponierten Anlagen müssen auf Verschmutzung überprüft, gesäubert und auf ihre Funktion getestet werden. Ich schlage vor, daß Sie gleich mit der Arbeit beginnen – sonst könnte es bei der bevorstehenden Vermessung Verzögerungen geben."

Eine Reihe von Männern stöhnte protestierend auf, aber Surgenor bildete sich ein, daß die meisten sich darüber freuten, eine wirklich notwendige Aufgabe erfüllen zu müssen. Das stellte eine Unterbrechung des eintönigen Bordlebens dar und verlieh ihnen das behagliche Gefühl, gebraucht zu werden. Er beteiligte sich an der Arbeit, wobei er seine Überlegungen zum Ursprung des Brandes zurückstellte, und verbrachte zwei Stunden damit, völlig vertieft Elektronikanlagen zu überprüfen. Die Meßmoduln waren in hohem Maß auf Reparaturen durch Teiletausch angelegt, so daß vergleichsweise unausgebildete Männer sie in Betrieb halten konnten, aber trotzdem war die Aufgabe, wichtige Teile zu prüfen und auszuwechseln, eine, die Konzentration verlangte. Wie immer überwachte Aesop die verschiedenen Arbeitsgänge und leistete Beistand. Seine Ferndiagnosemikroskope, die an der Decke montiert waren, bewegten sich in unregelmäßigen Abständen und warfen stark vergrößerte Bilder von Schaltkreisen auf große Bildschirme.

Bis die Automatikküche das Abendessen servierte, war Surgenor angenehm müde. Er war deshalb erleichtert, als die Mahlzeit ohne Zusammenstöße zwischen Barrow und Hilliard vorüberging. Nach dem Essen sah sich fast die ganze Besatzung ein Holospiel an. Surgenor trank zwei große Gläser Whisky, ertappte sich bei gefährlich nostalgischen Gedanken über die Erde zu Weihnachten und ging früh zu Bett.

Er erwachte am nächsten Morgen entspannt, erfüllt von dem Wissen, daß heute Samstag war und er nicht ins Büro zu fahren brauchte. Der Entwurf, den er für das neue Universitätsauditorium erarbeitete, befand sich in einem faszinierenden, alles beanspruchenden Stadium, aber er wußte aus Erfahrung, daß ein Wochenende reiner Erholung es ihm ermöglichen würde, mit noch mehr Begeisterung und Leistungsfähigkeit an die Arbeit zurückzukehren. Behagliche Zufriedenheit durchdrang ihn wie das Läuten silberner Glocken, als er sich im Bett umdrehte und nach Julie griff.

Er war einen Augenblick enttäuscht, als er den Platz leer fand, dann bemerkte er, daß frischer Kaffeeduft von der Küche heraufdrang. Er stand auf, reckte sich, tappte nackt ins Badezimmer und blickte einen Moment lang auf die Wanne mit den Wasserhähnen in Form goldener Delphine. Er entschied sich gegen ein heißes Bad und drehte in der Rauchglaskabine daneben die Dusche auf. Vor den Badezimmerfenstern leuchteten Kirschblüten wie sonnenglitzernder Schnee, und in der Ferne betätigte sich ein begeisterter Gärtner mit dem Rasenmäher, die ersten Frühlingsriten vollführend.

„Dave?" Julies Stimme war über dem Rauschen des Wassers nur undeutlich zu hören. „Bist du schon auf? Willst du Kaffee?"

„Jetzt noch nicht." Surgenor lächelte vor sich hin, als er in die zischende Wärme der Duschzelle trat. „Hier oben sind keine Handtücher", rief er. „Kannst du mir eins bringen –"

Eine Minute später kam Julie mit einem Handtuch ins Badezimmer. Sie trug einen gelben Morgenmantel mit locker geschlungenem Gürtel, und ihr goldenes Haar war mit einem goldenen Band zusammengefaßt. Ihre Schönheit füllte Surgenors Blick.

„Ich war doch . . ." Julie verstummte, als sie sich im Badezimmer umschaute und die Vielzahl von Handtüchern an ihren Stangen sah. „O Dave! Was hast du dir dabei gedacht, mich hier heraufzuscheuchen?"

Surgenor grinste sie an. „Kannst du das nicht erraten?"

Sie ließ ihren Blick über seinen gespannten Körper gleiten. „Der Kaffee steht bereit."

„Nicht so bereit wie ich. Komm rein – das Wasser ist herrlich."

„Versprichst du mir, daß du mir die Haare nicht naß machst?" sagte sie, jene Zurückhaltung vortäuschend, die zu ihren Liebesspielen gehörte.

„Versprochen."

Julie öffnete ihren Gürtel, ließ den Mantel von den Schultern und auf den Boden gleiten. Sie trat zu ihm unter die Dusche. Surgenor nahm sie in die Arme, und in den Minuten danach reinigte er sich von all dem Begehren, all der Einsamkeit, die ein Raumfahrer auf seinen Reisen anzusammeln genötigt ist.

Später, als sie am Frühstückstisch saßen, spürte er einen seltsamen Gedanken, der von ihm Besitz ergriff: Wenn ich ein Architekt bin, wirklich Architekt, wie kann ich soviel darüber wissen, was ein Raumfahrer empfindet?

Er starrte Julie mit einer Art trauriger Verwirrung an und nahm im Nacken einen leichten Druck wahr. Er fühlte sich genauso an wie ein Kissen.

Er hob den Kopf, blinzelte verständnislos die karge Einrichtung seiner Kabine in der *Sarafand* an und riß plötzlich das Kissen weg. Darunter lag die flache silbrige Scheibe eines Trance-Port-Spielers.

Surgenor griff danach, und ein Teil seines Gehirns versuchte das Rätsel ihres Hierseins zu lösen, während ein anderer, der sich verletzt und verraten fühlte, dachte: Julie, Julie, warum konntest du nicht wirklich sein?

Er zog sich an, so schnell er konnte, verließ seine Kabine und hatte den Niedergang zur Messe fast erreicht, als er weggestoßen wurde. Er drehte sich empört um und sah Victor Voysey, dessen Gesicht zornig und abnorm blaß war.

Surgenor wollte aufbegehren, aber dann bemerkte er, daß der andere ebenfalls einen Trance-Port-Bandspieler in der Hand hielt. „Was ist los, Vic?" fragte er, noch immer bedrängt von den Bildern der Nacht.

„Jemand hat mir die Bänder vertauscht, das ist los. Und wenn ich den Kerl erwische, bringe ich ihn um." Voysey atmete schwer.

„Bänder vertauscht?"

„Genau das. Irgend jemand war in meiner Kabine, hat mir mein Band weggenommen und ein anderes ins Abspielgerät gelegt."

Surgenor spürte den kalten Hauch einer Vorahnung. „Was für ein Band haben Sie bekommen? Konnten Sie es erkennen?"

„Ich glaube, es war das vom jungen Hilliard. Das Mädchen schien . . ." Voysey verstummte, als er die Scheibe in Surgenors Hand entdeckte. „Was geht hier vor, Dave? Ich denke, Sie benützen sie nicht."

„Nein – aber der Kerl hat mir trotzdem eins unter das Kissen geschoben."

„Dann muß es das meine gewesen sein."

„Nein. Es war Hilliards Band."

Voysey sah ihn verblüfft an. „Aber von jedem soll es doch nur eines geben."

„Dachte ich auch." Surgenor glitt den Niedergang hinunter zur Messe, gefolgt von Voysey. Fast die ganze Besatzung war schon zur Stelle, in einer Gruppe am „Ost"-Ende des Raumes, aber Surgenors Blick wurde von den silbernen Scheiben angezogen, die auf dem Tisch verstreut lagen. Seine Vorahnung verdichtete sich zu zorniger Gewißheit.

„Hallo, Dave, Victor", sagte Pollen. „Wie ich sehe, hat es euch auch erwischt – willkommen im Klub."

„Wie hat euch die Massenorgie gefallen?" fragte Gillespie mit leisem Lachen.

Lamereux funkelte ihn an.

„Das ist gar nicht komisch, Al", sagte Surgenor. „Ich verwende die Bänder nicht, aber jemand ist in meine Kabine, in meinen Kopf eingedrungen – und das paßt mir nicht."

„Wenn jeder dieselbe Folge erlebt hat, dann muß jemand Hilliards Band aus seiner Kabine geholt und ein Dutzend Kopien angefertigt haben."

„Ich dachte, die Kassetten sind so konstruiert, daß man sie eben nicht kopieren kann."

„Richtig, aber wenn einer sich auskennt, bringt er es trotzdem fertig."

„Wer?"

Surgenor schaute sich um. Ein Mann hatte sich abseits der Diskussion gehalten und saß am Tisch, bemüht unbeteiligt, während er einen Teller mit Eiern und Schinken aus dem Spenderkopf zog. Surgenor ging auf ihn zu, gefolgt von den anderen.

„Sie sind zu weit gegangen, Barrow", sagte Surgenor.

Barrow hob höflich überrascht die Brauen. „Ich habe keine Ahnung, wovon Sie reden, alter Freund."

„Sie wissen es ganz genau. Wenn wir das mit der Störung der Privatsphäre einmal beiseite lassen – ich werde Sie anzeigen, weil Sie absichtlich im Schiff ein Feuer gelegt haben. Dafür wird man Sie einsperren."

„Ich?" Barrow sah ihn empört an. „Ich habe kein Feuer gelegt. Wie käme ich denn dazu?"

„Um alle in den Hangar hinunterzulocken, damit Sie Bernies Trance-Port stehlen, das Band kopieren und es in alle Kabinen schmuggeln konnten."

„Sie sind ja verrückt", ereiferte sich Barrow. „Diesmal will ich es noch durchgehen lassen, aber wenn Sie das nächstemal wieder eine solche Beschuldigung erheben, besorgen Sie sich lieber Beweise."

„Die besorge ich sofort", gab Surgenor zurück. „Aesop überwacht fortlaufend alles, was wir tun, nur steht in unseren Verträgen, daß die Aufzeichnungen nie abgespielt werden, außer es handelt sich um die Sicherheit des Schiffes oder um eine Untersuchung von Straftaten – und das liegt hier beides vor. Ich wende mich jetzt gleich an Aesop –"

„Augenblick!" Barrow stand auf, breitete die Hände aus und

lächelte schief. „Ich bin doch kein Verbrecher, um Himmels willen. Könnt ihr denn alle keinen Spaß verstehen?"

„Spaß!" Voysey zwängte sich an Surgenor vorbei und packte Barrow mit beiden Händen an der Hemdbrust. „Was haben Sie mit meinem Band gemacht?"

„Ich habe es sicher für Sie aufbewahrt. Beruhigen Sie sich, ja?" Barrow begann nervös zu werden.

„Lassen Sie ihn – das ist ja auch keine Lösung", sagte Surgenor, der überrascht registrierte, daß Voyseys Hauptsorge der Sicherheit seines eigenen Trance-Port-Bandes zu gelten schien.

Barrow strich sein Hemd glatt, als er losgelassen wurde. „Hört mal, es tut mir leid, wenn ich euch aus der Ruhe gebracht habe. Es war nur . . ."

„Was, zum Teufel, haben Sie sich dabei gedacht?" Voysey war nicht zufrieden, und seine hellen Brauen hatten sich scharf zusammengezogen. „Warum haben Sie das getan?"

„Ich . . ." Barrow verstummte, und in seinen Augen funkelte Triumph auf, als Bernard Hilliard hereinkam.

Hilliard wirkte rosig, entspannt und glücklich. „Entschuldigt die Verspätung, Leute", sagte er. „Ich hatte es so schön, daß ich heute früh nicht aufwachen wollte. Was ist hier überhaupt los?" Er sah die anderen der Reihe nach neugierig an.

„Etwas, das Sie auch wissen müssen", knurrte Voysey. „Unser Schiffskamerad Barrow hier . . ."

Surgenor packte ihn am Arm. „Augenblick, Vic."

Voysey riß sich ungeduldig los. „. . . ging gestern in Ihre Kabine, nahm Ihr Trance-Port-Band mit, stellte ein Dutzend Kopien davon her und schob sie uns allen unter die Kissen. Wir haben das gestern nacht alle erlebt. Das ist los, Bernie."

Hilliard zuckte zusammen, als wäre er geschlagen worden, und verlor die Farbe aus dem Gesicht. Er starrte Barrow an, der eifrig nickte, dann wandte er sich Surgenor zu. „Ist das wahr, Dave?"

„Es ist wahr." Surgenor sah dem Jungen in die Augen, dachte an Julie, als sie ihre Nacktheit unter den warmen Düsenstrahlen an ihn gepreßt hatte, und senkte verlegen und schuldbewußt den Blick.

Hilliard schaute sich in der Runde um, schüttelte den Kopf und bewegte lautlos die Lippen.

„Ich habe euch allen einen Gefallen getan", sagte Barrow. „Ein Mädel wie diese Julie sollte Gemeineigentum sein."

Voysey trat hinter Barrow und riß ihm plötzlich die Arme auf den Rücken. „Los, Kleiner", sagte er zu Hilliard. „Demolier ihm die Fresse. Hol meinen Achsschlüssel und schlag ihm die Fratze zu Brei – das verdient er."

Barrow versuchte sich loszureißen, aber Voysey hielt ihn mühelos fest, während Hilliard mit dumpfem Blick herantrat und die Fäuste hob. Surgenor wußte, daß er eingreifen sollte, entdeckte aber, daß ihm der Antrieb fehlte. Hilliard maß ganz langsam die Entfernung ab, holte mit der Faust aus, zögerte und wandte sich ab.

Voysey flehte ihn an. „Los, Kleiner – du hast das Recht dazu!"

„Warum sollte ich das tun?" Hilliards Lippen dehnten sich zu einem Lächeln, das alles andere als ein Lächeln war. „Tod hat ja recht – ein Mann wäre wirklich gemein, wenn er eine gute Hure nicht mit seinen Freunden teilt."

Aber Julie ist nicht so! Der Widerspruch zuckte in Surgenor auf, und er sprach ihn beinahe aus, als er einsah, daß er im Begriff stand, sich zum Narren zu machen. Sie sprachen nicht von einer wirklichen Frau, in Gelb und Gold gekleidet, die mit ihm beim Frühstück gesessen und über gemeinsame Erinnerungen gelächelt hatte. Das Thema, um das es hier ging, war nur ein Komplex von Spuren auf einem Magnetband.

„Laßt ihn los", sagte Hilliard, als er sich an den Tisch setzte. „Also, was gibt es zum Frühstück? Nach dieser Nacht brauche ich was Kräftiges. Versteht ihr, was ich meine?" Er zwinkerte seinen Nebenmann an.

Surgenor betrachtete Hilliard mit plötzlicher, unbegründbarer Abneigung, dann wandte er sich Barrow zu. „So kommen Sie nicht davon", sagte er und verließ, erfüllt von einer Wut, die er nicht akzeptieren und nicht verstehen wollte, den Raum, um seine Kabine aufzusuchen.

„Achtung, höre."

„Ich höre, David."

Surgenor lag auf dem Bett und versuchte seine Gedanken zu ordnen. „Ich melde dir offiziell, daß das Feuer gestern auf dem

CAPTAIN AESOP UND DAS SCHIFF DER FREMDEN. 217

Hangardeck von Tod Barrow gelegt worden ist. Bewußt. Er hat es gerade zugegeben." Surgenor begann die subjektiven Ereignisse so objektiv zu beschreiben, wie ihm das möglich war.

„Verstehe", sagte Aesop, als er fertig war. „Glauben Sie, daß es zwischen Barrow und Hilliard weitere Schwierigkeiten geben wird?"

„Ich . . ." Surgenor erwog, neue Argumente für einen Abbruch der Mission vorzubringen, aber alle bisherigen Versuche waren an Aesops Widerstand gescheitert. „Ich glaube nicht, daß es noch Ärger geben wird. Ich habe den Eindruck, daß sie sich verausgabt haben."

„Danke, David." Es blieb kurze Zeit still, dann sagte Aesop: „Es wird Sie interessieren zu erfahren, daß ich beschlossen habe, die Mission abzubrechen. Das bedeutet, daß Sie, wie Sie es sich gewünscht haben, vor dem fünfundzwanzigsten Dezember wieder auf der Erde sein können."

„Was?"

„Es wird Sie interessieren zu erfahren, daß ich . . ."

„Erzähl nicht noch einmal alles von vorn – ich habe schon verstanden." Surgenor setzte sich auf. Er wagte kaum zu glauben, was er gehört hatte. „Warum hast du es dir anders überlegt?"

„Die Umstände haben sich geändert."

„In welcher Beziehung?"

Wieder herrschte kurze Zeit Stille. „Barrow ist unberechenbarer, als Sie glauben, David."

„Weiter."

„Er hat auf meine Erinnerung und Logik eingewirkt. Nach meiner Beurteilung ist es erforderlich, daß ich zur nächsten Bereichszentrale zurückkehre, damit so bald wie möglich gewisse Umjustierungen vorgenommen werden können, die meine Fähigkeiten übersteigen."

„Aesop, das verstehe ich nicht." Surgenor starrte den Lautsprecher an. „Was hat Barrow denn gemacht?"

„Er hat eine zusätzliche Kopie von Hilliards Trance-Port-Band angefertigt und sie in einen meiner Dateneingänge eingespielt."

Die Worte waren für Surgenor beinahe eine Obszönität. „Aber . . . ich dachte, so etwas geht gar nicht."

„Wenn jemand die nötigen Kenntnisse besitzt, geht auch das.

In Zukunft wird der Kartographische Dienst eine Obergrenze für die Erfahrung ansetzen, die Besatzungsmitglieder auf gewissen Gebieten besitzen dürfen. Außerdem wird das Trance-Port-Experiment vermutlich eingestellt werden."

„Das ist mehr als seltsam", sagte Surgenor, der sich immer noch bemühte, die volle Bedeutung dessen zu erfassen, was ihm mitgeteilt worden war. „Ich meine, ist das Band denn mit deinen internen Sprachen überhaupt verständlich gewesen?"

„In hohem Maß. Ich bin sehr vielseitig, was in diesem Fall zu einer gewissen Verwundbarkeit führt. Zum Beispiel habe ich beschlossen, die Mission abzubrechen . . ., aber ich bin mir nicht ganz sicher, ob meine Entscheidung auf reiner Logik beruht."

„Mir scheint das völlig logisch . . . Jemand, der so gefährlich ist wie Barrow, braucht so schnell wie möglich Behandlung."

„Richtig, aber die Tatsache, daß ich auf der Hut vor ihm bin, verringert seine Möglichkeiten, Schaden anzurichten, beträchtlich. Es mag sein, daß ich Ihren Wunsch, nach Hause zurückzukehren, jetzt verstehe und daß ich davon auf nichtlogische Weise beeinflußt werde."

„Das ist höchst unwahrscheinlich, Aesop. Glaub mir, das ist ein Thema, über das ich mehr weiß als du." Surgenor stand auf und ging zur Tür. „Macht es dir etwas aus, wenn ich den Männern Bescheid sage, bevor du mit ihnen sprichst?"

„Ich habe keinen Einwand, solange du nicht die wahren Gründe für die Entscheidung erwähnst."

„Gewiß nicht." Surgenor öffnete die Tür, als Aesop noch einmal das Wort ergriff.

„David, bevor Sie gehen . . .", die körperlose Stimme klang seltsam zögernd, „. . . die Daten auf Hilliards Band . . . ist das eine zutreffende Darstellung der menschlichen Beziehung Mann–Frau?"

„Sie ist in hohem Maß idealisiert", sagte Surgenor langsam, „aber sie kann so sein."

„Verstehe. Glauben Sie, daß es Julie irgendwo gibt?"

„Nein. Nur auf Band."

„David, für mich existiert alles nur auf Band."

„Ich kann dir nicht helfen, Aesop." Surgenor betrachtete die Metallwände, hinter denen sich die Myriaden Kupfersträge von

CAPTAIN AESOP UND DAS SCHIFF DER FREMDEN 219

Aesops Nervensystem befanden, und wurde sich eines sonderbaren Gefühls bewußt. Mitleid, vermischt mit Ekel. Er versuchte, sich etwas von Belang und Sinn einfallen zu lassen, aber die Worte, die herauskamen, klangen banal und völlig unpassend. „Es ist besser, du vergißt sie."

„Danke für den Rat", sagte Aesop, „aber ich habe ein perfektes Gedächtnis."

Das ist Pech, dachte Surgenor, als er die Tür seiner Kabine hinter sich schloß und mit der guten Nachricht zur Messe hastete.

Schon verblaßten, wie es des Menschen Art ist, die Bilder von Julie Cornwallis in seinem Gemüt, verdrängt von angenehmen Gedanken über die kostbaren flüchtigen Winternachmittage auf der Erde, über Fußballspiele und Zigarrengeschäfte und Frauen am Eßtisch und über die tiefe Behaglichkeit von Familien, die sich zu Weihnachten versammelten.

3

MIKE TARGETT starrte mürrisch auf die Bugschirme von Modul Fünf. Das Fahrzeug bewegte sich in einer Höhe von einem Meter – und mit höchster Meßgeschwindigkeit – über eine braune Wüste. Abgesehen von der Staubwolke, die unaufhörlich auf dem Heckschirm brodelte, war auf der weiten Oberfläche von Horta VII keine Bewegung zu sehen. Und kein Zeichen von Leben.

„Acht tote Welten hintereinander", murrte er. „Warum finden wir nie Leben?"

„Weil wir für den Kartographischen Dienst arbeiten", erwiderte Surgenor und setzte sich neben ihm im Modul bequemer zurecht. „Wenn das eine bewohnte Welt wäre, würde man uns nicht nach Herzenslust herumsurren lassen."

„Das weiß ich, aber ich hätte gern das Gefühl, daß eine Aussicht besteht, mit irgend jemandem Kontakt aufzunehmen. Egal, mit wem."

„Ich würde vorschlagen, daß Sie in den Diplomatischen Dienst eintreten", sagte Surgenor friedlich. Er schloß die Augen, ganz wie jemand, der ein behagliches Nickerchen nach dem Essen zu machen gedenkt.

„Was wird da verlangt? Ich habe nur Kenntnisse im Vermessungswesen und in der Astronomie."

„Sie haben das Haupttalent – die Fähigkeit, lange zu reden, ohne viel zu sagen."

„Danke." Targett warf einen verärgerten Blick auf das entspannte Gesicht des Älteren. Er empfand wachsenden Respekt für Surgenor und seine langjährige Erfahrung im KD, aber gleichzeitig war er nicht überzeugt davon, daß er sich wünschte, Surgenors Laufbahn nachzuvollziehen. Es bedurfte einer ganz bestimmten Gemütsart, um eine endlose Folge von Fahrten über trostlose fremde Globen zu ertragen, und Targett war beinahe sicher, daß er sie nicht besaß. Der Gedanke, im KD alt zu werden, erfüllte ihn mit einer kühlen Bestürzung, die seine Entschlossenheit stärkte, rasch Geld zu verdienen und auszusteigen, solange er noch jung genug war, das Ausgeben zu genießen. Er hatte sogar schon entschieden, wo er sich einmal so richtig austoben wollte.

Beim nächsten Urlaub gedachte er die Erde zu besuchen und sein Glück auf einigen der legendären Rennplätze zu versuchen. Ein Spieler hatte keine Probleme, auf irgendeiner bewohnten Welt der Föderation Glücksspieleinrichtungen zu finden, aber Pferderennen waren eine andere Sache – und wahrhaftig auf dem historischen Turf von Santa Anita oder Ascot zu stehen . . .

„Dave", sagte er sehnsuchtsvoll, „sind Sie nicht schon damals im Dienst gewesen, als man erlaubte, daß die Moduln das Meßgitter verließen und die letzten fünfhundert Kilometer ein Rennen zurück zum Schiff veranstalteten?"

Surgenors Lider zuckten. „Damals? Das ist erst ein paar Jahre her."

„In diesem Beruf ist das eine lange Zeit."

„Wir haben ein Rennen zurück zum Schiff veranstaltet, aber das führte einmal zu Schwierigkeiten, und dann wurde eine Vorschrift eingeführt, die das ausdrücklich untersagte." Surgenors Stimme klang freundlich genug, aber es war unüberhörbar, daß er sich darauf konzentrieren wollte einzuschlafen.

„Haben Sie Geld dabei verdient?" setzte Targett nach.

„Wie denn?"

„Indem Sie auf den Sieger gesetzt haben."

„Das wäre nicht gegangen." Surgenor gähnte übertrieben, um

CAPTAIN AESOP UND DAS SCHIFF DER FREMDEN 221

zu zeigen, daß er keine Lust hatte, sich zu unterhalten. „Jedes Modul hatte genau die gleiche Chance – eine von sechs."

„Nicht genau die gleiche", sagte Targett, der sich für sein Thema zu erwärmen begann. „Ich weiß zufällig, daß Aesop eine Streuung von bis zu dreißig Kilometern zuläßt, wenn er die Sarafand an einem Pol absetzt – und wenn es an beiden Enden richtig klappte, könnte ein Modul einen Vorsprung von sechzig Kilometern gegenüber seinem Gegenstück haben. Um profitable Wetten abzuschließen, müßte man nur . . ."

„Mike", unterbrach ihn Surgenor müde, „haben Sie sich schon einmal überlegt, daß Sie, wenn Sie alle diese Erfindungsgabe in ein legitimes Geschäft stecken würden, so reich wären, daß Sie nicht zu spielen brauchten?"

Targett war entsetzt. „Was hat denn reich oder nicht reich sein mit dem Glücksspiel zu tun?"

„Ich dachte, deshalb spielt man – um reich zu werden."

„Schlafen Sie weiter, Dave – tut mir leid, daß ich Sie gestört habe." Targett rollte die Augen zum Himmel und konzentrierte sich wieder auf den Bugschirm.

Zehn Kilometer voraus auf der rechten Seite war eine niedrige Bergkette aufgetaucht, aber abgesehen davon waren die braunen Wüsten von Horta VII so eintönig wie immer. Er hatte eine Viertelstunde zusammengekauert auf seinem Sitz gesessen, als der Modulcomputer – eigentlich eine Nebenanlage von Aesop – eine Mitteilung machte.

„Eingang atypische Daten", sagte er monoton. „Eingang atypische Daten."

„COMPUTER FÜNF, bitte Einzelheiten", sagte Targett und stieß Surgenor an, nur um festzustellen, daß der Hüne schon wach geworden war, wie aus Instinkt.

„Bei Peilung zwei-sechs und in einer Entfernung von acht-zwei Kilometern befindet sich eine Anzahl von metallischen Objekten auf der Oberfläche des Planeten. Sie sind ungefähr sieben Meter lang. Erste Schätzung der Anzahl der Objekte lautet drei-sechs-drei. Konzentration und Beschaffenheit der metallischen Elemente weisen auf Läuterung hin. Analyse zurückgeworfener Strahlung deutet auf maschinelle Bearbeitung des Äußeren."

Targetts Herz begann schwer und langsam zu klopfen. „Haben Sie das gehört, Dave? Was kann das bedeuten?"

„Für mich hört sich das so an, als hätte sich Ihr Wunsch erfüllt – das kann nichts anderes sein als künstlich." Surgenors Stimme verriet keine Erregung, aber Targett fiel auf, daß er sich aufgerichtet hatte, während er die Peilung überprüfte. „Der Peilung nach müssen sie sich in den Bergen drüben rechts befinden."

Targett ließ den Blick über die Hänge gleiten, die in der Hitze Hortas flimmerten. „Sieht ziemlich tot aus da drüben."

„Der ganze Planet ist tot – sonst wäre Aesop bei der ersten Orbitalvermessung etwas aufgefallen."

„Also, fahren wir hinüber und sehen wir uns das an."

Surgenor schüttelte den Kopf. „Aesop wird nicht damit einverstanden sein, daß wir das Meßgitter verlassen, wenn kein Notfall auftritt. Das verzerrt seine Weltkarte, und für ein KD-Schiff ist die Karte in fast jeder Lage der allerwichtigste Faktor."

„Was?" Targett rutschte unruhig auf dem Sitz hin und her. „Die Weltkarte ist mir völlig egal. Sollen wir einfach geradeaus weiterfahren und einen echten archäologischen Fund nicht beachten? Ich sage Ihnen, Dave, wenn Sie oder Aesop oder sonst irgend jemand glaubt, daß ich . . ." Er verstummte, als er Surgenors Lächeln bemerkte. „Sie haben mich schon wieder drangekriegt, wie?"

„Schon möglich – bei Ihnen fällt es schwer, sich das zu verkneifen. Keine Angst, daß wir uns einen Fund entgehen lassen. Wir sollen zwar keine Archäologen sein, aber in den Vermessungsvorschriften gibt es eine Klausel für solche Fälle. Sobald wir zur Sarafand zurückgekehrt sind, wird Kapitän Aesop zwei Moduln wieder hinausschicken, damit sie sich das näher ansehen."

„Zwei Moduln? Es sind nicht alle beteiligt?"

„Wenn Aesop es für wichtig hält, setzt er vielleicht hier das Schiff ab."

„Aber das muß doch wichtig sein." Targett zeigte hilflos hinüber zu den Bergen, die rechts an ihm vorbeizogen. „Hunderte von maschinell bearbeiteten Gegenständen, die da einfach am Boden herumliegen. Was könnten sie sein?"

„Wer weiß? Ich vermute, daß irgendwann ein Raumschiff hier

gelandet ist, um Reparaturen vorzunehmen, und eine große Anzahl nicht mehr benötigter Behälter zurückgelassen hat."

„Oh?" Eine derart prosaische Erklärung war Targett nicht in den Sinn gekommen, und er mühte sich, seine Enttäuschung zu verbergen. „Vor kurzem?"

„Kommt darauf an, was Sie darunter verstehen. Die *Sarafand* war das erste Raumschiff der Föderation, das in dieses System gelangt ist – und es ist siebentausend Jahre oder länger her, seitdem das alte Weiße Reich sich aus dieser Region zurückgezogen hat, also . . ."

„Siebentausend Jahre!" Targett fühlte sich einen kurzen Augenblick berauscht, was ihn auf sonderbare Weise an jenes Gefühl erinnerte, das er bisher erst ein einziges Mal erlebt hatte – damals, als ihm auf den Spieltischen von Parador nach achtfacher Verdoppelung der gewinnbringende Wurf geglückt war. Aber dies hier war eine neue und befriedigendere Form des Glücksspiels – eines Spiels, bei dem man einsame Stunden der Langeweile einsetzte, während man über die Oberfläche toter Welten huschte, und der Preis war ein plötzlicher klarer Blick auf die Wirklichkeit, ein Händedruck vom Gespenst eines fremden Wesens, das seinen Weg durch die Gravitonfluten des Weltraums gesucht hatte, lange bevor die Pyramiden geplant worden waren. Unerwartet und zum erstenmal war Targett froh darüber, in den Kartographischen Dienst eingetreten zu sein – aber schon machte sich eine neue Sorge bemerkbar. Angenommen, er gehörte nicht zu der Gruppe, die Aesop zurückschicken würde, um den Fund zu untersuchen?

„Dave", sagte er vorsichtig, „wie wählt Aesop die Moduln aus, die hierher zurückfahren sollen?"

„Wie ein Computer." Surgenor lächelte schief. „Für ungeplante Ausflüge setzt er gern die Moduln ein, die am wenigsten Betriebsstunden aufzuweisen haben – und der alte Bus hier ist fällig für –"

„Nichts sagen – nächsten Monat Generalüberholung."

„Nächste Woche."

„Wunderbar", sagte Targett bitter. „Zwei Moduln von sechs. Die Chancen stehen nur zwei zu eins gegen mich, und ich hätte überhaupt keine Aussicht. Bei meinem Glück . . ." Er verstummte, als er sah, wie Surgenor zu grinsen begann.

„Darf ich einen Vorschlag machen?" Surgenor blickte geradeaus. „Statt hier herumzusitzen und die Chancen zu berechnen,
wie wär's, wenn Sie in Ihren Anzug stiegen und da drüben ein
bißchen spazierengingen? Auf diese Weise . . ."

„Was? So etwas geht?"

Surgenor seufzte so, wie er es immer tat, wenn ein neues
Besatzungsmitglied Unwissenheit verriet. „Ich würde ferner vorschlagen, daß Sie sich einmal die Vorschriften ansehen, wenn wir
zurückkommen. Jeder Anzug ist für eine EVA von bis zu fünfzig
Stunden für genau diese Art von Situation ausgerüstet."

„Sparen Sie sich das alles, Dave – die Vorschriften kann ich
später büffeln." Targetts wachsende Aufregung verdrängte seinen
Respekt vor Surgenors größerer Erfahrung. „Wird Aesop erlauben,
daß ich das Modul verlasse und mir ansehe . . ., was da drüben
herumliegt?"

„Sollte er eigentlich – die Logistik stimmt. Sie könnten ihm ein
Fernsehbild und mündlichen Bericht liefern, während ich das
Modul in Übereinstimmung mit den anderen zum Schiff zurück-
steuere. Man würde nur ein Modul brauchen, das Sie abholt. Und
wenn Ihr Bericht dann deutlich macht, daß der Fund eine Landung der *Sarafand* hier lohnt, braucht überhaupt kein Modul
mehr auszurücken."

„Sprechen wir gleich mit Aesop."

„Sind Sie sicher, daß Sie das machen wollen, Mike?" Surgenors
Augen waren ernst geworden und sahen den jüngeren Mann
forschend an. „Ich fühle mich verantwortlich, wenn Sie da draußen allein herumlaufen, und der KD hat eine ganz eigene Berufs-
krankheit – wir neigen dazu, uns einzubilden, ein Planet sei
nichts anderes als eine Folge von hübschen Bildchen auf einem
Schirm."

„Worauf wollen Sie hinaus?"

„Wir sind so daran gewöhnt, in Lehnstühlen herumzufahren,
daß wir vergessen, wie wir uns auf eine Maschine verlassen, die
uns wie Invaliden durch die Gegend schaukelt. Das heißt, daß
kein noch so gründliches Nachdenken über einen Marsch von
zehn Kilometern einen auf die konkrete Erfahrung vorbereiten
kann. Das ist der Grund, weshalb Aesop nicht bereits die Initiative
ergriffen und einen von uns angewiesen hat, die Objekte zu

untersuchen – der Dienst verlangt von keinem, daß er allein neuen Boden betritt."

Targett schnaubte und drückte auf die Sprechtaste, die ihn direkt mit Aesop verband.

MODUL FÜNF stieg ein wenig in die Luft, kippte über den Bug ein bißchen nach vorn und heulte in einer Wolke braunen Staubs nach Norden davon.

Targett sah ihm nach und war leicht überrascht davon, mit welcher Schnelligkeit alle Spuren vom Vorhandensein des Fahrzeugs in dem fremdartigen Panorama verschwanden. Er atmete die künstlich riechende Luft des Anzugs tief ein. Es war früher Nachmittag, und er hatte etwa sechs Stunden Tageslicht vor sich – Zeit genug, die Gruppe metallener Gegenstände zu erreichen, die in einer Entfernung von etwa zehn Kilometern genau östlich von ihm lagen. Er begann auf die Berge zuzustapfen und wagte kaum, an die Wendung der Dinge zu glauben, die ihn aus der Langeweile einer Routinevermessung gerissen und allein mitten in eine prähistorische Landschaft gestellt hatte.

Die Atmosphäre von Horta VII enthielt keine Spur von Sauerstoff, und der Planet hatte nie eigenes Leben gekannt, aber Targett vermochte trotzdem nicht zu verhindern, daß seine Augen den Sand vor seinen Füßen nach Insekten und Muschelschalen absuchten. Vom Verstand her konnte er akzeptieren, daß er über eine tote Welt wanderte, aber auf instinktiver und emotioneller Ebene wies sein Bewußtsein diese Vorstellung einfach zurück. Er ging, so schnell er konnte, knöcheltief im feinen Sand und fühlte sich jedesmal ein wenig befangen, wenn die Ultralaserpistole im Halfter an seinen Schenkel stieß.

„Ich weiß, Sie brauchen sie nicht", hatte Surgenor geduldig gesagt, „aber sie gehört zur Standard-EVA-Ausrüstung, und wenn Sie sie nicht anlegen, steigen Sie nicht aus."

Die Schwerkraft des Planeten lag nah bei eins Komma fünf G, und bis Targett sich den Bergen näherte, schwitzte er trotz des Kühlsystems im Anzug stark. Er schnallte die Pistole ab – die boshafterweise ihr Gewicht vervierfacht zu haben schien – und warf sie über die Schulter. Der Boden wurde zunehmend steinig, und als er die Berge erreichte, stellte er fest, daß sie zum größten

Teil aus nacktem Basaltgestein bestanden. Er setzte sich auf einen glatten Felsvorsprung, froh um die Gelegenheit, seine Beine ausruhen zu können. Als er kaltes Wasser aus dem Schlauch geschlürft hatte, der seine linke Wange berührte, beschloß er, seine Position zu überprüfen.

„Aesop", sagte er, „wie weit bin ich von den Gegenständen entfernt?"

„Das nächste Objekt befindet sich neunhundertzwölf Meter von Ihrer jetzigen Position", erwiderte Aesop ohne Zögern, gestützt auf die Daten, die ihm seine eigenen Sensoren fortwährend zuführten, und auf jene der sechs zusammenstrebenden Meßmoduln.

„Danke."

Targett besah sich den Hang, an dem er stand. Er führte nach kurzer Entfernung zu einem undeutlich ausgebildeten Grat. Von dort aus sollte er die Objekte sehen können, vorausgesetzt, daß sie nicht unter dem angesammelten Staub von siebzig Jahrhunderten begraben waren.

„Wie kommen Sie zurecht, Mike?" Das war Surgenors Stimme.

„Keine Probleme." Targett wollte hinzufügen, daß er den Unterschied zwischen dem Betrachten von Bildern und der Anstrengung zu begreifen begann, das Gelände konkret zu bewältigen, als ihm dämmerte, daß Surgenor in der Absicht so lange Funkstille gehalten hatte, ihm ein Gefühl der Isolierung zu vermitteln. Zweifellos hatte der Hüne Targetts Interessen im Sinn, aber Targett gedachte nicht preiszugeben, daß er wußte, wie voreilig und leichtsinnig er gewesen war, sich auf das Unternehmen einzulassen.

„Es tut gut, sich einmal richtig zu bewegen", sagte er. „Ich genieße den Spaziergang. Wie steht es mit Ihnen?"

„Ich habe Entscheidungen zu treffen", sagte Surgenor behaglich. „Ich werde in knapp drei Stunden bei der *Sarafand* sein, und die Frage ist, ob ich jetzt Rationen essen oder auf ein richtiges Steak im Schiff warten soll. Was würden Sie tun, Mike?"

„Das ist eine von den schwierigen Entscheidungen, die Sie schon selber treffen müssen." Targett bemühte sich, mit ruhiger Stimme zu sprechen. Das war Surgenors Art, ihn daran zu erinnern, daß er, hätte er ein paar Stunden gewartet, in der Lage gewesen wäre, seine Nachforschungen in Bequemlichkeit und mit vollem Magen zu betreiben. So würde er eine unbehagliche Nacht verbringen, mit nichts als Wasser und Surrogatstoff. Ein weiterer beunruhigender Aspekt seiner Lage war, daß eine fremde Welt hundertfach fremdartiger für einen Menschen erschien, der ganz allein war.

„Sie haben recht – es ist nicht fair von mir, meine Probleme auf Sie abzuladen", sagte Surgenor. „Vielleicht mache ich es mir schwer und genehmige mir beide Mahlzeiten."

„Sie brechen mir das Herz, Dave. Bis später dann." Targett stand auf, von neuer Entschlossenheit erfüllt, seine private Expedition lohnend zu gestalten. Er stieg den Hang hinauf und achtete darauf, nicht auf dem Staub und den lockeren Steinen abzurutschen, die bei jedem Schritt hinunterrollten und staubten. Hinter dem Grat verlief der Boden fast einen Kilometer weit flacher, bevor er zum felsigen Kamm des Gebirges anstieg. Die kleine Hochebene wurde im Norden und Süden von wirr aufgehäuften Palisaden aus Felsblöcken begrenzt, beinahe, als hätten Planierraupen sie aufgehäuft.

Und verstreut auf dem ebenen Boden – in willkürlichen Gruppen – lagen Hunderte von schmalen schwarzen Zylindern, die ersten nur einige Dutzend Schritte von Targett entfernt. Sie waren ungefähr sieben Meter lang und verjüngten sich an beiden Enden, mit glatten Krümmungen, die aerodynamische Tüchtigkeit verrieten.

Targetts Atmung beschleunigte sich auf eine Weise, die nichts mit seiner körperlichen Anstrengung zu tun hatte, als ihm aufging, daß die fremden Objekte ganz gewiß keine abgeworfenen Treibstoffbehälter waren, wie Surgenor gemeint hatte.

Er nahm die Miniatur-Fernsehkamera vom Gürtel, schloß sie für ein paar Sekunden an das Netzteil des Anzugs an, um die Zellen aufzuladen, und richtete sie auf die ersten Zylinder.

„Aesop", sagte er, „ich habe Sichtkontakt."

„Ich empfange ein halbwegs gutes Bild, Michael", antwortete Aesop.

„Ich gehe näher ran."

„Keine Bewegung!" befahl Aesop scharf.

TARGETT erstarrte mitten im Schritt. „Was ist denn?"

„Vielleicht gar nichts, Michael." Aesop sprach wieder in normalem Tempo. „Das Bild, das ich von Ihnen empfange, läßt erkennen, daß die Oberflächen der Objekte frei von Staub sind. Trifft das zu?"

„Denke schon." Targett betrachtete die schimmernden schwarzen Zylinder und fragte sich reumütig, wie ihm ihr Zustand hatte entgehen können. Sie hätten ebensogut erst an diesem Morgen auf der Hochebene verstreut worden sein können.

„Sie denken? Hindert Sie irgendein Sehdefekt daran, sich zu entscheiden?"

„Machen Sie keine Witze, Aesop – ich bin mir sicher. Heißt das, daß die Objekte erst vor kurzer Zeit hier abgeladen worden sind?"

„Das ist unwahrscheinlich. Gibt es in der Umgebung der Objekte Ansammlungen von Staub?"

Targett verengte die Augen im grellen Sonnenlicht und sah, daß die Zylinder in Trögen aus aufgehäuftem Staub lagen, deren obere Kanten einige Zentimeter vor dem schwarzen Metall endeten. Er beschrieb, was er sehen konnte.

„Abweisfelder", sagte Aesop. „Nach möglicherweise siebentausend Jahren immer noch wirksam. Sie brauchen diese Objekte nicht weiter zu untersuchen, Michael. Sobald die Planetenvermessung abgeschlossen ist, bringe ich die *Sarafand* zum Zweck einer gründlichen Überprüfung zu ihrem Platz. Sie steigen jetzt wieder den Hang hinunter und warten, bis das Schiff eintrifft."

„Was hatte es für einen Sinn, mich bis hierher laufen zu lassen, wenn ich überhaupt nichts machen darf?" fragte Targett scharf. Er dachte kurz über die möglichen Folgen nach, wenn er einem direkten Befehl Aesops zuwiderhandelte – offizielle Rüge, Gehaltskürzung, Dienstenthebung –, dann traf er seine Entscheidung. „Angesichts der Umstände habe ich nicht die Absicht, mir vier oder fünf Stunden lang die Beine in den Bauch zu stehen." Targett sagte das mit entschlossener Stimme, obwohl er nicht genau wußte, wie gut Aesop Betonungsnuancen auszuwerten vermochte. „Ich sehe mir die Dinger genauer an."

„Das lasse ich zu, vorausgesetzt, daß Sie ununterbrochen Fernsehbilder liefern."

Targett hätte beinahe darauf hingewiesen, daß der Computer angesichts der Entfernung von mehreren tausend Kilometern keine Möglichkeit hatte, ihm seinen Willen aufzuzwingen, unterdrückte aber seine Gereiztheit. Während seiner Monate im Dienst war es ihm gelungen zu verdauen, daß seine Kameraden den Schiffscomputer manchmal „Kapitän" nannten und alle seine Anweisungen so getreulich befolgten, als hätten sie einen Dreisternegeneral leibhaftig vor sich. Der Gedanke, wie eine Marionette ferngesteuert zu werden, war mehr als lästig, aber es hatte keinen Sinn, sich gerade dann darüber aufzuregen, wenn etwas wirklich Interessantes aufgetaucht war, um das monotone Einerlei zu durchbrechen.

„Mache mich jetzt auf den Weg", sagte Targett. Er ging über den flachen Boden, die Kamera vor sich hertragend, und während er unterwegs war, begann ihn am Aussehen der Zylinder etwas zu beunruhigen. Sie sahen aus wie Militärgerät. Vielleicht waren es Torpedos.

Aesop mußte derselbe Gedanke gekommen sein. „Michael, haben Sie eine Strahlungsprüfung gemacht?"

„Ja." Targett hatte es nicht getan, aber er hob das linke Handgelenk des Anzugs und sah, daß er nichts Ungewöhnliches anzeigte. Er hielt die Skala kurz vor die Kamera, um zu beweisen, daß keine Atomsprengköpfe herumlagen. „Pieksauber. Kommen dir die Dinger wie Torpedos vor, Aesop?"

„Sie könnten alles mögliche sein. Also weiter vorsichtig."

Targett, der so und so weitergegangen wäre, preßte die Lippen zusammen und versuchte Aesop aus seinem Denken zu verdrängen. Er ging auf den ersten Zylinder zu und bestaunte seine schimmernde elektrostatische Frischheit.

„Halten Sie die Kamera einen Meter von dem Objekt entfernt", sagte Aesop aufdringlich. „Gehen Sie langsam herum und kehren Sie zu Ihrem Ausgangspunkt zurück."

„Ja, Sir", brummte Targett und bewegte sich im Krebsgang um den Zylinder herum. Ein Ende lief fast spitz zu und wies ein kreisrundes Loch von einem Zentimeter Durchmesser auf, das ihn an die Mündung eines Gewehrlaufs erinnerte. Ein Ring aus schwarzem Glas, vom Metall auf beiden Seiten kaum zu unterscheiden, befand sich eine Handbreit dahinter. Das andere Ende des Zylinders war mehr abgerundet und mit kleineren Löchern übersät, wie bei einem Pfefferstreuer. Im mittleren Abschnitt des Objekts gab es mehrere in die Oberfläche eingelassene Platten, befestigt mit Schrauben, die von der Erde hätten stammen können, nur waren ihre Schlitze Y-förmig. Es gab keinerlei Kennzeichnung.

Als Targett den Rundgang abschloß, berührte ihn erneut das pure Staunen bei dem Erlebnis, dem künstlichen Produkt einer verschwundenen Zivilisation so nah zu sein. Er faßte den schuldbewußten Entschluß, sich, wenn die Gelegenheit gegeben war, ein Souvenir zu besorgen und es ins Schiff zu schmuggeln. Und noch besser, dachte er, ein Kasten voll Bauteile würde einen guten Preis bringen bei einem Händler in . . .

„Danke, Michael", sagte Aesop. „Ich habe Einzelheiten über das Äußere des Objekts registriert – stellen Sie fest, ob Sie die Platten im Mittelteil entfernen können."

„Verstanden."

Targett war ein wenig überrascht von dieser Anweisung, aber er stellte die Kamera dort ab, wo sie ihn erfassen konnte, und zog das Messer heraus.

„Augenblick, Mike", meldete sich Surgenors Stimme, unerwartet laut und deutlich, trotz der Hunderte von Kilometern, die jetzt zwischen Targett und Modul Fünf lagen. „Sie haben vorhin von Torpedos gesprochen. Wie sehen die Dinger wirklich aus?"

„Dave", sagte Targett müde, „warum essen Sie nicht lieber Ihre Rationen?"

„Ich habe Bauchweh – und jetzt sagen Sie mir, was Sie da haben."

Targett beschrieb die Zylinder schnell und mit wachsender Gereiztheit. Seine beabsichtigte Wanderung durch die Jahrhunderte, unter den Relikten einer längst untergegangenen außerirdischen Kultur, verwickelte ihn offenbar immer mehr in die kleinlichen Beschränkungen der Gegenwart.

„Stört es Sie, wenn ich weitermache?" schloß er.

„Ich glaube, Sie sollten die Dinger nicht anrühren, Mike."

„Warum nicht? Sie sehen aus wie Torpedos – aber wenn die Gefahr bestünde, daß einer explodiert, hätte Aesop mich gewarnt."

CAPTAIN AESOP UND DAS SCHIFF DER FREMDEN

„Wirklich?" Surgenors Stimme klang hart. „Vergessen Sie nicht, daß Aesop ein Computer ist . . ."

„Das brauchen Sie mir nicht zu sagen – Sie gehören doch zu den Leuten, die ihn personifizieren."

„. . . und deshalb rein logisch denkt. Ist Ihnen nicht sein plötzlicher Sinneswandel aufgefallen? Zuerst wollte er, daß Sie sich von den Objekten fernhalten – jetzt fordert er Sie auf, eines auseinanderzunehmen."

„Was beweist, daß er es für harmlos hält", sagte Targett.

„Was beweist, daß es nach seiner Meinung gefährlich sein könnte, Sie Holzkopf. Hören Sie, Mike, Ihr kleiner Ausflug hat sich ganz anders entpuppt, als wir alle erwartet haben, und da Sie derjenige waren, der sich freiwillig auf den Ast hinausgewagt hat, ist Aesop durchaus bereit zu erlauben, daß Sie ihn hinter sich absägen."

Targett schüttelte den Kopf, obwohl niemand da war, der ihn sehen konnte. „Wenn Aesop irgendein Risiko sähe, würde er mich von hier wegschicken."

„Fragen wir ihn doch", knurrte Surgenor. „Aesop, warum hast du Mike aufgefordert, das Gehäuse von einem Zylinder zu entfernen?"

„Um einen Blick in das Innere zu ermöglichen", erwiderte Aesop.

Surgenor seufzte hörbar. „Verzeihung. Was war die Überlegung hinter deinem Entschluß, Mike allein hingehen zu lassen, statt auf die Ankunft der üblichen zwei Moduln oder des ganzen Schiffs zu warten?"

„Die bewußten Objekte ähneln Torpedos oder Raketen oder Bomben", antwortete Aesop ohne Zögern, „aber das völlige Fehlen von elektrischen oder mechanischen Zuleitungen an der Oberfläche läßt den Schluß zu, daß es sich um unabhängige, automatische Geräte handelt. Ihre Schmutzabstoß-Systeme sind noch in Betrieb, so daß die Möglichkeit besteht, daß andere Systeme entweder in Betrieb oder betriebsbereit sind. Wenn die Objekte sich als Roboterwaffen erweisen sollten, ist es offenkundig besser, sie von einem Mann statt von vier oder zwölf untersuchen zu lassen – zumal der Betreffende eine direkte Anweisung, das Gebiet zu verlassen, mißachtet und damit die rechtliche

Verantwortung und Verpflichtung des Kartographischen Dienstes begrenzt hat."

„Was zu beweisen war", sagte Surgenor trocken. „Da haben Sie's, Mike. Kapitän Aesop hat strikt das größtmögliche Wohl für die größte Zahl im Auge. Und in diesem Fall sind Sie die kleinste Zahl."

„Ich kann das Schiff nicht aufs Spiel setzen", sagte Aesop.

„Er kann das Schiff nicht aufs Spiel setzen, Mike. Da Sie sich jetzt auskennen, haben Sie das Recht, es abzulehnen, an die Dinger heranzugehen, bis ein Team mit kompletter Prüfausrüstung eintrifft."

„Ich glaube nicht, daß ein ernsthaftes Risiko besteht", sagte Targett ruhig. „Außerdem finde ich alles vernünftig, was Aesop sagt – es ist nur sinnvoll, die Chancen abzuwägen. Ich mache weiter."

Als Targett seine eigenen Gefühle prüfte, entdeckte er überrascht, daß er von Aesop ein wenig enttäuscht war. Er hatte sich stets gegen die Art ausgesprochen, auf die seine Schiffskameraden dem Computer eine Persönlichkeit zuzuschreiben geneigt waren, aber in seinem Innern mußte er Aesop als ein wohlgesinntes System angesehen haben, bei dem man sich darauf verlassen konnte, daß es gewissenhafter auf Targetts Wohl achtete, als das von einem menschlichen Kapitän erwartet werden konnte. Möglicherweise war da etwas, in das sich ein Psychoanalytiker verbeißen konnte, aber seine unmittelbare Sorge galt dem Inneren des nächstliegenden Zylinders. Er schnallte den schweren Rucksack ab, stellte ihn auf den Boden und kniete vor dem glatten schwarzen Torpedo nieder.

Die Y-Schlitze der Schrauben an den Mittelplatten boten seinem Messer wenig Halt, aber die Schrauben erwiesen sich als gefedert und drehten sich leicht, wenn man sie niederdrückte. Er hob die erste Platte vorsichtig ab und legte ein Gewirr von Bauteilen und Schaltungen frei, von denen das meiste doppelt vorhanden und rings um eine flache Mittelschiene symmetrisch angeordnet zu sein schien. Die Kabel und Leitungen waren gelblichbraun, ohne Farbkodierung, aber sie sahen frisch genug aus, wie vor Wochen statt vor Jahrtausenden montiert.

CAPTAIN AESOP UND DAS SCHIFF DER FREMDEN 233

Targett, der außer den Dingen, die er beim KD-Lehrgang gelernt hatte, keine technischen Kenntnisse besaß, empfand plötzlich einen tiefen Respekt für die längst ausgestorbenen Wesen, die diese Zylinder geschaffen hatten. Binnen fünf Minuten hatte er alle gewölbten Platten abgeschraubt und sie neben dem Zylinder am Boden aufgereiht. Eine Untersuchung des komplexen Inneren verriet über die Funktion des Geräts nichts, aber der Mechanismus am spitzen Ende zeigte die scharfen, kompromißlosen Linien, die er mit Maschinengewehren in Verbindung brachte.

„Halten Sie die Kamera wieder einen Meter von dem Objekt entfernt und fahren Sie die gesamte Länge hinunter", ordnete Aesop an. „Dann gehen Sie mit der Kamera so zurück, daß ich Nahaufnahmen des Inneren erhalte."

Targett tat, was verlangt wurde, und blieb an dem Ende stehen, das er als das hintere ansah. „Was ist das denn? Sieht aus wie ein Antriebsteil, aber das Metall macht einen merkwürdigen Eindruck – ein bißchen krümelig."

„Das wäre zurückzuführen auf Stickstoffabsorption im Zusammenhang mit . . ." Aesop verstummte mitten im Satz, eine seltsam menschliche Eigenheit, die Targett veranlaßte, die Ohren zu spitzen.

„Aesop?"

„Hier ein Befehl, den Sie sofort befolgen müssen." Aesops Stimme klang unnatürlich scharf. „Sehen Sie sich in Ihrer Umgebung um. Wenn Sie eine Gesteinsformation entdecken, die Ihnen Schutz gegen Maschinengewehrfeuer bieten würde – laufen Sie sofort hin!"

„Aber was ist denn los?" Targett schaute sich auf der flimmernden Hochebene um.

„Keine Fragen", sagte Surgenors Stimme. „Tun Sie, was Aesop sagt – suchen Sie schnell Deckung!"

„Aber . . ." Targetts Stimme verklang, als er aus dem Augenwinkel plötzlich eine Bewegung wahrnahm. Er wandte sich ihr zu und sah, daß in der Mitte des Plateaus einer der Hunderte von Zylindern das spitze Ende schräg in die Luft erhoben hatte und langsam und drohend hin und her schwankte, wie eine Kobra, die ihr Opfer hypnotisiert.

234 CAPTAIN AESOP UND DAS SCHIFF DER FREMDEN

TARGETT glotzte den Zylinder einen Augenblick an, das Gesicht vom Schock verzerrt, dann lief er auf die nächste Felsbarrikade zu. Behindert durch den Anzug und die höhere Schwerkraft, war es ihm unmöglich, wirklich schnell zu sein. Auf seiner rechten Seite schraubte sich der Zylinder träge in die Luft, wie ein mythologisches Wesen, das aus jahrtausendelangem Schlummer erwacht. Es schwebte in seine Richtung.

Zwei andere regten sich in ihren Staubtrögen.

Targett versuchte schneller zu laufen, kam sich aber vor, als wate er bis zu den Hüften in dickem Sirup. Vor sich sah er ein schwarzes, dreieckiges Loch, das von schiefstehenden Felsblökken gebildet wurde, und er schlug einen Haken und hastete darauf zu.

Der Himmel auf seiner rechten Seite war wieder klar und vermittelte ihm den Eindruck, daß der fliegende Zylinder verschwunden war. Dann sah er ihn hinter sich herumschwenken, sich verkürzen, zielen. Verzweifelt mühte er sich, seinen Lauf zu beschleunigen, und die dunkle Öffnung schwankte wild vor ihm, aber zu weit entfernt. Er wußte, daß es zu spät sein würde.

Er warf sich der Öffnung entgegen – gerade als ein gewaltiger Hammerschlag mit ungeheurer Wucht seinen Rücken traf. Die Fernsehkamera flog ihm aus der Hand, als er hochgehoben und in die Lücke zwischen den Felsen geschleudert wurde. Entgeistert darüber, noch am Leben zu sein, kroch Targett verzweifelt in Deckung.

Der dreieckige Raum erwies sich als lang genug, seinen ganzen Körper aufzunehmen. Er zwängte sich hinein, schluchzend vor Panik bei dem Gedanken daran, daß ihn jeden Augenblick ein anderes Geschoß treffen mochte.

Ich lebe noch, dachte er dumpf. Aber wie kann das sein?

Er schob die behandschuhte Hand zu seinem Kreuz hinunter, wo das Geschoß eingeschlagen hatte, und spürte eine unbekannte rissige Metallkante. Seine tastenden Finger erfühlten ein zerquetschtes Gehäuse, und es vergingen noch einige Sekunden, bis er es als den Überrest seines Sauerstoffgenerators erkannte.

Er wollte nach dem Rucksack greifen, in dem der Ersatzgenerator lag, dann fiel ihm ein, daß er ihn draußen bei den Zylindern abgestellt hatte. Er krallte sich fieberhaft an den Gesteinsflächen fest, bis er sich umdrehen und hinausblicken konnte. Der kleine Himmelsausschnitt, den er sehen konnte, wurde von den schwarzen Silhouetten der fliegenden Torpedos durchzuckt.

Targett schob sich ein paar Zentimeter vor, um besser sehen zu können. Seine Augen weiteten sich, als er sah, daß die Torpedos zu Hunderten aufgestiegen waren, lautlos emporschwärmend, während ihre Schatten über bräunlichen Staub und Fels huschten. Während er noch hinüberstarrte, richteten sich ein paar Nachzügler auf, schwankten kurze Zeit und erhoben sich in die Luft, um sich der kreisenden Wolke anzuschließen. Eine kleine Bodenfalte verhinderte, daß er sehen konnte, wo der Rucksack lag oder ob der geöffnete Zylinder sich ebenfalls in die Luft erhoben hatte. Er hob den Kopf ein wenig höher und stürzte in einem peitschenden Hagel von Gesteinssplittern und Staub zurück. Das Derwischgeheul der Querschläger hinterließ keinen Zweifel in ihm, daß mehrere der Torpedos seine Bewegung wahrgenommen und auf die einzige ihnen mögliche Weise reagiert hatten, dem tödlichen Diktat ihrer alten Konstrukteure folgend.

„Michael, melden Sie Ihre Position." Aesops Stimme schien aus einem anderen Dasein zu kommen.

„Meine Position ist nicht sehr gut", sagte Targett heiser, bemüht, seine Atmung unter Kontrolle zu bekommen. „Die Dinger scheinen Robotjäger mit Maschinengewehren zu sein. Der ganze Haufen ist jetzt in der Luft – es könnte sein, daß die Strahlung von meiner Kamera oder dem Funkgerät im Anzug sie ausgelöst hat – und surrt umher wie die Mücken. Ich verstecke mich unter ein paar Felsen, aber . . ."

„Bleiben Sie, wo Sie sind. In weniger als einer Stunde bin ich mit der *Sarafand* bei Ihnen."

„Das nützt nichts, Aesop. Einer von den Torpedos hat mich beschossen, als ich hier hereinsprang. Der Anzug ist nicht beschädigt, aber mein Sauerstoffgenerator völlig zerstört."

„Nehmen Sie das Ersatzgerät aus Ihrem Rucksack", warf Surgenor ein, bevor Aesop antworten konnte.

„Kann ich nicht." Targett machte die seltsame Entdeckung, daß er eher Verlegenheit als Angst empfand. „Der Rucksack steht draußen im Freien, und ich kann nicht an ihn heran. Es besteht überhaupt keine Möglichkeit, ihn zu erreichen."

„Aber dann haben Sie nur . . .“ Surgenor unterbrach sich. „Sie müssen an den Rucksack herankommen, Mike.“

„Das habe ich mir auch gedacht.“

„Hören Sie, vielleicht reagieren die Torpedos nur auf plötzliche Bewegungen. Wenn Sie ganz langsam hinauskriechen . . .“

„Hypothese unzutreffend“, unterbrach Aesop. „Meine Analyse der Sensorschaltkreise in dem Torpedo, den Michael geöffnet hat, läßt erkennen, daß es sich um ein Duplexsystem handelt, bei dem beide Kanäle Bewegung und Wärme als Zielausweisung benützen. Sobald er sich zeigt, wird er beschossen.“

„Richtig. Ich habe vorhin versucht, den Kopf hinauszustecken“, sagte Targett. „Er wäre mir beinahe weggeschossen worden.“

„Das zeigt, daß meine Schlußfolgerung über die Sensorschaltkreise richtig war, was seinerseits . . .“

„Wir haben keine Zeit, dir zuzuhören, wie du dich beglückwünschst, Aesop“, zischte Surgenor. „Mike, haben Sie es schon mit Ihrer Pistole versucht?“

Targett griff nach dem Ultralaser, der noch über seiner Schulter hing, dann zog er die Hand zurück. „Das würde nichts nützen, Dave. Draußen surren Hunderte von den Dingern herum, und eine Ultralaserpistole hat – wie viele Ladungen?“

„Augenblick . . . Wenn es eines von den Kapselmodellen ist, müßten es sechsundzwanzig sein.“

„Was hat es dann für einen Sinn, es auch nur zu versuchen?“

„Vielleicht keinen, aber wollen Sie einfach dort liegen und ersticken, Mike? Zerblasen Sie ein paar, einfach nur so.“

„David Surgenor“, sagte Aesop scharf, „ich weise Sie an, still zu sein, während ich mich mit diesem Notfall befasse.“

„Befasse?“ Targett spürte eine unlogische Regung seines früheren blinden Vertrauens in Aesop. „Also gut, Aesop. Was soll ich tun?“

„Können Sie Torpedos sehen, ohne sich in Gefahr zu bringen?“

„Ja.“ Targett blickte auf den dreieckigen Himmelsausschnitt, als eine schwarze Zigarre dort vorbeihuschte. „Aber immer nur einen.“

„Das genügt. Ihre Unterlagen zeigen, daß Sie ein brauchbarer Scharfschütze sind. Ich möchte, daß Sie mit Ihrer Pistole auf einen der Torpedos schießen. Zielen Sie auf den Bugabschnitt.“

„Was hat das für einen Sinn?" Targetts kurze, irrationale Hoffnung zerfiel zu nackter Wut und Panik. „Ich habe sechsundzwanzig Ladungen, und draußen sind dreihundert Roboter."

„Dreihundertzweiundsechzig, um genau zu sein", sagte Aesop. „Hören Sie sich jetzt meine Instruktionen an, und befolgen Sie sie ohne Verzögerung. Feuern Sie einen Ultralaserstoß auf einen der Torpedos. Versuchen Sie, ihn so nah am Bug wie möglich zu treffen, ohne die Zielsicherheit zu gefährden, und beschreiben Sie die Wirkung Ihres Handelns."

„Du aufgeblasener . . ." Targett begriff die Nutzlosigkeit, den Computer beleidigen zu wollen, riß die Pistole aus dem Halfter und klappte das Visier hoch. Er stellte die Visiereinrichtung auf geringe Vergrößerung ein und wand sich in dem engen Schlupfraum zwischen den Felsen, bis er eine einigermaßen gute Anschlagshaltung gefunden hatte. Das kontrollierte Atmen, das für zielgenaues Schießen erforderlich war, ließ sich hier nicht erreichen – seine Lunge arbeitete in der verbrauchten Anzugluft wie ein Blasebalg –, aber die Torpedos waren für eine Strahlungswaffe ein verhältnismäßig leichtes Ziel. Er wartete, bis einer durch seinen Himmelsausschnitt flog, richtete das Fadenkreuz auf seinen Bug und zog den Abzug durch. Als die erste Kapsel im Magazin ihre Energie abgab, zuckte ein Feuerstoß violett gleißenden Lichts hinaus und flammte am Bug des Torpedos kurz auf. Der schwarze Zylinder schien kurz zu stocken, dann erholte er sich und flog davon, anscheinend unbeschädigt.

Targett spürte, wie der Schweiß auf seiner Stirn prickelte. So unfaßbar das auch erschien, er – Michael Targett, das allerwichtigste Individuum im Universum – würde sterben, genau wie alle die anonymen Wesen, die ihm vorangegangen waren.

„Ich habe einen getroffen", sagte er mit gefühllosen Lippen. „Genau am Bug. Er flog einfach weiter, als wäre nichts geschehen."

„Ist das Metall versengt oder verschrammt worden?"

„Ich glaube nicht. Ich sehe sie als Silhouetten, so daß ich es nicht genau sagen kann."

„Sie sagen, der Torpedo sei weitergeflogen, als wäre nichts geschehen", setzte Aesop nach. „Überlegen Sie genau, Michael, hat es überhaupt keine Reaktion gegeben?"

„Na ja, er schien für den Bruchteil einer Sekunde zu wackeln, aber . . ."

„Genau das, was ich erwartet habe", sagte Aesop. „Die Innenkonstruktion des Torpedos, den Sie untersucht haben, ließ erkennen, daß er ein Duplexsensor- und Kontrollsystem besitzt. Diese neue Wahrnehmung bestätigt das."

„Hol dich der Teufel, Aesop", flüsterte Targett. „Ich dachte, du versuchst mir zu helfen, dabei sammelst du nur neue Daten. Mach von jetzt an deine Dreckarbeit alleine – ich bin aus dem Dienst ausgetreten."

„Die Ultralaserstrahlung hätte ausgereicht, die primären Sensoreingaben zu zerstören", fuhr Aesop ungerührt fort, „so daß das Ersatzsystem einsprang. Ein weiterer direkter Treffer bei demselben Torpedo würde ihn abstürzen lassen, und die Wahrscheinlichkeit spricht dafür, daß der Aufprall zu einem katastrophalen Versagen des Motorengehäuses führen würde, das im Lauf der Zeit geschädigt worden zu sein scheint. Der hohe Grad an ungerichteter Strahlung im Zusammenhang mit einem Defekt bei einem Motor dieser Konstruktion müßte seinerseits ausreichen, um beide Sensorkanäle in den anderen Torpedos zu überladen, wodurch sie . . ."

„Das könnte klappen!" Targett verspürte einen sonnengrellen Stich der Erleichterung – aber er verblaßte so schnell, wie er gekommen war. Er strengte sich an, seine Gefühle vor allen Zuhörern, vor allem aber vor Dave Surgenor zu verbergen. „Der einzige Haken dabei ist, ich konnte keine Spuren an dem getroffenen Torpedo erkennen – und wenn ich versuche, meinen Kopf weiter hinauszuschieben, damit ich mich besser umsehen kann, wird er durchlöchert. Vielleicht wäre das noch das beste – wenigstens ginge es schnell."

„Laß mich hier einmal etwas sagen, Aesop", meldete sich Surgenors Stimme. „Hören Sie, Mike – Sie haben immer noch eine Chance. Sie haben noch fünfundzwanzig Kapseln in Ihrem Magazin. Feuern Sie auf die Torpedos, wenn sie vorbeifliegen, vielleicht treffen Sie denselben zweimal."

„Danke, Dave." Eine graue Stimmung der Resignation legte sich über Targett, als er begriff, was er tun mußte. „Ich weiß Ihre Sorge zu schätzen, aber vergessen Sie nicht, daß ich der Glücksspieler in dem Laden bin. Sechsundzwanzig zu dreihundertzweiundsechzig setzt die Chancen gleich zu Anfang auf etwa dreizehn zu eins gegen mich fest. Dreizehn ist eine Unglückszahl, und ich fühle mich nicht vom Glück begünstigt."

„Aber wenn das Ihre einzige Chance ist . . ."

„Nicht die einzige." Targett zog die Beine an, als Vorbereitung zu anstrengender Aktion. „Ich schieße mit Strahlerwaffen recht gut. Meine beste Chance besteht darin, schnell hinauszuspringen – dahin, wo ich einem der Torpedos lange genug folgen kann, um zweimal darauf zu feuern."

„Versuchen Sie das nicht, Mike", sagte Surgenor drängend.

„Bedaure." Targett spannte die Muskeln an und schob sich vor. „Ich habe mich schon . . ."

„Ihr Verstand scheint verwirrt zu sein", warf Aesop ein, „vielleicht infolge Sauerstoffverknappung. Haben Sie vergessen, daß Sie Ihre Fernsehkamera vor Ihrem Unterschlupf haben fallen lassen?"

Targett zögerte, im Begriff, sich hinauszuschnellen.

„Die Kamera? Läuft sie noch? Kannst du den ganzen Schwarm sehen?"

„Nicht den ganzen, aber so viel, daß ich einzelne Torpedos auf einem beträchtlichen Stück ihrer Kreisbahn verfolgen kann. Ich weise Sie an, wann Sie feuern müssen, und wenn wir Ihre Feuerstöße auf die allgemeine Zirkulationsrate des Schwarms abstellen, können wir die Wahrscheinlichkeit eines zweiten Treffers bei einem Torpedo nahezu zur Deckung bringen."

„Also gut, Aesop – du gewinnst." Targett ließ sich wieder nieder, belastet von der dumpfen Gewißheit, daß nichts, was er zu tun vermochte, irgendeinen Einfluß auf den Ausgang haben würde. Seine Atmung war schnell und flach geworden, als seine Lunge die eigenen Schadprodukte zurückwies, und seine Hände waren in den Handschuhen feucht und klamm. Er hob die Pistole und starrte durch das Visier.

„Feuern Sie nach Belieben, um Sequenz einzuleiten." Aesops Stimme tönte schwach durch das Rauschen in Targetts Ohren.

„Gut." Er hielt die Waffe ruhig, wartete, bis ein Torpedo an dem dreieckigen Himmelsausschnitt vorbeischwebte, und feuerte einen Energiestoß auf seinen Bugabschnitt. Der Torpedo schwankte kurz, dann flog er weiter. Targett wiederholte das Manöver immer und immer wieder, stets mit demselben Ergebnis, bis der Haufen verbrauchter Kapseln, die von der Waffe ausgeworfen wurden, über ein Dutzend umfaßte.

„Wo bist du, Aesop?" stieß er hervor. „Du hilfst mir nicht."

„Die Ultralaserstrahlung hinterläßt auf den Torpedos keine erkennbaren Spuren, so daß ich gezwungen bin, auf rein statistischer Grundlage zu arbeiten", sagte Aesop. „Aber ich besitze jetzt genügend Daten, um ihre Bewegungen mit einem angemessenen Grad an Genauigkeit vorherbestimmen zu können."

„Dann fang, um Gottes willen, endlich damit an."

Es war kurze Zeit still.

„Feuern Sie jedesmal, wenn ich ‚Jetzt' sage, auf den nächsten Torpedo, der in Ihrem Gesichtsfeld auftaucht."

„Ich warte." Targett blinzelte, um klarer zu sehen. Vor seinen Augen begannen schwarze Punkte mit grellen Rändern zu tanzen.

„Jetzt."

Einen Augenblick später tauchte ein Torpedo auf, und Targett drückte ab. Der Ultralaserstrahl strich über den Bug – aber nach einem kurzen Erzittern flog der schwarze Zylinder aus dem Sehbereich, ohne die Richtung zu verändern.

„Jetzt."

Targett feuerte wieder, mit demselben Ergebnis.

„Jetzt."

Wieder zuckte der Energiestrahl auf einen Torpedo zu – ohne ernsthafte Wirkung.

„Das funktioniert nicht so gut." Targett richtete den Blick mit Mühe auf den Anzeiger der Waffe. „Ich habe nur noch acht Kapseln. Ich glaube langsam . . . glaube, daß ich nach meinem eigenen Plan handeln sollte, solange ich . . ."

„Sie vergeuden Zeit, Michael. Jetzt."

Targett drückte ab, und wieder flog ein Torpedo unbeirrt weiter, nicht entscheidend geschädigt.

„Jetzt."

Hoffnungslos feuerte Targett erneut. Der Torpedo war davongeflogen, bevor ihm dämmerte, daß er vielleicht begonnen hatte, die Flugbahn zu verändern.

„Aesop", rang er sich ab, „ich glaube, es könnte . . ."

CAPTAIN AESOP UND DAS SCHIFF DER FREMDEN   241

Er hörte eine dumpfe Explosion, und der dreieckige Himmelsausschnitt flammte gleißend auf. Nur die sofortige Verdunklung
seiner Helmscheibe rettete Targetts Augen vor der vollen Heftigkeit der Selbstzerstörung des Antriebs. Das Gleißen hielt sekun-
denlang unvermindert an, als der von fremden Wesen gebaute
Motor sich verzehrte. Er stellte sich vor, daß es die Primär- und
Ersatzsensoren der Roboterrudel versengte, die zu Boden torkeln
oder an den Berghang prallen würden, um . . .

Gerade noch rechtzeitig preßte Targett die Augen zusammen
und vergrub den Kopf in den Armen, während ein anhaltender
Vernichtungssturm rings um ihn tobte und die ganze Umgebung
verwüstete. Ich kann immer noch sterben, dachte er. Kapitän
Aesop hat sein Bestes für mich getan, aber wenn ich kein Glück
habe, bin ich diesmal dran.

Als das Grollen der Explosion und die Flut gleißenden Lichts
aufgehört hatten, kroch er mit zittrigen Beinen unter den Felsblökken hervor. Die Hochebene war übersät mit abgestürzten Torpedos, deren Antriebsteile verdampft waren. Eine Anzahl der Robotjäger schwebte noch am Himmel, aber sie beachteten ihn nicht,
als er vorwärts stürzte, wie ein Betrunkener taumelnd, auf die
Stelle zu, wo er den Rucksack abgestellt hatte.

Auf dem Weg über das Plateau kam ihm der Gedanke, daß
einer der Torpedos unmittelbar auf den Rucksack gestürzt sein
mochte – etwas, das zu verhindern sogar Kapitän Aesop machtlos
gewesen wäre –, aber er entdeckte ihn unbeschädigt neben dem
geöffneten Zylinder, der nicht aufgestiegen war. Er öffnete den
Rucksack mit zitternden Fingern, nahm den Ersatzsauerstoffgene-
rator heraus und durchlebte einen Augenblick höchsten Entset-
zens, als der zerstörte Generator sich nicht vom Atemloch des
Anzugs ablösen lassen wollte. Mit dem letzten Rest seiner Kraft riß
er ihn ab, rastete das Ersatzgerät ein und legte sich auf den Boden,
um auf die Wiederbelebung zu warten.

„Mike?" Surgenors Stimme klang zögernd. „Alles klar?"

Targett atmete tief ein. „Ich bin in Ordnung, Dave. Kapitän
Aesop hat mich herausgeboxt."

„Sagten Sie ‚Kapitän'?"

„Sie haben mich verstanden." Targett stand auf und betrachtete
das verwüstete Schlachtfeld, auf dem er und ein ferner Computer

eine feindliche Streitmacht überwunden hatten, die siebentausend Jahre lang auf der Lauer gelegen hatte. Aller Wahrscheinlichkeit nach würde er nie wissen, worin der Urzweck der Torpedos bestanden hatte oder weshalb sie auf Horta VII zurückgelassen worden waren – aber seine Vorliebe für Archäologie schien nachgelassen zu haben. Im Augenblick genügte es, einfach am Leben zu sein. Während er die unfaßbare Szenerie betrachtete, flog einer der Torpedos, die sich noch in der Luft befanden, blindlings in einen Felsgrat, der zwei Kilometer entfernt war. Die Explosion überflutete das Plateau mit gleißender Strahlung.

Targett zuckte zurück. „Das war wieder einer, Aesop."

„Mir ist nicht klar, was Sie meinen, Michael", erwiderte Aesop.

„Einer von den Torpedos, versteht sich. Hast du den Lichtblitz nicht gesehen?"

„Nein. Die Fernsehkamera funktioniert nicht."

„So?" Targett schaute zu seinem früheren Versteck hinüber, vor dem die Kamera zu Boden gefallen war. „Vielleicht ist durch das Licht von den vielen Explosionen etwas durchgebrannt."

„Nein." Aesop machte eine Pause. „Die Übertragung fiel aus, als Sie die Kamera fallen ließen. Es spricht einiges dafür, daß der Schalter durch den Aufprall auf ‚Aus' kippte."

„Gut möglich. Ich war ziemlich schnell . . ." Targett verstummte, als ihm ein beunruhigender Gedanke kam. „Dann hast du mich angelogen. Du hast die Torpedos gar nicht verfolgen können."

„Ihr Gemütszustand hat es erforderlich gemacht, daß ich die Unwahrheit sagte."

„Aber du hast mir doch gesagt, wann ich schießen soll. Herrgott noch mal! Woher hast du gewußt, daß ich einen von den Torpedos zweimal treffen würde?"

„Ich habe es nicht gewußt." Aesops Stimme klang präzise und unbewegt. „Das ist etwas, das gerade Sie verstehen müßten, Michael. Ich habe alles auf eine Karte gesetzt."

„DAS ist prima Material für mein Buch, Mike." Clifford Pollens heisere Stimme klang vor Aufregung schrill, als er sich über den Eßtisch beugte. „Ich betitle das Kapitel: ‚Wer einmal trifft, dem nützt es nichts'."

Mike Targett nickte. „Sehr originell."

Pollen blickte stirnrunzelnd auf seine Notizen. „Ich muß aber aufpassen, wie ich die Geschichte darstelle. Es flogen dreihundertzweiundsechzig Torpedos herum, und Sie hatten nur sechsundzwanzig Schuß. Das bedeutet, daß Aesop Ihr Leben bei Chancen von ungefähr eins zu dreizehn aufs Spiel gesetzt hat – und es machte sich bezahlt!"

„Falsch! So war es gar nicht." Targett lächelte mitleidig, als er ein halbdurchgebratenes Steak anschnitt. „Hören Sie auf meinen Rat und halten Sie sich vom Pokern fern, Clifford – Sie haben keine Ahnung davon, wie man Chancen berechnet."

Pollen sah ihn beleidigt an. „Ich kann doch noch rechnen. Dreihundertzweiundsechzig durch sechsundzwanzig . . ."

„Hat nichts mit dem Rechenexempel selbst zu tun, mein Freund. Ich mußte einen von den Torpedos zweimal treffen, ja?"

„Ja", sagte Pollen widerwillig.

„Nun, in einer solchen Situation kann man nicht einfach die normalen Chancen berechnen, indem man die größere Zahl einfach durch die kleinere teilt, wie Sie es tun. Der Grund ist der, daß die Chancen sich mit jedem Schuß verändern. Jedesmal, wenn ich einen Torpedo traf, veränderte ich die Chancen gering zugunsten des nächsten Schusses, und die Gesamtwahrscheinlichkeit kann man nur berechnen, wenn man fünfundzwanzig Reihen sich stufenweise verbessernder Chancen ausrechnet. Das ist ziemlich schwer – wenn man nicht gerade ein Computer ist –, aber wenn man das macht, kommt man auf eine letzte Chance von etwa zwei zu eins, daß ich einen Torpedo zweimal treffen würde. Es war gar nicht so riskant, dieses Spiel."

„Das ist schwer zu glauben."

„Prüfen Sie es mit einem Rechner selbst nach." Targett schob einen Bissen in den Mund und kaute genießerisch. „Das ist ein gutes Beispiel für die Schwierigkeit, komplexe Möglichkeiten mit dem gesunden Menschenverstand beurteilen zu wollen."

Pollen kritzelte ein paar Zahlen. „Das ist mir zu kompliziert."

„Deshalb würden Sie auch nie ein erfolgreicher Glücksspieler werden." Targett lächelte wieder, während er sein Steak verzehrte. Er erwähnte nichts davon, daß sein eigener gesunder Menschenverstand von der Wahrscheinlichkeitsrechnung in Empörung versetzt worden war oder daß es eines langen und mühsamen Einzelgesprächs mit Aesop bedurft hatte, um ihn von der Wahrheit zu überzeugen, nachdem alle Gefahr gebannt gewesen war. Und er würde keinem Menschen gegenüber etwas von dem Gefühl trostloser Isolierung erwähnen, das ihn befallen hatte, als er wirklich begriffen hatte, daß Aesop – das Gebilde, das sein Leben sicherte, für seine Mahlzeiten sorgte und alle seine Fragen geduldig beantwortete – nicht mehr als eine Logikmaschine war. Es schien besser zu sein, das Spiel mitzumachen, das alle anderen Besatzungsmitglieder trieben, Aesop ab und zu als „Kapitän" anzusprechen und sich ihn als ein übermenschliches Wesen vorzustellen, das von seinem einsamen Kommandoposten irgendwo auf den Oberdecks der *Sarafand* niemals herunterkam.

„Am Ende dieser Tour landen wir auf Parador", sagte Dave Surgenor, der auf der anderen Tischseite saß. „Da werden Sie uns erfolgreiches Glücksspiel in der Praxis vorführen können."

„Das glaube ich nicht." Targett führte wieder die Gabel zum Mund. „Die Syndikate benützen ganz sicher Computer, um die Gewinnchancen zu berechnen. Das verschafft ihnen einen unfairen Vorteil."

4

„Ballon" war der inoffizielle Name für das wachsende Weltraumvolumen, in dem jeder Planet und jeder Asteroid von den Menschen vermessen worden war. Manche der untersuchten Welten, die besten, wurden für Kolonisation oder andere Arten der Entwicklung vorgesehen, aber nur in den Fällen, wo es keine einheimische Zivilisation gab. Die Charta des Kartographischen Dienstes ermächtigte ihn, sich allein mit unbewohnten Planeten zu beschäftigen – alle zwischenkulturellen Kontakte blieben das Vorrecht diplomatischer oder militärischer Missionen, je nach den Umständen des Einzelfalles.

Als Folge dieser Politik war David Surgenor, obwohl im Kartographischen Dienst altgedient, im Rahmen seiner amtlichen Pflichten nie auf Angehörige einer außerirdischen Zivilisation gestoßen und rechnete auch nicht damit, daß sich das je ändern würde . . .

SURGENOR stand stumm dabei, während ein Teil der Meßausrüstung aus Modul Fünf entfernt wurde, um Platz für zwei zusätzliche Sitze zu schaffen. Als die Arbeit beendet war, stieg er sofort in das schwere Fahrzeug und lenkte es mit unnötig hoher Geschwindigkeit die Rampe der *Sarafand* hinunter. Nur eine kurze Strecke trennte das Vermessungsschiff von der gedrungenen Masse des militärischen Raumschiffs *Admiral Carpenter*, aber Surgenor schaltete auf Luftkissenantrieb und legte den Weg umwirbelt von spektakulären Sandwolken zurück. Sein Weg wurde gekennzeichnet von einer blutroten Schramme in der weißen Wüste, die langsam verheilte, als der phototrope Sand wieder seine Oberflächenfarbe annahm.

Einer der Wachtposten am Fuß der Rampe von *Admiral Carpenter* zeigte auf die Stelle, wo Surgenor parken sollte, und sagte etwas in einen Armband-Kommunikator. Surgenor lenkte Modul Fünf an den bezeichneten Platz und schaltete den Auftrieb ab, so daß das käferförmige Fahrzeug auf seine Unterseite hinabsank. Er öffnete die Tür, und die heiße, trockene Luft des Planeten Saladin wehte in die Kabine.

„Major Giyanis Gruppe wird in zwei Minuten bei Ihnen sein", rief der Posten.

Surgenor rutschte tiefer in den Sitz. Er wußte, daß er sich kindisch benahm, aber die *Sarafand* saß nun schon fast einen Monat auf dieser Welt fest – und Surgenor hatte in all seinen Jahren beim Kartographischen Dienst noch keine derart lange Pause gemacht. An irgendeinem Ort zu warten und die kärgliche Ration an Zeit, die den Menschen vergönnt war, zu vergeuden hatte die Wirkung, daß er pessimistisch und verdrossen wurde. Das Reisen besaß längst nicht mehr die Anziehungskraft von früher auf ihn, aber trotzdem konnte er nicht lange an einem Ort bleiben.

Er starrte mürrisch auf die sonnengleißende weiße Wüste, die sich bis zum Horizont erstreckte, und fragte sich, warum sie ihm am ersten Morgen, als er sie gesehen hatte, schön vorgekommen war. Damals hatte natürlich ein Wind geweht, und dessen rasche Muster waren als komplizierte Schattierungen von Blutrot auf Weiß nachgezogen gewesen, über die Dünen hinwegziehend, als verdeckte Schichten vor der Sonne freigelegt wurden und dann ihre phototrope Reaktion auf ihr Licht zeigten.

Die *Sarafand* war, wie immer, mit der Absicht gelandet, eine Routinevermessung vorzunehmen. Das Gelände bot keine auffälligen Schwierigkeiten, was bedeutete, daß die Moduln mit Höchstgeschwindigkeit fahren konnten, und die Vermessung wäre in drei Tagen abgeschlossen gewesen, wäre nicht das völlig Unerwartete eingetreten.

Drei der Modulbesatzungen hatten Erscheinungen gemeldet.

Die Sichtungen hatten zwei verschiedene Formen angenommen – Leute und Gebäude –, die durchsichtig aufschimmerten und auf eine Weise verschwanden, die Beobachter veranlaßt hätte, sie als Luftspiegelungen abzutun – wäre nicht die Tatsache gewesen, daß eine Fata Morgana irgendwo ein physisches Gegenstück besitzen mußte. Und eine vorherige Orbitalvermessung von Saladin hatte ergeben, daß es sich um eine tote Welt handelte, die kein intelligentes Leben oder Spuren seines früheren Vorhandenseins aufwies . . .

„Aufwachen, Fahrer", sagte Major Giyani schroff. „Wir können fahren."

Surgenor hob bewußt langsam den Kopf und betrachtete den dunkelhäutigen, schnurrbärtigen Offizier, der im Moduleingang stand und es auf irgendeine Weise fertigbrachte, im gewöhnlichen Kampfanzug elegant zu wirken.

Hinter ihm standen ein Lieutenant mit glattem Gesicht und reumütigem Blick und ein massiger Sergeant, der ein Gewehr dabeihatte.

„Wir können nicht fahren, bevor alle eingestiegen sind", erklärte Surgenor vernünftig, aber auf eine Weise, die seinen Widerwillen ausdrücken sollte, als Chauffeur behandelt zu werden. Er wartete gleichgültig, bis Lieutenant und Sergeant sich auf den zusätzlichen Plätzen im Heck niedergelassen hatten und der Major auf dem freien Sitz vorne saß. Der Sergeant, an dessen Namen – McErlain – sich Surgenor dunkel erinnerte, legte sein Gewehr nicht weg, sondern nahm es auf den Schoß.

„Das ist unser Ziel", sagte Giyani und gab Surgenor ein Blatt Papier, auf das eine Reihe von Gitterkoordinaten notiert war. „Die Entfernung in Luftlinie beträgt etwa . . ."

„Fünfhundertfünfzig Kilometer", ergänzte Surgenor, nachdem er kurz im Kopf gerechnet hatte.

Giyani zog die schwarzen Brauen hoch und sah sich Surgenor genauer an. „Ihr Name ist . . . Dave Surgenor, nicht?"

„Ja."

„Also dann, Dave." Giyani zeigte ein beharrliches Lächeln, das sagen wollte: Seht ihr, wie ich empfindlichen Zivilisten entgegenkomme? – dann deutete er auf die Gitterbezeichnung. „Können Sie uns bis achtzehn Uhr Schiffszeit hinbringen?"

Surgenor entschied zu spät, daß ihm Giyani lieber war, wenn er sich dienstlich gab. Er ließ das Modul anrollen, schaltete auf Luftkissenantrieb und steuerte einen Kurs, der sie fast genau nach Süden führte. Während der zweistündigen Fahrt wurde wenig gesprochen, aber Surgenor stellte fest, daß Giyani Sergeant McErlain mit unverhüllter Abneigung behandelte, während der Lieutenant, der Kelvin hieß, es überhaupt vermied, den kräftig gebauten Mann anzusprechen. Der Sergeant antwortete Giyani tonlos und einsilbig, auf eine Weise, die Ungebührlichkeit vermied, aber nur ganz knapp. Surgenor wurde sich der veränderten Atmosphäre im Modul bewußt und versuchte sich an vereinzelte Klatschfetzen aus der Messe zu erinnern, die er über McErlain aufgefangen hatte, aber in der Hauptsache beschäftigten sich seine Gedanken mit dem Zweck dieser Expedition.

Als die ersten Berichte über Erscheinungen per Funk an Aesop weitergegeben wurden, überprüfte er die geodätische Karte von Saladin, die in den Computerdecks hergestellt wurde. Sie zeigte Hinweise auf die Umformung von Grundgestein, die dreihunderttausend Jahre zuvor stattgefunden hatte, an Orten, die mit denen der Wahrnehmungen ziemlich genau übereinstimmten.

In diesem Stadium hatte Aesop die Meßmoduln in Übereinstimmung mit den Einschränkungen der KD-Charta zurückgezogen, und eine Tachyon-Mitteilung war an die Regionalzentrale geschickt worden. Die Folge war, daß der Kreuzer *Admiral Carpenter*, der in diesem Raumsektor unterwegs gewesen war, zwei Tage später eintraf und das Kommando übernahm.

Eine der ersten Anweisungen, die Colonel Nietzel, der Kommandeur der Bodentruppen, erließ, verlangte, daß Aesop alle Informationen über Saladin als geheim behandelte und sie zivilem Personal vorenthielt. Das hätte bedeuten sollen, daß die Besatzung der *Sarafand* völlig im dunkeln tappte, was die nachfolgenden Ereignisse betraf, aber es gab zwischen den beiden Schiffsbesatzungen private Kontakte, und Surgenor hatte die Gerüchte gehört.

Abtastersatelliten, von der *Admiral Carpenter* in Umlaufbahnen gebracht, sollten Tausende Teilmaterialisationen von Gebäuden, seltsamen Fahrzeugen, Tieren und Gestalten in langen Gewändern auf der ganzen Oberfläche von Saladin registriert haben. Ferner hieß es, daß einige der Gebäude und Gestalten sich zu voller Körperlichkeit verdichtet hätten, jedoch wieder verschwunden seien, bevor irgendein Flugzeug des Kampfschiffs sie zu erreichen vermochte. Es war, als existiere auf Saladin eine andere Zivilisation – eine, die sich bei der Annäherung von Fremden hinter eine unbegreifliche Barriere zurückgezogen hatte und entschlossen war, Distanz zu halten.

Surgenor, der keine der Erscheinungen gesehen hatte, schenkte den Gerüchten nicht viel Glauben, aber er hatte die Flugzeuge der *Admiral Carpenter* mit hoher Überschallgeschwindigkeit über die Wüste davonheulen sehen, bevor sie mit leeren Händen zurückgekommen waren. Und er wußte, daß der Hauptcomputer des Kreuzers rund um die Uhr daran arbeitete, die ungeheuren Datenmengen zu korrelieren, die vom Netz der Abtastersatelliten geliefert wurden. Er wußte auch, daß die Gitterkoordinaten, die Giyani ihm gegeben hatte, einer der uralten Ausschachtungen im Grundgestein entsprachen, die bei der ersten Vermessung entdeckt worden waren . . .

„Wie weit rechnen Sie noch?" fragte Giyani, als die Sonne das ferne Gebirge am westlichen Horizont berührte.

Surgenor blickte auf sein Kartoskop, das mit dem Einsetzen der Dunkelheit zu leuchten begann. „Knapp dreißig Kilometer."

„Gut. Zeitlich stimmt es genau." Giyani ließ die Hand auf den Kolben seiner Pistole fallen.

„Wollen Sie auf Gespenster schießen?" fragte Surgenor beiläufig.

Giyani blickte auf seine Hand und sah Surgenor an. „Tut mir leid. Es besteht Anweisung, daß ich das Unternehmen nicht mit Ihnen besprechen darf. Nicht persönlich gemeint, Dave, aber wenn wir geeignete Bodenfahrzeuge hätten, wären Sie nicht einmal dabei."

„Aber ich bin dabei, und ich werde sehen, was sich abspielt."

„Das bringt Ihnen einen Vorsprung, nicht wahr?"

„Ist mir noch nicht aufgefallen." Surgenor starrte düster auf die weiten Sandflächen, die sich auf den Bildschirmen des Moduls entrollten, und sah sie von Weiß ins Blutrote übergehen, als die letzten Lichtstrahlen schräg vom Himmel fielen. In wenigen Minuten würde sich die typische saladinische Nachtszenerie von scheinbar schwarzer Wüste und einem klaren Himmel einstellen, vollgepackt mit so vielen Sternen, daß die normale Ordnung der Dinge auf den Kopf gestellt zu sein schien, das Land tot und der Himmel darüber der Sitz des Lebens. Er spürte einen starken Drang, wieder an Bord der *Sarafand* zu sein und zu fernen Sonnen zu fliegen.

Lieutenant Kelvin beugte sich vor und sagte zu Giyani: „Wann können wir damit rechnen, etwas zu sehen?"

„Jeden Augenblick jetzt – vorausgesetzt, daß die Computervorhersage zutrifft." Giyani warf Surgenor einen kurzen Blick zu und schien sich offenbar zu überlegen, ob er in seinem Beisein etwas verraten sollte, dann zuckte er mit den Achseln. „Es gibt geodätische Hinweise darauf, daß die Umformung im Grundgestein in diesem Gebiet vor etwa einer Drittelmillion Jahren stattfand, gerade zu der Zeit, als die Saladiner nach unserer Ansicht in ihrer Städtebauphase waren. Die Abtastersatelliten haben hier in den vergangenen zehn Tagen siebenmal eine Stadt entdeckt, aber wie man mir sagt, gibt es keine Garantie dafür, daß das Schema der Erscheinungen, das der Computer erkennt, nicht ein rein zufälliges ist, und dann werden wir nichts vorfinden als Wüste."

„Was ist so Besonderes an dieser einen Stelle?" fragte Kelvin. Genau das hatte Surgenor sich auch gefragt.

„Wenn die Saladiner sich in der Zeit frei bewegen können – wie manche von unseren Leuten zu glauben scheinen –, könnte die Quasimaterialisation der Gebäude nur ein Nebenprodukt der Eingeborenen selbst sein, die in der Gegenwart auftauchen. Mir erscheint das konstruiert, aber der Colonel hatte den Auftrag, mir zu erklären, das sei so ähnlich, als verlasse man ein geheiztes Gebäude – man nimmt etwas von der warmen Luft mit in eine andere Umwelt. Bei jeder Erscheinung dieser Stadt haben unsere Abtaster etwas wahrgenommen, was eine Frau zu sein scheint, die am südlichen Rand der Stätte steht." Giyani trommelte mit den Fingern auf die Armlehne. „Außerdem hat man mir gesagt, daß die Frau körperlich vollkommen kompakt sei. So kompakt wie einer von uns."

Surgenor hörte die Worte des Majors und spürte, wie das vertraute Cockpit von Modul Fünf – in dem er so viele Jahre seines Lebens verbracht hatte – für Augenblicke fremdartig wurde. Seine Meßgeräte und Steuerhebel wirkten für kurze Zeit sinnlos, während sein Denken sich neuen Begriffen erschloß. Er hatte ungern seine eigenen Ängste eingestehen wollen, daß der Mensch, Vervollkommner einer Denkart, die ihm die Herrschaft über die drei Raumdimensionen eingebracht hatte, nun doch auf eine kühler denkende, überlegenere Kultur gestoßen sein mochte, die ihr Reich in den grauen Weiten der Zeit errichtet hatte. Es hatte jedoch den Anschein, daß andere Menschen ähnlich dachten und zu denselben Schlußfolgerungen kamen.

„Voraus ist etwas zu erkennen, Sir", sagte Kelvin.

Giyani schaute wieder nach vorn, und sie starrten alle stumm auf den Bugschirm, auf dem sich von Horizont zu Horizont die geisterhaften Umrisse einer Stadt abzeichneten. Regelmäßig angeordnete Lichter schimmerten jetzt, wo einige Sekunden zuvor nur Sand und Sternhaufen gewesen waren.

Die durchsichtigen Rechtecke der großen Stadt wirkten in der Anlage seltsam erdenähnlich, bis auf eine Ungereimtheit – die vertikalen Lichterreihen, die aussahen wie Fenster, lagen nicht immer auf den Silhouetten von Gebäuden. Es war, dachte Surgenor, als sähe man die Stadt nicht, wie sie zu irgendeinem Punkt in der Zeit ausgesehen hatte, sondern mit einer zeitlichen Tiefenschärfe, die sich über Jahrtausende erstreckte, während denen die langsame Verschiebung der Kontinente sie einige Meter fortgeschoben hatte, wodurch ein Doppelbild entstand.

Trotz Giyanis gewandter Erklärung für das, was sie jetzt sahen, oder vielleicht gerade deshalb, spürte Surgenor einen kalten Hauch. Er begann das Ungeheuerliche zu begreifen, das die kleine Expedition zu erreichen hoffte.

„Geschwindigkeit verringern und den Rest des Weges am Boden zurücklegen", sagte Giyani. „Von hier ab wollen wir möglichst leise sein. Und das Licht schalten Sie auch aus."

CAPTAIN AESOP UND DAS SCHIFF DER FREMDEN 251

Surgenor schaltete den Auftrieb ab und verringerte die Boden-
fahrt auf fünfzig. Bei dieser Geschwindigkeit und ohne Bezugs-
punkte in der Landschaft schien das Meßmodul stillzustehen. In
der Kabine hörte man nur Kelvins unregelmäßige Atemzüge und
eine Reihe von knackenden Geräuschen, als McErlain am
Gewehr verschiedene Hebel betätigte.

Giyani schaute sich nach dem Sergeanten um. „Wie lange ist es
her, seit Sie auf der *Georgetown* gedient haben, Sergeant?"

„Acht Jahre, Sir."

„Eine sehr lange Zeit."

„Ja, Sir." McErlain schwieg einen Augenblick. „Ich werde niemand niederschießen, wenn es nicht befohlen wird, falls Sie
darauf hinauswollen, Sir."

„Sergeant!" Kelvins Stimme klang entsetzt. „Ich melde Sie
wegen . . ."

„Schon gut", sagte Giyani leichthin. „Der Sergeant und ich
verstehen uns."

Surgenor wurde kurz von dem unglaublichen Anblick vor sich
abgelenkt. Er wußte jetzt, warum man in der Messe der *Sarafand*
über McErlain gesprochen hatte. Vor zehn oder elf Jahren hatte
die *Georgetown* erstmals Kontakt mit einer intelligenten, luftat-
menden Art auf einem Planeten an den Grenzen des Ballons
aufgenommen und in einem grauenhaften Debakel, dessen Einzelheiten offiziell nie freigegeben worden waren, mit einer einzigen Militäraktion alle fortpflanzungsfähigen Männer getötet. Der
Planet war seitdem von den normalen Handelswegen der Föderation ausgeklammert worden, damit die letzte Generation von
Frauen und nicht fortpflanzungsfähigen Männern in Frieden ihrer
Auslöschung entgegengehen konnte. Der Kommandeur der
Georgetown war vor das Kriegsgericht gekommen, aber der „Zwischenfall" hatte Aufnahme in der Liste der Selbstanklagen gefunden, welche die Menschheit anstelle eines Rassengewissens
bewahrte.

„Fahren Sie mit dieser Geschwindigkeit weiter, bis wir die
Südseite der Stadt erreichen!" befahl Giyani.

„Wir werden Licht brauchen."

„Nein. Die Gebäude existieren nicht, außer in einer sehr ver-
dünnten Form. Fahren Sie geradeaus weiter."

Surgenor ließ das Modul auf dem ursprünglichen Kurs weiterfahren, und die körperlose Stadt löste sich vor ihm auf wie dünner Nebel. Als er schätzte, daß sie sich im Herzen der alten Stätte befanden, war nichts zu sehen als die gelegentliche Andeutung einer Straßenlampe von eigenartig trapezförmiger Bauart, so undeutlich, daß es sich um Spiegelungen auf ganz klarem Glas handeln mochte.

„Die Gebäude haben sich nicht entmaterialisiert", sagte Kelvin. „Noch niemand ist bisher so nah herangekommen."

„Niemand hat bisher die Daten entsprechend ausgewertet", erwiderte Giyani zerstreut und fuhr mit einer Fingerspitze über seinen schwarzen Schnurrbart. „Ich habe das Gefühl, daß die Computervorhersage sich bis in die letzte Einzelheit als zutreffend erweisen wird."

„Sie meinen . . .?"

„Ja, Lieutenant. Für mich steht beinahe fest, daß unser Saladinbewohner eine schwangere Frau ist."

Die Koordinaten, die Surgenor erhalten hatte, waren so exakt, daß er das Modul mit Fadenkreuzgenauigkeit auf die bezeichnete Stelle hätte steuern können, aber Giyani forderte ihn auf, zweihundert Meter vor ihr anzuhalten. Er öffnete die Türen und wartete, bis alle drei Soldaten auf den dunklen Sand hinausgetreten waren. Die Wüstenluft war kalt, da der nächtliche Temperatursturz auf Saladin durch die Tatsache verstärkt wurde, daß der Sand an der Oberfläche, indem er unter der Sonne weiß wurde, den größten Teil der Hitze abstrahlte, statt sie zu speichern.

„Das sollte nur ein paar Minuten in Anspruch nehmen", sagte Giyani zu Surgenor. „Wir wollen sofort losfahren, wenn wir zurückkommen, und ich möchte deshalb, daß Sie hierbleiben und wachsam sind. Lassen Sie die Motoren laufen und machen Sie sich bereit, nach Norden zu fahren, sobald ich es Ihnen sage."

„Keine Sorge, Major – ich habe keine Lust, hier herumzusitzen."

Giyani setzte eine Nachtbrille auf und reichte Surgenor eine zweite. „Setzen Sie sie auf und beobachten Sie uns. Wenn Sie feststellen, daß ernsthaft etwas schiefgeht, suchen Sie das Weite und verständigen über Funk das Schiff."

Surgenor setzte die Brille auf und blinzelte, als er Giyanis Gesichtszüge mit unnatürlich rötlichem Licht geätzt sah. „Rechnen Sie mit Schwierigkeiten?"

„Nein – man muß nur auf alles vorbereitet sein."

„Major, ist es nicht so, daß eine komplette diplomatische Mission zu diesem Planeten unterwegs ist?"

„Und, Surgenor?" Giyanis Stimme hatte ihre vorgetäuschte Freundlichkeit verloren.

„Colonel Nietzel möchte sich vielleicht eine Feder an den Hut stecken – aber andere Leute könnten behaupten, er sei nicht richtig angezogen."

„Der Colonel überschreitet seine Befugnisse nicht, Fahrer – aber Sie."

Die drei Soldaten entfernten sich lautlos vom Meßmodul, und Surgenor blickte zum erstenmal über sie hinaus. Es war sonderbar schwierig, die Augen zusammenzuführen – ein Gefühl ähnlich dem, wenn man durch einen schlecht eingestellten 3-D-Betrachter blickte –, aber er erkannte eine aufrechte Gestalt, so regungslos, daß sie ein in den Sand getriebener Holzpfosten hätte sein können.

Er wurde von gemischten Gefühlen übermannt – Staunen, Angst und Respekt. Wenn die Theorien alle zutrafen, hatte er eine Vertreterin der eindrucksvollsten Kultur vor sich, auf die der Mensch bei seinen blinden Vorstößen durch die Galaxis bislang gestoßen war. Eine Rasse, die den Strom der Zeit so mühelos zerteilte wie ein Sternenschiff die Gravitonfluten des Weltraums. Jeder Instinkt, den er besaß, sagte ihm, daß man sich solchen Wesen mit Ehrfurcht zu nähern hatte und auch nur dann, wenn sie ihre Bereitschaft kundgetan hatten, Gedanken auszutauschen; aber es war offenkundig, daß Giyani ganz andere Vorstellungen hatte.

Der Major war entschlossen, Gewalt gegen eine Wesenheit zu gebrauchen, die über die Macht verfügte, ihnen wie Rauch durch die Finger zu schlüpfen. Auf den ersten Blick war das Unternehmen unklug und zum Scheitern verurteilt – dabei war Giyani doch ein intelligenter Mann. Surgenor runzelte die Stirn, als er an die Bemerkung des Majors dachte, das Wesen sei eine schwangere Frau . . .

Die fremde Gestalt bewegte sich plötzlich, die grauen Gewänder aufwirbelnd, als die drei Männer näher herankamen. Giyani ging weiter darauf zu, und einige Sekunden lang sah es so aus, als sollte ein Gespräch versucht werden, dann wandte sich die vermummte Gestalt ab. Einer der Soldaten schleuderte etwas, und eine zischende Gaswolke hüllte die sich entfernende Gestalt ein. Sie sank zu Boden und blieb regungslos liegen.

Die drei Soldaten hoben das schlaffe Fremdwesen auf und trugen es zum Modul. Surgenor lenkte das Fahrzeug näher heran und drehte es herum, so daß der Bug nach Norden wies.

Einen Augenblick lang, während des Wendemanövers, schien die Wüste von zuckendem Licht und heranstürzenden vermummten Gestalten belebt zu sein, aber die Illusion schwand rasch, und bis er das Modul zum Stehen gebracht hatte, war nichts zu sehen als die drei Menschen und ihre seltsame Last.

Innerhalb von wenigen Sekunden waren sie im Fahrzeug. Surgenor drehte sich auf dem Sitz herum und warf einen Blick auf das bewußtlose Wesen am Boden. Selbst mit Hilfe der Nachtbrille konnte er nur undeutlich ein blasses, ovales Gesicht in einer Öffnung der fließenden Gewänder erkennen. Es ist eine Frau, dachte er, dann fragte er sich, woher er das wußte.

„Los!" fauchte Giyani. „So schnell es geht, Mister!"

Surgenor schaltete auf Luftkissenantrieb um und beschleunigte, bevor das Modul sich noch richtig vom Boden erhoben hatte. Es raste in einem geschlängelten, schwankenden Schnellstart nach Norden und zog einen riesigen Staubfächer hinter sich her.

Giyani ließ sich seufzend zurücksinken. „So ist es richtig. Nicht bremsen, bis Sie die Schiffe sehen."

Surgenor bemerkte, daß er das Wesen riechen konnte. Die Kabine des Moduls war von einem süßlichen, moschusartigen Duft erfüllt, der an Concord-Weintrauben erinnerte, die er seit seiner Jugend nicht mehr gegessen hatte. Er fragte sich, ob es der natürliche Geruch der Frau war oder ein künstlicher Duft, glaubte aber, daß eher das erstere in Frage kam.

„Wie lange brauchen wir für die Rückfahrt?" fragte Giyani.

„Bei dieser Geschwindigkeit ungefähr eine Stunde." Surgenor drehte die Beleuchtung seiner Instrumente heller. „Nicht, daß uns das etwas einbrächte."

„Was soll das heißen, David?" Giyanis Stimme war heiser vor Erregung oder Befriedigung.

„Wenn die Saladiner sich wirklich durch die Zeit bewegen können, hat es keinen Sinn, sie überraschen oder ihnen ausweichen zu wollen. Sie brauchen nur ein paar Stunden zurückzugehen und einen aufzuhalten, bevor man überhaupt angefangen hat."

„Das haben sie aber nicht getan, oder?"

„Nein, aber wir haben keine Chance vorherzusagen, wie sie in irgendeiner Situation denken oder handeln werden. Ihre Denkweise muß . . ." Surgenor verstummte, als das Wesen am Boden ein bebendes Stöhnen ausstieß. Im gleichen Augenblick tauchten noch mehr geisterhafte Flackerlichter auf und verblaßten wieder auf der dunklen Oberfläche der Wüste, und er kam auf den Gedanken, daß die beiden Ereignisse auf irgendeine Weise zusammenhängen mochten, die sich seinem Begriffsvermögen und seiner ganzen Erfahrung entzog.

„Wir sollten langsamer fahren, Major", sagte er, während er sich tastend die Zeit als eine Straße mit Stunden- statt Kilometersteinen vorzustellen versuchte. „Bei dieser Geschwindigkeit haben wir einen langen Anhalteweg, also auch eine lange Anhaltezeit, und das könnte uns zu leicht erkennbaren Zielscheiben machen."

„Zielscheiben?"

„Leichter zu sehen. In der Zeit, meine ich. Damit sind wir leichter auszurechnen . . ."

„Ich habe eine Idee, David." Giyani drehte sich auf dem Sitz herum und grinste Kelvin an. „Warum nehmen Sie sich vor dem Abendessen heute nicht ein paar Minuten Zeit und schreiben uns ein taktisches Handbuch? Ich bin sicher, Colonel Nietzel wäre für alle Belehrungen dankbar, die Sie ihm anbieten können."

Surgenor antwortete mit einem Achselzucken.

„War nur ein Gedanke."

„Sie sollten den Titel ‚Taktik für Zeitkonfrontationen' nehmen." Giyani wollte sich seinen Spaß nicht nehmen lassen. „Von D. Surgenor, Modulfahrer."

„Schon gut, Major", sagte Surgenor. „Sie brauchen nicht darauf herumzureiten . . ." Seine Stimme versagte plötzlich, als Modul

256 CAPTAIN AESOP UND DAS SCHIFF DER FREMDEN

Fünf ohne jede Warnung von gleißend grünlichem Licht überflutet wurde. Sonnenlicht, dachte er fassungslos.

Und dann stürzte das große Fahrzeug ab.

Bilder von üppigem grünem Laub flitzten über die Bildschirme, als das Modul kippte, auf der einen Seite auf den Boden prallte und wieder hochhüpfte. Es gab eine Reihe scharfer Knalllaute, als es ein Dickicht kleiner Bäume niedermähte, wobei die meisten Schirme ausfielen, als die Sensoren abgerissen wurden. Endlich kam das Fahrzeug schleudernd in einem Gewirr rankenartiger Vegetation zum Stillstand, und dem Krachen und Scheppern folgte ein ärgerliches Zischen von Gas, das aus einem zerfetzten Schlauch entwich. Wenige Sekunden später zeigte das schrille, anhaltende Plärren einer Alarmanlage an, daß die Kabine von Radioaktivität verseucht wurde.

Surgenor löste sich aus den Zwingen, die beim ersten Anprall automatisch aus der Rückenlehne geschnellt waren. Er riß die erstbeste Tür auf und ließ feuchtheiße Luft von einer Art eindringen, die, wie ihm seine Instinkte sofort verrieten, der Planet Saladin seit geologischen Zeitaltern nicht mehr gekannt hatte.

Sie gingen auf der Bahn der Verwüstung zurück, die Modul Fünf erzeugt hatte, bis der All-Strahlungsanzeiger an Surgenors Handgelenk verriet, daß sie sich in sicherer Entfernung von dem radioaktiven Leck im Fahrzeug befanden.

Kelvin und McErlain ließen die verhüllte fremde Frau vorsichtig auf den Boden gleiten und achteten darauf, daß ihr Rücken von einem Baumstumpf gestützt wurde. Obwohl sie sie nur eine kurze Strecke getragen hatten, waren ihre Uniformen schweißdurchnäßt. Surgenor spürte, daß seine eigene Kleidung an Armen und Schenkeln klebte, aber das körperliche Unbehagen war bedeutungslos gegenüber der seelischen Belastung durch die Desorientierung. Aus der Nacht war Tag geworden, aus der Wüste im selben Augenblick Dschungel. Die heiße gelbe Sonne – die unmögliche Sonne – stach brutal in seine Augen, blendete ihn, stürzte ihn in Verzweiflung.

„Etwas von zwei Dingen ist geschehen", sagte Giyani ausdruckslos, als er sich auf einen Baumstamm setzte und seinen Knöchel massierte. „Entweder wir befinden uns zur selben Zeit an

einem anderen Ort – oder am selben Ort zu einer anderen Zeit."
Er erwiderte Surgenors Blick. „Was meinen Sie, David?"

„Ich würde sagen, die erste Regel in dem Buch über Taktik von
D. Surgenor, Modulfahrer, heißt: ‚Fahr langsam' – wie ich es
vorhin schon sagte. Wir wären beinahe . . ."

„Ich weiß, daß Sie das sagten, David. Ich gebe zu, daß das dort
oder damals vernünftig war, aber was sagen Sie sonst?"

„Es hat den Anschein, daß wir auf die saladinische Entspre-
chung einer Landmine gefahren sind. Ich dachte, ich hätte eine
Bewegung gesehen, kurz bevor es knallte."

„Eine Mine?" sagte Kelvin, der sich betroffen umsah, und Surgenor erkannte zum erstenmal, daß der Lieutenant kaum zwanzig
Jahre alt sein konnte.

Giyani nickte. „Ich neige zu derselben Ansicht. Eine Zeit-
Bombe, könnte man sagen. Wir haben eine Gefangene, und das
wollen die Saladiner nicht hinnehmen. Unter ähnlichen Umständen hätten wir eine Bombe eingesetzt, die das Ziel im Raum in
eine neue Lage gebracht hätte, aber die Eingeborenen hier denken nicht wie wir . . ."

„Ein Vermessungsingenieur muß doch etwas von Geologie
verstehen, David – wie weit sind wir nach Ihrer Meinung zurückgeworfen worden?"

„So viel verstehe ich von Geologie nicht, und die Zeitabläufe
der Evolution müssen von Planet zu Planet verschieden sein,
aber –" Surgenor machte eine Handbewegung, die die Wände
der schimmernd-grünen Vegetation, die stille und feuchte Luft
und die gleißende Sonne umfaßte. „Bei Klimaveränderungen
dieser Größenordnung kann man vermutlich von Jahrmillionen
sprechen. Eine, zehn, fünfzig – suchen Sie es sich aus." Er
lauschte fasziniert seinen eigenen Worten, staunte über die
Fähigkeit seines Körpers, trotz der Dinge, die geschehen waren,
mit allen Anzeichen der Normalität weiterzufunktionieren.

„So weit?" Giyanis Stimme klang noch immer ruhig, jetzt aber
nachdenklicher.

„Würde es einen Unterschied machen, wenn ich sagte, nur
tausend Jahre? Wir sind eliminiert worden, Major. Es gibt keinen
Weg zurück." Surgenor versuchte sich mit der Tatsache abzufinden, während er das sagte, aber er wußte, daß der Schock erst

später einsetzen würde. Giyani nickte langsam, Kelvin ließ das Gesicht in seine Hände sinken, und McErlain stand ausdruckslos vor der verhüllten Gestalt der saladinischen Frau und starrte sie an. Mit einem Teil seines Bewußtseins registrierte Surgenor, daß der Sergeant immer noch das Gewehr in der Hand hielt.

„Es könnte einen Weg zurück geben", sagte McErlain mit störrischer Miene. „Wenn wir aus ihr etwas herausbekommen könnten." Er wies mit der Waffe auf die Frau.

„Das bezweifle ich, Sergeant." Giyani wirkte unbeeindruckt.

„Na, Sie haben dafür gesorgt, daß wir sie nicht zum Schiff zurückbrachten. Sich auf das Risiko eingelassen, sie zu töten. Warum?"

„Ich weiß es nicht, Sergeant, aber Sie können aufhören, mit dem Gewehr auf die Gefangene zu zielen – ein Massaker können wir uns hier nicht leisten."

„Sir?" McErlains grobgeschnittene Züge wirkten grimmig.

„Was ist, Sergeant?"

„Ich wollte Ihnen nur sagen, daß Sie, wenn Sie das nächstemal eine dumme Bemerkung über mich und die *Georgetown* machen, den Gewehrkolben in den Hals gestoßen bekommen", sagte McErlain tonlos.

Giyani sprang auf, die braunen Augen entgeistert aufgerissen. „Wissen Sie, was ich mit Ihnen wegen dieser Bemerkung machen kann?"

„Nein, aber das interessiert mich wirklich, Major. Nur heraus damit." Der Sergeant hielt das Gewehr so lässig in den Händen wie vorher, aber nun hatte die Waffe Bedeutsamkeit erlangt.

„Ich kann damit anfangen, daß ich Ihnen die Waffe weg-nehme."

„Meinen Sie?" McErlain lächelte und zeigte unregelmäßige, aber sehr weiße Zähne, und Surgenor nahm ihn plötzlich als menschliches Wesen wahr statt als militärischen Serientyp. Die beiden uniformierten Männer standen einander in der schwülen Stille des Dschungels gegenüber. Surgenor, der die grellbeleuch-tete Szene betrachtete, fühlte, wie seine Aufmerksamkeit von einer seltsamen Ungereimtheit abgelenkt wurde. Irgend etwas stimmte nicht. Irgend etwas paßte nicht zusammen oder fehlte an der ganzen Urwaldszene . . .

Die fremde Frau wimmerte leise und setzte sich mit mühsamen, schmerzvollen Bewegungen auf. McErlain trat auf sie zu und riß ihr mit einer abrupten Bewegung die graue Kapuze vom Kopf.

Surgenor spürte undeutlich Scham, als er das fremde Gesicht im gleißenden, kompromißlosen Licht sah. Der verwischte Eindruck, den er in der Dunkelheit der Modulkabine gewonnen hatte, war keiner von Schönheit gewesen – das schien kaum möglich –, aber doch von einem gewissen Grad an Vergleichbarkeit mit den menschlichen Schönheitsmaßstäben. Hier, im überhellen Sonnenlicht, ließ sich aber nicht vertuschen, daß ihre Nase ein formloser Klumpen war, daß sie viel kleinere Augen hatte als ein Mensch oder daß ihr schwarzes Haar so grob wirkte, daß die einzelnen Strähnen wie vernickelte Drähte glänzten.

Trotz allem gibt es keinen Zweifel, daß das eine Frau ist, dachte er. Er fragte sich, ob es ein kosmisch gültiges weibliches Prinzip geben konnte, das sich auf den ersten Blick aufdrängte, selbst einem fremden Wesen, dann beschlich ihn Unbehagen, als er begriff, daß er sich selbst als das fremde Wesen empfunden hatte.

Über die trockenen Lippen der fremden Frau drangen wieder klagende Laute, als sie den Kopf hin und her drehte, und ihre pflaumenblauen Augen zuckten über die vier Männer und den Dschungel im Hintergrund.

„Nur zu, Sergeant", sagte Giyani spöttisch. „Verhören Sie die Gefangene und stellen Sie fest, wie man eine Million Jahre in die Zukunft reist."

Surgenor wandte sich ihm zu. „Haben wir irgend etwas über die saladinische Sprache?"

„Kein Wort. Wir wissen nicht einmal, ob sie überhaupt Wörter verwenden – es könnte auch so ein fortwährendes an- und abschwellendes Summen oder Brummen sein, wie wir es auf manchen Planeten gefunden haben." Er verengte die Augen, als die fremde Frau aufstand und ein wenig schwankte, während ihre blasse Haut von öligen Ausdünstungen glänzte.

„Sie schaut immer wieder in diese Richtung", sagte Lieutenant Kelvin laut und deutete auf die Straße von zerfetzten Bäumen und entwurzelter Vegetation in der Richtung, aus der das Modul gekommen war. Er lief mit jungenhaften Sprüngen ein paar Meter zurück. „Major! Da ist etwas. Ein Tunnel oder was."

„Ausgeschlossen", sagte Surgenor instinktiv, aber er stieg auf einen Baumstamm und beschattete die Augen vor der Sonne. Am anderen Ende der Spur konnte er eine runde schwarze Stelle sehen. Sie sah aus wie die Öffnung einer Höhle oder eines Tunnels, nur gab es keinen sichtbaren Hintergrund eines Berghangs.

„Ich sehe nach." Kelvins hochgewachsene, magere Gestalt setzte sich in Bewegung.

„Lieutenant!" Giyani übernahm nach dem ergebnislosen Zusammenstoß mit McErlain mit scharfer Stimme wieder das Kommando. „Wir gehen gemeinsam."

Er sah die Frau direkt an und zeigte auf die Spur. Sie schien sofort zu begreifen und trat vor, wobei sie die Röcke raffte, genau wie es eine Frau von der Erde getan hätte. Der Sergeant schloß sich an, das Gewehr in den Händen. Surgenor, der neben McErlain ging, stellte fest, daß sie sich mit einigen Schwierigkeiten bewegte, beinahe so, als sei sie krank, aber mit einem undefinierbaren Unterschied . . .

„Major, Sir", sagte er, „wir brauchen hier keine Sicherheitsvorkehrungen mehr – woher haben Sie vorher schon gewußt, daß die Gefangene eine schwangere Frau sein würde?"

„Nach Vergrößerungen der Satellitenaufnahmen sprach einiges dafür. Die Eingeborenen sind durchweg viel schlanker und beweglicher als sie."

„Verstehe." Surgenor kam auf einen beunruhigenden Gedanken – jeden Augenblick mochten sie vor der erschreckenden Aufgabe stehen, ohne irgendwelche Hilfsmittel ein fremdes kindliches Wesen auf die Welt bringen zu helfen. „Weshalb mußten wir uns dann eine Frau vornehmen, die schwanger ist?"

„Als ich sagte, daß sie weniger beweglich sei, meinte ich das in einem ganz umfassenden Sinn." Giyani ließ sich von Surgenor einholen und bot ihm eine Zigarette an, die er in Ermangelung seiner Pfeife gern annahm. „Die Abtasteraufzeichnungen zeigen, daß schwangere Eingeborene nicht so mühelos durch die Zeit gleiten wie die anderen. Sie materialisieren sich kompakt, vollkommen in die Gegenwart, und wenn sie das getan haben, verweilen sie länger. Es scheint ihnen schwerer zu fallen, wieder zu verschwinden."

„Woran kann das liegen?"

Giyani blies achselzuckend Rauch in die Luft. „Wer weiß das? Wenn alles geistig gesteuert wird, wie es den Anschein hat, behindert vielleicht das Vorhandensein eines anderen Gehirns in ihrem eigenen Körper die Mutter ein wenig. Wir hätten diese hier sonst wohl nie erwischt."

Surgenor ging vorsichtig um einen frischen Baumstumpf herum. „Das ist das andere, was ich nicht begreife. Wenn die Saladiner solchen Wert darauf legen, jeden Kontakt zu vermeiden, warum haben sie dann eine verwundbare Frau in einen Sektor der Raumzeit gehen lassen, in dem wir uns befanden?"

„Vielleicht haben sie die Zeit nicht so gut unter Kontrolle, wie sie möchten, so, wie unsere Herrschaft über den normalen Raum nicht lückenlos ist. Seit wir auf Saladin gelandet sind, haben einige unserer Intellektuellen an Bord behauptet, die Eingeborenen hätten bewiesen, daß Vergangenheit, Gegenwart und Zukunft gleichzeitig existieren. Nun gut – das mag sein, wenn man es vom richtigen Blickwinkel aus sieht – aber nehmen wir an, die Gegenwart wäre in mancher Beziehung doch wichtiger als die beiden anderen. Es könnte sein wie ein Wellenkamm, der die Frauen mitreißt, wenn sie vor einer Geburt stehen. Vielleicht ist der Fötus an die Gegenwart gebunden, weil er die geistige Disziplin noch nicht besitzt, oder . . . Was hat es für einen Sinn, sich mit diesen unklaren Theorien zu befassen?" sagte Giyani plötzlich. „Es ändert nichts und bringt uns nicht weiter."

Surgenor nickte nachdenklich und unterzog seine Einschätzung Giyanis einer Überprüfung. Er hatte schon vermutet, daß der Major ein intelligenter Mann war, der mit offenen Augen der Gefahr entgegentrat, aber er war, wie auch McErlain gegenüber, der Voreingenommenheit schuldig, ihn als eine stereotype militärische Figur betrachtet zu haben, die engstirnig und starrsinnig sei. Sein Gespräch mit Giyani war in mehr als einer Hinsicht aufschlußreich gewesen.

In diesem Augenblick konnte Surgenor deutlich erkennen, was vor ihm auf dem aufgerissenen Dschungelpfad lag, und er hörte auf, über den Major nachzudenken.

Eine nachtschwarze Scheibe von etwa drei Meter Durchmesser schwebte in der Luft, der untere Rand nicht weit über dem

Boden. Die Ränder waren undeutlich und schimmernd, und als Surgenor näher trat, sah er, daß die Schwärze der Scheibe aufgelockert war durch das grelle Funkeln von Sternen.

Die vermummte Gestalt der fremden Frau wankte zwei Schritte nach vorn und blieb stehen. McErlain trat zwischen sie und die seltsame schwarze Scheibe und zwang sie zurückzutreten.

„Halten Sie sie dort fest, Sergeant." Giyanis Stimme klang beinahe zufrieden. „Wir sind vielleicht doch rechtzeitig zum Frühstück zurück."

„Das ist es, was sie gesucht hat", sagte Lieutenant Kelvin. „Ich wette, es ist eine Art Rettungsring. Da hindurch kommen wir in unsere eigene Zeit."

Surgenor beschattete die Augen und starrte hinauf in die Scheibe. Die Sterne darin sahen wirklich genauso aus wie jene, die er zuletzt im 23. Jahrhundert über der Wüste Saladins hatte kreisen sehen, auch wenn er zugeben mußte, daß alle Sterne ziemlich gleich aussahen. Er fröstelte, dann fiel ihm auf, daß ein leichter Wind seinen Nacken streifte. Die Luftströmungen schienen sich in die Richtung der rätselhaften Scheibe zu bewegen. Er suchte sich einen Weg durch die unbeschädigte Vegetation, die das Ende der aufgebrochenen Bahn von dem Kreis aus tiefster Schwärze trennte.

„Was machen Sie, David?" fragte Giyani wachsam.

„Ich probiere nur etwas aus." Surgenor trat näher an die Scheibe heran, deren Unterkante sich knapp über seinem Kopf befand. Er sog tief an seiner Zigarette und blies den Rauch hinauf. Er stieg kurz senkrecht empor und wurde in die Schwärze hineingesaugt. Er warf den Zigarettenstummel hinterher. Der weiße Zylinder leuchtete kurz in der Sonne und setzte seine Flugbahn auf der anderen Seite der Scheibe nicht fort.

„Druckunterschied", sagte er, als er zu der Gruppe zurückkehrte. „Die warme Luft strömt durch das Loch. In die Zukunft, nehme ich an."

Er, Giyani und Kelvin zwängten sich durch die Vegetation, bis sie auf der anderen Seite der Scheibe standen, aber von dieser Stelle aus war sie nicht vorhanden. Es gab nichts zu sehen außer McErlain, der ausdruckslos vor der Frau stand, das Gewehr in der Ellenbeuge. Giyani zog eine Münze aus der Tasche und warf sie

CAPTAIN AESOP UND DAS SCHIFF DER FREMDEN   263

in funkelndem Bogen hoch, der sie hindurchführen mußte, wo die Scheibe sich mutmaßlich befand. Die Münze fiel in McErlains Nähe auf den Boden.

„Sieht verlockend aus", sagte Giyani, als sie in weitem Bogen zu ihrem Ausgangspunkt zurückkehrten und die Schwärze von einer senkrechten Linie über eine Ellipse zum Vollkreis wachsen sahen. „Es wäre tröstlich, sich vorzustellen, daß wir nur durch diesen Reifen zu springen brauchen, um sicher wieder in unserer eigenen Zeit zu landen – aber woher nehmen wir die Gewißheit?"

Kelvin schlug sich mit der Hand an die Stirn.

„Aber das ist doch naheliegend, Sir. Warum wäre die Scheibe sonst da?"

„Sie lassen sich von Ihren Empfindungen überwältigen, Lieutenant. Sie sind so begierig darauf, zum Schiff zurückzukommen, daß Sie die Saladiner als wohlwollende Gegner sehen, die Sie beim Pokern ausplündern und Ihnen nach dem Spiel Ihr Geld zurückgeben."

„Sir?"

„Warum sollten sie uns mit einer Zeit-Bombe überfallen und dann retten? Woher wissen wir, daß es auf der anderen Seite des Loches nicht tausend Meter abwärts geht?"

„Wenn das der Fall wäre, könnten sie die Frau nicht retten."

„Wer sagt das? Nachdem wir hindurchgesprungen und ums Leben gekommen sind, könnten sie es auf irgendeine Weise neu einstellen und die Gefangene gefahrlos hinüberspazieren lassen."

Kelvins glattes Gesicht war von Zweifeln umwölkt. „Das ist reichlich ausgefallen, Sir. Wie wäre es, wenn wir die Gefangene zuerst hindurchschieben würden?"

„Damit das Ding dann vielleicht vor uns zugeklappt wird? Ich versuche nicht, auf ausgefallene Dinge zu kommen, Lieutenant. Wir können uns nur eine falsche Annahme hier nicht leisten."

Giyani ging zu der stummen Frau, deutete auf die Scheibe und beschrieb mit der Hand einen Bogen. Sie starrte ihn kurz an, zischte leise und wiederholte die Bewegung. Ihr Blick kehrte zu McErlains Gesicht zurück, und die Augen des Sergeanten bohrten sich in die ihren, als hätten sie eine Verständigungsmöglichkeit gefunden. Surgenor begann sie zu beobachten.

„Sie sehen, Sir", sagte Kelvin. „Wir sollen hindurchgehen."

„Sind Sie sicher, Lieutenant? Können Sie mir garantieren, daß die Wiederholung einer Geste durch eines der Wesen nicht bedeutet ‚negativ‘ oder ‚auf keinen Fall‘?"

Surgenor riß seinen Blick von McErlain los. „Einige Annahmen sind unumgänglich, Major. Werfen wir etwas ziemlich Schweres durch den Kreis und stellen wir fest, ob es zu hören ist, wenn es auf der anderen Seite hinunterfällt."

Giyani nickte. Surgenor ging zu dem flachen Krater, den der Aufprall von Modul Fünf hervorgerufen hatte, und hob einen fußballgroßen Steinbrocken auf. Er nahm ihn mit und warf ihn mit beiden Händen in den schwarzen Kreis hinein. Sein Verschwinden wurde von absoluter Stille begleitet.

„Das beweist gar nichts", sagte Surgenor, sein eigenes Experiment verleugnend. „Vielleicht dringt durch die Öffnung kein Schall."

„Schall besteht aus Schwingungen", sagte Giyani pedantisch. „Das Licht der Sterne besteht ebenfalls aus Schwingungen, und wir können sie sehen."

„Aber . . ." Surgenor begann die Beherrschung zu verlieren. „Ich bin trotzdem bereit, mein Glück zu versuchen."

„Ich hab's", sagte Kelvin. „Wir können von oben hineinsehen." Ohne die Genehmigung des Majors abzuwarten, kletterte er am silbernen Stamm eines Baumes hinauf und schob sich an einem horizontal verlaufenden Ast hinaus, der ziemlich nah an den dunklen Kreis heranreichte. Als er so nah herangekommen war, wie es ging, stand er auf, hielt sich schwankend an Zweigen über seinem Kopf fest und beschattete die Augen.

„Alles in Ordnung, Sir", rief er. „Ich kann innen den Wüstenboden sehen!"

„Wie weit geht es hinunter?"

„Keinen ganzen Meter. Es ist höheres Gelände als hier."

„Das hat den Absturz verursacht, als wir hindurchkamen", sagte Surgenor. „Wir können von Glück sagen, daß der Unterschied in ein paar Millionen Jahren oder so nicht größer war."

Giyani lächelte unerwartet. „Gut gemacht, Lieutenant. Kommen Sie herunter, und wir bauen eine Art Rampe zur unteren Kante."

„Warum die Mühe?" Kelvins Stimme klang gepreßt, und auf

seinem Gesicht stand ein verzweifeltes Grinsen. „Ich schaffe es von hier aus."

„Lieutenant! Kommen Sie . . ." Giyanis Stimme erstarb, als Kelvin ungeschickt auf den Kreis zusprang. Der Lieutenant schien beim Absprung auszurutschen und wertvolle Höhe zu verlieren, aber er warf sich in der Luft nach vorn, als hechte er ins Wasser. Als sein Körper durch die untere Hälfte des Kreises verschwand, durchschnitt eines seiner Beine am Knöchel den Rand der Schwärze. Ein brauner Militärstiefel fiel mit einem unangenehm schweren Aufprall ins Gebüsch. Noch bevor er das Blut sah, wußte Surgenor, daß Kelvins Fuß noch im Stiefel steckte.

„Der junge Narr", sagte Giyani angewidert. „Jetzt hat er es endlich geschafft, sich kaputtzumachen."

„Nicht jetzt", rief Surgenor. „Sehen Sie – der Kreis!"

Die schwarze Nachtscheibe schrumpfte.

Surgenor sah in eisiger Faszination zu, als der Kreis sich gleichmäßig zusammenzog wie die Iris eines Auges vor starkem Licht, bis der Durchmesser auf etwa zwei Meter zurückgegangen war. Selbst als die Einwärtsbewegung aufgehört hatte, starrte er immer noch auf den Rand und vergewisserte sich, daß das Portal in die Zukunft nicht ganz verschwinden würde.

„Das ist schlimm", flüsterte Giyani. „Das ist sehr schlimm, David."

Surgenor nickte. „Die Kraft, die das Loch offenhält, scheint teilweise nachzulassen, wenn etwas hindurchgeht. Und wenn die Schrumpfung proportional zur Masse ist, die hindurchgelangt . . . Wie groß würden Sie den Durchmesser schätzen, bevor Kelvin hindurchging?"

„Etwa drei Meter."

„Und jetzt sind es etwa zwei – was bedeutet, daß die Fläche sich . . . halbiert hat."

Die drei Männer starrten einander an, als sie die einfache Rechnung im Kopf anstellten, die sie zu Todfeinden machte. Und langsam, instinktiv, traten sie voneinander fort.

„Ich bedaure das sehr", sagte Major Giyani nüchtern, „aber es hat keinen Sinn, die Diskussion fortzusetzen. Es kann keinen Streit darüber geben, wer als nächster hindurchmuß." Die Spätnach-

mittagssonne, deren Licht vom lückenlosen Grün der Dschungel-
vegetation zurückgeworfen wurde, ließ sein Gesicht noch blasser
als sonst erscheinen.

„Sie natürlich." Surgenor blickte auf seine Hände hinunter, die
an mehreren Stellen bluteten, nachdem sie eine primitive Rampe
zur Unterkante des Kreises gebaut hatten.

„Nicht natürlich – ich bin zufällig hier der einzige, der umfassend über die ganze Lage auf dem Planeten unterrichtet worden
ist. Diese Tatsache, verbunden mit meiner Spezialausbildung,
bedeutet, daß mein Bericht über die Vorkommnisse für den Stab
von größerem Wert wäre als irgendeiner von Ihnen."

„Das stelle ich in Frage", sagte Surgenor. „Woher wissen Sie,
daß ich kein eidetisches Gedächtnis habe?"

„Das könnte kindisch werden, aber woher wissen Sie, daß das
nicht bei mir der Fall ist?" Giyanis rechte Hand sank scheinbar
beiläufig auf den Kolben seiner Pistole. „Außerdem ist es bei den
verfügbaren Hypnotechniken nicht die Frage, woran man sich
erinnern kann, sondern was zu beobachten sich jemand die
Mühe gemacht hat."

„Was haben Sie denn an diesem Dschungel bemerkt, wenn das
so ist?" fragte McErlain.

„Wie meinen Sie das?" fragte Giyani ungeduldig.

„Einfache Frage. An dem Dschungel, in dem wir uns befinden,
ist etwas ganz ungewöhnlich. Ein glänzender Beobachter wie Sie
muß das doch inzwischen bemerkt haben – was ist es also?"
McErlain machte eine Pause. „Sir."

Giyanis Augen zuckten seitwärts. „Das ist nicht der Augenblick
für Rätselspiele."

Die Worte des Sergeanten hatten in Surgenors Erinnerung eine
Saite angerührt und ihm ins Gedächtnis gerufen, daß auch ihm
etwas Ungereimtes an ihrer Umwelt aufgefallen war, etwas, das
sie von allen Urwäldern unterschied, in denen er sich jemals
aufgehalten hatte.

„Weiter", sagte er.

McErlain sah sich triumphierend, beinahe besitzerstolz um,
bevor er weitersprach. „Es gibt keine Blumen."

„Na und?" Giyani sah ihn verständnislos an.

„Blumen sind so gestaltet, daß sie Insekten anlocken. So pflanzen sich die meisten fort – durch Fluginsekten, die Blütenstaub an Füßen und Leibern mitnehmen und ihn verbreiten. Alle Pflanzen hier", McErlain zeigte auf die Umgebung, „sind gezwungen worden, sich auf andere Weise zu vermehren. Auf irgendeine andere Art, die nicht abhängig ist von . . ."

„Tierischem Leben!" Surgenor stieß die Worte hervor und fragte sich, wie er versäumt haben konnte, die Entdeckung schon vorher zum Abschluß zu bringen. Dieser Dschungel, die grüne Urwelt von Saladin, war still. Keine Tiere streiften durch das Unterholz, keine Vögel sangen, keine Insekten summten in der stillstehenden Luft. Es war eine Welt ohne jede Form von bewegtem Leben.

„Eine sehr interessante Beobachtung", sagte Giyani kalt, „aber kaum von Belang für das unmittelbare Problem."

„Das glauben Sie!" McErlain sagte das mit einer wilden Heftigkeit, die Surgenor veranlaßte, ihn genauer zu betrachten. Der hünenhafte Sergeant wirkte in seiner Haltung lässig, aber seine Augen bohrten sich in Giyanis Gesicht. Er hatte sich nah an die stumme Saladinerin gestellt, näher, als man den Umständen nach hätte erwarten können. Es war beinahe so, als hätten er und die fremde Frau eine Gemeinsamkeit gefunden. Der Gedanke beunruhigte Surgenor.

Surgenor richtete seine Aufmerksamkeit auf die Rampe, die sie aus den vom Modul geknickten Bäumen errichtet hatten. Der Sockel befand sich nur einige Schritte von ihm entfernt, und er hätte in zwei Sekunden zum Portal hinaufstürzen können – aber er war überzeugt davon, daß der Sergeant ihn in einem Bruchteil dieser Zeit niederbrennen konnte. Seine wesentliche Hoffnung schien darauf zu beruhen, daß Giyani und McErlain sich in ihren Streit so verbissen, daß sie vergessen würden, ihn im Auge zu behalten. Er schob sich etwas näher an die Rampe heran und versuchte sich etwas einfallen zu lassen, um die beiden Soldaten in eine direkte Konfrontation zu treiben.

„Major", sagte er beiläufig, „Sie sagten, Ihre Sorge gelte in erster Linie dem Allgemeinen, der Aufgabe, den Interessen der Erde auf die bestmögliche Weise zu dienen."

„Richtig."

„Nun, ist Ihnen der Gedanke gekommen, daß die Saladiner

diesen Tunnel oder Rettungsring oder was das sein mag, nicht zu unseren Gunsten eingerichtet haben? Es ging ihnen vermutlich ganz allein um die Rettung der Gefangenen."

„Und?"

„Dann haben Sie Gelegenheit zu einer wirklich bedeutsamen Geste des guten Willens. Zu einer, die die Saladiner viel geneigter machen könnte, mit uns zusammenzuarbeiten. Wenn wir die Gefangene in ihre eigene Zeit zurückschicken . . ."

Giyani öffnete mit einer einzigen schnellen Bewegung die Halfterklappe.

„Kommen Sie mir nicht damit, David. Und bleiben Sie weg von der Rampe."

Surgenor spürte eine Aufwallung von Angst, blieb aber stehen.

„Wie ist es, Major? Das saladinische Denken ist für uns so fremdartig, daß wir nicht ahnen können, was in der Frau dort vorgeht. Wir können keinen einzigen Gedanken oder ein Wort mit ihr oder ihren Leuten austauschen, aber es gäbe keinen Zweifel an unseren Absichten, wenn wir sie durch den Kreis schicken würden." Er setzte den Fuß auf die Rampe.

„Zurück!" Giyani packte seine Pistole und begann sie herauszuziehen.

McErlains Gewehr knackte schwach. „Nehmen Sie die Hand von der Pistole", sagte er ruhig.

Giyani erstarrte. „Machen Sie sich nicht lächerlich, Sergeant. Sehen Sie denn nicht, was er treibt?"

„Sie sollen die Pistole steckenlassen."

„Für wen halten Sie sich eigentlich?" Giyanis Gesicht färbte sich dunkel. „Wir sind nicht auf der . . ."

„Nur zu", sagte McErlain mit unechter Freundlichkeit. „Machen Sie mich darauf aufmerksam, daß wir nicht auf der *Georgetown* sind. Machen wir noch ein paar Völkermordwitze – die gefallen Ihnen."

„Ich habe nicht . . ."

„Doch! Das ist alles, was ich das ganze Jahr von Ihnen gehört habe, Major."

„Es tut mir leid."

„Das können Sie sich sparen – es entspricht alles der Wahrheit, wissen Sie." McErlains Blick glitt langsam von Giyani zu der rätselhaften Gestalt der Frau und wieder zurück. „Ich war einer von den Schützen. Wir wußten nichts von dem ausgefallenen Reproduktionsprozeß der Wesen dort. Wir wußten nicht, daß die Handvoll Männer ihre Ehre und die Ehre ihrer Rasse wahren mußten, indem sie einen rituellen Angriff vortrugen. Alles, was wir sahen, war ein Haufen zottiger Zentauren, die mit Speeren auf uns zustürmten. Also schossen wir sie nieder."

Surgenor verlagerte das Gewicht, um den Baumstamm hinaufzuhetzen, der das Rückgrat der Rampe bildete.

„Sie griffen unaufhörlich an", fuhr McErlain fort, die Augen dumpf vor Qual. „Und so schossen wir sie nieder – das war alles. Erst danach kamen wir dahinter, daß wir alle fortpflanzungsfähigen Männer getötet hatten oder daß sie uns ohnehin nichts getan hätten."

Giyani drehte die Hände nach oben. „Es tut mir leid, McErlain. Ich wußte nicht, wie es gewesen ist, aber wir müssen über die Situation hier und jetzt reden, und zwar sofort."

„Aber davon rede ich ja, Major. Haben Sie das nicht gewußt?" McErlain sah ihn betroffen an. „Ich dachte, das wüßten Sie."

Giyani atmete tief ein, ging auf den Sergeanten zu und sagte mit fester Stimme: „Sie haben sich auf dreißig Jahre verpflichtet, McErlain. Sie und ich wissen, was Ihnen das bedeutet. Hören Sie mir jetzt genau zu – ich befehle Ihnen, mir das Gewehr auszuhändigen."

„Sie befehlen es mir?"

„Ich befehle es Ihnen, Sergeant."

„Mit welchem Recht?"

„Das wissen Sie doch, Sergeant. Ich bin Offizier in den Streitkräften des Planeten, auf dem Sie und ich geboren sind."

„Offizier!" McErlains Verwirrung schien zuzunehmen. „Aber Sie begreifen nichts. Gar nichts . . . Wann sind Sie Offizier in den Streitkräften des Planeten geworden, auf dem Sie und ich geboren sind?"

Giyani seufzte, beschloß aber, dem Sergeanten nachzugeben. „Am zehnten Juni 2276."

„Und weil Sie Offizier sind, haben Sie das Recht, mir zu befehlen?"

„Sie sind Berufssoldat, McErlain."

„Sagen Sie ... Sir. Wären Sie berechtigt gewesen, mir am neunten Juni 2276 Befehle zu erteilen?"

„Natürlich nicht", sagte Giyani beschwichtigend. Er streckte die Hand aus und umklammerte die Gewehrmündung.

McErlain ließ die Waffe nicht los. „Welches Datum haben wir jetzt?"

„Wie sollen wir das wissen?"

„Ich will es anders ausdrücken – ist es später als der zehnte Juni 2276? Oder früher?"

Giyani reagierte zum erstenmal unwirsch.

„Machen Sie sich nicht lächerlich, Sergeant. In einer Lage wie dieser kommt es auf die subjektive Zeit an."

„Das ist mir neu", gab McErlain zurück. „Gehört das zu den Vorschriften, oder haben Sie es aus dem Buch, das unser Freund dort drüben schreiben wird, der glaubt, daß ich nicht sehe, wie er sich auf die Rampe schwindelt?"

Surgenor zog den Fuß von dem silbrigen Baumstamm zurück und wartete mit der zunehmenden Überzeugung, daß ein unerklärliches und gefährliches neues Element in die Situation eingeführt worden war. Die Frau hatte die Kapuze wieder über den Kopf gezogen, aber ihr Blick schien unverwandt auf McErlain gerichtet zu sein. Surgenor hätte fast glauben mögen, daß sie verstand, was der Sergeant sagte.

„So ist das, wie?" Giyani zuckte die Achseln, ging ein paar Schritte davon und lehnte sich an einen großen Baum mit gelben Blättern. Er sah Surgenor an. „Bilde ich mir das ein, David, oder schrumpft der Kreis immer noch ein wenig?"

Surgenor betrachtete die schwarze Scheibe mit den darauf verstreuten, absurd wirkenden Sternen, und sein Gefühl der Dringlichkeit steigerte sich. Der Kreis schien um ein geringes kleiner geworden zu sein.

„Das könnte an der Luft liegen, die hineingezogen wird", meinte er. „Feuchte Luft besitzt viel Masse ..." Er verstummte, als Giyani blitzschnell hinter den Baum sprang, an dem er gelehnt hatte. Surgenor konnte von seinem Platz aus beobachten, wie der Major seine Pistole herausriß. Er warf sich hinter die Rampe, um Schutz zu finden, wobei er im Innersten wußte, daß er völlig unzureichend war, und im selben Augenblick schoß aus McErlains Gewehr ein gleißender künstlicher Blitz. Die Waffe mußte auf höchste Leistung eingestellt gewesen sein, denn der Ultralaserstrahl durchschnitt explodierend den ganzen Baumstamm – und Giyanis Brustkorb. Der Major brach in einem Aufschießen von Blut und Flammen zusammen. Der Baum wankte einige Augenblicke, malmte die Asche im geschwärzten Querschnitt und kippte davon, um krachend zwischen die anderen Bäume zu stürzen.

Surgenor räumte verspätet ein, daß die Rampe ihm keinen Schutz bot, stand auf und sah McErlain an. „Jetzt bin ich dran?"

Der Sergeant nickte.

„Springen Sie lieber durch das Loch, bevor es ganz verschwindet", sagte er.

„Aber . . ." Surgenor starrte das seltsame Paar an – Sergeant McErlain und die kleine graue Gestalt der Saladinerin –, und in seinem Gehirn überschlugen sich die Mutmaßungen. „Kommen Sie denn nicht mit?" fragte er und bemerkte kaum, wie unsinnig das klang.

„Ich habe zu tun."

„Ich verstehe nicht."

„Tun Sie mir einen Gefallen", sagte McErlain. „Sagen Sie den anderen, daß ich etwas gutzumachen habe. Ich habe einmal mitgeholfen, einen Planeten zu zerstören – jetzt helfe ich mit, einen anderen zum Leben zu bringen."

„Ich verstehe immer noch nicht."

McErlain warf einen Blick auf die namenlose fremde Frau.

„Sie wird bald ein Kind bekommen, vielleicht mehr als eines. Ohne meine Hilfe würden sie nie überleben. Soviel Nahrung wird es wohl nicht geben."

Surgenor ging die Rampe hinauf und blieb vor dem schwarzen Kreis stehen. „Und wenn es gar keine Nahrung gibt? Woher wissen Sie, daß jemand von Ihnen überleben wird?"

„Wir müssen", sagte McErlain schlicht. „Was glauben Sie, woher die Bewohner dieses Planeten gekommen sind?"

„Sie könnten von überall gekommen sein. Die Chancen, daß die saladinische Rasse hier, an diesem Ort entstanden ist, halte ich für so gering, daß . . ." Surgenor verstummte schuldbewußt, als er die verzweifelte Not in McErlains Augen sah.

Er warf einen letzten Blick auf den Sergeanten und seine unergründliche Begleiterin, dann sprang er durch den schwarzen Kreis. Als er in die Dunkelheit stürzte, überfiel ihn Angst, dann überschlug er sich auf dem kalten Sand und setzte sich fröstelnd auf. Die vertrauten Sterne des saladinischen Nachthimmels funkelten über ihm, aber seine Aufmerksamkeit war auf den Kreis gerichtet, durch den er herausgekommen war.

In diesem Zeitalter war er eine Scheibe grünlichen Lichts – von der Nacht in die Nacht führend –, die über dem Wüstenboden schwebte. Er beobachtete sie, als sie ungleichmäßig zur Größe eines sonnengleißenden goldenen Tellers schrumpfte, zu einem die Augen versengenden Diamanten. Durch die Öffnung pfiff Luft mit klagend anschwellendem Ton, als sie zu einem Stern zusammenschnurrte und schließlich verschwand.

Als seine Augen sich an die Dunkelheit gewöhnt hatten, sah er nicht weit entfernt Lieutenant Kelvin im Sand liegen. Der Klumpen aufgesprühten Gewebe-Schweißstoffs war als weißlicher Schimmer erkennbar.

„Brauchen Sie Hilfe?" fragte Surgenor.

„Ich habe schon einen Funknotruf ausgeschickt", erwiderte Kelvin schwach, ohne sich zu bewegen. „Sie sollten bald hier sein. Wo sind die anderen?"

„Noch dort." Ein Teil seines Gehirns versuchte Surgenor klarzumachen, daß McErlain und die Frau seit Millionen Jahren tot waren, aber ein anderer begriff jetzt, daß sie noch lebten, weil Vergangenheit, Gegenwart und Zukunft wie eins sind. „Sie schaffen es nicht."

„Das heißt . . ., sie sind schon lange tot."

„Das könnte man sagen."

„O Gott", flüsterte Kelvin. „Was für ein stupides, sinnloses Ende. Es ist, als hätte es sie nie gegeben."

„Nicht ganz", sagte Surgenor. Er war eben auf den Gedanken gekommen, daß Sergeant McErlains Wunsch, eine Welt mit neuem Leben zu segnen, erfüllt worden sein mochte – buchstäblich. Er verstand nicht genug von Biologie, um Gewißheit zu haben, aber es schien möglich zu sein, daß – vielleicht in hundert Millionen Jahren – die wimmelnden Organismen eines menschlichen Körpers gedeihen und sich durch eine aufnahmebereite Umwelt ausbreiten mochten, um dann eine Evolution zu durchlaufen. Saladin hatte schließlich eine intelligente Lebensform hervorgebracht . . .

Das Ausmaß der Spekulationen war für Surgenor in seinem geschockten Zustand zu gewaltig, aber auf einer anderen, geistigen Ebene zuckte, von Logik unberührt, die Hoffnung auf, daß die Saladiner auf irgendeine Weise erfahren würden, was McErlain für einen der Ihren getan hatte. Wenn das geschah, mochte sich eine Grundlage für eine funktionierende Beziehung entwickeln.

Kelvin seufzte müde in der Dunkelheit. „Es wird ohnehin Zeit, daß wir von dem Planeten fortkommen."

Surgenor richtete den Blick zum Himmel. Er konnte sich wieder an Bord der *Sarafand* sehen – auf weiten, schnellen Reisen –, aber das Nachbild des grellen Kreises verharrte lange, lange Zeit vor seinem Blick wie eine körperlose Sonne.

McErlain regte sich schwach in der dunklen Höhle. Er versuchte zu rufen, aber die Stauung in der Lunge war so stark, daß er nur ein schwaches, trockenes Röcheln zustande brachte. Die kleine graue Gestalt am Höhleneingang regte sich nicht und blickte geduldig hinaus auf die regentriefenden Laubwälle. Selbst nach all den Jahren wußte er nicht, ob sie ihn hörte oder nicht. Er ließ sich zurücksinken und versuchte, als das Fieber seinen Zugriff verstärkte, sich mit dem Sterben abzufinden.

Wenn man alles zusammennahm, hatte er Glück gehabt. Die Frau war so unmitteilsam geblieben, wie das nur ein fremdes Wesen zustande brachte, aber sie war bei ihm geblieben, hatte seine Hilfe angenommen.

Er hätte schwören mögen, daß er in ihren Augen so etwas wie Dankbarkeit zu erkennen vermochte, als er ihr durch die schwere Zeit der Geburt und ihrer nachfolgenden Krankheit half. Das hatte ihr gutgetan.

Das Erfreulichste von allem war, daß die Saladinerin und ihre Art sehr fruchtbar waren. Die Nachkommen der ersten Vierlingsgeburt waren jetzt junge Erwachsene und hatten wieder viele Kinder hervorgebracht. Während er verfolgte, wie sie sich vermehrten, hatte das Krebsgeschwür der Schuld, das ihn seit dem Zwischenfall auf der Georgetown verzehrte, aufgehört, sein

Leben zu beherrschen. Natürlich war es noch da, aber er hatte gelernt, es oft lange Zeit zu vergessen.

Wenn er nur fähig gewesen wäre, den Kindern seine eigene Sprache beizubringen, eine Idee durch die Sperre des Logikgefüges zu vermitteln, wäre es noch besser gewesen – aber man konnte nicht alles verlangen. Er hatte sich auf dreißig Jahre verpflichtet, dachte McErlain, als die bewußt erkannte Welt sich schwerfällig von ihm löste, und es genügte, daß er Gelegenheit bekommen hatte, etwas gutzumachen . . .

Später am Abend, als das Sonnenlicht durch die Bäume floh, versammelte die Familie sich um das Bett, auf dem McErlains Leiche lag. Sie standen schweigend, während die Mutter eine Hand auf die eiskalte Stirn legte.

Dieses Wesen ist tot, sagte sie stumm zu den anderen. Und nun, da unsere Schuld ihm gegenüber beglichen ist und er uns nicht mehr braucht, kehren wir zur großen Heimat-Zeit unseres Volkes zurück.

Die Kinder und Erwachsenen nahmen sich bei den Händen. Und die Familie verschwand.

5

Surgenor war kein abergläubischer Mensch und glaubte auch nicht an Glücks- und Pechsträhnen, aber seine Jahre im Kartographischen Dienst hatten ihn von der Wirklichkeit dessen überzeugt, was er Aufholreisen nannte. Es gab Unternehmungen, bei denen das Gesetz der Wahrscheinlichkeit die *Sarafand* und ihre Besatzung einholte. Bei einer Aufholreise sorgte der blinde Zufall – wie ein Arbeiter, der eingenickt ist und verspätet versucht, alles aufzuholen – dafür, daß all die Zwischenfälle und Pannen, die bei einem Dutzend Flügen vorher auffällig gefehlt hatten, auf einmal auftraten.

Eine solche Aufholreise konnte, so wie Surgenor sie verstand, nicht vorausgesagt werden, aber während der Vorbereitungen für Vermessung 837/LM/4002a wurden seine Instinkte auf sonderbare Weise geweckt.

Das erste auslösende Moment war die Entdeckung, daß ein Teil

von Aesops Gedächtnis, in einem Bereich der Astrogationsdaten-
bank, auf unerklärliche Weise verfallen war und ersetzt werden
mußte. Eine Gruppe von Spezialisten, die zu einer neu aufgenom-
menen Vertragsfirma gehörte – Sternpeiler GmbH –, führte die
erforderlichen Austausch- und Testarbeiten in nur zwei Tagen
aus. Die eigene Wartungsorganisation des KD hätte dreimal so
lange gebraucht, um eine Aufgabe von solcher Größenordnung
zu bewältigen, und Surgenor, der kommerziell bedingter Schnelligkeit in Angelegenheiten mißtraute, die sein Wohlergehen be-
trafen, tat seine Meinung in der ganzen Sektortransitstation kund.

„Das beweist doch nur, daß unsere Wartungstechniker zuviel
Karten spielen", versicherte ihm Marc Lamereux. „Das ist bei
allen großen Behörden so – die Vertragsfirmen arbeiten stets
schneller, weil sie tüchtiger sein müssen, um Gewinne zu erzie-
len."

„Mir gefällt es trotzdem nicht." Surgenor zeichnete mit dem
Finger ein Muster auf sein beschlagenes Bierglas und starrte düster
auf das Schwimmbecken, wo ein paar Männer Wasserball spielten. Seit zehn Tagen wohnte er im Transithotel auf Delos und
wurde, wie üblich, unruhig.

„Es war ohnehin nichts Besonderes dabei", sagte Lamereux
unbekümmert. „Ein paar Schalttafeln herausnehmen und durch
neue ersetzen. Zwei Stunden müßten da genügen, geschweige
denn zwei Tage."

„Hört euch den unerschrockenen Astronauten an", spottete
Surgenor, seine Zuflucht im Kindischen suchend. „Ich scheine
mich zu erinnern, daß Sie derjenige waren, der sich einmal über
die Beschaffenheit von ein paar Rindsburgern aufgeregt und eine
schriftliche Beschwerde eingereicht hat."

„Das war ein Knüpfsteak – und ich hätte damals leicht ersticken
können." Lamereux zog kurz die Brauen zusammen. „Außerdem
habe ich mich entschlossen, mich nicht mehr über die Sicherheit
der Besatzung aufzuregen."

„Sie sind wohl religiös geworden."

„Nein – ich habe meine Versetzung bekommen." Lamereux
zog einen grünen Zettel aus der Tasche. „Ich habe den PR-Posten
auf der Erde bekommen, auf den ich so scharf war. Morgen fliege
ich heim."

„Gratuliere." Surgenor begriff plötzlich, daß Lamereux schon seit dem Augenblick, als er vor zehn Minuten zu ihm ins Schwimmbecken gekommen war, auf eine passende dramatische Gelegenheit gewartet hatte, mit seiner Neuigkeit herauszurücken. „Mensch, Marc! Das ist ja großartig! Ich sehe Sie ungern gehen, nachdem wir so lange zusammen waren, aber ich weiß, daß Sie eine Veränderung brauchen."

„Danke, Dave." Lamereux trank einen Schluck Bier. „Fünf Jahre sind es gewesen. Fünf Jahre am Rand des Ballons. Eine lange Zeit – aber ohne sie hätte ich den Posten nicht bekommen."

Fünf Jahre sind eine lange Zeit in diesem Beruf, dachte Surgenor. Und ich bin seit fast zwanzig Jahren dabei. Die fortgesetzte Ausdehnung des kugelförmigen Raumvolumens, das die Menschen erforscht und vermessen hatten, stellte immer höhere Anforderungen an die Möglichkeiten des Kartographischen Dienstes. Das war der Grund, weshalb die Reisen immer länger wurden und warum Männer wie er – die nicht vernünftig genug waren, Schluß zu machen – in den Sielen altern durften. Es war auch der Grund, weshalb die großen Raumschiffe lange über ihre geplante Lebensdauer betrieben wurden. Das Problem war eben, daß es für die Schiffe Steck-Ersatzteile gab, aber nicht für ihre Besatzungen, und daß er – Dave Surgenor – wohl so schnell verschleißen und veralten würde wie Kapitän Apollo.

„. . . Realismus in die Rekrutierungsfeldzüge bringen", sagte Lamereux indessen. „Es wird keine Rolle spielen, ob wir weniger Leute anlocken, wenn die Zahl der Untauglichen gesenkt werden kann."

„Richtig – sagen Sie den Leuten nur mal ordentlich Bescheid, wenn Sie wieder zu Hause sind." Surgenor beschloß, den Versuch zu unternehmen, seine Stimmung zu heben. „Ich nehme an, daß Sie heute abend eine große Party geben, Marc."

Lamereux nickte. „Alles schon vorbereitet. Der alte Beresford hat gesagt, daß wir die Dachgartenbar ganz für uns haben können."

„Da muß er zur Abwechslung einmal gut gelaunt gewesen sein." Surgenor runzelte die Stirn, als er an frühere unwirsche Ablehnungen des Sektorchefs bei ähnlichen Gelegenheiten dachte. „Hat er für seine Hakeleien endlich einen Preis bekommen?"

Lamereux lächelte boshaft. „Er hält das für eine gute Gelegenheit, Sie und die anderen mit Christine bekannt zu machen."

„Christine?"

„Christine Holmes. Meine Ersatzkraft in Modul Eins."

„Eine Frau?"

„Bei einem Namen wie Christine kann man damit rechnen. Na und? Wir hatten früher schon weibliche Besatzungsmitglieder."

„Ich weiß, aber . . ." Surgenor sprach den Satz nicht zu Ende, weil er seinen Ahnungen nicht noch mehr Gewicht verleihen wollte, indem er sie in Worte faßte. Unter den Besatzungen des KD waren Frauen selten zu finden. Das lag einmal an den körperlichen Anforderungen – zum Beispiel mußte jedes Besatzungsmitglied in der Lage sein, unter allen vorstellbaren Bedingungen die Räder eines Meßmoduls zu wechseln –, aber Surgenor vermutete den Hintergrund für ihre Seltenheit darin, daß sie in der Arbeit keinen Sinn erblickten. Er wußte, daß eine große Mehrzahl der Planetenkarten, die herzustellen er mitgeholfen hatte, nie einen praktischen Gebrauch finden würden, aber gleichzeitig war ihm auch klar, daß die Karten nötig waren, daß die Informationen gesammelt und gespeichert werden mußten – obwohl es ihm schwerfiel, genau zu erklären, warum. Die meisten Frauen besaßen nach Surgenors Meinung wenig Geduld für diese Anhänglichkeit an das wissenschaftliche Ethos, und wenn er mit ihnen zusammenarbeitete, ertappte er sich manchmal dabei, daß er von einer katastrophalen Unsicherheit über seine ganze Lebensanschauung erfaßt wurde.

An diesem Vormittag galt seine Hauptsorge jedoch der Art und Weise, in der Zufallsfaktoren sich vereinigten, um Vermessung 837/LM/4002a zu beeinflussen. Es hatte Probleme mit Aesops Gedächtnis darüber gegeben, wie man das Raumschiff durch die Gravitonströmungen des Beta-Raums lenkte; die allzu schnelle, allzu mühelose Behebung des Defekts; das unerwartete Ausscheiden von Marc Lamereux; und nun die Entdeckung, daß Marcs Platz von einer Frau eingenommen werden sollte.

Surgenor gab sich alle Mühe, klar und vernünftig zu denken, aber kein Maß an Anstrengung vermochte die Vorstellung zu vertreiben, daß er im Begriff stand, eine besonders schlimme Aufholreise zu unternehmen.

Die Abschiedsparty für Marc Lamereux begann früh und endete spät, aber obwohl Surgenor viel trank, kam er nicht richtig in Stimmung. Er hatte den taktischen Fehler begangen, sich beim Mittagessen am Schwimmbecken zu viele Drinks zu genehmigen, und am Nachmittag geschlafen, mit dem Ergebnis, daß der Rest des Tages zu einer Enttäuschung wurde.

„Wie die Tristesse nach dem Liebesakt, nur daß das immer so weitergeht", beklagte er sich bei Al Gillespie, als sie an der Bar saßen. „Das muß ein weniger bekanntes Naturgesetz sein – man kann sich am Tag nur einmal einen fröhlichen Rausch antrinken."

Gillespie schüttelte den Kopf. „Das ist kein weniger bekanntes Gesetz, Dave, sondern eine der Grundregeln des Saufens. Wenn du früh am Tag anfängst, mußt du weitermachen."

„Jetzt ist es schon zu spät." Surgenor trank einen Schluck Whisky pur, der warm und schal schmeckte, und schaute sich in dem schummrig beleuchteten, verglasten Raum um, wo sich die Bar befand. Hinter dem exotischen Laub des Dachgartens wölbten sich die Lichter der Stadt zum Horizont am Rand einer Bucht, auf der hundert Boote leuchtende Winkel aufgewühlten Wassers hinter sich herzogen. Selbst die Wellen, die mit ihrem Fortgang im Dunkeln leuchtende Meereswesen hochspülten, schienen aus kühlem grünem Feuer zu bestehen und erweckten den Eindruck, daß das Meer lebendig geworden war, während das Land in der Dunkelheit schlief. Und weit über den Bögen künstlichen Lichts schienen geduldig und wartend ein paar Sterne erster Größe.

Surgenor, der von der lärmenden Fröhlichkeit seiner Kameraden ausgeschlossen war, spürte einen lähmenden Stich der Einsamkeit. Delos war eine schöne und gastfreundliche Welt, aber nicht seine Heimat; die Männer, die er seine Freunde nannte, mit denen er in den wachen Stunden ständig zusammenlebte, waren nicht wirklich seine Freunde. Gewiß, sie behandelten ihn mit freundschaftlicher Toleranz, aber in der Enge eines Raumschiffs war keine andere Einstellung möglich, und wenn er ausscheiden sollte, würde sein Ersatzmann genau gleich behandelt werden.

Wissentlich Fremde, dachte er, als ihm das Bruchstück eines alten Gedichtes einfiel, das ihm Jahrzehnte hindurch als eine Art persönliches Glaubensbekenntnis gedient hatte. Was konnte man Nachteiligeres über sein ganzes Leben sagen?

Wenn er an seine Jahre auf der *Sarafand* dachte, konnte Surgenor sich an eine Folge von Männern erinnern, die an Bord gekommen, für kürzere oder längere Zeit geblieben waren und wieder das Weite gesucht hatten. Manche der Gesichter in der schrumpfenden Zeitperspektive waren undeutlich, andere aus keinem besonderen Grund klar erkennbar. Clifford Pollen, dessen unzureichend recherchiertes Buch endlich gedruckt worden war, arbeitete als erfolgreicher Journalist bei einer Kolonialnachrichtenagentur. Bernie Hilliard war es gelungen, sich vor Ablauf seiner zweijährigen Dienstzeit freizukaufen und auf der Erde Lehrer zu werden. Es hatte Dutzende von anderen gegeben, alles eigene Persönlichkeiten, und doch mit einer Gemeinsamkeit – Surgenor hatte ihren Mangel an Durchhaltevermögen immer ein wenig mit Verachtung betrachtet. Jetzt sah es so aus, als sei das, was er als ein Versagen angesehen hatte, in Wahrheit eine Tugend gewesen. Standen sie für wertvolle Lehren im Leben, die zu verarbeiten ihm selbst nicht gelungen war?

Aufbrandendes Gelächter nach einem derben Spaß in einer anderen Ecke des Raumes riß Surgenor aus seinen Gedanken, ohne seine Stimmung zu verändern. Er ließ sich ein frisches Getränk geben und zog von der Bar in eine stillere Ecke. Die Party war auf ungefähr fünfzig Personen angeschwollen, da zur Besatzung der *Sarafand* Leute aus anderen Schiffen und vereinzelte von der Transitstation gestoßen waren. Es gab eine Reihe von Mädchen, von denen jedes sich der Aufmerksamkeit mindestens dreier junger Männer erfreuen durfte, und Surgenor dämmerte, daß es gut wäre, wirklich gut, in dieser Nacht trauriger Offenbarungen mit einer Frau sprechen zu können.

Leider konnte er, so anziehend der Gedanke war, wenig tun, um ihn in die Tat umzusetzen. Er gedachte sich nicht mit jungen, heißblütigen Burschen anzulegen, in der Hoffnung, an ein Mädchen heranzukommen, das ihn ohnehin eher als Vaterfigur betrachten würde, und wollte auch die Party nicht verlassen, um durch die Stadt zu streifen. Offenbar blieb nichts anderes übrig, als Gillespies sogenanntem Grundsatz des Saufens zu trotzen und den Versuch zu unternehmen, den gleichen alkoholischen Höhenflug zu erlangen, den manche seiner Kollegen erreicht hatten. Er trank einen großen Schluck aus seinem Glas und rückte näher an die Gruppe um das Klavier heran, als eine Tür aufging und die gebückte Gestalt Harold Beresfords, des Sektorchefs, hereinkam, in seiner Begleitung eine hochgewachsene, schlanke Frau mit kurzgeschnittenen schwarzen Haaren, die einen einteiligen Anzug trug.

Surgenor starrte das Paar eifersüchtig an und fragte sich, wie der pedantische und reizbare Verwaltungschef, unter den Schiffsbesatzungen berühmt für seine Häkelarbeiten, dazu gekommen war, mehr Voraussicht als er zu beweisen und eine weibliche Begleiterin mitzubringen. Die Ungerechtigkeit, die er darin erblickte, verstärkte Surgenors Düsterkeit, als er am Kragen der Frau eine Sternhaufenbrosche bemerkte und auf den Gedanken kam, daß das vermutlich Lamereux' Ersatzkraft war. Er fragte sich, ob das Schicksal ihm nicht direkt in die Hände spielte, ging sofort auf Beresford zu und drückte ihm die Hand.

„David Surgenor, nicht wahr?" sagte Beresford, als er Surgenor anstarrte. „Gut! Sie sind genau der richtige Mann, Christine herumzuführen. Das ist David Surgenor, Christine."

„Sagen Sie Chris zu mir", sagte die Frau und lächelte. Ihr Händedruck war fester als der von Beresford, und Surgenor spürte Schwielen an ihrer Handfläche.

„Ich hatte gehofft, selbst eine Stunde bleiben zu können, um unseren Freund Lamereux gehörig zu verabschieden, aber ich muß heute leider noch einen Bericht fertigstellen." Beresford lächelte nervös, entschuldigte sich und eilte hinaus.

„Mein Gott, haben Sie jemals so ein altes Weib gesehen?" sagte Christine mit einer Kopfbewegung zur Tür. Sie war älter, als Surgenor im ersten Augenblick gedacht hatte, Mitte oder Ende Dreißig, und eher mager als schlank, so, als sei ihr Körper durch jahrelange harte Arbeit hager geworden.

„Sie werden sich bald an ihn gewöhnen", sagte Surgenor, als seine romantischen Vorstellungen verflogen.

„Das habe ich nicht nötig." Sie warf Surgenor aus tiefliegenden, dunkel umschatteten Augen einen abschätzenden Blick zu. „Ich glaube, er hatte seine eigenen Gründe, mich heute abend herzubringen, aber er hat sie nicht mehr."

„Sie haben ihn abwimmeln können?"

Christine nickte. „Ich habe ihn zu Tode erschreckt."

CAPTAIN AESOP UND DAS SCHIFF DER FREMDEN 281

„Das genügt", sagte Surgenor. „So etwas schreckt ihn völlig ab."

„Sie haben verdammt recht." Christine verrenkte den Hals, um zur Bar hinüberzusehen. „Was muß man tun, um hier etwas Trinkbares zu bekommen?"

Surgenor lachte bewundernd in sich hinein. „Sie brauchen nur zu sagen, was Sie wollen."

„Bourbon pur, aber einen großen – ich scheine weit hinter den anderen herzuhinken."

„Okay." Surgenor besorgte das Gewünschte, und als er zurückkam, stand Christine schon mit am Klavier und sang, als gehöre sie seit Jahren zur Besatzung der *Sarafand*. Sie nickte ihm kurz zu, als sie nach dem Glas griff, dann sang sie weiter. Surgenor kehrte an seinen alten Platz zurück, trank aus seinem Glas und sagte sich im stillen, es sei nur gut, daß eine Aufholreise nicht noch zusätzlich durch unangemessene Weiblichkeit auf seiten des neuen Besatzungsmitglieds belastet wurde.

Surgenor verließ das KD-Hotel durch den Haupteingang, füllte die Lunge mit taufrischer Morgenluft und schaute sich nach der Fähre um, die ihn zum Raumflughafen von Bay City bringen sollte. Das silberne und blaue Fahrzeug stand auf dem reservierten Platz vor der Parkfläche, und der Fahrer blickte bereits auf seine Armbanduhr. Surgenor ging hinüber, warf den Koffer mit seinen persönlichen Habseligkeiten in den Gepäckraum und stieg ein. Die Fähre war zu drei Vierteln mit abreisenden Vermessungstechnikern und Flughafenpersonal gefüllt, das an die tägliche Arbeit ging, und er nickte hier und dort bekannten Gesichtern zu, als er sich einen Platz suchte. Sein Schiff sollte erst am frühen Nachmittag starten, und er war deshalb ein wenig überrascht, als er Christine Holmes auf der letzten Bank entdeckte.

„Früh unterwegs", sagte er, als er sich zu ihr setzte.

„Ich bin neu im Geschäft – das ist erst mein zweiter Flug", sagte sie. „Was für eine Ausrede haben Sie?"

„Ich bin schon öfter auf Delos gewesen."

„Und langweilen sich." Christine betrachtete ihn mit unverhohlener Neugier. „Ich höre, daß Sie schon zwanzig Jahre dabei sind."

„Fast."

„Wie viele Welten haben Sie kennengelernt?"

„Ziemlich viele – ich weiß nicht genau, wie viele es waren." Surgenor fragte sich nebenbei, warum er hier log – er wußte genau, auf wie vielen Planeten er gewesen war. „Kommt es darauf an?"

„Mir nicht. Aber wenn Sie sich nach zwei Wochen Pause auf Delos langweilen, wie wird das werden, wenn Sie einmal in den Ruhestand geschickt werden?"

„Das lassen Sie meine Sorge sein", sagte Surgenor steif, verärgert über die Direktheit der Frage. Auf Vermessungsschiffen gab es keine Rangordnung, aber er war der Meinung, daß ein krasser Neuling doch Respekt vor seiner Erfahrung hätte zeigen dürfen. Oder hatte die Frage einen wunden Punkt berührt und ihn an seine zunehmend zwiespältige Einstellung zum Dienst erinnert? Wie wollte er das Leben eines Weltraumzigeuners mit seinem Bedürfnis nach festen und dauerhaften Beziehungen in Einklang bringen? Wie würde sein Schicksal sein, wenn sich herausstellen sollte, daß er buchstäblich unfähig war, zur Ruhe zu kommen? „Was hat Sie übrigens veranlaßt, sich zu melden?" fragte er, um seine Gedanken zu unterdrücken.

„Warum? Erzählen Sie mir bloß nicht, daß Sie einer von den Dinosauriern sind, die eine tüchtige Frau für eine Art Mißgeburt halten."

„Habe ich das gesagt?"

„Das war gar nicht nötig."

„Um ganz ehrlich zu sein, es ist nicht Ihr Geschlecht, sondern Ihr Alter", erwiderte Surgenor, als ihm die Beherrschung abhanden kam. „Sie sind ungefähr doppelt so alt wie die meisten Anfänger."

„Verstehe." Christine nickte, durch seine Unhöflichkeit offenbar nicht beleidigt. „Nun, das ist eine faire Frage. Ich könnte wohl sagen, ich suche nach einer neuen Laufbahn – nach etwas, das mich von mir selbst befreit, wie man so schön sagt. Ich hatte früher einen Ehemann und einen Sohn. Und sie sind beide tot. Ich wollte weg von der Erde und besitze technische Begabung, also machte ich den Vermessungslehrgang . . . und hier bin ich."

„Es tut mir leid, wenn ich . . ."

„Schon gut", sagte sie ruhig. „Es ist lange her – und man sagt ja, daß jeder einmal sterben muß."

Surgenor nickte düster und wünschte sich, bei Bemerkungen über das Wetter geblieben zu sein oder, noch besser, sich einen anderen Platz ausgesucht zu haben. „Es tut mir trotzdem leid, daß ich . . . als ich . . ."

„Die Stichelei wegen meines Alters? Vergessen Sie's. Außerdem sind Sie selbst kein Grünschnabel mehr, oder?"

„Ganz richtig", sagte Surgenor, erleichtert über die Rückkehr zu harmlosem Geplänkel. Einige Sekunden später schlossen sich die Türen, und das Fahrzeug trat den Weg zum Raumflughafen an. Die schrägen Sonnenstrahlen, die an jeder Ecke die Richtung wechselten, warfen helles Licht auf Christines Gesicht mit dem kantigen Unterkiefer und betonten die Blässe ihrer Haut. Sie rauchte während der Fahrt fast ununterbrochen Zigaretten, ließ manchmal Asche auf ihre Uniform fallen und wischte sie weg auf Surgenors Anzug.

Er überlegte, ob er sie auf das Schild „Rauchen verboten" in der Fähre hinweisen sollte, aber ein kurzes Nachdenken über die möglichen Folgen veranlaßte ihn, stumm zu bleiben. Mit unangemessen starker Erleichterung sah er den Begrenzungszaun des Flughafens an den Fenstern vorbeihuschen; danach folgten Ansammlungen von Nebengebäuden und die ersten Metallpyramiden der Raumschiffe selbst.

Er holte seinen Koffer und ging mit Christine zum KD-Block, wo sie sich meldeten und ärztlich untersuchen ließen. Bis zum endgültigen Antreten der Besatzung blieben noch immer drei Stunden. Surgenor hoffte, daß Christine im Aufenthaltsraum bleiben würde, aber sie entschied sich dafür, mit ihm zur *Sarafand* zu gehen. Das Schiff war im Grunde ein achtzig Meter hoher Zylinder, der sich oben verjüngte, mit vier dreieckigen Verkleidungen am unteren Drittel, die eine schlanke Pyramide aus ihm machten. Als Surgenor näher herankam, sah er, daß das Schiff in erheblichem Maß renoviert worden war. Am auffälligsten waren die neuen Reihen von Opferanoden, Blöcke aus reinem Metall, die als Zentren für elektrische und chemische Wechselwirkungen zwischen Schiff und Atmosphäre fremder Planeten dienten und die Abnützung des gesamten Rumpfes verhinderten. Leider lenkte die Neuheit der Anoden die Aufmerksamkeit auf die zernarbte Schäbigkeit des Metalls ringsum.

„Ist es das?" fragte Christine, als kein Zweifel mehr über ihr Ziel bestand. „Ist das wirklich und wahrhaftig ein Modell Sechs?"

„Das ist das Modell, das unsere Flagge auf drei Viertel der Planeten im Ballon gesetzt hat."

„Aber ist es noch sicher, damit zu fliegen?"

Surgenor erreichte die Rampe als erster und stieg hinauf. „Wenn Sie irgendwelche Zweifel haben, dann müssen Sie jetzt aussteigen", sagte er, ohne sich umzusehen. „Sie schätzen es zwar nicht, wenn von der Besatzung sich jemand drücken möchte, aber wenn das schon vorkommt, dann ist es ihnen lieber, wenn einer das vor Antritt der Reise tut als mittendrin."

Christine war knapp hinter ihm, als er den höhlenhaften Schatten des Hangardecks erreichte, und sie griff nach seinem Arm. „Was soll das Gefasel vom Drücken?"

„Habe ich Sie beleidigt?" Surgenor sah sie höflich bedauernd an. „Entschuldigen Sie. Da unten sind Sie mir nur ein bißchen nervös vorgekommen."

Christine starrte ihn mit verengten Augen an, die fast auf der Höhe der seinen waren.

„Verstehe. Sie identifizieren sich mit diesem baufälligen alten Kahn – Sie identifizieren sich wirklich damit! Mann, Sie sitzen aber in der Patsche!" Sie zwängte sich an ihm vorbei, bevor er etwas erwidern konnte, und marschierte auf die zu den Oberdecks führende Metalltreppe zu.

Surgenor glotzte ihr aufgebracht nach, dann schaute er sich überall um, so, als suche er einen Zeugen für die Ungerechtigkeit, die ihm angetan worden war. Die sechs Meßmoduln in ihren Boxen glotzten mit ihren Zyklopscheinwerfern unverbindlich, unbeteiligt zurück.

DER Start auf Delos war im Gegensatz zu dem, was folgen sollte, Routinesache.

Die *Sarafand* erhob sich vom Boden und stieg gleichmäßig in eine Höhe von fünfzig Metern hinauf, wo sie – in Übereinstimmung mit den interstellaren Quarantänevorschriften – verharrte und sich elektrostatisch von Staub, Steinchen und Flugfeldabfall reinigte, die in ihrem Antischwerkraftfeld wirbelten. Es folgten ein Aufstieg zu hundert Kilometer Höhe unter 1 G und eine zweite elektrostatische Reinigung, die letzte Spuren eingefangener Atmosphäre ins Vakuum schleuderte. Das Schiff war jetzt bereit, den ersten vorläufigen Beta-Raum-Sprung zu machen, einen kurzen, der sie aus den Schwerkrafteinflüssen der örtlichen Sonne und ihres Planetensystems befreite.

Surgenor wußte, daß Aesop mit einem Teil seines „Gehirns", das dem Verständnis der Besatzung unzugänglich war, seine Umgebung prüfte, die unsichtbaren Steilhänge des Weltraums untersuchte und sich bereit machte, geometrische Wunder zu vollbringen. Von seinem Platz im Beobachtungsraum aus starrte Surgenor auf die gewölbte bläulichweiße Oberfläche von Delos hinunter und wartete darauf, daß der Planet verschwand. Wie immer spürte er trotz all der Jahre ein langsames Ansteigen der Erregung, und sein Herz begann stärker zu schlagen.

Er blickte die Reihe der Drehsessel entlang und betrachtete die Gesellschaft, mit der zusammen er wieder einmal ins Unbekannte hinausspringen würde. Von den anderen elf Leuten, die zur Stelle waren, gehörten nur vier – Victor Voysey, Sig Carlen, Mike Targett und Al Gillespie – zur altgedienten Besatzung der *Sarafand*. Von den übrigen hatten einige beschränkte Erfahrung auf anderen Schiffen gewonnen, bevor sie an Bord der *Sarafand* gekommen waren, und die restlichen, wie Christine Holmes, zählten noch zu den Anfängern.

Offiziell gesehen, waren viele oder wenige Dienstjahre von geringer Bedeutung – ein Neuling erhielt praktisch dieselbe Bezahlung wie ein Dienstältester –, aber Surgenor beharrte auf der Meinung, daß Erfahrung wertvoll sei, und hätte einen größeren Anteil an erprobten Leuten vorgezogen. Während er wartete, kam ihm zum Bewußtsein, daß er beinahe schon auf krankhafte Weise über Risikofaktoren nachdachte – etwas, das ihn früher nicht übermäßig beschwert hatte. War das der Grund, weshalb er auf so uncharakteristische Weise Christine Holmes gegenüber die Beherrschung verloren hatte?

Ein Beben der Erregung ging durch den Raum, als die gewölbte, helleuchtende Solidität von Delos schlagartig verschwand und einen starken Abfall der Lichtstärke hervorrief. Statt dessen gleißte ein einzelner Lichtpunkt vor dem Hintergrund der Sterne. Surgenor wußte, daß sie im Augenblick der Veränderung mehr als ein halbes Lichtjahr zurückgelegt hatten und daß Aesop – immun gegen Furcht, unberührt vom Wundersamen – sich ruhig auf den nächsten Sprung vorbereitete, auf einen gewaltigen diesmal, der die *Sarafand* tief in den unbekannten Raum hineinführen würde. Sie flog hinaus von der Ebene der Milchstraße, ihr Ziel eine lockere Gruppierung von fünf Sonnen, die wie Wachfeuer am Rand des intergalaktischen Raums loderten.

Selbst auf Delos war Surgenor die Seltenheit von Sternen in diesem Quadranten des Nachthimmels, der im galaktischen Norden lag, deutlich zum Bewußtsein gekommen – nun machte sich überwältigend die Erkenntnis breit, daß nach Beendigung des nächsten Beta-Sprungs zwischen ihm und der großen Leere nichts liegen würde. Der Beobachtungsraum besaß zwei halbkugelförmige Bildschirme, und während einer von den zahllosen Sonnen der Galaxis überfloß, die sie schon fast hinter sich gelassen hatten, würde der andere bis auf die trüben, verschwommenen Flecken ferner Inseluniversen leer sein.

Der Ballon wird zu groß, dachte Surgenor unbehaglich. Es traf zu, daß die Sphäre menschlicher Aktivität nur durch die Dicke des galaktischen Rades reichte und daß der Großteil seines Durchmessers mit all den unzähligen Sternsystemen der Nabe außerhalb seines Einflußbereichs lag, aber eine Grenze war nicht erreicht. Es war ein Hinweis darauf, daß die Galaxis endlich war. Und der unternehmungslustige, ungeduldige, anmaßende Homo sapiens besaß eine Vorliebe für das Unendliche . . .

„He, Dave!" Victor Voysey beugte sich herüber und sagte flüsternd: „Ich hatte vorhin einen Zusammenstoß mit Marcs Ersatzkraft. Ich dachte, jemand hätte behauptet, sie sei eine Frau."

„Sie hat es schwer gehabt", sagte Surgenor und blickte die Reihe hinunter. Im Profil sah Christines schattenäugiges Gesicht beinahe hager aus.

„Das mag ja sein, aber . . . Menschenskind! . . . ich habe doch nur zu ihr gesagt, daß in den Reinlufträumen niemand rauchen darf."

Surgenor unterdrückte ein Lächeln. „Vorsicht, Unendlichkeit – da kommen welche, die dich mit Asche bestreuen."

„Fühlen Sie sich wohl, Dave?"

„Eines Tages, Victor, lernen Sie vielleicht, sich da nicht hinein-
zuwagen, wo . . ." Surgenor umklammerte die Armlehnen seines
Sessels, als innerhalb von zwei Sekunden der grelle Kern der
fernen Sonne von Delos erlosch und ersetzt wurde durch eine
alles einhüllende Schwärze, in der vereinzelte trübe Lichtfleck-
chen wie Leuchtkäfer schwebten, die dann erneut verdrängt wurden durch wieder ein anderes Muster verschwommener Flecken.
Schließlich tauchte gleißend ein wildes Gewirr von Sternenfel-
dern auf, glitzernd und dichtgedrängt, beide Halbkugeln des
Sehfelds ausfüllend. Surgenors Herz schien stillstehen zu wollen,
als offenbar wurde, daß mit dem Beta-Raum-Sprung etwas nicht
stimmen konnte. Es war völlig unerhört, daß ein Raumschiff drei
Übergänge in schneller Aufeinanderfolge bewältigte, und es war
nicht zu übersehen, daß ihre jetzige Position, wo immer sie sein
mochte, nicht am Rand sternloser Tiefen lag.

„Dave?" Voysey sprach leise. „Haben wir eine Schwarzfahrt
gemacht?"

„Schwarzfahrt?" Die Unangemessenheit des Ausdrucks machte
Surgenors Lippen schwer. „Ich hoffe, ich irre mich, aber ich hatte
den Eindruck . . . nur für eine Sekunde oder so . . ., daß wir
außerhalb waren."

„Aber Aesop würde doch nie hinausgehen. In allen Büchern
steht, daß die Gravitonströmung dort draußen zu stark ist, als daß
ein Raumschiff noch die Kontrolle behalten könnte. Ich meine,
wenn wir hinausflögen, könnten wir nicht mehr . . ."

„Sprechen wir später darüber", sagte Surgenor und wies mit
dem Kopf auf die anderen Besatzungsmitglieder. „Wenn in
Aesops Astrogationsschränken etwas schiefgegangen ist, kann es
nicht allzu ernst sein, und es hat keinen Sinn, eine Panik auszulö-
sen."

„Warum gibt Aesop keine Erklärung?"

„Er hält das vielleicht nicht für notwendig." Surgenor sah
wieder an der Reihe hinunter und bemerkte, daß Carlen und
Gillespie sich halb erhoben hatten und ihn anstarrten. „Gehen
wir in meine Kabine und fragen wir Aesop privat." Er ging zur
Tür des galerieähnlichen Beobachtungsraumes, gefolgt von Voysey und, in größerer Entfernung, Carlen und Gillespie.

„Wo geht ihr denn hin?" Die nervös und gepreßt klingende Stimme gehörte Billy Narvik, einem Zwanzigjährigen mit dünnem Bart, der zwei Flüge vorher auf die *Sarafand* gekommen war.

„In Ruhe ein Glas trinken", erwiderte Surgenor. „Wir haben diese Sternspringerei schon oft genug gesehen."

„Machen Sie mir nichts vor, Dave – so etwas haben Sie noch nie gesehen." Narviks Worte lösten unbehagliches Gemurmel aus, und Surgenor wünschte sich, der junge Mann möge sich hinsetzen und den Mund halten.

„Was glauben Sie gesehen zu haben?"

„Ich habe drei oder vier Sprünge gesehen, alle knapp hintereinander. Da waren Galaxien, nichts als Galaxien, und jetzt das." Narvik wies auf die Sternenfelder ringsum. „Das ist nicht die Fünfsonnengruppe."

„Zu Ihrer Information, Billy", sagte Surgenor ruhig, „Sie haben keine Galaxien gesehen, und Sie sehen jetzt auch keine Sterne. Das ist alles nur eine Projektion, die Aesop uns zuliebe produziert. Keines der Bilder, die wir hier zu sehen bekommen, muß dem entsprechen, was sich außerhalb des Schiffes wirklich befindet."

„Aber gewöhnlich tun sie es doch, oder?"

„Gewöhnlich." Surgenor machte eine Pause und suchte nach einer Eingebung. „Aber wenn die neuen Anlagen, die erst eingebaut worden sind, störanfällig waren, sehen wir vielleicht Teile von Aesops Astrogationsgedächtnis."

Narvik schnaubte verächtlich. „Daß Sie taktvoll sein wollen, sieht ein Blinder, Dave – Aesop hat keine Daten über den intergalaktischen Raum gespeichert."

„Woher wissen wir das? Alle Schiffscomputer nehmen ihre Peilungen nach den rund zwanzig Galaxien der Lokalen Gruppe vor, und Aesop könnte eine Simulation ihrer . . ."

„Sie schwindeln uns wieder etwas vor! Wofür halten Sie mich?" Narvik kam mit weit aufgerissenen Augen auf Surgenor zugelaufen. „Sie halten mich wohl für schwachsinnig?" Er begann sich zu wehren, als Sig Carlen und Al Gillespie hinzutraten und seine Arme festhielten. Durch die anderen, die zusahen, ging eine merkliche Welle der Unruhe.

„Beruhigt euch alle", rief Surgenor. „Wenn es einen Defekt in unseren Normalraum- oder Beta-Raum-Astrogationssystemen gäbe, würde Aesop uns unterrichten, und . . .“

„Hier spricht *Sarafand*-Control. Eine Mitteilung an alle Besatzungsmitglieder“, tönte die Stimme Aesops aus allen Lautsprechern. „Infolge eines schweren Defekts im Astrogations- und Ansteuerungskontrollsystem ist Vermessungsmission 837/LM/4002a abgebrochen.“

„Wir haben uns verirrt!“ rief jemand. „Billy hat recht – wir sind verloren!“

„Seid nicht so verdammt kindisch“, schrie Surgenor, um den Lärm zu übertönen. „Raumschiffe gehen nicht verloren. Hört zu, Leute – ich möchte, daß ihr euch alle beruhigt und den Mund haltet, während wir die Sache mit Aesop klären. Ich werde mit ihm reden, und damit jeder genau weiß, was vorgeht, mache ich das gleich hier. Okay?“

Es wurde mit der Zeit still. Surgenor fühlte sich ein wenig befangen, als er zur Decke hinaufsah, über der die Steuerdecks des Schiffes lagen, dann wurde ihm auf unbehagliche Weise bewußt, daß er die Haltung eines Menschen angenommen hatte, der sich an seine Gottheit wandte. Er senkte den Blick, starrte vor sich hin und begann den Dialog mit der künstlichen Intelligenz, von deren ungestörter Funktion ihrer aller Leben abhing.

„Achtung, höre“, sagte er langsam. „Aesop, wir haben gesehen, daß der Beta-Raum-Übergang nicht auf . . . normale Weise stattgefunden hat, und uns ist nicht recht klar, was sich eigentlich zugetragen hat. Als erstes – für die neueren Mitglieder der Besatzung – möchte ich, daß du uns im Hinblick darauf beruhigst, daß die *Sarafand* sich verirrt haben könnte.“

„Wenn Sie das Wort ‚verirrt‘ auf einen Zustand beziehen, wonach unsere Position in Beziehung auf das allgemeine galaktische Koordinatensystem unbekannt wäre, kann ich Ihnen versichern, daß die *Sarafand* sich nicht verirrt hat“, erwiderte Aesop sofort.

Surgenor fühlte sich nur einen kurzen Augenblick lang erleichtert, bevor ihm die ungewöhnlich pedantische Art von Aesops Antwort auffiel. Er bemühte sich, gegen eine unheilvolle Vorahnung anzukämpfen, und sagte: „Aesop, gibt es einen anderen Sinn, in dem das Wort ‚verirrt‘ unserer Lage entsprechen würde?“

Es gab ein kurzes, aber merkliches Zögern, bevor Aesop antwortete. „Wenn Sie es definieren als ‚in einem Zustand der Unwiederbringlichkeit' oder ‚nicht zu retten' . . ., dann bedauere ich, sagen zu müssen, daß die *Sarafand* sich praktisch verirrt hat."

„Das verstehe ich nicht", stieß Surgenor nach einer Pause hervor, in der die Stille zu pulsieren schien. „Was soll das heißen?"

„Der Defekt im Astrogations- und Ansteuerungskontrollsystem, den ich schon erwähnt habe, führte zu einem Auftauchen im Normalraum an einem Punkt, der von unserem vorgesehenen Ziel außerordentlich weit entfernt ist." Aesop sprach mit gemessener, sachlicher Stimme, als teile er eine Veränderung im wöchentlichen Speisezettel mit. „Wir befinden uns in der Nähe vom Mittelpunkt der Galaxie, die im Revidierten Standardkatalog als N.5893-278 (S) bezeichnet wird. Unsere Durchschnittsentfernung von der Lokalen Gruppe – zu der natürlich das Milchstraßensystem und die Erde gehören – beträgt rund dreißig Millionen Lichtjahre. Das bedeutet, daß wir nicht zur Erde zurückkehren können."

DIE Besprechung wurde in der halbkreisförmigen Messe abgehalten, an einem Tisch, wo sich Gläser, Tassen und Aschenbecher drängten.

Surgenor hatte zwei Hauptarten von Reaktionen auf Aesops Mitteilung festgestellt: manche Besatzungsmitglieder waren immens lebendig geworden, wach und gesprächig; andere hatten sich in unterschiedlichem Maß in sich zurückgezogen, neigten zur Schweigsamkeit und zu brütendem Interesse an ihren eigenen Fingernägeln oder der Konstruktionsart persönlicher Gegenstände, wie etwa eines Feuerzeugs. Christine Holmes gehörte zur zweiten Gruppe; sie wirkte krank und erschüttert. Billy Narvik, der eine Beruhigungsspritze bekommen hatte, lächelte versonnen, während er sich den Bart strich. Die beiden anderen neuen Männer – blasse, zurückhaltende junge Burschen namens John Rizno und Wilbur Desanto – blickten in stumm anklagender Weise um sich, so, als suchten sie nach einem menschlichen Schuldigen für ihr Mißgeschick.

Surgenor, dem stillschweigend die Rolle des Vorsitzenden

übertragen worden war, klopfte mit dem leeren Whiskyglas auf den langen Tisch.

„Ich bin der Meinung", sagte er langsam, sich vorantastend, „daß wir uns vergewissern sollten, ob wir alle auf der gleichen Wellenlänge sind. Gibt es irgendeinen, der glaubt, Aesop könne sich irren? Gibt es einen, der glaubt, es gebe einen Weg, nach Hause zurückzukehren?"

Mehrere Männer bewegten sich unruhig.

„Aesop ist nicht unfehlbar", sagte Burt Schilling und sah seine Nebenleute an. „Ich meine, die Tatsache, daß wir hier sind, beweist es."

Surgenor nickte.

„Das hat etwas für sich."

„Ich möchte es etwas kräftiger ausdrücken", fügte Theo Mossbake hinzu. „Mir scheint, unser sogenannter Kapitän Aesop kann ausgesprochen dumm sein, und ich glaube einfach nicht, daß wir alles, was er sagt, wie Gottes Wort oder was weiß ich aufnehmen müssen." Seine Stimme wurde lauter. „Gut, eine seiner neuen Speicheranlagen war defekt, und er hat einen Sprung in den unbekannten Weltraum gemacht, hinaus aus unserer Galaxis. Warum, zum Teufel, hat er dann nicht aufgehört? Warum hat er sich nicht einfach umgesehen, unsere eigene Galaxis angepeilt und ist zurückgesprungen?"

„Das hat er versucht", sagte Al Gillespie gereizt. „Aesop hat bereits klargemacht, daß die Beta-Raum-Gravitonströmung zu stark war. Das ist wie eine starke Strömung, die uns aufs Meer hinaustreibt. Nach seinen Angaben hätten wir noch viel weiter springen können als . . . wieviel waren es . . . dreißig Millionen Lichtjahre."

„Wenigstens können wir die Lokale Gruppe noch sehen", sagte Surgenor, ohne zu überlegen, und bereute es sofort.

„Großartig. Das ist ein herrlicher Trost für uns", sagte Schilling. „Wenn wir hungrig werden, können wir uns am Teleskop abwechseln und die Lokale Gruppe bewundern. Unseren Freunden zuwinken."

„Das ist eine Besprechung", erklärte Surgenor. „Sparen Sie sich den Sarkasmus und das Selbstmitleid für Ihre Kabine auf. Okay?"

„Nein, nicht okay." Schilling starrte Surgenor aufgebracht an; an seinem Hals pulsierte eine Ader. „Für wen halten Sie sich eigentlich?" Er begann aufzustehen, und Surgenor verspürte einen Stich schandvoller Freude darüber, seine eigenen Spannungen so leicht und auf natürliche Weise abbauen zu können, einfach indem er auf ein anderes menschliches Wesen mit den Fäusten einhieb.

Mossbake packte Schilling am Oberarm und zog ihn auf seinen Stuhl hinunter. „Ich bin hauptsächlich im Hotelfach ausgebildet worden . . . ich mache die zwei Jahre im KD, um mir Kapital zu beschaffen . . . so daß ich von Beta-Raum-Physik nicht viel verstehe", sagte Mossbake. „Aber den Vergleich, den Al gebraucht hat, den mit einer Strömung, die uns aufs Meer hinaustreibt, verstehe ich. Was ich wissen möchte, ist: Können wir gegen den Strom nicht kreuzen? Gibt es keine Möglichkeit, im Zickzack den Weg zurückzulegen, den wir gekommen sind?"

Gillespie beugte sich vor. „Mit einem Schiff, das eigens für einen solchen Zweck konstruiert und ausgerüstet wäre, könnte man das vielleicht machen, aber Aesop schätzt, daß es über zweihundert Beta-Raum-Sprünge sein müßten, vorausgesetzt, wir treffen auf keine Region, wo die Bedingungen noch schlechter sind – und unsere Treibstoffkapseln reichen allenfalls für dreißig. Dazu kommt noch der Zeitfaktor. Ohne Beta-Raum-Karten als Hilfsmittel müßte Aesop vor jedem Sprung eine große Vier-PI-Vermessung vornehmen, und so etwas kann bis zu vier Tagen dauern. Multipliziert das, und ihr kommt auf eine Reisezeit von mehr als zwei Jahren – und Essen haben wir für einen Monat."

„Verstehe", sagte Mossbake leise. „Komisch, daß ich an das Essen nicht gedacht habe – und so etwas kommt aus dem Hotelfach. Heißt das, daß wir einfach . . . verhungern?"

Die zwölf am Tisch veränderten die Haltung ein wenig, so als hätte sich unsichtbar ein dreizehnter dazugesellt, und Surgenor entschied, daß es wieder einmal an der Zeit war, seine Rolle zu übernehmen. In zwei Jahrzehnten Vermessungsarbeit hatte er das Image des hünenhaften, unerschütterlichen Felsens in der Brandung, erfahren, nicht aus der Ruhe zu bringen, nicht leicht in Wut geratend, mit Kraftreserven aller Art, fast vervollkommnet. In gewisser Weise stand er manchmal für das Schiff selbst, stellte – wie es in der letzten Stunde wieder vorgekommen war – eine menschliche Zielscheibe für den Zorn dar, den andere Besatzungsmitglieder am liebsten an Aesop ausgelassen hätten. Es war eine Rolle, die zu spielen ihm einmal Spaß gemacht hatte, damals, als es noch möglich gewesen war, sich selbst etwas vorzumachen, aber in der letzten Zeit wurde sie lästig, und er sehnte sich danach, von der Bühne abtreten zu können . . .

„Verhungern?" Surgenor sah Mossbake mit einer Art humorvoller Überraschung an. „Sie können verhungern, wenn Sie das wirklich wollen, aber da draußen liegt eine Galaxis mit einem ganzen Haufen von Planeten und jeder Menge unberührter Nahrung auf den Planeten – und durch einen esse ich mich hindurch.

„Sie machen sich keine Sorgen, weil Sie nicht mehr nach Hause können?"

„Nein. Ich würde lieber wieder heimgehen – es wäre verrückt, etwas anderes zu behaupten –, aber wenn ich es nicht schaffen kann, dann lebe ich eben woanders. Das ist immer noch wesentlich besser als . . ." Surgenor verstummte, als Billy Narvik, der am anderen Tischende saß, plötzlich auflachte.

„Verzeihung", sagte Narvik und grinste in drogenerzeugter Freundlichkeit, als er sah, daß sich die ganze Aufmerksamkeit auf ihn richtete. „Ich entschuldige mich für die Störung, aber ihr seid wirklich zu komisch."

„In welcher Beziehung?" fragte Mike Targett, der zum erstenmal den Mund auftat.

„Diese Besprechung . . . Ihr sitzt herum – alle todernst –, zählt Treibstoffkapseln und Bohnenkonserven, und niemand hat den einen wirklich wichtigen Gebrauchsgegenstand, den einzigen, auf den es tatsächlich ankommt, auch nur erwähnt."

„Nämlich?"

„Sie!" Narvik zeigte auf Christine Holmes, die ihm genau gegenübersaß. „Die einzige Frau, die wir haben."

Surgenor klopfte mit dem Glas auf den Tisch. „Ich glaube nicht, daß Sie in einer Verfassung sind, an der Besprechung teilzunehmen – und wir sprechen vom Überleben."

„Was denken Sie, wovon ich spreche, Herrgott noch mal?" Narvik schaute sich gelassen um. „Das Überleben der Art! Wir haben eine einzige Frau und – es tut mir leid, wenn ich jemandem zu nahe trete – aber mir scheint, daß wir entscheiden müssen, wie wir den besten Gebrauch von ihr machen."

Sig Carlen stand auf und trat hinter Narviks Stuhl, alle Muskeln angespannt. „Sind wir uns einig, daß Freund Narvik sich ein Weilchen in seiner Kabine hinlegen sollte?"

„Das ändert aber nichts", sagte Narvik freundlich. „Es läuft ein ganz neues Spiel, Freunde, und je früher wir die Regeln dafür festlegen, desto besser wird es für alle sein."

Surgenor nickte Carlen zu, der die Hände unter Narviks Achseln schob und ihn vom Stuhl hob. Narvik wehrte sich nur passiv, indem er sich wie ein Betrunkener zusammensinken ließ.

„Laßt ihn in Ruhe", sagte Schilling. „Was er sagt, ist doch vernünftig, oder? Wenn wir in dieser Galaxis einen neuen Anfang machen müssen, werden wir bestimmten Dingen ins Gesicht zu sehen und neue Denkweisen zu lernen haben, und was mich angeht –"

„Was Sie angeht", unterbrach ihn Carlen, „so müssen Sie sich vielleicht an neue Eßweisen gewöhnen – ohne Zähne etwa."

Schilling bleckte das Gebiß und zerrte an einem seiner Zähne. „Ich habe gute Zähne, Sig. Ich glaube, die könnten Sie nicht mal lockern."

„Ich helfe ihm", sagte Victor Voysey, das sommersprossige Gesicht düster. „Und ich nehme einen Achsschlüssel."

„Sie können sich Ihren . . ."

„Das genügt!" Surgenor unternahm keinen Versuch, seinen Zorn zu verbergen. „Narvik hatte recht, als er sagte, das sei ein ganz neues Spiel, und hier ist eine von den Grundregeln – Chris Holmes ist eine vollkommen private, autonome Person. Anders können wir nicht existieren."

„Wir werden bald überhaupt nicht mehr existieren, wenn wir nicht realistisch über die Fortpflanzung denken", sagte Schilling störrisch.

Surgenor starrte ihn mit unverhohlener Abneigung an. „Könnte es sein, daß Sie sich für hervorragendes Zuchtmaterial halten?"

„Besser als Sie, Dave. Ich bin wenigstens noch . . ."

„Meine Herren!" Christine Holmes stand auf, während es plötzlich still wurde, und schaute sich am Tisch um, das Gesicht bleich vor Anspannung, dann lachte sie schwankend. „Habe ich gesagt ‚Herren'? Verzeihung – ich fange noch einmal an. Dreckskerle. Wenn es euch Dreckskerlen nichts ausmacht, dann möchte ich euch etwas zeigen, das für die Diskussion von Belang ist – und ihr solltet es euch lieber gründlich ansehen, weil das die einzige Gelegenheit ist, die ihr bekommt." Sie griff mit beiden Händen nach ihrer Kleidung, zog die Uniformbluse nach oben und den Hosenbund nach unten, um einen flachen Bauch zu zeigen, der mit Operationsnarben bedeckt war. Surgenor blickte auf ihre dunkel verschatteten Augen und fühlte, daß er in den letzten zwanzig Jahren nirgends gewesen war und nur sehr wenig gelernt hatte.

„Da drinnen ist nichts, Schiffsgenossen. Die Ärzte haben alles herausgenommen", sagte Christine. „Seht ihr es auch alle gut?"

„Das ist nicht nötig", murmelte Schilling und wandte sich ab.

„O doch! Sie sind derjenige, der davon gesprochen hat, daß man den Tatsachen ins Gesicht sehen muß – und das ist eine Tatsache, Freundchen." Christine zwang ihre Stimme in einen Gesprächston und brachte es sogar fertig zu lächeln, als sie ihre Kleidung wieder ordnete und sich setzte. Sie verflocht die Finger ineinander und schaute sich am Tisch um. „Ich hoffe, ich habe keine Freidenkerpioniere schockiert, aber ich hielt es für das beste zu beweisen, daß ihr mich mit zu den Jungs zählen könnt. Das vereinfacht manches, nicht wahr?"

„Sehr", sagte Surgenor sofort, bemüht, die Episode in die Vergangenheit zu verweisen. „Vielleicht können wir uns jetzt wieder damit beschäftigen, uns auf die Instruktionen zu einigen, die wir Aesop geben wollen."

„Ich wußte nicht einmal, daß wir ihm überhaupt Anweisungen geben können", sagte Carlen, als er den jetzt stillen Narvik losließ und zu seinem Platz zurückkehrte.

„Unsere jetzige Lage liegt weit außerhalb seiner Bezugsbegriffe, also brauchen wir jetzt die flexible menschliche Reaktion, von der die Gewerkschaftsbosse dauernd reden."

„Wir würden sie nicht brauchen, wenn wir nicht hier wären."

„Darauf lasse ich mich nicht ein." Surgenor vermied es, Christine anzusehen, als er weitersprach. „Wir müssen uns darauf einigen, daß wir in dieser Galaxis bleiben – die genausogut zu sein scheint wie irgendeine von den Milliarden anderen da draußen. Wir müssen Aesop anweisen, die Region nach geeigneten Sonnen mit planetarischen Begleitern zu überprüfen. Dann müssen wir uns für ein Lebensmittel-Rationierungssystem entscheiden, um unsere Vorräte zu strecken." Surgenor notierte sich die Punkte auf einem Block, während er eintönig eine kurze Liste von Vorschlägen aufzählte, bemüht, sie alltäglich klingen zu lassen in der Hoffnung, daß das, was sie Christine angetan hatten, in gleichem Maß verkleinert und vergessenswert würde.

Der Unterausschuß, der dazu bestimmt wurde, eine Zielsonne auszuwählen, bestand aus Surgenor, Al Gillespie und Mike Targett. Surgenor war ein wenig überrascht davon, wie leicht es gewesen war, eine Gruppe zustande zu bringen, wie er sie wollte, und vermutete, daß die von Burt Schilling angeführte, im Entstehen begriffene Teilfraktion froh darüber war, vom Tisch fortzukommen, bis die Wellen, die der Zwischenfall mit Christine Holmes geschlagen hatte, verebbt sein würden.

Die drei Männer rüsteten sich mit Notizblöcken und Bleistiften aus, gingen in den Beobachtungsraum und ließen sich vor einem Panorama von Sternen nieder. Die Verteilung der Sonnen rund um die *Sarafand* war so gleichmäßig, ihre Helligkeit so stark, daß die drei auf einer gefährlichen Galerie über einem Abgrund zu sitzen schienen.

„Ich habe so etwas noch nie gesehen", sagte Gillespie. „In einem Radius von zehn Lichtjahren müssen tausend Sonnen oder mehr sein. Man könnte Planetensysteme beinahe mit dem Feldstecher finden."

„Leichte Übertreibung", sagte Targett, „aber ich weiß, was Sie meinen. Es wird langsam Zeit, daß wir ein bißchen Glück haben."

„Glück?" Surgenor räusperte sich. „Achtung, höre, Aesop. Hast du einen Einfluß auf unser Austreten in dieser Galaxis gehabt?"

„Ja, David. Dieser Kugelhaufen war selbst im Beta-Raum ein auffälliges Objekt. Ich hatte genug Resteinflußmöglichkeit, um dafür zu sorgen, daß das Schiff in der Nähe des Mittelpunkts auftauchte." Aesops durchdringende Stimme schien aus dem Weltall selbst zu kommen.

„Du hast gewußt, daß wir nach einem Planeten suchen würden, auf dem wir uns niederlassen können?"

„Das war die logische Annahme."

„Verstehe." Surgenor sah seine beiden Begleiter bedeutungsvoll an. „Aesop, wir brauchen jetzt von dir eine vollständige Erkundung des Sternhaufens, mit dem Ziel, die Sonnen herauszufinden, bei denen die Wahrscheinlichkeit, daß sie Planeten vom Typ Erde besitzen, am größten ist. Resultate in Ausdruckform. Vierfach. Wie lange wird das dauern?"

„Ungefähr fünf Stunden."

„Das ist in Ordnung." Surgenor kam plötzlich zum Bewußtsein, daß er erschöpft war, daß er in den nächsten fünf Stunden nichts Nützliches tun konnte und daß er den ersten Augenblick nicht länger hinausschieben konnte, an dem er sich allein in seiner Kabine finden würde, isoliert, dreißig Millionen Lichtjahre von der Erde entfernt.

Die Alternative war, noch etwas zu trinken, aber er hatte nicht den Wunsch, den Alkohol als Krücke zu benützen – vor allem, da der Vorrat schon in wenigen Wochen aufgebraucht sein würde.

„Ich meine, wir sollten uns lieber ausruhen", sagte er zu Gillespie und Targett, während er auf die Uhr schaute. „Wir treffen uns dann hier um . . ."

„Ich habe eine spektroskopische Voruntersuchung des Sternhaufens vorgenommen", meldete sich Aesop plötzlich. „Die Spektrallinien beweisen, daß die Stellarmaterie dieselbe Zusammensetzung hat wie die in der Heimatgalaxis vorhandene, aber in allen Fällen sind die Linien zum blauen Ende des Spektrums hin verschoben."

Ohne zu wissen, warum, krampfte sich in Surgenor etwas zusammen. „Das verringert aber nicht die Aussichten, geeignete Planeten zu finden, oder?"

„Nein." Aesops Antwort war tröstlich, aber seine Intervention erschien dadurch um so rätselhafter.

Surgenor sah Targett, der von Astronomie etwas verstand, stirnrunzelnd an. „Was hat Aesop veranlaßt, uns das zu sagen?"

„Blauverschiebung?" Targett wirkte so verwirrt, wie Surgenor sich fühlte. „Ich nehme an, es bedeutet, daß alle Sterne in diesem Haufen sich auf uns zubewegen. Nicht auf uns – auf einen gemeinsamen Mittelpunkt zu, in dessen Nähe wir uns zufällig befinden."

„Und?"

Targett hob die Schultern. „Es ist ungewöhnlich, das ist alles. Gewöhnlich stellt man fest, daß alles sich ausweitet."

„Aesop, wir haben zur Kenntnis genommen, was du über die Verschiebung der Spektrallinien sagst", erklärte Surgenor. „Es bedeutet, daß der Sternhaufen implodiert, nicht wahr?"

„Das ist richtig. Die Beschleunigung der Sterne in der Nähe der Zentralregion beträgt über hundertfünfzig Kilometer in der Sekunde, und zum Rand des Haufens hin steigt sie noch. Ich habe auf die Erscheinung hingewiesen, weil es im Milchstraßensystem nichts Vergleichbares gibt."

Surgenor entwickelte das unsichere Gefühl, daß etwas Wichtiges unausgesprochen blieb, und trotzdem wußte er, daß – ohne Rücksicht auf die Anzahl der Raffinessen in Aesops „Persönlichkeit" – seine Konstrukteure nie die Absicht gehegt hatten, dafür zu sorgen, daß er sich zierte.

„ALSO gut", sagte Surgenor, „wir befinden uns in einem implodierenden Sternhaufen, für uns eine neue Erscheinung – aber wenn unsere bisherige Erfahrung auf das Milchstraßensystem beschränkt ist, müssen wir da in anderen Gegenden des Universums nicht ein paar Überraschungen erleben?"

„Der Standpunkt, den Sie vertreten, ist vom Philosophischen her gültig", antwortete Aesop. „Das eigentlich Überraschende an diesem Sternhaufen ist aber nicht sein Aspekt im Raum, sondern in der Zeit."

„Aesop, das verstehe ich nicht. Drück das einfacher aus."

„Die Sterne im Haufen haben einen mittleren Abstand von eins Komma zwei Lichtjahren. Sie bewegen sich mit ungefähr hundertfünfzig Kilometern in der Sekunde auf den Mittelpunkt zu. Wir befinden uns schon im Mittelpunkt oder in seiner Nähe, aber wir können keine Stellarzusammenstöße oder eine Zentralmasse feststellen. Daraus ergibt sich, daß wir unsere jetzige Position weniger als hundertfünfzig Erdjahre vor dem ersten Zusammenstoß erreicht haben – aber nach astronomischen Zeitmaßstäben sollte diese Schlußfolgerung zurückgewiesen werden."

„Du meinst, das sei unmöglich?"

„Es ist nicht unmöglich", erwiderte Aesop ruhig. „Aber nach

astronomischen Zeitmaßstäben ist eine Periode von hundertfünfzig Jahren verschwindend klein. Ich habe unzureichende Daten über die lokalen Bedingungen, um die Wahrscheinlichkeiten berechnen zu können, aber es ist außerordentlich unwahrscheinlich, daß wir in diesem Stadium der Entwicklung des Sternhaufens hier angekommen sein sollten. Entweder müßte der Haufen viel größer und diffuser sein, oder es sollte eine Zentralmasse geben."

Surgenor starrte auf den überfüllten, grelleuchtenden Himmel. „Wie . . . ist dann deine Erklärung?"

„Ich habe keine Erklärung, David. Ich unterrichte Sie lediglich über die Tatsachen."

„Dann müssen wir davon ausgehen, daß wir zu einem interessanten Zeitpunkt hier eingetroffen sind", sagte Surgenor. „Ab und zu muß ja wohl das Unwahrscheinliche eintreffen . . ."

„Aesop", sagte Targett gepreßt, „wir sind nicht am Rand eines schwarzen Lochs, oder?"

„Nein. Ein schwarzes Loch ist leicht erkennbar, sowohl im Normal- wie im Beta-Raum, und ich hätte dafür gesorgt, daß wir es meiden. Ich vermag in der Region nicht einmal einen mittelgroßen Schwerkrafterzeuger festzustellen – wodurch die Konzentration des Sternhaufens noch schwerer zu erklären ist."

„Mmm. Du hast gesagt, die Sterne zum Rand des Haufens hin bewegten sich schneller, Aesop. Steht ihre Beschleunigung im Verhältnis zur Entfernung vom Mittelpunkt?"

„Eine Zufallsabtastung zeigt an, daß das der Fall ist."

„Merkwürdig", meinte Targett nachdenklich. „Es ist beinahe, als . . ." Seine Stimme verklang, als er die Sternenfelder prüfend betrachtete.

„Was wollen Sie sagen?" half Gillespie nach.

„Nichts. Ich komme manchmal auf verrückte Ideen."

„Mit dieser Diskussion kommen wir nicht weiter." Surgenor schaute auf die Uhr, die auf Schiffszeit umgestellt war. „Ich bin dafür, daß wir erst einmal unterbrechen und uns um sieben Uhr hier wieder treffen. Bis dahin können wir vielleicht klarer denken, und dann liegt auch Aesops Bericht vor."

Die anderen nickten zustimmend, und sie kehrten in die hellerleuchtete Normalität der Messe zurück, fort von den psychologischen Belastungen des fremdartigen Himmels. Surgenor stieg den Hauptniedergang zum nächsten Deck hinauf und betrat den bogenförmigen Korridor der Schlafkabinen. Um der Vereinfachung willen hatten die Besatzungsmitglieder ihre Kabinen entsprechend den Nummern ihrer Meßmoduln zugeteilt bekommen, und als Inhaber des linken Sitzes in Modul Fünf wohnte Surgenor in der neunten Kabine.

Er kam am ersten Raum vorbei, wo er in den vergangenen fünf Jahren oft Zwiesprache mit Marc Lamereux geführt hatte, als ihm einfiel, daß er Christine Holmes Abbitte zu leisten hatte. Die Tür war geschlossen, aber die NICHT-STÖREN-Platte dunkel, so daß er nicht erkennen konnte, ob sie da war.

Er zögerte, dann klopfte er und hörte einen undeutlichen Laut, den er als Aufforderung zum Eintreten auffaßte. Surgenor drehte den Knopf, öffnete die Tür und wurde von blitzschnellen Bewegungen und erschrockenen Flüchen empfangen. Christine saß nackt bis zu den Hüften auf der Bettkante, die Arme vor ihren Brüsten gekreuzt.

„Verzeihung!" Surgenor schloß die Tür und blieb im Korridor stehen. Er wünschte sich, gleich in seine Kabine gegangen zu sein.

„Was soll das?" Christine hatte ihre Uniformbluse angezogen, als sie die Tür öffnete. „Was wollen Sie?"

Surgenor versuchte zu lächeln. „Wollen Sie mich nicht hereinbitten?"

„Was wollen Sie?" wiederholte sie ungeduldig.

„Nun . . . ich wollte mich entschuldigen."

„Wofür?"   .

„Für das, was sich bei der Besprechung zugetragen hat. Und ich war wohl auch keine große Hilfe."

„Ich brauche keine Hilfe. Kerle wie Narvik und Schilling beunruhigen mich nicht."

„Das glaube ich Ihnen, aber das ist nicht der springende Punkt."

„Nein?" Sie seufzte, und er nahm den Tabakgeruch in ihrem Atem wahr. „Na gut – Sie haben sich entschuldigt, und jetzt fühlen sich alle besser. Macht es Ihnen etwas aus, wenn ich mich jetzt ausruhe?" Sie schloß die Tür, und das Schloß wurde heftiger betätigt, als es notwendig gewesen wäre. Das kleine NICHT-STÖREN-Schild wurde hell.

Surgenor rieb sich nachdenklich das Kinn, als er zu seiner eigenen Kabine ging. Wenn Christine Holmes zornig war, konnte sie so hart und abweisend sein wie ein Mann, aber im Augenblick des Überraschtwerdens hatte sie auf die klassisch weibliche Weise reagiert. Die alte Abwehrgeste, das Verdecken der Brüste vor fremden Augen, schien auf Sexualität zu deuten, zu zeigen, daß sie sich trotz allem im Grunde als Frau betrachtete. Surgenor versuchte sich die Christine, die er kannte – knochig, blaß, harte Hände, nikotinsüchtig, entschlossen, eine männliche Welt zu nehmen, wie sie war –, als die Person vorzustellen, die sie einmal gewesen sein mochte, bevor das Leben mit dem großen Knüppel über sie hergefallen war, aber er vermochte kein anderes Bild heraufzubeschwören.

Er zog die Stiefel aus, legte sich aufs Bett und ließ zu, daß er über sein Ausgesetztsein dreißig Millionen Lichtjahre von der Erde entfernt nachdachte. War das in irgendeiner Weise schlimmer, als ein Lichtjahr von zu Hause entfernt verirrt zu sein? Von der Vernunft her nicht, aber das Leben bestand nicht nur aus Vernunft. Es existierte nicht als reiner Intellekt, und die Kälte des intergalaktischen Abgrunds war in seine Knochen eingedrungen, in sein Inneres, und er konnte spüren, wie sie an seinem Geist zehrte, und er vermochte nicht einzusehen, wie er je wieder fähig sein sollte, zu lachen oder sorglos zu schlafen oder sich an dem Brunnen der menschlichen Freundschaft zu verjüngen.

DER Ausdruck führte fünf Sonnen vom Typ G 2 auf – alle innerhalb eines Radius von sechs Lichtjahren –, deren Gravitationsprofile die von Planeten verursachten Beeinflussungen aufwiesen. Eine von ihnen, die Aesop als Kandidatin eins bezeichnet hatte, schien von bis zu dreißig Welten umschwirrt zu werden, wie ein Atomkern von ebenso vielen Elektronen.

„Das vereinfacht manches", sagte Surgenor, als er den Stern betrachtete, den Aesop mit einem blinkenden grünen Kreis markiert hatte. „Je früher wir K 1 erreichen und uns die Unterkünfte ansehen, desto besser."

Gillespie nickte. „In der Messe ist der Schnapsumsatz groß."

Mike Targett machte überraschend ein zweifelndes Gesicht. „Ich bin mir bei dem ganzen Programm, das Aesop aufgestellt hat, nicht so sicher. Ich habe den ganzen Nachmittag nachgedacht, und irgend etwas sagt mir, daß wir den Sternhaufen ganz verlassen und irgendwo anders von vorne anfangen sollten."

„Irgend etwas sagt Ihnen das? Wir brauchen schon mehr, Mike. Es wird keinen von uns stören, wenn es in ein, zwei Jahrhunderten hier den großen Knall gibt."

„Ich weiß, aber . . ." Targett hockte mit hochgezogenen Schultern auf dem Sessel und starrte über den Laufgang hinunter, der die Ewigkeit zu überbrücken schien. „Ich habe das Gefühl, daß mit der Gegend hier etwas ganz Unheimliches los ist."

Surgenor erinnerte sich, daß Mike Targett als sachlicher Glücksspieler nicht zu Stimmungen und Mystik neigte.

„Aber wenn Aesop es für ungefährlich hält . . ."

„Aesop ist ein Computer – wie ich besser weiß als jeder andere –, und er ist programmiert. Gewiß, seine Programme sind immens kompliziert, mit allen Raffinessen ausgestattet, erweiterbar, frei fortzusetzen, alles, was einem sonst noch einfällt, aber es sind trotzdem Programme, also ermöglichen sie es ihm nur, sich mit dem Vorstellbaren zu befassen. Vor dem Unvorstellbaren verliert Aesop seine Zuverlässigkeit."

„Was ist an einem zusammenstrebenden Sternhaufen so unvorstellbar?"

„Wie soll ich das beantworten?" gab Targett zurück. „Aber wir können nicht einmal wissen, ob wir nicht in eine Zone der Zeitumkehr geraten sind. Vielleicht dehnt sich der Haufen in Wirklichkeit aus, wenn er in der normalen Zeit betrachtet wird."

„Na, dafür ist das unvorstellbar – in einem solchen Maß, daß ich das nicht glauben kann."

„Wir wären fähig, die Folgen der Zentralexplosion zu erkennen", sagte Gillespie.

„Wirklich? Wenn unsere Grundkonstanten nicht mehr . . ." Targett verstummte und lächelte schief. „Ich glaube auch nicht, daß wir in einer Zone der Zeitumkehr sind – ich habe nur versucht, euch ein Beispiel dafür zu geben, was außerhalb von Aesops Kompetenz liegt."

Surgenor räusperte sich nachdrücklich. „Wir vergeuden Zeit,

Mike. Wenn Sie keinen konkreteren Einwand bringen können, schlage ich vor, daß wir K 1 als unser nächstes Ziel ansetzen."

„Ich bin fertig."

„Das wär's dann", sagte Gillespie. „Ich stimme ebenfalls für K 1, also machen wir uns ran. Ich hole die anderen, während Sie Aesop Bescheid geben."

Die zwölf Sessel im Beobachtungsraum waren nach kurzer Zeit besetzt. Da der erste Schock abgeklungen war und es einen Zeitraum der Anpassung gegeben hatte, begannen die wahren Reaktionen der einzelnen Besatzungsmitglieder erkennbar zu werden. Manche tranken viel, um eine Art grimmiger Heiterkeit zu bewahren, andere waren wachsam und zugleich in sich gekehrt, wieder andere beschäftigten sich möglichst pausenlos. Die allgemeine Atmosphäre war eine gelassene im Angesicht der Krise, etwas, wofür Surgenor dankbar war, obwohl er vermutete, daß sie zu einem Teil von Aesop bewirkt worden war. Wenn Beruhigungsmittel in Essen und Wasser gelangt waren, hatte das heimlich und wirksam stattgefunden.

Surgenor hielt den Blick auf den Zielstern gerichtet und spannte sich innerlich für den Augenblick an, in dem er von einem fernen Lichtpunkt in die blendendgrelle Scheibe einer nahen Sonne verwandelt werden würde. Die Entfernung betrug weniger als vier Lichtjahre, was bedeutete, daß Aesop in der Lage sein sollte, sie mit einem einzigen, genau gezielten Sprung in das Vielweltsystem zu befördern. Das war einer der Gründe, warum er es vorgezogen hatte, in einem dichtgedrängten Sternhaufen zu bleiben – die meiste Reisezeit bei allen Missionen wurde mit den Annäherungen an Planeten im Normalraum verbraucht, und wo Nahrungsvorräte begrenzt waren, lag ein Vorteil darin, sehr kurze, sehr präzise Sprünge mitten in das Herz von Zielsystemen auszuführen.

Während die Sekunden vorübertickten, spürte Surgenor das vertraute Anschwellen der Erregung, das dem Beinahewunder eines Beta-Raum-Sprungs stets voranging. Bei dieser Gelegenheit erschien, vielleicht weil vom Ausgang so viel abhing, die Wartezeit noch länger als sonst, die Spannung unerträglicher. Surgenor zwang sich, ruhig sitzen zu bleiben, scheinbar gelassen, während er sich abmühte, subjektive und objektive Zeit in Einklang zu bringen; erst als er Gillespie und Voysey auf ihre Uhren blicken sah, ließ er der zunehmenden Überzeugung freien Lauf, daß – so maßlos ungerecht das auch sein mochte – an Bord der *Sarafand* wieder etwas danebengegangen war.

„Meinen Sie, wir sollten Aesop befragen?" flüsterte Gillespie.

„Wenn es irgendein Hindernis gibt, wird er . . ." Der Gong-schlag, der jeder Äußerung Aesops vorausging, ließ Surgenor verstummen.

„Ich muß allen Anwesenden mitteilen", sagte Aesop, „daß es dem Schiff nicht möglich ist, den vorgesehenen Beta-Raum-Über-gang zur Kandidatin eins abzuschließen."

Augenblicklich durchlief eine Welle von Überraschung und Gereiztheit die Anwesenden, und einige Männer verlangten laut-stark eine Erklärung.

Besonders erschrocken schien niemand zu sein, und Surgenor begann sich zu fragen, ob seine ganzen Vorahnungen ihn über-mäßig pessimistisch hatten werden lassen.

„Der Grund, daß wir nicht in der Lage sind, den Übergang auszuführen, ist der, daß meine Beta-Raum-Sensoren mich mit Daten beliefert haben, die ich nicht akzeptieren kann." Aesop hatte seine Lautstärke so gesteigert, daß er über dem allgemeinen Stimmengewirr hörbar blieb.

„Genauer, Aesop!" rief Voysey.

„Wie Sie wissen werden, wenn Sie Ihre KD-Lehrbücher studiert haben, wird ein Beta-Raum-Sprung stufenweise ausgeführt. In der ersten Stufe wird ein Sensorengerät durch den fünfdimensionalen in den Beta-Raum befördert und zurückgebracht, nachdem es die Gravitonströmung gemessen und aufgezeichnet hat. Sobald die Messungen mit den Astrogationsdaten im Normalraum vergli-chen worden sind – mit anderen Worten, sobald der Zielstern identifiziert und angepeilt worden ist –, wird das ganze Schiff in den Beta-Raum befördert, der richtige Impuls gegeben und das Schiff in der Umgebung des Zielsterns in den Normalraum zurückbefördert."

„Das weiß ich alles", sagte Voysey gereizt. „Komm zur Sache, Aesop."

„Ich bin schon bei der Sache, Victor, aber Ihnen zuliebe erkläre ich das Ganze noch einmal." Die Andeutung von Tadel in Aesops

Stimme veranlaßte Voysey, seinen Nachbarn Blicke zuzuwerfen und eine Grimasse zu schneiden.

„Das Astrogationssystem des Schiffes hat eine Reihe von Sperren eingebaut, die verhindern, daß ein Sprung ausgeführt wird, bis ich die Gewißheit habe, daß ich weiß, wohin wir springen. Ich bin nicht in der Lage, unser Ziel im Beta-Raum auszumachen – und deshalb kann das Schiff den Sprung nicht ausführen."

„Ist das alles, woran es hapert?" fragte Ray Kessler, nachdem es eine Weile still geblieben war. „Na, dann beeil dich und peil mal K 1 an, Aesop. Wir haben das Ding ja schon fast vor der Nase, nicht?" Er deutete auf den gleißenden Stern im blinkenden grünen Kreis. Während er das sagte, begann die Kälte der sternlosen intergalaktischen Tiefen, die in Surgenor geschlummert hatte, sich zu regen und ihre schwarzen Fühler auszustrecken.

„Die Tatsache, daß ein Stellarobjekt im Normalraum leicht erkennbar ist, bedeutet nicht, daß es auch im Beta-Raum ebensoleicht identifiziert werden kann", erwiderte Aesop. „Im Beta-Raum gibt es kein Licht oder irgendeine andere Form elektromagnetischer Strahlung. Die Astrogation erfolgt durch Messung und Analyse der Fließmuster von Gravitonen, die von Stellarmassen ausgestoßen werden. Gravitonen sind schwer zu orten, und ihre Bahnen sind nicht berechenbar. Um den Vergleich zu gebrauchen, der in Ihren Handbüchern erwähnt ist, der Reisende im Beta-Raum gleicht einem Blinden in einem großen, zugigen Zimmer, in dem eine Anzahl von Personen Seifenblasen pustet. Er muß den Weg richtig von einer Person zur anderen finden – und alles, woran er sich halten kann, ist das Zerplatzen von Seifenblasen an seiner Haut."

„Woran liegt es dann jetzt? Kannst du die Seifenblasen nicht spüren?"

„Nicht so, daß es etwas nützen würde. Das Graviton, das Gravitationsquant, ist für eine universelle Konstante gehalten worden, aber in diesem Bereich des Alls scheint es im Zusammenhang mit der Zeit variabel zu sein."

„Aesop!" Mike Targett war aufgesprungen, den Blick auf Surgenor gerichtet. „Ist das ein lokaler Zustand? Auf diesen Sternhaufen beschränkt?"

„Dieser Schluß stimmt mit den Indizien überein, die ich habe."

„Dann hol uns hier heraus, um Himmels willen! Mach einen blinden Sprung! Irgendwohin!"

Es gab eine Pause, bevor Aesop antwortete, Zeit genug, daß die lähmende, alles versengende Kälte Surgenors Gehirn erreichte.

„Ich wiederhole, das Astrogationssystem hat eine Reihe von Sperren eingebaut, die verhindern, daß ein Sprung ausgeführt wird, bis das Ziel ausgewählt und überprüft ist. Ich bin nicht in der Lage, ein Ziel auszuwählen – deshalb kann das Schiff sich nicht in Bewegung setzen."

Targett schüttelte ungläubig den Kopf. „Aber das ist doch nur etwas Mechanisches, eine Sicherheitsvorkehrung – darüber können wir uns hinwegsetzen."

„Es ist eine der wesentlichsten Baugrundlagen für das Kontrollsystem des Schiffes. Sie zu verändern, würde man die zentrale Steueranlage umkonstruieren und umbauen müssen – eine Aufgabe, die ein hohes Maß an Spezialwissen erfordert, dazu die Anlagen einer großen Fabrik." Wieder besaß der ruhige, pedantische Tonfall Aesops keinen Zusammenhang mit der Last des Gesagten, und Surgenor – dessen Denken ins Allegorische davonsurrte – sah das bizarre Bild eines Richters vor sich, der eine rote Nase aufsetzte, um ein Todesurteil zu verkünden.

„Verstehe." Targett schaute sich nach den anderen um, lächelte schief und unnatürlich und ging Richtung Messe davon.

„Worüber habt ihr gesprochen?" sagte Kessler scharf. „Was geht hier vor?"

„Ich will es Ihnen sagen", erklärte Schilling, die Stimme schwankend vor Panik. „Sie sagen, das Schiff kann sich nicht bewegen. Ist das richtig, Dave?"

Surgenor stand auf und sah Targett nach. „Es ist ein bißchen zu früh, voreilige Schlußfolgerungen zu ziehen."

„Versuchen Sie ja nicht, mir etwas vorzumachen, Sie Saukerl." Schilling trat auf Surgenor zu und zielte anklagend mit dem Finger auf ihn. „Sie wissen, daß wir hier festsitzen. Los – geben Sie es zu."

Surgenor begriff, daß die altvertraute Übertragung wieder stattgefunden hatte, daß er – wie früher schon – mit dem Schiff und seinem nicht vorhandenen Kapitän gleichgesetzt wurde. Aber nun besaß er keine Reserven mehr, auf die andere zurückgreifen

konnten. „Ich habe nichts zuzugeben", fuhr er Schilling an. „Sie
haben genauso Zugang zu Aesop wie alle anderen – sprechen Sie
mit ihm darüber." Er wandte sich ab, um Mike Targett nachzu-
gehen.

„Ich spreche mit Ihnen!" Schilling packte Surgenors rechten
Arm und riß ihn zurück.

Surgenor ließ, statt Widerstand zu leisten, seinen Arm zurück-
schwingen und warf dann seine ganze Kraft in die Bewegung.
Schilling, der davon überrascht wurde, stolperte zurück, prallte
an die niedere Brüstung des Beobachtungsraumes und stürzte
schreiend auf die Sterne hinab. Eine Sekunde später prallte er auf
den gewölbten Projektionsschirm. Eine automatische Schaltung
ließ Licht aufflammen, und die Sterne verblaßten an der Innenflä-
che einer glasartigen grauen Kugel zur Unsichtbarkeit. Schilling,
dem es den Atem aus dem Leib gepreßt zu haben schien, ohne
daß er sich ernstlich verletzt hatte, blieb liegen, die Hände auf
den Bauch gepreßt, und starrte Surgenor haßerfüllt an.

„Wenn der Kleine sich von seinem Unfall erholt hat, soll er
seine Beschwerden bei Aesop vorbringen", sagte Surgenor zur
Gruppe der Zuschauer. „Ich habe selbst Probleme."

Theo Mossbake räusperte sich. „Sitzen wir wirklich fest?"

„So sieht es im Augenblick aus, aber wenn wir rationieren,
können wir mit unserem Essen drei Monate auskommen, vielleicht sogar länger. Das ist ein nicht geringer Zeitraum, in dem
man versuchen kann, eine Lösung zu finden."

„Aber wenn das Schiff nicht in der Lage ist . . ."

„Sprecht mit Aesop!" Surgenor drehte sich um und marschierte
schwer atmend hinaus und zur Messe. Er ging zum Getränkespen-
der, ließ ein Glas mit Eiswasser vollaufen und trank es langsam,
dann stieg er den Niedergang hinauf. Die Tür zur fünften Kabine
war geschlossen, aber nicht abgesperrt. Surgenor klopfte leise und
rief halblaut Targetts Namen. Es rührte sich nichts, und nachdem
er einige Sekunden gewartet hatte, drückte er die Tür auf. Mike
Targett saß mit hochgezogenen Schultern auf der Bettkante. Seine
Stirn war mit Schweißtropfen bedeckt, und seine Augen wirkten
stumpf, aber sonst erschien er normal und beherrscht.

„Ich habe nicht beschlossen, mit allem Schluß zu machen,
wenn Sie das bedrückt", sagte er.

308 CAPTAIN AESOP UND DAS SCHIFF DER FREMDEN

„Freut mich." Surgenor klopfte an den Türrahmen. „Kann ich hereinkommen?"

„Sicher, aber ich sagte schon, daß mir nichts fehlt."

Surgenor betrat die Kabine und schloß die Tür. „Okay, Mike – heraus damit."

Targett sah ihn mit demselben unnatürlichen Lächeln von vorher an. „Ich könnte Ihnen einen großen Gefallen tun und das für mich behalten."

„Keine Vorzugsbehandlung – reden Sie."

„Okay, Dave." Targett dachte kurz nach. „Sie haben schon etwas gehört von Pulsaren, Quasaren, Mytharen, Blocklöchern, schwarzen Löchern, weißen Löchern, Zeitfenstern – nicht?"

„Gewiß."

„Aber von Reduzaren haben Sie noch nichts gehört?"

„Reduzaren?" Surgenor sah ihn stirnrunzelnd an. „Kann ich nicht behaupten."

„Das kommt daher, weil ich das Wort gerade erfunden habe. Es ist ein neuer Ausdruck für eine neue astronomische Erscheinung. Neu jedenfalls für uns."

„Was geschieht dabei?"

Targetts Lächeln zuckte. „Was sagt Ihnen der Name?"

„Reduzaren? Na, das einzige, was mir einfällt . . ."

„Die erste dunkle Ahnung kam mir, als Aesop erwähnte, die Beschleunigung der Sterne im Haufen scheine im Verhältnis zu ihrer Entfernung vom Mittelpunkt zu stehen. Wir sehen die äußersten Sterne am schnellsten heranfliegen und so weiter."

„Wir wußten doch schon, daß wir uns in einem implodierenden Sternhaufen befinden", sagte Surgenor verwundert.

„Ah, das ist aber gerade der springende Punkt – wir sind es nicht." In Targetts Augen wurde es lebendiger. „Ich bin froh, daß ich dahintergekommen bin – die ganze Vorstellung von einem Sternhaufen, der in sich zusammenfällt, war eine Beleidigung für den Verstand."

„Wollen Sie etwa behaupten, daß Aesops Instrumente sich irren? Daß die Sterne in diesem Haufen nicht zum Mittelpunkt streben?"

„Nicht ganz. Was ich sage, ist, daß, gleichgültig, wohin man im Haufen geht, gleichgültig, wo man seine Beobachtungen anstellt, der Eindruck entstehen würde, daß die Sterne auf einen zuzufliegen scheinen, die am weitesten entfernten am schnellsten."

„Ergibt das denn einen Sinn, Mike?"

„Leider, ja. Die Fernastronomie war mit dieser Art von Effekt immer vertraut, nur umgekehrt. Wenn ein Astronom die Geschwindigkeiten ferner Galaxien mißt, stellt er immer fest, daß die fernsten am schnellsten davonfliegen – aber das liegt nicht daran, daß er sich wirklich an einem Mittelpunkt befände. In einem sich ausdehnenden Universum strebt alles gleichmäßig voneinander weg, und – nach einfacher Arithmetik – je weiter ein Körper von einem Beobachter entfernt ist, desto schneller scheint er vor ihm davonzufliegen."

„Das geschieht in einem sich ausdehnenden Universum", sagte Surgenor langsam, als seine Gedanken vorauszueilen begannen. „Sind wir . . .?"

„Alles spricht dafür, daß wir in den Mittelpunkt eines sich zusammenziehenden Raumes gesprungen sind. Deshalb sind so viele Sonnen so dicht zusammengedrängt. Der Raum zwischen ihnen zieht sich zusammen. Die Sonnen selbst schrumpfen. Wir müssen schrumpfen, Dave."

Surgenor blickte unwillkürlich auf seine eigenen Hände, bevor sein gesunder Menschenverstand sich durchsetzte.

„Das ergibt keinen Sinn. In einem sich ausdehnenden System sind unsere Körper nicht größer geworden – und selbst wenn sie es getan hätten, wäre das nicht ins Gewicht gefallen . . ." Er verstummte, als er Targett den Kopf schütteln sah.

„Wir sind in einer anderen Lage", sagte Targett. „Es ist nicht so, als hätte jemand einen Riesenganghebel gepackt und den gesamten Kosmos in den Rückwärtsgang geschaltet. Wir sind in einer Art Einschluß – wie ein Diamant in Gestein oder eine Luftblase in einem gläsernen Briefbeschwerer – von nur ein paar Dutzend Lichtjahren Durchmesser, und alles darin schrumpft. Das schließt auch uns ein."

„Aber es gibt gar keinen Weg, das zu wissen. Unsere Meßregeln würden genau im gleichen Maß schrumpfen wie alles, was wir messen wollten, so daß . . ."

„Außer Gravitonen, Dave. Das Gravitationsquant ist eine Weltkonstante. Sogar hier."

Surgenor dachte erneut nach, bemüht, sich an fremde Begriffe zu gewöhnen. „Aesop sagte, es sei eine wachsende Variable."

„Scheint eine wachsende Variable zu sein. Das kommt daher, daß wir kleiner werden, und das ist es, was seinen ganzen Astrogations- und Kontrollkomplex durcheinandergebracht hat."

Surgenor ließ sich auf dem einzigen Stuhl in der Kabine nieder.

„Wenn das alles stimmt, bedeutet das dann nicht, daß wir Fortschritte machen? Wenn Aesop das Problem jetzt kennt . . ."

„Es bleibt keine Zeit, Dave." Targett ließ sich auf dem Bett zurücksinken, starrte an die Decke und sagte mit verträumter, beinahe friedlicher Stimme: „In reichlich zwei Stunden sind wir alle tot."

Der zornigen, lauten Stimme einer Frau folgten das heisere Schluchzen eines Mannes und wirres Stiefelgetrappel. Surgenor lief zur Tür seiner Kabine, riß sie auf und sah Billy Narvik und Christine im Korridor miteinander ringen. Ihre Bluse war halb aufgerissen, ihr Gesicht vor Wut verzerrt. Bei Narvik, der sie von hinten gepackt hatte, war um den Mund eine dunkle Verfärbung zu erkennen, und von seinen Augen sah man unter zuckenden Lidern nur das Weiße. Sein Gesicht wirkte verzückt.

„Loslassen, Billy!" befahl Surgenor. „Sie wissen, daß das keine gute Idee ist."

„Ich werde schon fertig mit der kleinen Zecke", sagte Christine mit verbitterter, monotoner Stimme. Sie stieß mit den Absätzen gegen Narviks Schienbeine, traf auch jedesmal, aber er schien es nicht wahrzunehmen. Surgenor stürzte hin, packte Narviks Handgelenke und versuchte sie auseinanderzureißen.

Narvik, der plötzlich bemerkte, daß ein dritter dazugekommen war, riß die Augen auf, und sein Gesichtsausdruck veränderte sich, als er Surgenor sah. „Halten Sie sich da raus, Dave", keuchte er. „Ich will das, und ich muß . . . Es ist alles, was noch bleibt."

Christine verstärkte ihre Anstrengungen, sich loszureißen, während Surgenor stärker an Narviks Handgelenken zerrte. Der kleinere Mann war erstaunlich kräftig, und um seinen Griff aufzubrechen, mußte Surgenor in die Knie gehen, damit er seine ganze Kraft einsetzen konnte. Dadurch kam er mit seinem Gesicht ganz nah an das von Christine heran, und er spürte den Druck ihrer

Hüften an den seinen. Mehrere Sekunden lang waren sie zu dritt auf diese Weise aneinandergepreßt, dann erlahmten Narviks Kräfte.

„Dave, Dave!" flehte Narvik im Verschwörerton, als er endlich loslassen mußte. „Sie verstehen das nicht, Mann – es ist Jahre her, seit ich das letztemal . . ." Er verstummte, als Christine unter dem Ring aus Armen wegtauchte, herumfuhr und ihm mit der offenen Hand ins Gesicht schlug. Surgenor ließ Narviks Handgelenke los und ließ zu, daß der andere sich an die gewölbte Korridorwand kauerte. Narvik preßte einen Handrücken auf seine Lippen und sah Surgenor und Christine abwechselnd anklagend an.

„Verstehe! Verstehe!" Narvik lachte schwankend. „Aber es ist ja nur für zwei Stunden. Was nützen einem zwei Stunden?" Er ging in Richtung des Niedergangs davon, mit einer seltsam würdevollen Haltung.

„Sie hätten ihn nicht schlagen sollen", sagte Surgenor. „Man sieht doch, daß er irgendein Kraut gekaut hat."

„Und das rechtfertigt eine Vergewaltigung, wie?" Christine begann ihre Bluse zu schließen.

„Das habe ich nicht gesagt." Surgenor starrte sie enttäuscht an, unerklärlich zornig, weil sie sich nicht auf eine undefinierbare Weise verwandelt hatte, die ihm geholfen hätte, einen Sinn im Leben oder im Tod zu sehen. Da ihr Dasein auf zwei Stunden begrenzt war, schien es ihm, daß es die Pflicht der Besatzungsmitglieder sei, ihr altes Selbst zu überwinden und so, wenn auch nur als Zeugnis, der kurzen Zeit, die noch verblieb, so viel Wert zu verleihen, daß man sie gegenüber den Jahrzehnten, die ihnen versagt blieben, in die Waagschale werfen konnte. Er wußte, daß das eine eindeutige Angstreaktion gewesen war, daß sein Unbewußtes – bemüht, die Tatsachen zu bestreiten – unechte kurzfristige Ziele aufbaute, aber ein Teil von ihm klammerte sich beharrlich an diesen Gedanken, und er wünschte sich immer noch, daß Christine sein möge, was sie sein konnte.

„Ich gehe in meine Kabine", sagte sie. „Und diesmal achte ich darauf, daß die Tür abgesperrt ist."

„Es wäre vielleicht besser, mit jemandem zusammenzusein."

Sie schüttelte den Kopf. „Sie machen es auf Ihre Weise, ich auf die meine."

„Gewiß." Surgenor versuchte sich etwas einfallen zu lassen, das er hinzufügen konnte, als er in der Messe unter ihnen Lärm aufbranden hörte und einen abrupten Wellensturz von Überraschung und Schrecken spürte. Aus alter Gewohnheit stürzte er zum Niedergang und hinunter, halb laufend, halb rutschend. Die Gruppe von Männern, die es vorgezogen hatte, sich bis zur Besinnungslosigkeit zu betrinken, saß im Raum verstreut herum, manche schon halb bewußtlos, aber alle hatten den Blick starr auf die Metalltreppe gerichtet, die zum Hangardeck hinunterführte.

Surgenor eilte hinüber, beugte sich über das Geländer und sah Billy Narvik unten liegen. Sein Körper war verkrümmt und tödlich still, die einzige Bewegung zwei Blutrinnsale, die sich unter dem Toten wie verstohlene Fühler heraustasteten.

„Er hat versucht zu fliegen", flüsterte jemand. „Ich schwöre, er dachte, er könnte fliegen."

„Das ist auch ein Weg", sagte ein anderer, „aber ich glaube, ich warte noch."

Surgenor stieg hinunter, kniete vor Narvik nieder und fand Bestätigung für das, was er schon wußte. Die künstliche Schwerkraft der *Sarafand* rief in einem stürzenden Körper nicht ein volles G an Beschleunigung hervor, aber der Aufprall am Metallboden hatte genügt, um Narvik das Genick zu brechen. Surgenor schaute sich nach den Meßmoduln in ihren Boxen um, dann blickte er zu den Gesichtern oben an der Treppe hinauf.

„Hilft mir jemand?" fragte er. „Er ist tot."

„Lohnt sich nicht", sagte Burt Schilling. „Er wird ohnehin nicht lange daliegen."

Die Männer am Geländer entfernten sich. Surgenor zögerte. Er wußte, daß Schilling recht hatte, wollte aber die sterblichen Überreste eines Menschen ungern am Hangarboden liegenlassen wie Abfall aus der Werkstatt. Er griff nach Narviks Handgelenken und zerrte die Leiche zum Lagerraum, der in die riesige Mittelsäule des Raumschiffs eingelassen war. Als er die Tür öffnete, ging automatisch das Licht an. Er sah die runde Platte aus legiertem Stahl, eingelassen in den Boden, auf der speichenförmig Linien eingeritzt waren, die für Konstruktionsteams den Schwerpunkt des Schiffes und die Hauptachsen bezeichneten. In seinem derzeitigen Gemütszustand schien sie eine passende symbolische oder feierliche Bedeutung zu besitzen. Er schleppte den Toten hinein, verließ den Raum und schloß die Tür hinter sich.

„Achtung, höre, Aesop", sagte er.

„Ich höre, David." Die Stimme tönte im Halbdunkel aus allen Richtungen zugleich.

„Billy Narvik ist vor ein paar Minuten die Treppe zum Hangardeck hinuntergefallen. Ich habe ihn untersucht – er ist tot. Ich habe die Leiche in das Werkzeuglager des Hangardecks geschafft und ersuche dich, die Tür verschlossen zu halten."

„Wenn Sie das wollen, habe ich keinen Einwand." Es folgte das schwache Geräusch von Solenoidbolzen, die auf Aesops Eingriff hin einrasteten.

Surgenor stieg die Treppe hinauf, ging nicht auf die Angebote ein, etwas zu trinken, verließ die Messe und stapfte zum Deck darüber hinauf. Christine stand oben an der Treppe und rauchte eine Zigarette, eine Hüfte hinausgereckt, als posiere sie für ein Ferienranchfoto. Wieder spürte er eine irrationale Zornaufwallung.

„Haben Sie das alles gehört?" fragte er mit erzwungener Ruhe.

„Das meiste." Sie sah ihn durch einen Rauchschleier ausdruckslos an.

„Sie brauchen sich keine Sorgen mehr um Billy Narvik zu machen."

„Ich habe mir schon vorher keine gemacht."

„Wie gut für Sie." Surgenor ging an ihr vorbei, betrat seine Kabine und schloß die Tür ab. Er ließ sich auf das Bett fallen, und sein Denken wurde augenblicklich in einen Wirbel wirrer Spekulationen zurückgerissen.

Irgendwann erwischte es jeden – und in seltenen Augenblicken seelischer Niedergeschlagenheit hatte er versucht vorauszuahnen, wie es bei ihm sein mochte. Das Leben im Kartographischen Dienst war nicht sonderlich gefahrvoll, aber es bot eine große Vielfalt, eine reiche Auswahl von Möglichkeiten für das Glücksrad, plötzlich stehenzubleiben und die Zahl anzuzeigen, die für einen weiteren Spieler das Spielende bedeutete. Er hatte sich unvorhersehbare Defekte seines Meßmoduls vorgestellt, die Risiken, exotischen Krankheiten zu erliegen, die ironische Möglichkeit, daß er auf der Erde einem Verkehrsunfall zum Opfer fallen mochte – aber nicht einmal in einem Alptraum hatte er auch nur annähernd etwas von dem vorausgesehen, das ihn jetzt erwartete.

Nach seinem Gespräch mit Mike Targett hatte er sich in seine Kabine zurückgezogen und allein mit Aesop gesprochen. In der kirchenartigen Einsamkeit, frei von der Ablenkung durch andere Besatzungsmitglieder, hatte er die Mitteilung aufzunehmen vermocht, daß Aesop eine Reihe physischer Gesetze für den umgestülpten Mikrokosmos festlegte. Die Gesetze waren zahlenmäßig wenige, der Dürftigkeit an Daten entsprechend, aber das dritte hatte tiefreichende Konsequenzen. Es erklärte schlicht, daß die Geschwindigkeit der Schrumpfung jedes Körpers innerhalb eines Reduzars in umgekehrtem Verhältnis zu seiner Masse stand.

Im speziellen, praktischen Sinn hieß das, daß eine Sonne viele Millionen Jahre brauchte, um zur Nulldimension zu schrumpfen – aber daß dasselbe Schicksal einen Körper von der Größe eines Raumschiffs in weniger als einem Tag einholen würde. Die von Aesop aus aufeinanderfolgenden Graviton-Messungen abgeleiteten Exponentialgleichungen deuteten an, daß die *Sarafand* und ihre ganze Besatzung um 21 Uhr 37 aufhören würde zu existieren.

Surgenor starrte an die Kabinendecke und versuchte zu begreifen, was Aesop ihm mitgeteilt hatte.

Die Wanduhr zeigte 20 Uhr 05 an, was bedeutete, daß rund neunzig Minuten blieben. Es bedeutete nach Aesops Schätzung ferner, daß die *Sarafand* – einst eine Metallpyramide von achtzig Meter Höhe – auf das Maß eines Kinderspielzeugs reduziert worden war. Die Behauptung, das ganze Schiff sei nicht größer als ein Briefbeschwerer, empörte Surgenor, und die logische Folgerung, daß sein eigener Körper im entsprechenden Verhältnis geschrumpft war, erregte gleichzeitig Entsetzen und Ungläubigkeit.

Es mußte, so versicherte er sich, eine vernünftige Grenze für das geben, was man aus ein paar astrophysikalischen Messungen zu schließen vermochte. Was gab es schließlich an harten Fakten, worauf man sich stützen konnte? Gut, das Licht der Sterne im Haufen zeigte ein gewisses Maß an Blauverschiebung, und Aesop – ein Computer, der sich gerade durch das Auftauchen des Schiffes in diesem Teil des Universums als fehlbar erwiesen

CAPTAIN AESOP UND DAS SCHIFF DER FREMDEN 315

hatte – erklärte, daß die Sterne nach innen flögen. Aber traf das wirklich zu? War es nicht so, daß niemand je die Geschwindigkeit eines Sterns oder einer Galaxis wirklich gemessen hatte und daß das ganze Vorstellungsgebäude von sich ausdehnenden oder zusammenziehenden Systemen auf der Auslegung von Rot- oder Blauverschiebungen als eines Dopplereffekts beruhte? Hatte jemals irgend jemand bewiesen, daß diese Auslegung zutraf? Über jeden Zweifel hinaus?

Surgenor lächelte schief und humorlos, als er begriff, daß er dazu getrieben worden war, sein bruchstückhaftes Wissen über konventionelle Astronomie gegen die immensen Fähigkeiten von Aesops Datenbanken und Verarbeitungsanlagen zu stellen. Alles, was er bewiesen hatte, war, daß er ins Phantasieren geriet, weil er sich vor dem, was bevorstand, so fürchtete. Die Wahrheit war, daß er sich zu lange im KD aufgehalten hatte, daß er zu weit gereist war, daß seine Zeit ablief, daß es zu spät war, aufhören zu wollen, wissentlich ein Fremder zu sein, daß er nie die wirklichen und sinnvollen Reisen machen würde, unternommen von jenen, die lange genug an einem selbstgewählten Ort bleiben, um die Jahreszeiten zu kennen, daß er völlig allein war und es für den Rest seines Lebens sein würde, daß alles ein einziger grauenhafter Irrtum gewesen war, und daß es nichts, wirklich nichts mehr gab, was er dagegen tun konnte . . .

Die rotleuchtenden Ziffern der Uhr zuckten weiter, verschleuderten Surgenors Leben, und er beobachtete sie in düsterer Faszination. Von der Messe drang gelegentlich ein heiseres Lachen oder das Zersplittern eines Glases herauf, aber dergleichen kam immer seltener, als seine Wache fortschritt, und er wußte, daß der Alkohol seine Wirkung zeigte. Manche Leute von der Besatzung hatten es vorgezogen, ihre letzte Stunde im Beobachtungsraum zu verbringen. Der Gedanke, sich ihnen anzuschließen, tauchte mehrmals auf, aber das hätte eine Entscheidung und ihre Ausführung erfordert, und die Anstrengung erschien ihm zu groß. Eine barmherzige Trägheit hatte sich über ihn gesenkt, seine Glieder in gefühlloses Blei verwandelt, seine Denkprozesse so verlangsamt, daß er eine ganze Minute brauchte, um einen einzigen Gedanken zu vollenden.

Ich . . . habe . . . zu viele . . . Sterne . . . gesehen.

Das leise Klopfen an seiner Tür erschien Surgenor als etwas, das mit einem anderen Ort, einer anderen Zeit zu tun hatte. Er lauschte, ohne zu begreifen, dann schaute er auf die Uhr. Noch zwanzig Minuten. Er stand mühevoll auf, ging zur Tür und öffnete sie tastend. Christine Holmes stand vor ihm und starrte ihn mit qualvollem, rätselhaftem Blick an.

„Ich glaube, ich habe einen Fehler gemacht", sagte sie leise. „Es ist alles zu . . ."

„Sie brauchen nichts zu sagen. Es ist gut." Er öffnete die Tür ganz, damit sie eintreten konnte, dann sperrte er sie wieder ab. Als er sich Christine zuwandte, stand sie mitten in der Kabine, mit dem Rücken zu ihm, die Schultern schlaff herabhängend. Er trat auf sie zu, wußte plötzlich das Falsche vom Richtigen zu unterscheiden, nahm sie in die Arme und trug sie zum Bett. Ihr Blick blieb auf ihn gerichtet, als er Zigarettenasche von ihrer Bluse und Hose wischte, sich dann zu ihr legte und ihren Kopf auf seine linke Schulter bettete. Er küßte sie einmal, ganz leicht, ohne sexuelle Hintergedanken, bevor er sich auf das Kissen zurücksinken ließ. Sie schob ihr Knie vor, um es auf seinen Schenkel zu legen, dann wurde es still.

Noch fünfzehn Minuten.

Christine hob den Kopf, um ihn anzusehen, und nun fiel es ihm schwer, irgendeine Spur von Härte in ihrem Gesicht zu erkennen.

„Ich habe es dir nie erzählt", sagte sie. „Mein Sohn ist kurz vor der Geburt gestorben. In einem Konstruktionslager auf Newhome. Der Arzt war nicht da. Ich konnte spüren, daß das Baby starb, aber ich konnte ihm nicht helfen. Er lag in mir, und ich konnte nichts tun, um ihm zu helfen."

„Es tut mir leid."

„Danke. Ich erzähle das nie, weißt du. Ich war nie fähig, darüber zu sprechen."

„Es war nicht deine Schuld, Chris." Er zog ihren Kopf wieder auf seine Schulter.

„Wenn ich nur zu Hause geblieben wäre. Wenn ich nur zu Hause auf Martin gewartet hätte."

„Du hast es nicht wissen können." Surgenor sprach den uralten Gemeinplatz aus, die rituelle Absolution, ohne eine Spur von Befangenheit, in der vollen Erkenntnis, daß die Einzigartigkeit jedes menschlichen Wesens und jeder menschlichen Situation die Worte mit neuem Sinn erfüllte. „Versuch nicht mehr daran zu denken."

Mach dich nicht traurig mit altem Unglück, dachte er. Nicht jetzt.

Noch zehn Minuten.

„Martin hat mir nie verziehen. Er starb bei einem Tunneleinsturz, aber das war vier Jahre nach unserer Trennung. Ich habe dich heute früh also angelogen, Dave. Ich hatte keinen Ehemann, der gestorben ist – er hat mich verlassen, weil ich das getan hatte, und Jahre danach starb er."

Heute morgen? dachte Surgenor erstaunt. Was meint sie? Er dachte über die vergangenen Ereignisse nach und verspürte eine dumpfe Verwunderung, als ihm aufging, daß noch kein ganzer Tag vergangen war, seitdem er an einem glitzernd hellen, blauüberwölbten Morgen aus dem KD-Hotel geschlendert war – auf einem Planeten, der dreißig Millionen Lichtjahre entfernt war. Ich werde zerquetscht zwischen Makro und Mikro, dachte er. Und was geschieht, wenn der Durchmesser meiner Pupillen kleiner ist als die Wellenlänge des Lichts?

Noch fünf Minuten.

„Das hättest du nicht getan, nicht wahr, Dave? Du hättest nicht die ganze Schuld auf mich geschoben."

„Es gibt keine Schuld, Chris – glaub mir." Um zu verhindern, daß die Worte nicht mehr waren als Worte, nahm Surgenor sie fester in den Arm und spürte, wie sie näher an ihn heranrückte. Es ist nicht so schlimm, wie es war, dachte er ganz erstaunt. Es hilft, wenn du jemanden hast . . .

Keine Minuten mehr.

Keine Sekunden mehr.

Keine Zeit.

DAS erste Geräusch im neuen Dasein war ein Gongschlag.

Ihm folgte Aesops Stimme mit einer an alle gerichteten Mitteilung. „. . . draußen ist nichts. Das Schiff und alle seine Systeme sind unbeschädigt, aber draußen ist überhaupt nichts. Keine Sterne, keine Galaxien, keine wahrnehmbare Strahlung irgendeiner Art – nichts als Schwärze.

Es hat den Anschein, daß wir ein ganzes Kontinuum für uns allein haben."

Surgenor nahm wahr, daß er auf den Beobachtungsraum zustürzte.

Er fühlte eine unaussprechliche Freude, entgegen allen Aussichten noch am Leben zu sein, aber das Gefühl wurde ausgeglichen durch eine neue Art von Angst – noch nicht völlig anerkannt –, und es schien allein wichtig zu sein, das Universum mit eigenen Augen zu sehen. Zwei Männer, Mossbake und Kessler, schwankten betrunken vor der Tür zum Beobachtungsraum, ihre Mienen von trübem Triumph und Überraschung gezeichnet. Surgenor eilte an ihnen vorbei und betrat die Galerie. Die Schwärze ringsum war lückenlos. Er starrte hinein, nahm die psychische Belastung auf, dann sank er in einen Sessel neben Al Gillespie.

„Es hat überhaupt keine Zeit erfordert", sagte Gillespie. „Der Himmel sah bis zur letzten Sekunde aus wie immer. Dann hatte ich das Gefühl, daß die Sterne die Farbe wechselten – und dann das hier. Nichts!"

Surgenor starrte in den Ozean undurchdringlicher Nacht. Seine Augen zuckten hin und her, als seine Sehnerven scheinbare Lichtfünkchen registrierten, ferne Galaxien hervorbringend und sofort wieder vernichtend. Nur mit einer Willensanstrengung konnte er sich daran hindern, wild den Kopf zu schütteln.

„Es sieht so aus, als bliebe die Erhaltung erhalten", sagte Gillespie wie zu sich selbst. „Materie und Energie gehen nicht verloren. Geh durch ein schwarzes Loch – du kommst durch ein weißes herauf. Geh durch einen Reduzar – und du hast ein eigenes Kontinuum für dich."

„Dafür haben wir nur Aesops Behauptung. Wo sind die Sonnen, die vor uns durchgekommen sein müssen?"

„Fragen Sie mich das nicht."

„Aesop, Achtung, höre", sagte Surgenor. „Woher weißt du, daß alle deine Rezeptoren und Abtaster richtig funktionieren?"

„Ich weiß es, weil meine Triplex-Monitorschaltungen es mir sagen", erwiderte Aesop ruhig.

„Dreifachauslegung bedeutet gar nichts, wenn alle Anlagen gleich mißhandelt worden sind."

„David, Sie äußern Meinungen über ein hochspezialisiertes Thema – eines, bei dem Sie Ihren Daten nach keine Kenntnisse oder Erfahrungen haben." Die Wortwahl des Computers verwandelte eine Feststellung in einen Tadel.

„Wenn es darum geht, durch einen Reduzar zu gehen", sagte Surgenor störrisch, „habe ich genausoviel Erfahrung wie du, Aesop. Und ich wünsche Zugang zu den Direktsichtfenstern."

„Dagegen habe ich keine Einwände", sagte Aesop, „obwohl der Wunsch ungewöhnlich ist."

„Gut!" Surgenor stand auf und sah zu Gillespie hinunter. „Kommen Sie?"

Gillespie nickte und stand auf. Die beiden Männer verließen den Beobachtungsraum. Auf dem Weg nach oben, vorbei an den Wohnkabinen, schloß sich ihnen Mike Targett an, der zu spüren schien, wohin sie gingen. Sie erreichten das erste der Computerdecks, wo die geognostischen Datenbanken in langen Reihen von Metallschränken untergebracht waren, dann stiegen sie eine selten benützte Treppe zu Aesops zentralen Verarbeitungsanlagen hinauf.

Massive vakuumdichte Türen glitten zur Seite, und sie betraten eine Rundgalerie, die um einen Wald von vielfarbigen Kabeln führte, dem unvorstellbar komplexen Rückenmarksstrang, der das Gehirn der *Sarafand* mit ihrem Körper verband. Der Computer selbst lag immer noch über ihnen, durch Luken zu erreichen, die nur Wartungstrupps an Bodenstützpunkten öffnen konnten. An vier gleich weit entfernten Punkten der Galerie gab es kreisrunde Fenster, die direkte Sicht auf die Umgebung des Schiffes ermöglichten. Die Raumschiffkonstrukteure hatten eine starke Aversion dagegen, in Druckhüllen Löcher zu machen, und im Fall der Modellserie Sechs hatten sie widerstrebend vier kleine, durchsichtige Platten in einem Teil des Schiffes genehmigt, der von den anderen Abschnitten hermetisch abgeschlossen werden konnte.

Surgenor ging zum nächsten Fenster, schaute hinaus und sah nichts als das Gesicht eines Mannes, das hereinstarrte. Er betrachtete das Spiegelbild einen Augenblick und versuchte vergeblich hindurchzusehen, dann bat er Aesop, die Innenbeleuchtung abzuschalten. Einen Moment später lag das Deck im Dunkeln.

Surgenor schaute zum Rundfenster hinaus, und die Schwärze lag wie ein Feind auf der Lauer.

„Da draußen ist nichts", flüsterte Targett, der an einem anderen Fenster stand. „Es ist, als wären wir im Pech versunken."

„Ich kann Ihnen versichern", meldete sich Aesop unerwartet, „daß das Medium ringsum durchsichtiger ist als der interstellare Raum. Der Gehalt an Materie pro Kubikmeter beläuft sich auf Null. Unter diesen Umständen könnten meine Teleskope eine Galaxie auf eine Entfernung von Milliarden Lichtjahren wahrnehmen – aber es gibt keine Galaxien."

„Mach wieder Licht, Aesop." Surgenor unterdrückte den Impuls, sich bei dem Computer dafür zu entschuldigen, daß er an seinen Worten gezweifelt hatte. Er war erleichtert, als die Leuchtröhren wieder aufflammten und die Bullaugen mit Spiegelbildern verdeckten.

„Nun, wir sind nicht tot – das nehme ich jedenfalls an –, aber das ist schlimmer als beim letztenmal", sagte Targett. Er hob die Hände und betrachtete sie stirnrunzelnd.

Gillespie sah ihn verwundert an. „Das Zittern?"

„Nein – noch nicht. Einer von den alten klassischen Philosophen – ich glaube, es war Kant – hat einmal von einer Situation gesprochen, die so ähnlich war. Er sagte, angenommen, es gäbe im ganzen Universum nichts als eine einzige menschliche Hand – würde man dann sagen können, ob es eine linke oder eine rechte Hand sei? Seine Antwort war, ja, das könne man, und ihm bewies das, daß eine Seitengrundlage für den Raum selbst gegeben sei, aber er hat sich geirrt. Späteres Denken berücksichtigte den Gedanken einer Rotation durch den vierdimensionalen Raum . . ." Targett verstummte, und sein jungenhaftes Gesicht schien plötzlich zu altern. „O Gott – was sollen wir bloß tun?"

„Wir können nichts tun, als abzuwarten", sagte Surgenor. „Vor zehn Minuten dachten wir noch, es wäre aus mit uns."

„Das ist anders, Dave. Keine äußeren Faktoren mehr. Diesmal ist nichts geblieben außer uns selbst."

„Dabei fällt mir ein", sagte Gillespie dumpf, „wir sollten wieder eine Besprechung einberufen, sobald alle nüchtern sind."

„Lohnt sich das? Das ist das einzige, was wir zu machen

scheinen, uns zusammenzusetzen – und es ist vielleicht am besten, wenn sie betrunken bleiben."

„Das ist der springende Punkt. Alkohol ist Nahrung. Er hat enorm viele Kalorien und muß rationiert werden wie alles andere."

Die Besprechung wurde für Mitternacht Schiffszeit angesetzt, so daß Surgenor zwei Stunden Zeit blieben, über den Tod durch Verhungern, den Tod an Einsamkeit in einem leeren und schwarzen Kontinuum, den Tod an seelischer Unterkühlung nachzudenken. Er blieb auf den Beinen, statt in seine Kabine zurückzukehren und weiterzubrüten, aber das hatte die Wirkung, sein Schockgefühl unendlich zu verstärken. Ein paar Minuten Beschäftigung mit irgendeiner Handarbeit trieb die Aussichtslosigkeit der Lage in einen Winkel seines Gehirns zurück, und wenn die Arbeit kurz vor dem Abschluß stand, erklärte ihm eine innere Stimme, daß es Zeit wurde, wieder an das Gesamtbild zu denken, und erneut stürzte er seelisch ab.

Einmal begegnete er Christine Holmes im Korridor bei seiner Kabine und wollte sie ansprechen, aber sie eilte an ihm mit dem unpersönlichen Blick einer Fremden vorbei, und er begriff, daß sie beide nichts zu geben oder zu empfangen hatten. Er blieb in Bewegung, arbeitete, sprach mit anderen und war getröstet, als die vorgesehene Zeit kam und die elf verbliebenen Besatzungsmitglieder sich an dem langen Tisch in der Messe versammelten. Die „Fenster" rund um die halbkreisförmige Außenwand waren dunkel, wie es der Nachtstunde entsprach, aber die Raumbeleuchtung strahlte orangerot und gelb und weiß und schuf eine Atmosphäre heimeliger Wärme.

Gerade als die Sitzung beginnen sollte, nahm Gillespie Surgenor beiseite. „Dave, wie wäre es, wenn zur Abwechslung einmal ich das Wort nehme?"

„Ist mir recht." Surgenor lächelte Gillespie an und vermochte plötzlich zu schätzen, daß der frühere Lebensmittelverkäufer aus Idaho neues Format gewonnen hatte. „Ich stütze Sie diesmal."

Gillespie trat an den Tisch und wartete, bis die anderen Platz genommen hatten.

„Ich glaube, ich brauche keinem hier zu sagen, daß wir in

große Schwierigkeiten geraten sind. Sie sind so groß, daß niemand von uns einen Ausweg sieht – selbst Kapitän Aesop nicht –, aber wir werden uns genauso wie zu der Zeit, als wir glaubten, einen Planeten erreichen zu können, auf gewisse Grundregeln einigen. Und uns an sie halten, solange es dauert."

„Zum Abendessen umkleiden, aufrechte Haltung, vor der Königin verneigen", murmelte Burt Schilling. Er hatte zwei Antox-Tabletten geschluckt, aber sein Gesicht wies eine mürrische Starre auf, die anzeigte, daß er noch immer betrunken war.

„Die meisten Regeln werden sich natürlich damit befassen, wie wir unsere Nahrungsvorräte aufteilen", sagte Gillespie ungerührt und warf einen Blick auf seinen Notizblock. „Ich glaube, wir wollen das Leben verlängern – aber nicht über einen vernünftigen Zeitraum hinaus, nicht unter Bedingungen, die es sinnlos machen würden – und aus diesem Grund wird vorgeschlagen, daß wir pro Person eine Tagesration von tausend Kalorien an fester Nahrung und nichtalkoholischen Getränken bekommen. Aesop hat mir eine Aufstellung geliefert, und auf der Grundlage von tausend Kalorien am Tag für jeden haben wir genug Nahrung für achtundvierzig Tage."

Bis dahin sind wir alt, dachte Surgenor. Es ist keine lange Zeit, aber das durchzustehen wird uns restlos verschleißen.

„Wir werden natürlich viel magerer sein, aber Aesop meint, die richtige Mischung von Eiweiß, Fett und Kohlehydraten wird uns bei Gesundheit halten." Gillespie legte eine Pause ein und schaute sich am Tisch um. „Als nächstes kommt der Alkohol – da fällt die Entscheidung nicht so leicht. Auf denselben Zeitraum von achtundvierzig Tagen umgerechnet, haben wir an Bier und Wein für jeden dreihundert Kalorien am Tag und zweihundertvierzig an Spirituosen. Was wir klären müssen, ist, ob wir wirklich eine tägliche Ration haben wollen oder ob es besser wäre, es aufzuheben für . . ."

„Ich habe es satt, mir den ganzen Quatsch anzuhören", sagte Schilling und hieb auf den Tisch. „Wir brauchen keine Regeln und Vorschriften darüber aufzustellen, was wir trinken sollen."

Gillespie blieb ruhig. „Essen und Getränke müssen richtig aufgeteilt werden."

„Nicht, was mich betrifft", sagte Schilling. „Ich hocke hier nicht drei Monate herum und knabbere an Brotrinden. Ich will überhaupt kein Essen – ich nehme meine Ration in Schnaps. Alles in Schnaps."

„Das geht nicht."

„Warum nicht? Das würde für diejenigen, die so etwas mögen, mehr feste Nahrung bedeuten."

Gillespie legte seinen Notizblock auf den Tisch und beugte sich vor. „Weil Sie Ihre ganze Ration leicht in zwei Wochen hinunterkippen können, und wenn Sie nüchtern werden, würden Sie zu dem Entschluß kommen, daß Sie doch noch nicht verhungern wollen, und andere müßten Sie miternähren. Deshalb geht es nicht."

Schilling schnaubte. „Gut, gut. Ich mache private Geschäfte mit meinen Freunden – mein Essen für ihren Schnaps."

„Auch das lassen wir nicht zu", sagte Gillespie. „Das würde zur selben Situation führen."

Surgenor, der sich das Ganze anhörte, stimmte mit Gillespie im allgemeinen überein, war aber trotzdem der Ansicht, daß ein gewisser Spielraum nötig war. Er fragte sich, wie er seine Meinung kundtun sollte, ohne den Eindruck zu erwecken, er sei gegen Gillespie, als Wilbur Desanto – der mit Gillespie ein neues Gespann in Modul Zwei bildete – die Hand hob.

„Entschuldigen Sie, Al", sagte Desanto unglücklich. „Alle diese Berechnungen beruhen darauf, daß elf Leute die ganze Zeit über da sind – aber was ist, wenn irgend jemand jetzt gleich Schluß machen möchte?"

„Sie meinen, Selbstmord begehen?" Gillespie dachte kurz nach und schüttelte dann den Kopf. „Das würde keiner tun wollen."

„Nein?" Desanto lächelte die anderen schief an. „Vielleicht hatte Billy Narvik die richtige Idee."

„Narvik ist gestolpert und abgestürzt."

„Sie waren nicht dabei", warf Schilling ein. „Er hat den saubersten Hechtsprung hingelegt, den ich seit Jahren gesehen habe. Er wollte das, Mann."

Gillespie blies ungeduldig die Backen auf. „Narvik wäre der einzige, der das klären könnte, und wenn Sie seinen Geist aus dem Werkzeuglager kommen sehen, geben Sie mir Bescheid, ja?" Er sah der Reihe nach in die Gesichter, um sich zu vergewissern, daß sein Sarkasmus angekommen war. „Und bis das passiert, möchte ich mich auf die Lebenden konzentrieren, okay?"

Desanto hob wieder die Hand. „Wie ist es, Al? Wie wird das gehandhabt, wenn irgend jemand sich entschließt, es lieber kurz zu machen? Wird Aesop das richtige Päckchen bereitlegen?"

„Zum letztenmal . . ."

„Das ist eine legitime Frage", sagte Surgenor halblaut. „Ich glaube, sie verdient eine Antwort."

Gillespie machte ein Gesicht, als sei er verraten worden. „Zum einen hat Aesop gar nicht die geeigneten Mittel. Er ist darauf programmiert, zum nächsten KD-Stützpunkt zurückzuspringen, wenn ein Besatzungsmitglied ernsthaft erkrankt, also . . ."

„Das ist es!" Victor Voysey hob die Hände, als sei nun alles klar. „Jemand sollte sich einen Blinddarmdurchbruch zulegen, dann muß Aesop uns einfach heimbringen!"

„Außerdem", fuhr Gillespie fort, ohne auf die Unterbrechung einzugehen, „würde Aesop niemanden dabei unterstützen, sich das Leben zu nehmen, gleichgültig, unter welchen Umständen."

„Fragen wir ihn danach – nur zur Sicherheit."

„Nein!" Gillespies Stimme klang hart. „Der Zweck dieser Besprechung ist der, Vereinbarungen für das Überleben zu treffen. Jeder, der mit Aesop darüber sprechen will, wie er Selbstmord begehen könnte, kann das später privat in seiner Kabine tun, aber ich habe den Eindruck, daß jeder Schwachsinnige eine solche Kleinigkeit bewältigen kann, ohne daß er sich von einem Scheißcomputer dabei beraten lassen muß. Ich bin der Meinung, daß das nicht viel Phantasie erfordert und daß jeder, der sich wirklich umbringen möchte, das mühelos im stillen tun kann, ohne bei unseren Besprechungen große Auftritte abzuziehen und den anderen die Zeit zu stehlen."

„Danke, Al." Desanto stand auf und machte eine seltsame kleine Verbeugung. „Ich bitte zu verzeihen, daß ich allen die wertvolle Zeit gestohlen habe." Er schob seinen Stuhl zurück, ging zum Niedergang und stieg hinauf zu den Kabinen, während er nachdenklich vor sich hin nickte.

„Jemand sollte ihm nachgehen", sagte Mossbake nervös.

„Nicht nötig", widersprach Gillespie. „Wilbur könnte nie und nimmer Selbstmord begehen. Er ist nur beleidigt, weil ich ihm Bescheid gegeben habe."

Die Sitzung ging in entschieden veränderter Atmosphäre weiter, und selbst Schilling schloß sich den allgemeinen Beschlüssen an. Surgenor mußte trotz seiner unausgesprochenen Bedenken zugeben, daß Gillespies schroff sachliche Art einen beruhigenden Einfluß ausübte. Er tat, was Surgenor früher so oft getan hatte – er füllte das Kommandovakuum aus und machte sich zu einem greifbaren und erkennbaren Ziel für die negativen Emotionen, die Menschen stets überfielen, wenn die Dinge schlecht liefen.

Unter den gegebenen Umständen gehörte Mut dazu, dachte Surgenor. Das Schiff war ein winziges Bläschen Licht und Wärme, umgeben von schwarzer, unendlicher Leere, und es gab keine anderen Aussichten als die, daß die Lage sich immer weiter verschlimmern würde, bis der Kapitän und seine fröhlichen Matrosen alle tot waren. Bis zum Ende würden noch allerhand negative Gefühle auftauchen . . .

„Ich glaube, für einen Tag haben wir genug getan", sagte Gillespie eine Stunde später und schaute auf die Uhr. „Es ist ein Uhr vorbei, und wir könnten eine Pause vertragen."

„Sehr richtig", knurrte Kessler, als die Gruppe aufstand und man einander unsicher ansah.

Gillespie gab einen künstlichen Hustenlaut von sich.

„Nur noch eines – der Rationsplan, auf den wir uns geeinigt haben, gilt nur für den offiziellen Schiffsvorrat, nicht für private Bestände. Genug gesagt?"

Augenblicklich breitete sich Erregung aus, als Männer, die gerade zu strengen Sparmaßnahmen gezwungen worden waren, unerwartet ein letztes, die Gedanken auslöschendes, friedenbringendes Alkoholfest witterten. Diejenigen, die wenige oder keine persönlichen Reserven an berauschenden Getränken besaßen, blickten hoffnungsvoll auf die Vorratshalter und umdrängten sie mit Angeboten von Zigarren und selbstgebackenen Kuchen, ohne die, wie sie behaupteten, keine Party erfolgreich sein könne. Das Nachlassen der Spannung, verbunden mit dem Wissen, daß der Aufschub nur von kurzer Dauer sein konnte, trieb die jüngeren Leute wie Rizno und Mossbake zu lärmender Fröhlichkeit.

„Hübsch", sagte Surgenor leise zu Gillespie. „Nichts Besseres als ein Karnevalsrausch, um die Fastenzeit sinnvoll erscheinen zu lassen."

Gillespie nickte zufrieden. „Ich habe eine Flasche Kognak in meinem Zimmer. Was sagen Sie dazu, wenn wir beide hinaufgehen und sie uns teilen?"

Surgenor nickte. Sein Blick wurde von Christine Holmes angezogen, die sich von den anderen plötzlich gelöst hatte und die Treppe hinaufging. Als ihm plötzlich klar wurde, wohin sie ging, entschuldigte er sich und eilte ihr nach. Er nahm zwei Stufen auf einmal, als er die Treppe hinauflief, betrat den Korridor und sah Christine vor Kabine vier zögern, in der Wilbur Desanto wohnte. Sie lauschte angestrengt.

„Ich habe ein paarmal geklopft", sagte sie, als Surgenor neben ihr stehenblieb. „Er rührt sich nicht."

Surgenor streckte die Hand aus und öffnete die Tür. Das Zimmer lag fast völlig im Dunkeln, und das einzige Licht kam von einer Buchseite, die ein Mikrolesegerät neben dem Bett an die Decke warf. Desanto lag regungslos auf dem Bett, das Gesicht zur Wand gedreht. Surgenor schaltete die Beleuchtung ein. Desanto schob sich auf einen Ellenbogen und setzte sein schiefes Lächeln auf.

„Was wollt ihr?" sagte er. „Ist die Sitzung vorbei?"

„Warum haben Sie sich nicht gerührt, als ich klopfte?" fragte Christine über Surgenors Schulter scharf.

„Muß wohl eingedöst sein. Was ist überhaupt los?"

„Unten beginnt eine Party, zu der jeder eine Flasche mitbringt – ich dachte, das interessiert Sie." Surgenor schloß die Tür und sah auf Christine hinunter, deren Gesicht vor Zorn starr geworden war.

„Ich wette, das hat er mit Absicht gemacht", sagte sie halblaut, „und ich bin darauf reingefallen."

„So braucht man es nicht auszudrücken – Sie sind auf nichts reingefallen." Surgenor fühlte, daß er ein Risiko einging, sprach aber weiter. „Sie dachten, er könnte sich umbringen wollen, und machten sich Sorgen, obwohl Sie ihn kaum kennen. Das ist gut, Chris. Es zeigt . . ."

„Daß ich noch ein Mensch bin? Trotz allem?" Christine lächelte beinahe, als sie nach ihren Zigaretten griff. „Tun Sie mir einen

Gefallen, Dave – vergessen Sie, daß ich in Ihre Kabine gekommen bin. Reue auf dem Totenbett ist nichts wert."

Surgenor blickte nach links, als er Gillespie die Treppe heraufkommen hörte. „Al und ich machen eine Flasche von seinem guten Kognak auf. Würden . . ."

„Unten wird es lustiger." Sie ging davon, an Gillespie vorbei und lief die Stufen hinunter.

„Versuchen Sie, da was in Gang zu bringen?" sagte Gillespie mit einem fragenden Blick zu Surgenor.

„Wovon reden Sie?" Surgenor fühlte sich an den bedeutungsvollen Blick Billy Narviks erinnert, als sie im Korridor miteinander gerungen hatten, und wurde wütend. „Was wollen Sie damit sagen, Al? Sieht sie aus, als wäre sie mein Typ?"

„Sie sieht nicht aus, als wäre sie der Typ von irgendeinem, aber etwas anderes ist hier nicht verfügbar."

„Chris trägt eine Maske, wissen Sie. Sie ist ein paarmal übel zugerichtet worden und will nicht Gefahr laufen, daß sich das wiederholt, und so . . ." Surgenor verstummte, als er sah, wie Gillespie die Brauen hochzog. „Warum stehen wir hier herum? Soll der Schnaps noch älter werden?"

Sie betraten Gillespies Kabine, die neben der von Desanto lag, und Gillespie brachte zwei Gläser und eine Flasche alten Kognaks.

„Die Flasche war dafür gedacht, daß ich bei einem Flug von dreißig Tagen jeden Abend einen Schluck bekomme, aber ich bin bereit, ihr heute nacht adieu zu sagen und das feine Leben zu vergessen."

„Sie werden alles vergessen."

„Also?"

„Also . . ." Surgenor hielt sein Glas hin und verfolgte seine Verwandlung in ein Gefäß voll Sonnenschein. „Auf die Amnesie."

„Möge sie lange herrschen."

Die beiden Männer saßen in geselligem Schweigen beieinander, tranken langsam, aber ohne Pause, genossen die Flucht aus der Wirklichkeit. Surgenors schönste Erinnerungen an das Leben im KD waren die an lange Gespräche, die manchmal die ganze Nacht dauerten, während das Schiff einen fremden Stern umkreiste und die Besatzung durch das gesteigerte Bewußtsein ihrer Menschlichkeit zusammengeführt wurde. Hier war die Wirkung noch stärker. Das Schiff, vorher von den Gezeiten und Mahlströmen des Weltraums umhergeworfen, lag nun in einem grenzenlosen schwarzen Meer, in einer Flaute. Eine Unendlichkeit von Leere drückte gegen den Rumpf, und alle, die an Bord waren, wußten, daß die Zeit der Abenteuer vorbei war, denn in einem Kontinuum, wo nichts existierte, konnte nichts geschehen. Es warteten keine Überraschungen auf sie, bis auf jene unerwarteten Entdeckungen, die ein menschliches Wesen bei sich selbst machen konnte, und deshalb war es das einzig Logische, sich darauf zu konzentrieren, menschlich zu sein, besonders menschlich, mehr als menschlich. Morgen würde das schwer sein, weil der Countdown zum Tod begonnen haben würde, aber jetzt . . .

„Albert Gillespie und David Surgenor!" Aesops Stimme riß Surgenor aus seiner Schläfrigkeit. „Bitte, bestätigen Sie, daß Sie mich hören können."

Gillespie, der als erster genannt worden war, sagte: „Achtung, höre, Aesop – wir hören dich." Seine Augen waren groß geworden, als er das Glas abstellte und Surgenor einen Blick zuwarf.

„Die ungewöhnlichen Umstände, in denen wir uns befinden, haben einige Veränderungen in meiner Beziehung zu Besatzungsmitgliedern herbeigeführt", sagte Aesop. „Wie Michael Targett bereits festgestellt hat, bin ich nur ein Computer, und meine Kompetenzbereiche sind notwendigerweise durch die Eigenschaften meiner Programme begrenzt. Das ist eine eingebaute Beschränkung, verursacht – wie wir entdeckt haben – durch die Unfähigkeit der Programmierer, jede mögliche Art von Situation vorauszusehen. Verstehen Sie, was ich sage?"

„Das ist ganz klar." Gillespie richtete sich auf. „Aesop, soll das heißen, daß du dich im Hinblick darauf, was außerhalb des Schiffes liegt, geirrt hast?"

„Nicht in diesem Punkt – aber es findet ein inneres Ereignis statt, das ich nicht zu erklären vermag und das alle meine Bezugsrahmen zu überschreiten scheint."

„Aesop, rede nicht herum", warf Surgenor ein. „Was ist los? Warum hast du uns gerufen?"

„Bevor ich die Erscheinung beschreibe, möchte ich die Lage im

Hinblick auf die Beziehungen innerhalb der Besatzung klarstellen. Unter normalen Umständen teile ich wichtige Dinge allen Besatzungsmitgliedern gleichzeitig mit, aber ich habe keine Möglichkeit, die psychologischen Auswirkungen dessen, was ich zu sagen habe, einzuschätzen oder zu beurteilen, und ich fürchte, daß sie schädlich sein könnten. Sie beide haben die Verantwortung übernommen – akzeptieren Sie die zusätzliche Verantwortung, meine Mitteilung in einer von Ihnen als geeignet angesehenen Form an die übrigen neun Mitglieder der Besatzung weiterzugeben?"

„Ja", sagten Surgenor und Gillespie gemeinsam. Surgenor, dessen Herz sich verkrampft hatte, verfluchte Aesops unmenschliche Neigung zu einer umständlichen Ausdrucksweise.

„Ihre Zustimmung wird vermerkt", sagte Aesop, und es folgte eine Pause, die Surgenors Unruhe verstärkte.

„Aesop, würdest du bitte weiter –"

„Albert, heute morgen um 0 Uhr 9 haben Sie während der Versammlung der Schiffsbesatzung, gemünzt auf das verstorbene Besatzungsmitglied William Narvik, folgende Worte geäußert: ‚Wenn Sie seinen Geist aus dem Werkzeuglager kommen sehen, geben Sie mir Bescheid.' Erinnern Sie sich, das gesagt zu haben?"

„Natürlich", sagte Gillespie, „aber das war doch nur ein Witz, Herrgott noch mal. Du hast uns schon öfter solche Witze machen hören, Aesop."

„Ich bin vertraut mit allen bildlichen Ausdrücken, die mit Humor im Zusammenhang stehen. Ferner kenne ich die verschiedenen Schriften religiöser, metaphysischer und abergläubischer Art, die einen Geist als einen Fleck weißer, nebliger Strahlung beschreiben." Aesops Stimme klang ruhig und beherrscht. „Und ich muß Ihnen mitteilen, daß ein Objekt, das die klassischen Eigenschaften eines Geistes aufweist, aus der Leiche William Narviks hervorkommt."

„QUATSCH", sagte Surgenor und wiederholte das Wort immer wieder, als er und Gillespie die Treppe hinunterstiegen, leise durch die Messe gingen und die breitere Treppe hinunterliefen, die zum Hangardeck führte. Er sagte es noch einmal, als die Tür zum Werkzeuglager auf Aesops Befehl aufglitt und sie eine linsenförmige Wolke weißen, kalten Glanzes sahen, die Billy Narviks Oberkörper einhüllte und von dort emporstieg.

Surgenor war überrascht festzustellen, daß er, als ein einzelner, lähmender Stich vorübergegangen war, keine Angst empfand.

Er trat mit Gillespie in den Raum und sah, daß das, was er für eine Lichthalbkugel gehalten hatte, in Wirklichkeit in seiner Beschaffenheit komplex war und Spuren eines inneren Gefüges aufwies. Die Oberfläche war undeutlich konturiert, so daß die Wölbungen für das Auge verwirrender erschienen, und die Stellen unterschiedlicher Dichte im Inneren überlappten und durchdrangen einander mit Licht auf eine Weise, die es Surgenor erschwerte, sich auf einzelne Merkmale zu konzentrieren.

Das Objekt hatte einen Durchmesser von etwa einem Meter, eine Kuppel eisigen Leuchtens, die fast den ganzen Körper Narviks einhüllte. Als Surgenor sie aus der Nähe betrachtete, gewann er die Überzeugung, daß er nur die Hälfte eines kugelförmigen Gebildes sah, daß eine gleichartige Hälfte sich nach unten durch den Boden und die darunterliegenden Stützen wölbte. Er gehorchte seinem Instinkt, kniete nieder, streckte eine Hand aus und schob sie kurz durch die leuchtende Oberfläche. Er spürte überhaupt nichts.

„Es wird größer", sagte Gillespie. Er trat einen Schritt zurück und deutete auf den näheren Rand, der lautlos über den Metallboden vorrückte. Innerhalb von wenigen Sekunden war Narviks Kopf unter der ungreifbaren Lichthülle völlig verschwunden. Die beiden Männer nahmen sich wie Kinder bei den Händen und wichen zurück zur Tür, die Augen weiß von den Spiegelungen, von fassungslosem Staunen erfaßt – und in der Mitte des Raumes setzte die rätselhafte Halbkugel ihr Wachstum mit sichtbar zunehmender Schnelligkeit fort.

„Was ist das?" flüsterte Gillespie. „Es sieht aus wie ein Gehirn, aber . . ."

Surgenor spürte, wie sein Mund austrocknete, als die Furcht, die er schon vorher hätte empfinden müssen, sich jetzt in ihm regte. Ihre Quelle lag nicht in der staunenerregenden Sonderbarkeit des leuchtenden Objekts, sondern – unfaßbarerweise – in seinem langsam dämmernden Wiedererkennen. Mit einer

Anstrengung gelang es ihm, den Blick auf eine einzelne Stelle der Wolke zu richten, statt sie als Ganzes zu erfassen, und er glaubte, die Anfänge einer Zusammensetzung aus Teilchen zu erkennen. Während das Objekt sich vergrößerte, zeigte sein Gefüge Unterscheidbarkeit und erwies sich als zusammengesetzt aus Millionen winzigster Lichtpünktchen.

„Aesop, Achtung, höre", sagte er mühsam. „Kannst du das Ding mit einem Mikroskop untersuchen?"

„Noch nicht – meine Diagnostikmikroskope sind auf das Durchfahren des Hangars beschränkt", erwiderte Aesop. „Aber bei dem derzeitigen Wachstum des Objekts wird es in ungefähr zwei Minuten durch die Wand des Werkzeuglagers dringen, und dann bin ich in der Lage, es mit starker Vergrößerung zu betrachten."

„Durchdringen?" Surgenor fiel ein, daß er geglaubt hatte, sie könnten nur die Hälfte des leuchtenden Gebildes sehen. „Aesop, wie ist es mit den Motorenzellen unter uns – kannst du dort etwas Ungewöhnliches erkennen?"

„Ich kann nicht direkt in die Säulen des Rückgrats sehen, aber dort befindet sich eine Lichtquelle. Die Schlußfolgerung ist, daß das Objekt durch den Boden des Werkzeuglagers hinunterreicht."

„Was geht hier vor?" sagte Gillespie und starrte Surgenor forschend ins Gesicht. „Wissen Sie, was das ist?"

„Sie nicht?" Surgenor lächelte unsicher, mit tauben Lippen, als er in die sich ausdehnende Lichtsphäre starrte. „Das ist das Universum, Al. Sie sehen die ganze Schöpfung vor sich."

Gillespies Unterkiefer klappte herunter, dann trat er zurück, ein symbolisches Distanzieren von Surgenors Behauptung. „Sie sind verrückt, Dave."

„Meinen Sie? Achten Sie auf den Bildschirm."

Die leuchtende Wolke hatte die Begrenzung des kreisrunden Werkzeuglagers erreicht und dehnte sich nun in den Hangar hinein aus, durchdrang die Metallwände, als gäbe es sie gar nicht. In den Deckenstahlträgern regte sich etwas, als Aesops Fernmikroskope, gewöhnlich zur Untersuchung von Defekten in den Meßmoduln eingesetzt, ihre Lage veränderten. Gleichzeitig flammten die Monitorschirme mit Bildern auf, die Surgenor dort nie erwartet hatte – tiefe, dunkle und schwindelerregende Perspektiven von Tausenden linsenförmiger Galaxien im Flug, ausschwärmend, scharf abgezeichnete Jahre der Beobachtung durch ein überstarkes Teleskop in einen kurzen Film gepreßt –, einen Film, der den Verstand bestricken und die Seele jedes denkenden Wesens läutern mußte, das ihn betrachtete. Surgenor mühte sich, mit der Wirklichkeit hinter den Worten ins reine zu kommen, die er vorhin so leichthin ausgesprochen hatte.

Gillespie schwankte ein wenig auf den Beinen und preßte die Hände auf die Schläfen, als der Blizzard von Galaxien endlos weiterwirbelte.

„Mike Targett sollte hiersein und das verfolgen", sagte Surgenor halb zu sich selbst. „Wir sind immer noch von diesem Reduzar erfaßt, wissen Sie. Es ist ein zyklischer Prozeß – ganz wie das Universum selbst. Es hat uns zu nichts zusammenschrumpfen lassen, und dann – weil die Erhaltung erhalten bleibt – ist etwas geschehen . . . Die Spannungen lösten sich, oder die Vorzeichen wurden umgekehrt . . ., das Gegenstück zu einem Ballon, der aufgeblasen wird, bis er schließlich platzt . . ., und wir sind von Mikro zu Makro übergegangen, von Nulldimensionen zu den äußersten Dimensionen."

„Dave!" Gillespies Stimme klang beinahe flehend. „Etwas langsamer, ja?"

„Das ist das Universum, das Sie da sich über den Boden ergießen sehen, Al, aber es wird in Wahrheit nicht größer – es behält seine eigene natürliche Größe bei, und wir ziehen uns in ihm wieder zusammen. Im Augenblick ist die *Sarafand* vielleicht tausendmal größer als das Universum, aber bald wird es dieselbe Größe haben, dann werden wir durch alle die Galaxien schrumpfen, die das All bilden, dann werden wir so groß sein wie eine einzelne Galaxis, dann wie ein einzelnes Sternsystem, dann werden wir in den Normalzustand zurückkehren, aber nur für einen Augenblick, weil wir in der Reduzar-Zone bleiben, und wir werden weiterschrumpfen, bis wir im Nullzustand sind – und dann wird alles von vorne beginnen!"

Schwere Schritte klangen auf Metall, und Sig Carlen erschien auf der Treppe, ein Bierglas in der Hand. „Warum hört ihr beiden nicht endlich auf, so . . . Was ist das?"

Surgenor blickte auf die Wolke aus gleißenden Punkten, deren Rand sich jetzt im Schrittempo durch den Hangar schob, dann sah er Gillespie an. „Sagen Sie es ihm, Al – ich möchte es einmal von einem anderen hören."

Bis die Besatzung der *Sarafand* sich in der Messe versammelt hatte und mit Hilfe von Antox-Tabletten nüchtern geworden war, übertraf das Universum das Schiff an Größe.

Ein fortwährender Regen von Galaxien sprühte durch den Boden empor, drang durch Tisch und Stühle und Menschen und hinaus durch die Decke in die oberen Decks des Raumschiffs. Die Galaxien erschienen dem bloßen Auge wie ein wenig unscharfe Sterne, aber unter dem Vergrößerungsglas erwiesen sie sich als perfekte kleine Linsenformen oder Spiralen, Miniaturedelsteine, die von einem wahnsinnigen Schöpfer in den Raum hinausgeschleudert wurden.

Surgenor saß versonnen am Tisch, sah die Lichtstäubchen durch seine Arme und Hände dringen und versuchte zu begreifen, daß jedes einzelne hundert Millionen Sonnen oder mehr enthielt und daß diese ungeheuren Sonnenmassen die Herdfeuer von Zivilisationen waren. Nach dem ersten Aufzucken inspirierten Begreifens hatte eine Reaktion in ihm eingesetzt, und nun – wie bei einem Bild, auf dem Vertiefungen auch als Berge gesehen werden können – schwankten seine Wahrnehmungen zwischen den beiden Extremen hin und her. In der einen Sekunde war er ein Mensch von normaler Größe, der Pünktchen aus Feuer in magischer Weise sein Fleisch durchdringen sah, ohne daß sie ihm etwas taten, im nächsten war er ein Riese von unvorstellbaren Maßen, dessen Körper größer war als das den Astronomen der Erde bekannte Raumvolumen . . .

„. . . kann das nicht fassen", sagte Theo Mossbake. „Wenn das alles wahr ist, heißt es, daß das Schiff und unsere Körper in das diffuseste Gas verwandelt worden sind, das man sich vorstellen kann – ungefähr ein Atom auf eine Million Lichtjahre. Ich meine, wir müßten doch tot sein."

„Vergessen Sie alles, was Sie in der Schule gelernt haben", erwiderte Mike Targett. „Wir haben es jetzt mit Reduzar-Physik zu tun, und alle Regeln sind geändert."

„Ich begreife immer noch nicht, warum wir nicht tot sind."
Targett, der als erster den Begriff des Reduzars erkannt hatte,
sprach mit der Leidenschaft eines Predigers weiter.

„Ich sage Ihnen, Theo, es ist alles anders. Wenn Sie darüber
nachdenken, sagen die üblichen Gesetze der Wissenschaft, daß
wir hätten sterben müssen, als wir schrumpften. Wir hätten so
dicht werden müssen, daß wir uns in einen Mikroneutronenstern
verwandelt hätten – aber das war nicht der Fall. Vielleicht sind die
Atome selbst und die Teilchen, aus denen sie bestehen, auf
irgendeine Weise im selben Verhältnis reduziert worden. Ich
weiß nicht, wie es gegangen ist – aber ich weiß, daß wir uns jetzt
am anderen Ende der Skala befinden."

Voysey schnalzte mit den Fingern. „Wenn wir weiterschrumpfen zu unserer eigentlichen Größe, heißt das, daß Aesop wieder
in der Lage sein wird, den Schiffsantrieb zu betätigen?"

„Leider nicht", sagte Targett. „Aesop wird mich korrigieren,
wenn ich mich irre, aber er braucht viele Minuten, um einen
Beta-Raum-Sprung vorzubereiten und auszuführen – und wir
werden im winzigsten Bruchteil einer Sekunde unsere eigentliche
Größe durchschreiten. Diese Galaxien sind weiter auseinander-
gezogen und fliegen schneller als in dem Augenblick, in dem wir
uns hingesetzt haben. So, wie sie größer zu werden scheinen,
beschleunigen sie auch, und bald werden sie so schnell sein, daß
wir sie nicht mehr sehen können." Targett machte eine Pause, um
die hochschwirrenden Leuchtkäfer zu betrachten. „Was uns
betrifft, so werden sie schließlich tausendmal, millionenmal
schneller sein müssen als das Licht – aber das kommt daher, weil
wir uns mit dieser Geschwindigkeit verkleinern. Ein unheimlicher
Gedanke."

„Weil wir gerade von unheimlichen Gedanken sprechen",
sagte Christine kleinlaut, womit sie sich zum erstenmal an der
Diskussion beteiligte, „ich muß immer wieder an das denken, was
Dave und Al uns über Billy Narviks Leiche gesagt haben, daß das
Licht aus ihr herausdrang. Warum hat es ausgerechnet dort
begonnen?"

„Reiner Zufall, Chris. Dave hat den Toten in den Werkzeug-
raum geschleppt und auf die Markierungsplatte für den Schwerpunkt des Schiffes gelegt – und der Schwerpunkt ist der einzige

unverrückbare Punkt bei dem Ganzen. Er muß seine ursprüngliche Lage im Universum beibehalten haben, und das Schiff zieht sich aus allen Richtungen dorthin zusammen. Deshalb werden wir wieder in der Reduzar-Zone ankommen und nicht in einem anderen Teil des . . . des . . ." Targetts Stimme geriet ins Stocken, und er wurde merklich blasser, als er Surgenor ansah. „Der Schwerpunkt, Dave – wir können ihn verschieben."

„Genügend weit?" Surgenor starrte ihn durch einen Sprühregen von Galaxien an. „So viel, daß das einer Entfernung von dreißig Millionen Lichtjahren entspricht?"

„Das ist die Breite eines kleinen Fingers – wir sind jetzt groß geworden, Dave." Targett zeigte das dünne, kühle Lächeln eines Mannes, der über seine sterbliche Bestimmung hinausgelangt ist. „Die Berechnungen sollten Aesop leichtfallen, und selbst wenn wir es bei diesem Zyklus nicht schaffen, können wir es beim nächstenmal wieder versuchen."

Vier Tage später tauchte das Vermessungsschiff *Sarafand* – nachdem es noch einmal das ganze Universum verschlungen hatte und wieder hineinimplodiert war – im Normalraum nah bei einer gelben Sonne auf. Nach einer kurzen Verzögerung begann es mit der langsamen, geduldigen Annäherung auf das Landefeld in Bay City, auf dem Planeten, der Delos hieß.

„Achtung, höre, Aesop", sagte Surgenor. Er hatte seine Habe in seinen einzigen Reisekoffer aus Glasfaser gepackt und machte sich bereit, den Raum zu verlassen, der fast zwanzig Jahre lang sein einziges dauerhaftes Zuhause gewesen war. Der Raum war klein und schlicht, wenig mehr als ein Metallkasten mit ein paar notwendigen Einrichtungen, aber im letzten Augenblick zögerte er.

„Ich höre, David." Aesops Stimme klang lauter als sonst, vielleicht, weil es im Schiff so still war.

„Ich . . . Das ist vermutlich das letzte Mal, daß ich mit dir spreche."

„Da Sie das Schiff verlassen werden und ich in sechzehn Minuten abgeschaltet werde, ist das gewiß das letzte Mal, daß Sie mit mir sprechen. Was wollen Sie?"

„Tja . . ." Surgenor bedachte die absolute Unsinnigkeit, sich von einem Computer zu verabschieden oder ihn zu fragen, wie er zu seinem unmittelbar bevorstehenden Tod stehe. „Ich wollte wohl nur wissen, ob du noch funktionierst."

Es blieb lange Zeit still, dann begriff Surgenor, daß Aesop – der demonstriert hatte, daß er noch voll funktionsfähig war – weitere Worte nicht für nötig hielt. Ist nur logisch, dachte Surgenor, als er nach seinem Koffer griff. Er verließ die Kabine, ging durch den bogenförmigen Korridor und stieg den Niedergang zur leeren Messe hinunter. Man hatte zusätzliche Tische aufgestellt, und überall waren noch leere Gläser und Teller vom Presseempfang an diesem Vormittag zu sehen. Eine halbgerauchte Zigarre war in den Boden getreten worden, und Surgenor stieß sie weg, als er zur Treppe ging und über das Geländer zum Hangardeck hinunterblickte.

Aus Sicherheitsgründen hatte man um das klaffende Loch, das er und die anderen mit Laserstrahlen in das Deck geschnitten hatten, einen Ring von rotlackierten Pfosten, verbunden durch weiße Seile, aufgestellt. Auch ein Teil der Wand am Werkzeuglager war herausgetrennt, und das von der Hitze gewellte Metall bezeugte, mit welcher Eile die Arbeit ausgeführt worden war. Surgenor starrte hinunter in die Dunkelheit der offenliegenden Motorzellen und dachte an die Stunden verzweifelter, gemeinsamer Arbeit, die der *Sarafand* solche Schäden zugefügt hatte.

Das Durchschneiden der schweren Platten und Stützen war aus zwei Gründen erforderlich gewesen. Zum einen mußte Aesops Fernmikroskopen ungehinderter Zugang zu dem fiktiven Punkt verschafft werden, der das Schwerezentrum des Schiffes darstellte und gleichermaßen seiner ursprünglichen Lage im Universum entsprach. Das andere Erfordernis war, daß man zusätzliche Materialmassen schnell und praktisch auf eine Seite des Hangardecks schaffen mußte, um das Schwerezentrum des Schiffes – wenn auch nur minimal – zu verändern. Der Hauptteil dieser Masseverschiebung war allerdings dadurch bewältigt worden, daß man zwei der Meßmoduln unter Aesops präziser Überwachung aus ihren Boxen gefahren hatte.

Surgenor verstand wenig von höherer Mathematik, aber er hatte das Gefühl gehabt, daß Mike Targett – der junge Held der

Stunde – übermäßig zuversichtlich gewesen war und sich jetzt allzu selbstzufrieden angesichts des Geleisteten gab. Sie hatten zugelassen, daß das Schiff einmal den Zusammenziehungs-Ausdehnungs-Zyklus des Reduzars durchlief, damit Aesop Gelegenheit bekam, sich unter der Überfülle an Galaxien zu orientieren, aus denen das Universum bestand, und die Berechnungen auszuführen, die das neue Schwerezentrum bestimmen würden. Diesmal hatten sie im Augenblick der Umkehrung gewußt, daß sie nicht hinausschauen durften, sondern sich statt dessen um das Werkzeuglager versammelt und einen Punkt grellster Helligkeit – das Universum – genau in dem Fadenkreuz aufgleißen sehen, das im Mittelpunkt des klaffenden Lochs montiert worden war.

Das Staunen, das Surgenor in diesem Augenblick ergriffen hatte, machte sich wieder in ihm breit und verstärkte seine Überzeugung, daß die *Sarafand* und ihre Besatzung im höchsten Maß vom Glück begünstigt gewesen waren. Sie hatten sich in einer gefährlichen mathematischen Klemme befunden. Das Schiff war so massiv, daß das Schwerezentrum nur um dürftige zwei Zentimeter nach dem normalen Maßstab hatte verschoben werden können – aber in einem Stadium des Reduzarzyklus hätte das genügt, sie um hundertmal weiter von ihrer Heimatgalaxis zu entfernen als die ursprünglichen dreißig Millionen Lichtjahre, die zu überbrücken sie nicht imstande gewesen waren. Und in einem späteren Stadium hätte sie das einfach in eine andere Region derselben fremden Galaxis oder sogar in den Randbereich der Reduzarzone selbst zurückgeworfen. Mit wenig mehr als dem Instinkt für einen Anhaltspunkt blieb Surgenor das Gefühl, daß der Ausgang trotz der unfaßbaren Fähigkeiten von Aesops Verarbeitungsanlagen ein katastrophaler hätte sein können.

Er zuckte die Achseln, befreite sich von einer unsichtbaren Last, ging zum Hangardeckeingang und die lange Rampe zu einem vertrauten, von der Sonne beschienenen Flugfeld hinunter. In zwanzig Jahren war er hundertmal diese Rampe hinuntergefahren, die Horizonte unbekannter Planeten vor sich, aber bei dieser Gelegenheit war die Empfindung der Fremdartigkeit stärker. Er wußte ungefähr, was bevorstand – und das Unbekannte lag in ihm selbst. Er war aus dem Kartographischen Dienst ausgeschieden, und wegen der besonderen Umstände hatte man auf eine

längere Frist verzichtet, so daß er vor dem Problem stand, keine
Probleme zu haben, zu leben, wie andere Menschen lebten, nicht
länger ein wissentlich Fremder zu sein . . .

„Hallo, Dave!" Al Gillespie polierte die Windschutzscheibe
eines Mietwagens und sah Surgenor lächelnd an. „Kann ich Sie in
die Stadt mitnehmen?"

„Danke, aber ich gehe lieber zu Fuß." Surgenor beschattete
seine Augen vor der Sonne und schaute zu den blauen Hügeln im
Osten hinüber. „Ich fange an, dahin zu Fuß zu gehen, wo ich
hinwill."

„Das werden Sie bald satt haben."

„Glauben Sie?"

Gillespie wischte ein letztes Mal über das Auto. „Ich wette
darauf. Erinnern Sie sich an das, was der Commissioner heute im
Fernsehen über Universumsschiffe gesagt hat, die mit riesigen
beweglichen Gewichten im Inneren ausgerüstet werden? Diejenigen, die bewußt zu dem Reduzar fliegen werden, damit die
Wissenschaftler sich das Universum richtig ansehen können? Ich
wette, daß Sie sich freiwillig melden, wenn das gebaut ist."

Surgenor spürte einen kalten Hauch an seinem Rückgrat, aber
das verging sofort, und er lächelte. „Sie werden vielleicht dabei-
sein, Al – aber ich nicht."

„Wir sehen uns, Dave", sagte Gillespie wissend. Er stieg ein
und fuhr auf die fernen Verwaltungsgebäude zu, die pastellfarben
in der Nachmittagssonne leuchteten.

Surgenor sah ihm nach, dann drehte er sich nach dem riesen-
haften Schiff um, das über ihm aufragte. Man arbeitete bereits
daran, die vier dreieckigen Verkleidungen abzumontieren, die
einen Teil des Antriebs umschlossen. Mobile Robokräne
umdrängten die *Sarafand* wie Insekten, die ein viel größeres, aber
hilfloses Opfer zerlegen, und die Luft war voll von ihrem hydrauli-
schen Gezirpe. Surgenor empfand den Anblick als widerlich. Er
hatte gehofft, daß das Schiff intakt erhalten bleiben würde, vielleicht als Museumsstück, aber das hätte bedeutet, es näher zur
Mitte des Ballons zu transportieren, und das Weltraumaufsichts-
amt hatte es für flugunfähig erklärt.

Er kam sich inmitten der Demontagetrupps und Techniker, die
auf der Rampe hin und her gingen, völlig fehl am Platz vor,

lungerte aber auf dem Eisenbetonvorfeld herum, bis er sah, worauf er gewartet hatte – die hochgewachsene, aufrechte Gestalt Christine Holmes', die aus dem Schatten des Hangardecks trat. Er hatte in der hektischen Woche seit der Landung auf Delos wenig von ihr gesehen, aber er wußte, daß sie die Sonderklauseln in Anspruch genommen hatte und aus dem Dienst ausschied. Sie kam mit weiten Schritten die Rampe herunter – sah tüchtig und selbstsicher aus, und er geriet mit seinem Plan nun doch ins Zittern.

„Immer noch hier, Dave?" Christine blieb stehen und wies mit dem Kopf auf einen der Kräne. „Sie sollten das nicht beobachten, wissen Sie."

„Es stört mich nicht. Außerdem habe ich auf Sie gewartet."

Sie verengte die Augen und sah ihn prüfend an. „Warum?"

„Ich dachte, wir trinken zusammen ein Glas."

„Oh? Kennen Sie ein gutes Lokal?"

„Sehr viele sogar. Auf der Erde."

„Danke für das Angebot, Dave – aber nein, danke." Sie schob die Flugtasche höher auf die Schulter und ging an ihm vorbei. „Ich bin nicht so durstig, wie ich dachte."

Surgenor vertrat ihr schnell den Weg. „Es war ein echtes Angebot, Christine, und es verdient wenigstens eine echte Antwort."

„Ich habe sie Ihnen gegeben – Nein ist eine Antwort." Christine seufzte, ließ ihre Zigarette fallen und zertrat sie. „Hören Sie, David, ich bin nicht böse – ich danke Ihnen wirklich für das Angebot –, aber ist das nicht ein bißchen albern? Romanzen an Bord gehen immer zu Ende, wenn man in den Hafen kommt, und wenn man an Bord nichts hat . . ."

Surgenor bemerkte, daß Umstehende sich für sie zu interessieren begannen, aber er gab nicht auf.

„Es war kein Nichts, als Sie in der Nacht in meine Kabine kamen."

„Nein?" Christine lachte sarkastisch. „Erzählen Sie mir nicht, daß Sie das ausgenützt haben, als ich . . ."

„Sprich nicht so mit mir!" fuhr Surgenor sie an und packte sie an den Schultern, entschlossen, seine Botschaft über den Abgrund verlorener Jahre hinwegzuschleudern, der ihrer beider Leben trennte. „Ich will dir sagen, was in dieser Nacht geschehen ist, und ich weiß es besser, weil ich von der Einsamkeit mehr verstehe als du. Du hast vor etwas gestanden, mit dem du allein nicht fertig geworden bist, und bist zu mir um Hilfe gekommen. Jetzt stehe ich vor etwas, mit dem ich allein nicht fertig werde, und . . .“

„Und du kommst zu mir um Hilfe?“

„Ja.“

Christine ergriff Surgenors Handgelenke und löste langsam seine Hände von ihren Schultern. „Du bist verrückt, Dave.“ Sie drehte sich um und ging davon.

„Und du“, rief ihr Surgenor nach, „du bist . . . dumm!“

Christine ging ungefähr zehn Schritte weiter, dann blieb sie stehen und starrte einen Augenblick auf den Boden, bevor sie zu ihm zurückging. „Du hast Nerven, mich dumm zu nennen – hast du eine Vorstellung davon, was du dir aufladen würdest, wenn ich mit dir ginge?“

„Nein, aber ich bin bereit, es zu versuchen.“ Surgenor suchte nach den richtigen Worten, den besten Worten. „Es wird für mich eine neue Reise sein.“

Christine zögerte, und er sah, daß ihre Lippen zitterten. „Also gut“, sagte sie nüchtern. „Gehen wir.“

Surgenor griff nach seinem Koffer, und er und Christine – durch einen kleinen Abstand getrennt – gingen auf den fernen Zaun des Flugfelds zu. Die plötzliche Wärme der Sonne an seinem Rücken verriet Surgenor, daß er den Schatten des Raumschiffs hinter sich gelassen hatte, aber er drehte sich nicht mehr um.

Bob Shaw

„Bob Shaws SF-Romane atmen noch den Geist jener Zeit, bevor das Genre seine Unschuld verlor", schreibt ein Kritiker im renommierten *Times Literary Supplement.* „Sie sind frei von Selbstzweifeln und Doppeldeutigkeit, erfüllt von Bewunderung für die Möglichkeiten der Technik und von menschlichem Pioniergeist, und das verleiht ihnen Frische und Schwung."

Diese Grundhaltung ist es auch, die den 1931 in Belfast geborenen Autor bei einer breiten Leserschaft beliebt machte. Die in seinen Büchern geschilderten Raumfahrer sind Helden des technischen Zeitalters, die neue Lebensräume erobern wie beispielsweise in „Orbitsville" (ebenfalls in der Reihe „Unterwegs in die Welt von morgen" enthalten), und die ihre Kräfte in den Dienst einer perfekten Technik stellen. Dem Schriftsteller Shaw kommt dabei das technische Wissen zugute, das er bei der Ausübung seines ursprünglichen Berufs als Ingenieur in der Flugzeugindustrie erwarb.

In den fünfziger und sechziger Jahren wandte sich Bob Shaw zunehmend journalistischen Aufgaben zu und fand über Kurzgeschichten zum Verfassen von Romanen, was ihm schließlich eine Existenz als freier Schriftsteller ermöglichte. Einige befristete Engagements als Public-Relations-Beauftragter in der Industrie (unter anderem im Schiffbau) dienten ihm in den siebziger Jahren zwar noch zur finanziellen Absicherung, sie erlaubten ihm aber dennoch die Arbeit an immer neuen Romanprojekten. Inzwischen liegen aus Bob Shaws Feder achtzehn Romane und über fünfzig Kurzgeschichten vor. Dieses umfangreiche Werk hat dem Autor, der mit seiner Frau und seinen drei Kindern in der englischen Grafschaft Cheshire lebt, auch literarische Ehren eingebracht: 1975 einen Preis als bester britischer SF-Autor und 1978 und 1979 für den Fantasy-Bereich den begehrten Hugo Award.

Die Hölle jenseits des Meeres
Berüchtigte Strafkolonien der Vergangenheit

Aller bürgerlichen Rechte beraubt, bedroht von skrupellosen Gewalttätern und täglich gezwungen, das nackte Leben zu verteidigen – so schildert der Science-fiction-Autor Robert Sheckley das Leben der Verbannten in seinem Roman „Planet der Verbrecher". Eine erschreckende Zukunftsvision gewiß – und doch eine realistische Parallele zu einem der düstersten Kapitel der irdischen Strafjustiz: den Strafkolonien des 19. und frühen 20. Jahrhunderts.

Legendär und gefürchtet: die Teufelsinsel

Wohl kaum eine andere Strafkolonie hat es zu ähnlich makabrer Berühmtheit gebracht wie jene Inselgruppe vor der Küste des südamerikanischen Guayana, die Mitte des 19. Jahrhunderts von Frankreich als Verwahrungsort für besonders gewalttätige Verbrecher sowie für politische Gefangene ausersehen wurde. Vor allem Henri Charrières spannendem Roman „Papillon" verdankt die Öffentlichkeit einen genauen Eindruck vom Alltag der Sträflinge auf den Inseln Royale, St-Joseph und der Teufelsinsel. Der Beiname „Hölle jenseits des Meeres", den die Inselgruppe in Frankreich erhielt, erscheint angesichts allgegenwärtiger Korruption und Gewalt sowie der Schrecken von Zwangsarbeit und Dunkelhaft keineswegs übertrieben. Henri Charrière, dem eine tollkühne Flucht von der Teufelsinsel gelang, schildert, wie das Leben für die Sträflinge oftmals so unerträglich wurde, daß sie einen schnellen Tod dem weiteren Dahinvegetieren vorzogen:

„Hautin und Arnaud flüchten am Ufer entlang, von Gewehrschüssen verfolgt. Hautin wird zur Strecke gebracht, ehe er das Meer erreicht. Arnaud hat sich hinter einem großen Stein versteckt. ‚Ergib dich‘, schreien die Wachen, ‚und du bleibst am Leben!‘

‚Niemals!‘ schreit Arnaud zurück. ‚Sollen mich die Haifische fressen, dann sehe ich wenigstens eure Visagen nicht mehr!‘

Und er steigt ins Meer. Es muß ihn eine Kugel getroffen haben, denn einen Augenblick bleibt er stehen. Trotzdem geht er dann weiter, ohne zu schwimmen, und da haben ihn die Haie auch schon angegriffen. In weniger als fünf Minuten war er verschwunden."

Charrières drastische Schilderung wird auch durch die Erinnerungen eines Häftlings namens Jean bestätigt, dem Ende der zwanziger Jahre ebenfalls die Flucht aus der Strafkolonie gelang. In seinem Buch „Adiós Teufelsinsel" läßt der Reiseschriftsteller Arne Falk-Rønne den entflohenen Sträfling ausführlich zu Wort kommen: „Mochten die französischen Gefängnisse auch noch so finster sein, so behandelte man mich doch trotz allem als Menschen. – Wann ich begann, ein Tier zu werden? Das läßt sich leicht beantworten: als ich zusammen mit zweihundertfünfzig anderen Gefangenen auf der Überfahrt nach Saint-Laurent in die Käfige der Martinière gesteckt wurde. Wir erbrachen uns übereinander, die Verpflegung, die Hitze und die fürchterliche Unsauberkeit ließen uns alle an Durchfall erkranken. Der Gestank war einfach unbeschreiblich. Dann und wann spritzen die Matrosen die Käfige mit kaltem Wasser aus. Manchmal, wenn die têtes

Steve McQueen als „Papillon"

dures, *die verstocktesten Verbrecher, eine Schlägerei begonnen haben, gibt der herbeieilende Kommandeur des Wachpersonals den Befehl, eine der Rohrleitungen zu öffnen, aus der heißer Dampf in die Zellen strömt. Und alle, Schuldige wie Unschuldige, würden zu Tode verbrüht werden, wenn die Schlägerei nicht sofort aufhörte. Ich verließ Frankreich als Mensch, und ich kam als völlig erschöpftes, krankes Tier in Französisch-Guayana an."*

Jean verblieb zunächst auf dem Festland, denn er war zur „grünen Guillotine" verurteilt, wie die schwere Zwangsarbeit im Urwald genannt wurde. Nach einem Angriff auf einen ihn schikanierenden Aufseher wird jedoch auch Jean auf die Inseln verbannt, wo er auf Royale der härtesten aller Strafmaßnahmen (mit Ausnahme der Exekution durch die Guillotine natürlich) entgegensieht: der Einzelhaft in der Dunkelzelle.

„In meiner kleinen Zelle befindet sich eine Holzpritsche, ein Holzeimer als Toilette und eine Kette, an die ich angeschlossen werde. Vor dem Fenster wird eine große Wellblechplatte angebracht, wodurch die Zelle fast völlig verdunkelt ist. Der Wachbeamte, meine einzige Verbindung von diesem Grab hier mit dem Rest der Welt, sagt mir, daß er künftig nicht mehr mit mir reden dürfe. Ich sei ein sogenannter ,schweigender Gefangener'. Ob ich noch etwas zu fragen hätte?

,Wie soll ich das überleben?' *will ich wissen.*

Der freundliche Mann zieht die Schultern hoch. ,Die einigermaßen gesund und mit mehr oder minder heilem Verstand hierherkommen, erfinden sich in ihrem Inneren eine eigene Welt. Sie zählen nicht Tage und Stunden. Wenn du damit anfängst, wirst du schnell wahnsinnig und endest in den Zellen der Geisteskranken auf der Saint-Josephs-Insel.'"

Mit Hilfe des freundlich gesinnten Wachbeamten übersteht Jean tatsächlich sechs Monate Dunkelhaft. Er wird aufs Festland zurückgeschafft, von wo ihm schließlich die Flucht gelingt.

Eine erschütternde Sträflingszeichnung: die Dunkelzellen auf St-Joseph

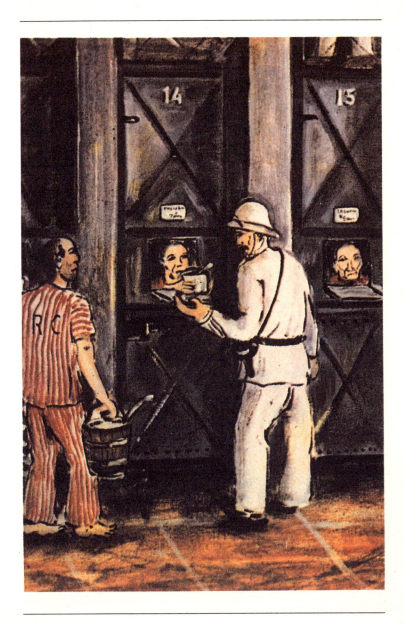

Verbannung: grausam und oftmals ungerecht

Schon seit ihren Anfängen diente die Verbannung oder Deportation keineswegs allein der gerechten Bestrafung eines Gesetzesbrechers. Immer ließen sich damit auch andere Zwecke verbinden wie beispielsweise die Besiedlung menschenarmer, unkultivierter Gegenden (Zwangskolonisation) oder das Abschieben politisch mißliebiger Personen. Bekanntermaßen bediente sich Rußland in großem Umfang der Deportation, um Sibirien zu besiedeln, aber auch Frankreich verfolgte mit seiner Strafkolonie in Französisch-Guayana ähnliche Ziele.

Bereits um das Jahr 1760, unter König Ludwig XV., wurde ein Versuch zur Kolonisierung der besagten südamerikanischen Küstenregion unternommen, der in einem fürchterlichen Fiasko endete. Damals zogen Hunderte mittelloser Adliger und eine Heerschar verarmter Bauern aus Elsaß-Lothringen aus, um den Grundstein für ein tropisches Neu-Frankreich zu legen. Im Lauf von nur zwei Jahren erlagen mehr als elftausend von ihnen der

Dreyfus in Haft auf der Teufelsinsel

Malaria, Cholera und anderen Tropenkrankheiten. Die Katastrophe überlebten nur wenige hundert, die sich auf die Inseln Royale, St-Joseph und die Teufelsinsel retten konnten, deren Klima weit günstiger war. Die kleine Schar überlebender Kolonisten und deren Nachkommen brauchten für eine erfolgreiche Besiedlung vor allem billige Arbeitskräfte; 1851 wurden sie ihnen mit der Errichtung einer Strafkolonie zur Verfügung gestellt.

Rund vierzig Jahre später rückt die Strafkolonie dann nachhaltig in das Blickfeld der Öffentlichkeit – diesmal durch die Verurteilung des hochgestellten Offiziers Alfred Dreyfus, der 1894 wegen angeblichen Landesverrats mit Deportation auf die Teufelsinsel bestraft wird. Der Fall entwickelt sich zu einem der größten Skandale in der Geschichte der Justiz, denn Dreyfus ist unschuldig und seine Verbannung vor allem Ausdruck einer antisemitischen Stimmung, die keinen Offizier jüdischer Abstammung im Generalstab dulden will. Dreyfus verbringt fünf qualvolle Jahre in der gefürchteten Strafkolonie, ehe seine Unschuld unwiderlegbar bewiesen ist. Erst 1906 wird er rehabilitiert und in allen Ehren wieder in die Armee aufgenommen.

Im Dienste der britischen Krone – Sträflinge besiedeln Australien

Im Jahr 1787 verließen neun Schiffe mit 750 Gefangenen den Hafen von Plymouth, um am anderen Ende der Welt eine Strafkolonie zu errichten. Es war der Anfang der Besiedlung Australiens und gleichzeitig eine Maßnahme, die Großbritannien in mehrfacher Hinsicht von Nutzen schien. Man konnte nun wieder jene „unerwünschten Elemente" loswerden, die zuvor in das mittlerweile unabhängig gewordene Amerika abgeschoben worden waren, und man gewann in den Sträflingen Pioniere für die Besiedlung der unwirtlichen Landstriche Australiens. Überdies konnte man darauf vertrauen, daß die Sträflinge nicht gerade schonungsvoll mit den dunkelhäutigen Ureinwohnern umgehen würden – genauer gesagt, sie waren bereit, bei dem schmutzigen Geschäft der Ausrottung der Urbevölkerung tatkräftig mitzuhelfen.

Aus Sicht der britischen Krone bewährte sich das schändliche Deportationssystem so gut, daß es bis 1867 aufrechterhalten wurde. Bis dahin hatte die Gesamtzahl der nach Australien verbrachten Sträflinge 160 000 erreicht, und hinter dieser Zahl verbergen sich unendlich viele Geschichten von Unrecht und Greueltaten.

Hans-Otto Meissner berichtet in seinem Buch „Das fünfte Paradies" von den Leiden der Deportierten, von denen ein Großteil wegen äußerst geringfügiger Vergehen wie Mundraub oder Taschendiebstahl in die Verbannung geschickt wurde. „Mitunter starb bis zu einem Drittel der Gefangenen schon auf dem Weg nach Australien oder Tasmanien. Sechs bis acht Monate dauerte die Seefahrt. Aus Furcht vor Meuterei hielt man die Gefangenen in Ketten, auf engstem Raum zusammengepfercht." Wie Meissner weiter berichtet, wurden die gefährlichsten Sträflinge oftmals nach Tasmanien überstellt, wo die berüchtigte Strafkolonie Port Arthur entstand. Lange Zeit wurden die Häftlinge dort wie Sklaven gehalten.

„Von Port Arthur bis Norfolk Bay gab es eine Bahn", schreibt Meissner. „Ihre Schienen bestanden aus Holz, die Wagen aus Eisen. Statt einer Lokomotive wurden Menschen vor die Züge gespannt. Auch fremde Besucher, die aus Hobart kamen, um sich die Kolonie anzusehen, wurden in besonderen Personenwagen von trabenden Sträflingen über die Strecke gezogen. Um für ein flottes Tempo zu sorgen, stand im vordersten Wagen ein Aufseher und knallte mit der Peitsche."

Kein Wunder, daß viele Häftlinge diesen Bedingungen zu entfliehen suchten und sich fortan als Buschräuber durchschlugen. „Bald hielten Banden entlaufener Sträflinge Tasmanien in Schrecken, die freien Siedler lebten stets in Furcht vor Überfällen. Truppen mußten ausgesandt werden; ihnen und der Bürgerwehr gelang es nach und nach ein halbes Tausend Banditen zu fangen. Allein während der beiden Jahre 1825 und 1826 wurden hundertunddrei Buschräuber zum Tode verurteilt und gehängt. Alle übrigen kamen für den Rest ihres Lebens nach Port Arthur. Die

Die Ruinen der einstmals zu Recht gefürchteten Strafanstalt von Port Arthur in Tasmanien

Hinrichtungen wurden öffentlich vollzogen. Sie waren ein Schauspiel, zu dem von weit her die Menschen zusammenkamen. Während der ersten Jahre war es nicht leicht, einen Henker zu finden, da er fürchten mußte, von den Freunden seines Opfers gelyncht zu werden. Weshalb er sein Gesicht vermummte und wattierte Kleider trug, um seine natürliche Figur zu verbergen."

Angesichts solcher Berichte erscheint es nicht bedauerlich, daß den Versuchen Friedrich Wilhelms III., die Deportation zu Anfang des 19. Jahrhunderts auch ins preußische Strafsystem einzuführen, kein Erfolg beschieden war. Und mit Blick auf die Zukunft ist zu hoffen, daß Visionen wie jene Robert Sheckleys vom „Planet der Verbrecher" nie in Erfüllung gehen, solange die Menschheit die richtigen Lehren aus diesem barbarischen Kapitel ihrer Strafjustiz zu ziehen versteht.

PLANET DER VERBRECHER
(The Status Civilisation)
© 1960 by Robert Sheckley
© für die deutsche Ausgabe:
Bastei-Verlag Gustav H. Lübbe GmbH & Co., Bergisch Gladbach 1985

CAPTAIN AESOP UND DAS SCHIFF DER FREMDEN
(Ship of Strangers)
© 1978 by Bob Shaw
Alle Rechte an der deutschen Übersetzung von Tony Westermayr bei
Wilhelm Goldmann Verlag GmbH, München 1979

Illustrierter Anhang:
„Die Hölle jenseits des Meeres –
Berüchtigte Strafkolonien der Vergangenheit"
Ein Artikel von Heinz Volz
© für die Fotos und Illustrationen:
S. 342/343: Gerald Davis/Contact/FOCUS; S. 345: Bildarchiv Peter W. Engelmeier;
S. 347: Gerald Davis/Contact/FOCUS; S. 348: Bilderdienst Süddeutscher Verlag;
S. 351: R.E. Barnard

© für die Umschlagillustration:
Oliver Scholl